U0484939

炼金岁月
—— 我的体育缘

LIANJIN SUIYUE

李道节 ◎ 著

时代出版传媒股份有限公司
安徽文艺出版社

图书在版编目（CIP）数据

炼金岁月/李道节著. —合肥：安徽文艺出版社，2020.4
ISBN 978-7-5396-6426-2

Ⅰ.①炼… Ⅱ.①李… Ⅲ.①中国文学－当代文学－作品综合集 Ⅳ.①I217.2

中国版本图书馆CIP数据核字(2019)第246328号

出 版 人：段晓静
责任编辑：张妍妍　柯　谐　　装帧设计：徐　睿

....

出版发行：时代出版传媒股份有限公司　www.press-mart.com
　　　　　安徽文艺出版社　　　www.awpub.com
地　　址：合肥市翡翠路1118号　邮政编码：230071
营 销 部：(0551)63533889
印　　制：安徽联众印刷有限公司　(0551)65661327

....

开本：710×1010　1/16　印张：20.5　字数：400千字
版次：2020年4月第1版　2020年4月第1次印刷
定价：68.00元

....

（如发现印装质量问题，影响阅读，请与出版社联系调换）

版权所有，侵权必究

目 录

前　言 / 001
序一　作者的执着与艰辛 / 郑牧民 / 001
序二　青山葱郁夕照明 / 施益钧 / 003
序三　咏竹 / 张绍华 / 005

往事如烟

李久裕 / 003
周岁纪事 / 005
男扮女装逃丁记 / 007
我当小货郎 / 010
报名二初中,差点遭"误判" / 014
被冲散的毕业盛宴 / 017
沉甸甸的母爱 / 018
母校那片小树林 / 020
奶妈家的干鲓肉 / 021
除"四害"获了奖 / 023
我的大学:全国射击教练员训练班 / 025
北京,那夜风雪 / 027

成为教练员 / 028

锅勺瓢盆交响乐 / 032

体育人物

万里同志说:我乐于当你们的"后勤部长" / 037

真正牵住"牛鼻子" / 038

访张治中之女张素央 / 039

百岁老人李广涛,田径场上的记忆 /040

威震世界第一枪 / 042

陈剑虹,花开需待节气来 / 056

江涛,双流星 / 060

冯涛,凌空飞剑 / 062

范雪平,她的太极拳就是一首诗 / 065

剑锋上的爱 / 066

丹毕,烈火中冲出来的冠军 / 069

胡国宏,珍贵的鲜花 / 073

"铁门"情缘 / 076

徐国清,东方的参天大树 / 082

飞人蔡维艳 / 087

巫兰英,路,曲曲弯弯 / 092

蒲德华,驯"马"记 / 097

陈林,奉献光明的人 / 098

神户见闻 / 101

陈珍,眷眷情深 / 104

陈道云,想起飞虹剑 / 106

胡星刚,从挫折中奋起 / 108

姚洪昌,为了更多的孩子 / 112

王筱,不寻常的摇篮 / 114

马凤阁,在体育科研的征途上 / 116

关咏梅,落英缤纷的路 / 117

王义夫、张秋萍,鸳鸯戏枪 / 120

黎少文和胡富芬的故事 / 121

老外学技巧 / 122

访安徽省武术队 / 124

吴铭,再勇敢些! / 125

街头寻觅大力士 / 127

亲情依依,马娜和她的家人 / 128

棋战烽烟 / 130

盛泽田,即便腿断,也要…… / 131

当大水袭来的时候 / 133

在灿烂的阳光下 /139

大火,出现在面前的时候 / 141

耿蛮子传奇 / 147

王晓东,她是这样走上榻榻米的…… / 152

刘寿斌,"弃儿"梦 / 153

拳星蒋浩泉 / 156

这世界,是你的,也是我的 / 159

凌晨4点,刘贵伦的天亮了 / 161

小洲情 / 162

体坛园丁的天平 / 165

报效中华 / 173

"土疙瘩"闯天下 / 177

走过曾经的梦 / 178

沐浴春光 / 180

欢乐的列宁小学 /183

"我这个体育家是逼出来的" / 184

珍惜生命之树 / 186

体育评论

香蕉多少钱一斤？193
安徽女篮，何以走到这一步？/ 194
关于弹弓的是是非非 / 196
怪事一桩 / 197
令人不安的"空中飞" / 198
这里也有"真假包公"！/ 199
1＝4？/ 200
人才引进与赛风净化 / 201
女手，不变的"魔方" / 202
中国手球何日旌旗再扬？/ 204
柳暗花明又一村 / 205
"运动寿命"的句号画在哪儿 / 206
心理耶？实力耶？/ 208
10环、意外弹和心理 / 209
呼唤"三周旋" / 210
小议"立柱"与"灯笼" / 212
安徽手球能走出"怪圈"吗？/ 213
安徽"男四"何以优势长存？/ 214
"跳槽"的启示 / 215
降体重与"大锅饭" / 216
有金牌的和没金牌的…… / 217
三板斧砍跑了老大难 / 220
苏州人的"借鸡下蛋" / 221
365元游一年是赔？是赚？/ 222
让人才有块广阔天空 / 224
运动场、"堆积木"与"热岛效应" / 225

体育师资流失不容忽视 / 227

"游泳难"为何越来越难 / 228

磁力 / 229

合肥的"两球"冲动 / 231

面对涌来的潮流 / 233

大发展与大冲击 / 235

弯弯的小溪博大的海 / 238

武馆开办热:育人？赚钱？ / 240

小说·随笔

初恋 / 247

"101"空翻 / 251

云山雪 / 261

蓝箭泳装 / 264

徒步完成的奎湖采访 / 272

海峡那边来的贺卡 / 273

水漫二里河 / 275

得来全不费工夫 / 276

采访许海峰 / 279

健康,取决于你自己 / 282

拂剑舞秋月 / 284

血战金钱豹 / 287

子弹贴头皮飞过 / 289

别惋惜 莫懊恼 / 291

登天都 / 292

夜宿玉屏看佛光 / 293

仙子会 / 294

白云深处篮球声 / 295

游少林寺 / 296

在那古战场上 / 298

走访石关基地 / 299

人过六十"堆积木" / 302

走,健康且快乐着 / 304

我的第一读者 / 306

代后记:走进"熔炉" / 309

前　言

　　失学,是刻骨铭心的。所以,一踏进中学的门,我便百倍珍惜。就是在这个时候,我写起了日记。

　　想不到,就这一大摞日记,写蓝天白云,写在知识海洋里游泳,写同学间"你戳我捣"的"私密",却在后来的"史无前例"中,被人拿走。我是吃人民助学金读了初中和高中的,会藏着掖着什么？所以,他们最终也就是不闻不问,将其遗弃在一个角落里。不过,也有好心的人,将它捡起来,抹去灰尘,悄悄地还给了我。那是在一种不敢想象的高压背景下做的,所以,我为我有这样的朋友而感到欣慰。我曾当过教练,时间也就是短短的一年,而且是五十多年前的事。可是,直到现在,每年的春节,都有我的队员来看望我。在这世上,有情人还是多。

　　我没有经过严格的新闻专业培训,又没有到大学的新闻或中文专业去深造,也就在夜大中文系时紧时松的环境中边干边学。是什么原因使我走上了新闻这条道上的,或许就是因为我在一气之下烧掉了的那十大本日记吧！它教会我怎样去观察事物,怎样去积累和运用语言,怎样去构思并编织一个故事。

　　一个新闻记者,一天到晚,一年到头,干的就是"爬格子",这同一个工人,一个农民没有太多差别,差别只是脑力和体力上付出的不同。稿子写了一箩筐,我这个集子收入的东西,只是其中的一部分。如今,整理成集,这也算是岁月给自己的一份礼物,是自己给职业的一份见证。

序一

作者的执着与艰辛

郑牧民

五一节那天,李道节同志送来了他即将出版的《炼金岁月》书稿,我一篇篇地阅读,不由得被带到了那个难忘的时代。

1988年底,我被任命为安徽省体委主任,李道节同志时任《中国体育报》安徽记者站站长,从此我们在一起工作了六年多时间,结下了深深的情谊。

在安徽体育史上,这是一个特殊的阶段。1984年在洛杉矶奥运会上,我省运动员许海峰勇夺金牌,实现了中国奥运史上金牌零的突破,全省上下无不振奋,同时也给安徽体育带来了新的要求和巨大的压力。而此时的安徽经济基础薄弱,体育经费严重不足,基层体育工作困难重重,1991年大水后,更是雪上加霜。面对这些困难,安徽体育界上下团结,艰苦奋斗,体育事业不断进步。作为一位老体育工作者、安徽体育的重要参与者,李道节同志发挥了突出的作用。

从这本书中,我们不难看出他抱着极大的热情全面地参与。这里既有热情的鼓励,又有不遗余力的鼓与呼,还有无私的批评和监督,处处体现着真诚和坦率。我在工作中受益匪浅,心存感激。

道节同志笔下的体育健儿是鲜活的、生动的,许海峰的大器晚成,沉着冷静;范雪萍的柔美刚劲,千锤百炼;盛泽田的血染赛场,顽强悲壮;蔡维艳的傲骨铮铮,不断超越;光环背后的教练员们、科研工作者们无不栩栩如生,有血有肉。

读着道节同志的文章,虽然几十年过去了,我们仍然感觉像站在这些可爱的人的身旁,看着他们刻苦训练和紧张比赛,看着他们的收获和挫折,看着他们流下汗水和热泪,与他们同喜共乐。而在这些感人形象的背后,我们也看到了作者的执着与艰辛,看到了他对事业的热爱。

记者的正义感和大无畏精神,也在道节同志身上得到了充分的体现。对体育工作中存在的时弊,道节同志及时针砭,令人感悟。

此书中涉及的题材和内容，远不止此，足见道节同志阅历之广泛，成果之丰富。我因和他在体委有多年的同事之谊，就体育方面的内容多说几句。不妥之处，还请见谅。

（郑牧民，安徽省政协原副主席）

序二

青山葱郁夕照明

施益钧

今年父亲节,女儿、女婿邀我们去酒店吃饭。当然,同时还有亲家两口子和孙女们。酒店包厢内孝老爱亲的气氛热烈,我们双方老人都乐得合不拢嘴。席间,亲家道节李公谈及他退休生活,很令我钦佩。李公今年八十二岁,满头银发,退休后没有去过那种悠游的生活,仍笔耕不辍(用他的话说是"爬格子")且成绩颇丰,他要我看他的作品,并给提出意见。我当即说:"我认真拜读大作好了,提意见恐怕不成。"一个月后女儿把李公的作品送来了,厚厚的一摞,沉甸甸的,大约有三四十万字吧。

恐怕耽误李公编纂成书的时间,我不敢怠慢,抓紧阅读起来……

收集在本书的作品,按李公自己的分类,可归为三部分,基本上是一些中短篇。从体裁上看,都是一些散文杂记、通讯报道、小说及报告文学之类(他过去那些已经成书或专业性时效性太强的作品,没有收入本书,很遗憾)。第一部分是带有回忆录性质的作品,展现作者从出身、童年、求学直到工作时的成长轨迹和生活脉络。我特别喜欢阅读这些文字,这些文字朴素清新、如歌如行,拉家常式的故事,汩汩地从作者心田中流出,特别是那些悲怆的往事,说到情深意浓处,使读者不忍卒读。虽都是小事,但管窥一斑,也透视了我们那些过往时代的真实面貌和时代特征。

第二部分新闻采访、报告文学的集合。这部分内容真实生动地记录了我国体育界,特别是我们安徽的体育界所发生的可歌可泣的故事。俗话说"隔行如隔山"多年来我只在学校这块园地服务,对体育界可以说知之甚少,作者的这些作品开阔了我的眼界,使我了解了体育战线上那些运动员、教练员的可爱可敬的形象,了解了那些对于体育事业无私奉献,不畏艰难,勇攀高峰的人们的精神世界。我国体育事业今天之所以有这样蓬勃发展的局面,与这些标杆式人物的推动和普及是分不开的,没有这些人,"发展体育运动、增强人民体质"恐怕也就仅仅是一句口号罢了。本书收录的《震撼世界第一枪》《双流星》《东方的参天大树》等文章,虽然发表于二十世纪八九十年代,可今天读来仍然有一股震撼人心的力量。这就说明,一篇好的报告文学,是有生命力的。

这部分内容是作者从过去众多的作品中遴选出来的,它集中反映了二十世纪八九十年代我国体育事业的蒸蒸日上、日新月异,作为《中国体育报》的记者,及时准确地报道体育战线上的先进事迹、群众体育运动的开展状况这是责无旁贷的。作者不仅关注那些顶级的国际体育赛事,也关注我国边远农村的体育发展情况;不仅关注那些著名运动员、教练员的训练、创新、攀登等种种感人的事迹,也关注工厂、街巷里弄普通百姓进行体育锻炼的事迹;不仅关注我国各级领导干部对我国体育事业的运筹布置,也关注那些为我国体育事业作出支持的默默无闻的幕后者。这些通讯有的描绘了我国运动员刚毅果敢的阳刚气质,有的刻画了他们丰富的内心世界,有的反映了竞技场中惊心动魄的搏击场面,有的记录了他们闲庭信步时的柔美风貌。凡此种种给读者展示了一幅幅五彩斑斓的动态画面和人生别样的生活图景。

阅读完全部作品,我不禁对作者肃然起敬。为了给运动员建立一个较好的运动场所,他身先士卒,拉材料,垒工棚;为了能给报社及时发出稿件,他经常不顾疲劳夜以继日地在"爬格子";为了寻找新闻线索,他不吝长途跋涉,甚至不怕过激流、涉险滩、越荒岭。这种乐业、敬业的精神,应该是后辈们学习的榜样。他以一个新闻工作者敏锐的眼光关注大众的健康。当得知许多高级知识分子英年早逝的讯息时,他发出了一篇篇稿件,向知识分子提出警讯,从心底对他们发出真诚的呼喊,要他们爱惜自己的身体,加强体育锻炼。他的《珍惜生命之树》《健康取决于你自己》等文章一定令广大知识分子感动。

以上一点感受,因水平所限,言不及义,贻笑大方,望海涵。

2018 年 11 月 1 日

序三

咏竹
——庆祝道节同学《炼金岁月》出版
张绍华

文质彬彬一学生，
炼金炉中修心身。
走出校园拿起枪；
一运领兵射靶心。

人到中年"爬方格"，
文章韵味无止境。
勤耕荒芜奔大道，
劲节浴云竹森森。

往事如烟

李久裕

我上高中的时候,同班同学许永桂跟我开了个玩笑,说"李许一家",按辈分算她还是我的姑。

也许是因为李鸿章在历史上存在争议,怕子女受到卖国贼这个沉重历史包袱的拖累,所以我的家人从来也不跟我们提及李家的家事。所以,直到我的这位同学说起,我这才从玩笑中悟出点影子。

按近年人口普查结果显示,李姓为全国第一大姓。不过,李姓却也有不同族谱分支,比如合肥(磨店)李就是李姓中的一支。

清初,磨店李心庄无后,过继同邑许光照(迎溪公)二儿为子,取名李慎所。许家原住江西,于明代由江西湖口瓦家坝移居合肥。由此,磨店李氏宗族便开始了自己的历史。李心庄为始祖,李慎所为一世祖。到李鸿章这辈,已历八世。1809年(清嘉庆十四年),李氏首次编修宗谱,即《合肥李氏宗谱》,始定字辈为"文、章、经、国、家、道、永、昌;福、寿、承、恩、勋、荣、世、守"。李鸿章父亲李文安,系辈分规范化后的首辈,即"文"字辈。李文安生有六男二女。长子李瀚章、次子李鸿章。除小儿昭庆外,其余五兄弟全按辈分取名,只不过把"章"字置于名字的最后。

李家世代为农,家世清贫。而李鸿章父亲李文安,却从"面朝黄土背朝天"的世代农耕中脱颖而出,先后为道光甲午科江南乡试举人,戊戌科会试进士,官至记名御史。自此,李家也就改写了历代务农的历史。李鸿章自1861年12月26日被曾国藩奏保堪任江苏巡抚起,到1901年11月7日于北京贤良寺逝世,活跃于晚清政坛整整四十年。去世后,梁启超为其作传,传的副标题就是《中国近四十年大事记》。梁启超还有这样的评述:"吾敬李鸿章之才,吾惜李鸿章之识,吾悲李鸿章之遇……"

从前,我不知道也不敢来理清李家这个族群的脉络,找一找自己的根,这在以前这是不可想象的。现在年老了,思想领域也宽松了,也知道族群文化其实也就是汉文化的组成部分。可是,我的父母早在几十年前就去世了,再也没有了"活字典"。最近,我的一个远房堂弟道敏来看我,说他家从前藏有一部《李氏宗谱》,他也翻看了,而且对家族历史也有兴趣,只不过这部宗谱现在已经不在了。按他的推断,我家是从李鸿章往上数第二代或第三代分立延续下来的。堂弟的话使我想起,儿时就有一位叫康大爹的老人，常从上海到我家来小住。而只要康大爹一来，我家人总是把他敬为上宾。虽然我的父母从没说过康大爹是谁，但我们都知道，康大爹就是李鸿章孙或侄孙。

我家怎样又是何时到店埠定居的，我不得而知。但从我有了记忆起，我便知道我家是经商的，是纯粹的居民与生意人。在店埠（今肥东县政府所在地）最繁华的北大街，我家有一处四开间五进三十间房的私宅。前两进为商铺，后两进为住房，中间为大堂屋（即客厅）。商铺经营钢材、铁锅和木炭，商铺号为"李久裕"号铁炭行。直到中华人民共和国成立后，那块原本漆黑乌亮的颜体大字牌匾，依然镶嵌在门面房的白色外墙上。

日本鬼子来了，"李久裕"因此遭受自它诞生以来最为沉重也是毁灭性的一次打击。不过，房子等固定资产还在，起死回生，并非绝无可能。

于是，父亲毅然决然地卖掉祖产的几十亩土地，用所得的钱与亲家搭股到江西"跑木头"。他对木业生意并不熟悉，但亲家是内行。可是谁也想不到，一个倾家荡产的不幸正等着他们。当木排沿着长江顺流而下的时候，突然遭遇风暴，造成了缆断排散、木头漂走流失的局面。奔腾咆哮的江水，冲走了父亲的希望，使他陷入悲观、苦闷与绝望之中。

也就是在这个时候，一个姓邹的人盯上了他，劝他做一笔石臼与石磨的生意。为了做成这笔买卖，那个邹姓之人可把这石玩意儿吹神了，说农村千家万户，哪一家少得了这东西？为了让我父亲信以为真，他又花言巧语地说，现在做这种生意的人可少了，像店埠这样一个大地方，连买口石磨也无门啊！所以，谁要是做这种生意，那可就是独家买卖了。这个邹姓人的话，乍听起来似乎也有点道理，可他却掩盖了最真实的另一面。石臼与石磨虽是当时唯一的粮食加工器具，可它却是耐用品。一个石臼、石磨其实可以用上几十年，甚至一代代传下去。再说当时农村生活很苦，好几户共用一个石臼、石磨也是常有的事。正是因为它的销量十分有限，所以，聪明的商家才不愿意去干这种赔钱的买卖呢！父亲不了解农村情况，又不到市场上去调查，更不去揣摩揣摩来者的动机，居然筹借一笔数目可观的钱放心地交给了他。结果，父亲以扒了几间房子的代价，换来一船粗制滥造的石坯。这些大石头堆放在河滩上，无人问津。即使卖出去一块，还得花钱请人将其运走。这个邹姓人，其实就是个大骗子。这笔生意，事实上就是一场骗局。

这时，父亲已经心灰意冷，觉得自己没招了。于是，他想到了我的两个哥哥，来个"赶鸭子上架"，让他们再去赌一把。可是，他忽略了一个非常重要的事实，哥俩并没在商海的风浪中得到过必要的锻炼，结果又以失败告终。

在生意场上，父亲是摸爬滚打了多年的。从前的铁炭行，他不也干得红红火火的吗？那么，后来又为什么连连失手？我想这不排除"天意"（如木排遭遇风暴）的因素，可父亲作为一个商人是否也有经营与决策失当的问题呢？

如果父亲对接班人问题早有考虑和安排，让两个哥哥成功接班，那么，说不定"李久裕"如今还是个中华老字号呢！

周岁纪事

1937年，爆发了震惊世界的七七事变。在此前一年，我出生在同合肥近在咫尺的城东第一大镇——店埠。

卢沟桥的炮火，如同晴天霹雳，惊天震地。可是，又因为这事发生在很远的地方，所以我的父母又像许许多多善良的老百姓一样，震惊之后重新又平静下来，甚至心怀侥幸，认为战火未必就会烧到跟前来，因而失去警惕，忽视了必要的准备。再加上当时消息闭塞，听不到广播，又看不到报纸，以至于日本人在上海登陆，血洗南京这样惊天动地的大事都知道得很晚。所以，当鬼子跨过长江风卷而来的时候，他们这才意识到，火已经烧到眉毛了。家里的东西还来不及转移掩藏，店里的货物及所有储备无法变为现金，而手头的钱和家里能够随身带走的东西又十分有限。然而，这一切都不重要了，逃命要紧啊！就这样，全家十多口人，同我二姐未过门的婆家人结伴，背井离乡，踏上了艰辛漫长的逃难之途。

那时，我大概一岁多，也才刚刚学步。一家人都是手提肩扛各种衣、被、食物，我奶奶连自己的家也不顾了，执意随我家人一起逃难。

她思量着我家孩子多，拖累重，我的父母亲，怕很难经受住驮着个孩子长途跋涉的考验。这一路上，我几乎都是在我奶奶背上度过的。

那次逃难，并无目的地，只知道往山区跑，越是有山的地方越安全。山，鬼子的汽车是开不进去的，他们也不敢贸然进山。金寨县是个地形复杂的山区，因此也拥去了很多难民。不过，我家这一大帮人，却并没随难民潮而去，选择了较近的舒城县，在晓天和毛坦厂一带山区转。也幸亏没去金寨县，因而躲过了日机的轰炸。金寨战略位置重要，中国军民又多，日寇当然不会放过。

离家的时候，我母亲是带着身孕的。逃到毛坦厂的一个小山村里，母亲生下了一个男孩。颠沛流离，没有奶水，连弄碗稀粥也难，这孩子实在是不该在这个时候来到这世上。在无可奈何的困境中,我母亲只好咬咬牙,抹着泪,将这个因为饥饿而瘦得皮包骨的孩子,抱给了山区一位家无男孩的老乡。后来,我父母曾试图去寻找这个孩子,却又顾虑人家不认。即使老乡认了,又怎忍心去从人家手里再夺回这孩子呢?我工作以后,到舒城公干时,也曾想到毛坦厂一带去摸摸情况,因为我们毕竟是血浓于水的亲兄弟啊!可是,那里的人问我:"你这个弟弟叫什么名字?"我缄口,因为孩子抱给人家时,还没来得及起名。即使有了名字,那么抱走后,人家就不会重新给他起名吗?所以,舒城的同志对我大泼冷水:"相隔那么多年了,就别费那个心思了。"我父母无可奈何地在山里丢下了这个孩子,我当时也不过就两岁。如果要是没有哇哇大叫天天吵嚷着要东西吃的我,或许我的这个弟弟就不会是那样的命运了。我今年(2008年)72岁,我那个弟弟今年也许就是70岁或71岁,我祝福他!

逃难期间,苦自不必说,比生活的苦更让人揪心的还是疾病。离家时不仅来不及将东西变换成钱带着,就是带了点首饰什么的,哪里又经得起那么多人长期在外的消耗。值点钱的东西卖或换光了,剩下的也就只有随身携带的衣物了。为了治病,就是御寒的长袍也不得不割爱。可是,即使有了钱,却又找不着医生,买不到药。逃难所到之处,都是偏僻山区,交通十分不便。有一次,我发高烧,且数日不退,急得我母亲和奶妈直掉泪。要是看病,到舒城最近。可是,舒城却是在合肥到安庆的公路线上,是很有可能遭遇上鬼子的。贸然去舒城,那就太危险了。如果不去的话,我大概就只有等着死去,谁又忍心呢?最后她们还是横下心来,宁可冒险,也要将我送到舒城去看医生。可是,问题又来了,我们身处毛坦厂一带,距舒城也并不算近,不仅不通车,无任何交通工具可乘,且路途坎坷崎岖,唯一的办法就只有由人背着我上路。这样要花费时间太久,途中颠簸且又不可避免地受到风寒。还没赶到目的地,说不定我这条小命就已经断送在了大人的背上。在这万般无奈的时候,忽然有位乡亲跑来并将一名山区民间医生领来。这位医生二话没说,立马把脉问诊,在三天内连续给我打了三针。打第一针的当天晚上,我就退烧了,且嚷着要饭吃。就这样,我得救了,人也渐渐地精神起来。可是,在我左臂种痘疤痕附近从此留下了一个因注射而带来的小窝窝。七十年过去了,那个比酒杯口大的疤痕在我左臂肌肤上的凹陷处,至今还清晰可见。

逃难,这一出去便是两三年。带出去的钱花光了,凡是能够变卖的随身带出去的东西也再无可卖的了。这时,能够走的路看来只有一条,那便是回家。等到了家,就不至于像在外面这么艰难了。

可是,怎么也想不到,原本那样的一个家却变成了偌大一个断壁残垣的空壳。

屋子、家财被洗劫一空不说，就连门窗也被拆卸殆尽。由祖父和父亲两代人耕耘的"李久裕"号，自此走向了没落。

我出生在一个富裕的家庭里，两个姐姐都大我好几岁，我又是个男孩。所以，在那个多子多福的年代，父母对我也就更是宠爱有加了。我一落地，便给我起了个"大存"的乳名，并为我请了位奶妈。可是，国难当头，家境骤转，我这个还在襁褓中的婴儿，在享受了人生中极短暂的小少爷的甜蜜之后，不得不面对往后日子的挑战和自己未来的选择。

（原载于《江淮晨报》2006年4月27日）

男扮女装逃丁记

有一部用四川方言对白的影片《抓壮丁》，我是很早以前看的，至今还记得其故事梗概。国民党统治时期的兵役制度，是摊派的，强制的。为国民党当兵，实际上都是去充当炮灰，为反动统治阶级殉葬的，所以，老百姓谁都不愿去。因此只好强迫，搞起了抓壮丁。

国民党统治时期，我还在上小学，是个娃，壮丁是怎么也抓不到我头上的。可是，正当黎明的曙光即将到来的时候，我这个小学六年级学生，却也男扮女装，加入到逃丁的行列中了。

淮海战役国民党以失败而告终。正当战役即将结束的时候，一支漏网的"国军"刘汝民部队犹如丧家之犬，向南溃逃，途经我的家乡。他们沿途抓丁，甚至连十二三岁的孩子也不放过。人民恨之入骨，因此大家也就叫他们为"垮军"。

当时已近春节，我家腌了两刀肉和两条鱼挂在大院的山墙上晒。我母亲看到了这些垮军已经进入了我家，赶紧出来收这点年货。我家孩子多，日子又过得紧，过年就指望靠这来改善改善生活了。可是，这些披着黄狗皮的土匪，硬是从我母亲手里夺走了这些鱼肉，且将我母亲手指都拽破出血了。就在这个时候，我父亲从街上剃头回来，胡子刮得干干净净，人显年轻。我母亲担心父亲被抓丁，又急又气，接上便和我父亲吵："你早不理发晚不理发，偏在这个时候添乱！"和父亲吵完了，她这才想到她的孩子。这时，我的族兄弟姐妹中，两个哥哥在外做事，两个弟弟年龄还小，二姐已经出嫁且不在身边（也自会有她婆家保护），这都并不让她有太多的担忧。眼前最为让她犯愁的除了父亲之外就是三姐和我了。三姐是未结婚的闺女，我的个子也不矮，看上去算是个半大的小伙子了。正当我母亲为她这一儿一女焦急的时候，我奶奶上气不接下气地跑来了。她悄悄地告诉我母亲，她是来接我到她家去的，说他们乡下没有垮军，不会有事的。就这样，我跟着奶奶，踏上了逃丁之路。

由店埠到奶奶家胡大郢，必须要跨过故乡的母亲河——店埠河。要过这条河，就必须要绕道到西门大桥。而这大桥又是通往合肥的咽喉，兵来兵往的。所以，从大桥上过河，耽误时间不说，且很容易受阻，是太危险了。情急之下，奶奶就只好决定蹚水过河，取直线离开店埠。那时正值数九寒冬，腿脚下水，冻得可想而知。也许是太紧张的缘故吧，对于那次过河的细节，我却没有留下任何记忆。过了河后，奶奶不敢懈怠，连口气也未喘，便钻进黄泥凹。这里荒蒿遍地，坟冢累累。我历来怕"鬼"此时却也壮起胆子来了。穿过这片萧瑟恐怖之地，我们这才踏上了去奶奶家的那条车马大道。奇怪的是，往日从这条道上看去那种炊烟袅袅的田园风光全然变了，不仅不见炊烟，且寥无人影，唯有一两条狗守在村头或田埂上，偶尔吠叫两声。在这样一个几乎无人的环境里，我真的好害怕，总是担心着垮军会从哪个角落里冒出来。虽然我觉得奶奶的心也不踏实，可我还是相信她的话："他们那个乡旮旯，垮军是不会去的。"

岂料，半路上却又听逃跑出来的人说，垮军已经到胡大郢了，看样子还很可能在村子住下。

听到这个消息，奶奶的脸唰地黄了，这是出乎她意料的。听到垮军进村的消息后，奶奶心里像是十五个吊桶打水，七上八下的。这样，她不仅再无地方领着我逃，且她的独生子还躲在家中。奶奶的独生子，可就是她的命了。

说起奶奶的儿子，我母亲就告诉我这样一件事——"男孩是个宝，女孩似稻草"，这是旧社会在农村广为流传的一句话。可是，奶奶婚后一连几胎生的却都是女孩。盼星星盼月亮，老天爷就是不肯帮这个忙。一天晚上，黑暗的天空中忽然霞光闪烁。奶奶从屋里跑出来一看，呀，头顶上不正是一条飞腾游弋着的金灿灿的龙么！在奶奶的心里，龙就是神。只要诚心求神保佑，就会有求必应。所以她想也没想，跪地上就叩响头。说来也很蹊跷，若干日子后，奶奶果然生了个男孩。神的赐予，这事连我母亲也信以为真。其实，龙显然是不存在的。那夜空中的霞光闪烁，若不是流星，或许就是鬼子的防空探照灯。说不定，奶奶在未给龙叩响头之前，就已经怀孕了。虽说这是个迷信故事，但说明奶奶对于她的儿子是多么珍视啊！

半道上听说垮军进村了，这让奶奶乱了分寸，不知如何是好。这时，奶奶若领着我往别的地方逃,她是无论如何也放心不下家中的儿子。若是按计划继续去她的家,这不又把我送入了虎口？这样,失去的就有可能是两个孩子。在这两难关头,奶妈还是放弃原来回家的打算,带我向周围小村子跑。她想村子小,人少,垮军也许就放过了。

就这样,奶妈领着我悄悄地溜进一个很小很小的叫胡小郢的村子。在村里老人的帮助下,奶妈将我塞进一个漆黑的夹墙里。这个巴掌大的地方,此时已经挤满了人,足有十多个吧！在这里,即使人挨着人,可谁也看不清谁,甚至连男女都辨认不清。这个夹墙是平时躲土匪用的,伪装得很好。所以,奶妈把我塞进来后,我也就平安无事了。

这时,奶妈又想到了她的儿子,她是怎么也要回家一趟的。胡小郢与胡大郢相距也不过就一里路,奶妈行前告诉我,她立马就会回来的,叫我不要怕,不要急,万万不要走出夹墙。可是,就当她要动身的时候,外面却又传进话来,说垮军进村了。

夹墙虽然安全,却只能缓一时之急。垮军若是在村子里住下,终究还是会被发现的。因为藏在里面的人,总是有个吃、喝、拉、撒、睡的问题吧！所以,这个看来很安全的地方,已经危在旦夕了。是去她家解救她的儿子,还是想办法将我转移到更安全的地方去？奶妈再一次走到了十字路口。最后,她还是断然决定,改变回家的主意,继续领着我离开这个村子。可是,村子很小,略有一点动作,就会全然暴露在敌人的视线里。奶妈将如何把我这样一个男孩子带走,她又犯难了。

奶妈是个文盲,一辈子也没有个名字。可是,这个时候,她却急中生智,脱下她身上那件已经板结了的粗布大棉袄,让我穿上。再用她头上那条褪了色的扎花头巾,将我的头连半个脸包起来。一个梳着二分头的小男生,就这样变成了个丑陋的农村小女孩。奶妈又找根棍子来,我俩各握一头。一个小丫头引着个"瞎老太婆",并吆喊着:"大哥、大婶们,行行好吧！"就这样,我们从垮军眼皮子底下溜走了。

此时太阳已经西下,又刮着刺骨寒风。我穿着两件棉袄都觉着冷,何况奶妈只穿件贴身的土布单褂呢！她被冻得上下牙打架,全身都在颤抖。出了村子后,我执意要将她的那件棉袄还她,可她就是不许,并说:"如果路上碰着垮军怎么办？"还真的被奶妈言中了,途中就遇上两个穿着棉大衣的垮军,距我们也不过就两条田埂远。他们背着长枪,站在土坡上瞭望,显然是在守候"鱼儿上钩"。这个时候,人们大多躲起来了。所以,在这旷野里,是极难看到人的。我和奶妈的出现,引起了他们的注意。不过,他们也只瞥了我们一眼,连话也没问一句,便让我们走了。这天我们跑得很远,直到天黑进入一个没有垮军的村子。

垮军来得很急，走得也快。我安全地回到家的第二天，锣鼓齐鸣，爆竹声连天，故乡解放了。

回过头再去翻开那页历史，居然连个小学生也要逃丁，岂不让人觉得这同后来的电影《抓壮丁》一样的滑稽好笑吗？

（原载于《合肥晚报》2003 年 7 月 7 日，原题为《巍峨如山》）

我当小货郎

在商品经济相当发达的现在，我的孩子就曾不解地问我，说我们家怎么就没人做过生意？其实，他们并不了解，他们的父亲就曾在商海的边缘蹒跚地走了两步。也许正因为这样，我才会从绝望中走出一条先前从未想过的路来。社会是五彩缤纷的，谁都可以在这里找到自己的位置，当然不仅限于经商。不过，那段极短暂的练摊，却也从来没有从我的记忆里淡去。每当想起它，我就像又回到儿时一般。

小学毕业后失学了。我有了失学的经历，才会知道失学的痛苦。

我的学习成绩并不比别人差，可是，我的同班同学不是到合肥上名牌中学，就是到梁园去上梁园中学。同学们一个个都"飞"走了，唯独我像只失群的孤雁，像只折翅的小鸟，心里头真的不是个滋味。

小学毕业后，我家转移到农村种地，我也就理所当然地成了一个小劳力。对于农村的苦与累，我并不在意。对于当个农民，我也从不耿耿于怀。可是，我却真的好委屈，像我这么小的年纪，本应该在学校里读书的呀！

我在地里插秧，心里总是想着故乡店埠，想着校园那棵大槐树上挂着的报时铜钟……所以，每当我直起腰来想缓口气的时候，总是面朝店埠，遥望故乡。父亲就挨在我身边，他也知道我的心思。所以，每当我从秧田里站起，他又总是严厉地训斥我："有什么看的，看也回不去了。""无可奈何花落去"，这也许就是父亲当时的心情吧！对于我和我的两个弟弟该上学而又上不了学，我不相信父亲的心里不酸，但他又没办法来改变这样的困境。所以，对于我的店埠情结，父亲便认为我在想入非非而很难接受。

如果父亲果真是这么看我的，那么他也就太不了解他的孩子了。我想读书，想回店埠，看起来不太实际。但真的去想，也并非绝对不可能。因为我家在店埠的老宅还在，栖身之处不是个问题。更为有利的是，老宅的隔壁便是县文化馆，那儿办有夜校，学习的地方也有了。我一时上不了中学，但可以上夜校，或借用阅览室的灯光自修。我之所以回不了店埠，最主要的原因就是没饭吃，也没人供给我伙食费。不过，我也12岁了，那么可不可以由我自己来挣钱吃饭呢？许多看来办不到的事，通过一番努力，也许会办到的。不过，一个孩子要想自食其力，也真的不是件很容易的事。好在我想过，即使是提个篮子卖油条，也不会饿肚子的吧！所以，对于重返店埠，我从未放弃，即使受到父亲的斥责也一样。

因为我的苦心追求，还终于有人向我伸来了热情的手。

我二姐婚后，二姐夫便到很远的地方找饭碗去了。那时，炮火连天，因交通与通讯受阻，他也就同家里失去了联系。时间越久，我母亲就越是为我二姐焦躁担忧。中华人民共和国成立了，别人家的孩子回来了，就连在外谋事的我的两个哥哥以及三姐夫也回来了。可是，唯独我二姐夫还是没有音信。因此，莫名其妙的传言也就传来，说这说那的都有。对于这种传言，母亲是不信的，但她望眼欲穿，却又不见二姐夫回来。家里的日子过得紧，母亲愁。而她更愁的，还是我的二姐。这世上，还有谁比我的母亲更了解女儿的心？

有一天，因为我二嫂的事，母亲要我陪她到我二哥所在的陆家畈去。当我们走到店埠与二姐婆家排头之间的宋花郢时，老远便见二姐等两人走来。母亲怎么也想不到，与二姐并肩走来的另一个人，就是我的二姐夫。母亲很久没笑过了，这时掏出手绢来揉了揉眼，眼红红的。二姐夫是头一天到家的，我们在路上相遇时，二姐陪着他正往我家去。二姐夫回来了，母亲心里的一块石头也就落地了。

二姐夫在外，先是跟人家学开汽车。待独立拿起了方向盘，又因战争很难挣到辛苦钱。好在他很节俭，也多少攒了点票子。可是，却又因货币贬值，金圆券如同粪纸，结果回来时也是所带无几。即使这样，他还是塞给我一沓票子，大概相当于现在的四五百元。他还和我说："你不是想自谋生路吗？就拿着这点钱去试试吧！"

二姐夫给我的这沓票子，在一个12岁孩子的眼里是笔巨款。可要拿这钱去"换碗饭"，却又真的很难。经过一番掂量之后，我决定摆个香烟摊。这比较容易操作，也没多大风险。虽然资金有限，规模却可大可小。就这样，我从合肥背回来十几条香烟，在我家门面房外，用自家的店门板，摆起了一个看来还像模像样的香烟摊。那时，我也曾想进两条高档香烟，一来上档次，再者利润大。可是，进高档烟，占用资金也多。那样，势必缩小了香烟摊的规模，生意反而不好做。生意搞起来后，我像个自由鸟似的，过起了我人生旅途中一段独自营生、亦工亦学，既艰苦又快乐的日子。

可要真的钱生钱,却又很难。卖香烟的人很多,除了店铺、烟摊之外,还有捧着个香烟盘子到处叫卖的。要使自己的香烟摊有竞争力,就必须压低售价。售价要低,就只能到几十里外的合肥进货,因为合肥香烟比当地的批发价低。可是,跑一趟合肥要耽误一天时间不说,且因途中的开销反而增加了成本。所以,一般人因为自己资金允许,总是跑一次就是一次,买回尽可能多的香烟。而我就不同了,因为资金少而周转不开,就只能边卖边买,频繁地往合肥跑。早晨看着星星出门,待太阳快落了,这才疲惫不堪地归来。那时没有汽车可乘,唯一的交通工具就是小毛驴。返程时,人家都是骑在驴背上,赶驴的人在后面小跑扬鞭吆喝着,驴蹄跑得嗒嗒嗒地响。为了节省这笔交通费,我就只好背着买来的几条香烟,跟赶驴的人比"飞步"了。

那时,店埠十天四集,即农历一、四、六、九逢集。逢集时,尤其是上午,街上的人摩肩接踵,生意相当好。十天中的另外六天为闲集,农村的人极少上街买卖东西,生意当然清淡。为了多做点生意,凡是店埠闲集,我又与同行一道,去距离三十里左右的周边农村小集镇赶集。店埠闲集,那里却逢集。我的这些同行,都是成年人,个子也高。所以,他们大步走,我就跟在人家屁股后面跑,而且还不能跑慢了。若是想喘口气,立马就被他们拉下一大截。他们也很同情我,想放慢点脚步等等我这个孩子。可是,时间就是钱,有哪个生意人不知道抢早呢?农村小集镇,许多都是"露水集"。若是不抢早,等你赶到时或许集上的人已经散去了。再说,我的年龄还小,也不敢离群。若在途中碰上坏人,岂不只好任人欺负了?有一次,到龙城赶集时,我一不留意,便被人顺手牵羊,偷走了一条香烟。一条香烟虽不值太多的钱,拿去了他也发不了财,可对我来说这损失可就大了。即使到龙城赶三次集,不吃不喝,挣来的钱,也补不上这个空。

香烟被偷,使我想到了一个问题:可不可以改变经营品种,去卖些琐碎的、不太值钱的,因此也就不太会有被盗的事发生了。于是,我缩小香烟摊的规模试着兼卖起小糖(水果糖)、饼干类的儿童食品。结果失败了,投入进去的钱几乎没有收回来。之所以弄得这么惨,原因很简单,一是自己没有摆放食品的设备,致使糖果、饼干回潮变软、变形以至变质。再就是我的摊位市口不好,不在学校门口或是孩子常到的其他地方。卖小糖和饼干是我一时心血来潮,既缺少对市场的了解,又没有很好掂量自己的实力,一句话,是我判断上的失误。我出道不久,脑子里转不过几个弯来,但已经卖了年把时间的香烟,心中是应该有根弦的。

卖小糖的失败,赔掉了我本来就很少的资金,致使香烟摊的生意陷入了困境。这时已经进入了炎热的夏季,"二十埠西瓜红到边",给了我一个很好的启示——

卖瓜。卖瓜既用不着很多资金,又有瓜农直接将瓜送到摊位上来,而且送的都是好瓜。就这样,我买了一把长长雪亮的西瓜刀,成了孩子中第一次敢吃螃蟹的人。

卖西瓜可以赚点差价,又没风险,所以卖瓜的人也就多,生意当然也难做。夏天炎热,人们图个凉。而当时的店埠连根冰棍也没得卖的,就更别说有冰箱、冰柜了。为了招徕顾客,卖瓜的都把西瓜泡在面盆的水里,美其名曰"冰镇西瓜",其实面盆里的水温跟大气温度差不多。既然冰镇只是个噱头,所以我也就不乐意效仿。不过,却由此启发了我,能不能搞个货真价实的透心凉西瓜?我家大院里正好有口水井,井深水凉,那可真算得上是个天然冰箱了。于是,我试着将西瓜放在网兜里,用绳子系着放到井中。西瓜是浮在水上的,为了让它沉入水下(越往下水越凉),我事先又在网兜下坠一块洗净了的石头。一个多小时后提上来,切开这个大西瓜,那可真的是透心凉啊!自此我也就以"透心凉大西瓜"赢得了半条街。我家隔壁是县公安局,二三十个干部一个夏季吃的西瓜,几乎是由我一个人给包了。井里冰西瓜是有限的,我也不用冰太久,冰久了就有可能污染了井水。因为西瓜是地道的凉,所以,价格虽比别人高,卖得却比别人多。忙一个夏季,我把卖糖果、饼干的损失给夺回来了。秋冬天即将到来,我重新又摆起了香烟摊。因为卖西瓜赚了钱,所以香烟摊上也有少量精品烟了。

做生意,即或像我摆的那个香烟摊,也是要尽可能搞得排场一点的。窝窝囊囊的,顾客就不愿问津。我的生意虽小,但也要有张光鲜的脸。所以,我在拆开整条烟的时候,总是非常小心地将那些空包装盒保留完整,然后将它们垒在摊子的后面,让人觉得那都是真家伙。有一天,税务局的同志来收税,见我的摊子上垒着那么一大摞整条整条的香烟,像是抓着了一条漏网的大鱼,喝问道:"谁是摊主?"我在一旁吓得腿肚子发软,呆若木鸡。未待我开口,临近摊子的叔叔抢先一步来给我解围,说我是个孩子,纯粹是为了找口饭吃。当税务局的同志得知这个挺有规模的香烟摊,是属于我这个年幼无知的孩子时,都很诧异。他们捏捏那垒起的整条整条香烟,原来那全是空盒子乔装打扮的,唱的是"空城计"。顿时,他们原本那一脸的严肃不见了,反而笑着说:"不搞点排场,怕人家不买你的香烟,是吗?你这个小鬼精!"从此,他们每次来收税,总是朝我笑笑,有的还特意掏钱从我这里买包香烟。

小买卖,能挣到多少钱那是笑话,更何况还经历了卖糖果那样的打击。所以,能把我这张嘴糊住也就不错了。说是糊嘴也真的不假,一天两餐,早上因为抽不开身做饭,就于10点左右才买两个点心或下碗光头面条,这既是早餐又是中餐。下午收摊后这才有时间做饭,通常也就是干饭加青菜(青菜是自己在庭院中种的)。偶尔连青菜也没有,就只好吃咸菜了。从初中到高中,我的历次体检均为营养不良,显然这与那段日子有关。就这样,我白天忙着挣钱来养活自己,晚上到文化馆去上夜校,或借用文化馆的灯光来复习已经在小学学过的功课。日子过得虽苦,也累,但却逍遥自在,有滋有味的。我不知道我还有没有机会上中学了,但我总盼着有这么一天。近两年时间的练摊,为的正是这个啊!

(原载于《江淮晨报》2004年9月16日)

报名二初中,差点遭"误判"

我曾想,假如我不回店埠练摊,那么后来又会是个什么样子?功课荒废了,即使有机会报考中学,我还能够在两年后与应届毕业生的竞争中成为胜者吗?

我也知道,尽管我有强烈的读书愿望,但真的要重返校园,却又像梦一样的虚幻。谁能给我缴学费?虽然我的两个姐姐都在合肥,可她们连自己的孩子都照顾得很不周全,日子过得相当艰辛。这种状况还能不能改变,岂止是我,就是姐姐们本人也不敢去想。

不过,我也并没有放弃,总还是希望着有那么美好的一天。

这一天,还真的让我等到了。

三姐从合肥托人带信给我,叫我带上毕业证书和照片,立即到合肥去,不可耽误。

什么事这么急?用不着继续往下看信,我便意识到了,考中学。

此时,三姐和三姐夫都由供给制改为薪金制。虽然他们拿的钱不多,却可以由自己来支配了。

我高举着信,兴奋跳了起来,不觉大喊一声:"万岁,三姐!"

接到三姐的信时已近中午。我哪里还耐得住性子,匆匆忙忙地收了香烟摊,连做顿中午饭吃也来不及了,买了两个人家早上卖剩下来的冷烧饼,身上就像背个小马达似的便上路了。那时,店埠到合肥的路,不像现在又宽又直的合店路,而是弯弯曲曲、起起伏伏、坑坑洼洼的土石路。全程五十华里,我这个小矮个子,却只用不到四个小时,便跑到了。连三姐也想不到,她早上托人带信,下午三点多钟,我便到了。

三姐问我,想报考哪个学校?我不假思索地答:"就考二初中吧!"

当时,包括合肥一中在内,招收初中生的学校有好几家。但就初中而言,二初中是叫得最响的。这所中学的前身,是于民国十八年(公元1929年)创建的安徽省立第六女子中学,那时就已经是所名校了。

三姐又问我:"失学都两年了,你还有信心吗?"

二初中既然是所名校,那么录取的门槛也就高。三姐的担心,也是很自然的。不过,练摊这两年,我在学习上也真的没虚度时间呀!过去在校时学过的小学五六年级的课本不仅未曾离开过我,而且我又重做了不少算术习题。所以,我同三姐说,我不求考个一鸣惊人,但也不至于无情地被录取的大红榜排除在外吧,我相信我有这个把握。

我一心想叩开二初中的大门,三姐听了后笑了。她说,要考就考名校,这也是她和我三姐夫所希望的。

就这样,在三姐和三姐夫的鼓励下,我壮着胆子走进了向往的二初中的校园,带着我的小学毕业证书和照片。

可是,且别说真的成为二初中的学生,八字还不见一撇,仅眼下这报名,便遭遇了可怕的"红灯"。这个小插曲,若不是一位女老师的"拨乱反正",那么,我的升学梦就只能是永远的遗憾了。

那时上初中,虽同现在九年义务教育制就近免试不同,但在报名时交验毕业证书却是一样的。我是店埠小学毕业的,而店埠小学又是肥东县中心小学,我的毕业证书就盖有红彤彤的店埠小学的大印。再说年龄,我虽失学两年,可年龄还小,是符合招生要求的。所以,对于交验毕业证书这事,我根本就没放在心上。

想不到,报名卡壳,问题恰恰就出在毕业证书上。

到二初中报考的学生多,因此报名处也就设在室外。一个由许多课桌拼成的长台,一边坐着学校的工作人员,另一边便是来报名的同学。接受我证书的是位年轻的男老师,人很热情。同这位男老师挨着坐的是位年约五十岁的女老师,人瘦瘦的,很精神。报名手续其实也很简单,递送上毕业证书、两张一英寸的照片和报名费,再由接待报名的工作人员发给准考证,这准考证当然是要贴上考生照片并打上钢印的。同学们都是高高兴兴地来,揣上准考证再高高兴兴地去。当那位男老师接过我毕业证书的时候,我同样也是这种心情。可是,那位男老师在接过我的毕业证书后,却又是意外地迟疑,不接我的照片,也不收我的报名费。我知道,遇上麻烦了。果然,那位男老师将毕业证书又从桌上推回给我,并指着证书上毕业年月说:"你是中华人民共和国成立前毕业的,因此不在本次招生范围内。"我也看了,纪年还真的是民国。轰的一下,一瞬间我的脑子全成了空白,就像一盆冷水,唰地浇到了头上。练摊谋生,做梦都想读书,难道终成泡影?

还有什么可说的呢,毛笔写的字,清清楚楚,明明白白的。我拿着这张于民国毕业的毕业证书,懊恼失望地走了。此时,我还是个年幼的孩子,没见过世面,不知道怎样冷静地面对这一意外,也真的是太老实了。此时,我说不出我的心里究竟是个什么滋味。

我是在中华人民共和国成立之后小学毕业的,为什么我的毕业证书上写的却是民国而不是公元呢?

当我带着这个问号往回走的时候,同男老师挨坐的那位女老师忽然叫住了我,要我再回去。女老师本来就较严肃,这使我更胆怯起来。"会说我弄假,跟我过不去?"我猛然间想到了这个。不过,我很快打消了顾虑,反倒镇定起来:"没有鬼,又怕什么?"

这时,我看见女老师已放下她手中的工作,正凑近男老师低语着。显然他们是在交换意见,至于交换什么意见,我就不知道了。不过,我倒也觉得,女老师说的很可能与我有关。

女老师收去了我的毕业证书,并指着证书上部大约正中的位置给男老师看。男老师似乎一下明白了,"哟"的一声,狠拍了一把自己的脑袋,脸红红的。女老师指着给男老师看的地方,原来是毕业证书上的毛主席像。虽然像是虚印的,但无论如何是不应该被男老师忽略的。所以,他的尴尬与惭愧,也就是很自然的了。毕业证书我当宝贝似的藏了两年,并非不知道上面印有毛主席像。可是,事到临头,却连这重大证据也给忘了,想不到以此来做解释和争取。如果说那位男老师粗枝大叶的话,那么我也就是个糊涂虫了。

我是 1949 年 6 月小学毕业的,而我的家乡早在 1949 年 1 月就解放了。我小学毕业时,尚未规范纪年方式,采用公元纪年和续用民国纪年均有效。我因失学两年于 1951 年报考二初中时,实行公元纪年已快两年了。所以,在 1951 年的招生中,碰上我这个"民国"毕业生,也就太少见了。那位男老师很年轻,缺少经验,对于纪年方式的变化不甚了解,不知道民国和公元年份的换算,再加之粗心,这便差点将我"错杀"了。

那位女老师的名字,现在我是不记得了。可是,她当年叫我回头那种关切的神态,却定格在我的记忆里,就像三姐当年为叫我到合肥考中学托人带的那封信一样。

贴着我的照片的准考证,在经历一场虚惊之后我还是拿到了。我的一个虚幻的梦,也终于成了现实。

被冲散的毕业盛宴

1954年大水,距今已整整50年了。我见过1991年大水和在这前后发生的大大小小的水患,可唯有50年前那次大水给我留下的记忆最为深刻。

那时我还是个孩子,就读于合肥二初中(即现在的四中)。大雨当天,是我们毕业班聚餐。因为平时同学们生活十分艰苦,所以离校前,学校总是用"伙食尾子",让大家痛痛快快地撮一顿。

当时,学校条件简陋,同学们都是蹲在地上,八人围成一团,打发一日三餐的。为使毕业聚餐不再是地摊宴,学校决定用课桌(每两张课桌拼为一张餐桌)替代,并且将就餐地点由礼堂移到礼堂与教室之间的室外空地上。

就当大师傅们忙着往餐桌上的盘子里打菜,盛宴即将开始的时候,忽然狂风顿起,乌云从城隍庙方向滚滚而来。顷刻间,尘土飞扬,天昏地暗,这雨说来就来了。

事情来得这么突然,弄得大师傅们措手不及,只好扔掉手中的大勺子,抱着大菜盆就往礼堂里跑。可是,那一桌桌已经盛好了的鸡、鱼、肉圆,那一大桶一大桶的蛋汤和米饭,仅靠这几位大师傅是来不及转移的。不用动员,已经先到的同学们便纷纷放下自己手中的碗筷,参加这场饭菜大转移。有个并非毕业班的女生,在回家路过这里的时候,也毅然加入到这个抢救饭菜的行列中。她很娇小,被雨水淋得像个落汤鸡似的,出没在这大风大雨中。

谁也想不到,这雨一下起来便没有个尽头,而且越下越疯,好似老天决了大口子,白花花的水直往下泻。很快,校园便积水了,由教室往大门走,越走水越深。

当时学校大门向南开,面对安庆路。大门后是一口池塘,池塘上有一座南北向的古色古香的小石桥,而这小石桥又是师生们出入学校的唯一通道。那天,许多家住市区的同学,因为躲避风雨而滞留学校。天黑了,他们不能再等待了。就是冒着再大的风雨,也必须回家。可是,这个时候,小桥一带的积水,已经齐腹深了,谁也辨不清哪儿是池塘,哪儿是陆地。当时,又因为暴风雨造成停电,整个校园一片漆黑。如果谁失足掉进池塘,那后果不堪设想啊!我是个旱鸭子,平时胆子又小,当时不知哪儿来的勇气,还居然一个人摸到了小石桥上,手拼命抓住已淹没在水中的小桥栏杆,声嘶力竭地向等待回家的黑暗中的同学喊道:"向我这儿走,向我这儿走……"雨在头上浇,浸泡在水中的下半个身子,因为水的流动冲击,摇摇晃晃的,整个人就像是无根的浮萍似的。一不小心,我就可能一头栽在小池塘里。可是,我这个小矮个子后来也和自告奋勇当起了航标的同学一道,送走了滞留在学校的同学,直至最后一位。

毕业聚餐被冲散了,可是,那些曾诱惑着同学们的美味佳肴却因抢救及时而损失很少。因为风雨太大,而同学们又大多没带雨伞,所以无法统一开饭。为此,学校决定,将饭菜重新加热后放在礼堂里,来一个吃一个,由同学们自取所需。这顿饭,也就成了本校历史上第一次自助餐。可是,我这个"小馋猫"却没有这个口福。因为在疏导同学离校后,我便又加入到老师们抢救财务档案和实验室仪器的行列中。事情大体干完了,我这才像从水里刚钻出来的一个水人似的,回到了寝室。这时,我真的饿了。可是,夜已深了,礼堂里的摇曳的烛光早已熄灭了……

第二天,我同几位同学去东门看水。走过鼓楼,到了大约如今李府的那个地方,便被水拦住了。我这才知道,因为昨天一场大暴雨,明教寺以及整个东门一带,几乎半个合肥,已经漂泊在一片汪洋之中。1954年的那场暴风雨及其所带来的大水,就这样留在了我的记忆里。

(原载于《江淮晨报》2004年6月24日)

沉甸甸的母爱

"我的母亲",这是1957年高考的作文题目,我就是那年参加高考的。当我看到这个标题时,不觉鼻子一酸,差点掉下泪来。一个月前,我母亲在走完了58年的短暂人生后,永远地离开了我们。

还是在我上小学的时候,我家的日子就已经过得很难了。常有这样的事,一顿饭烧成半熟,柴草没有了。母亲便边掉泪边将小凳子类的小家具砸了,这才勉强将饭做熟。后来再也没东西砸了,甚至连我们读过的课本、作业簿也被拿来救急。全家人,就靠母亲一个人在几十里外种几块田为生,常常难到连做饭的柴草钱也拿不出来!

有一回,母亲又要去农村,为的是背点从地里收上来的粮食回来过年。她临走前给了我一点钱,要我买一块深色布料,待她回来后给我做过年穿的罩衣。可是,我却因为受到医生穿的白大褂的影响,居然买了一丈多白布。过新年,买白布,穿白大褂,这是要干什么?母亲是位从不轻易动怒的人,这回可是不放过我了。她一回到家,便怒气冲天,要跟我算账,吓得我东藏西躲不敢进门。给我做套新衣,这是连弟弟们也没有的,这钱来得是太不容易了。这时已经是晚上七八点钟了,外面一片漆黑。母亲见我久不归来,爱子之心又使得她疯了似的到处找我。那种让我胆寒的斥责声消失了,代之而来的是母亲那关切、焦急的呼叫。这叫声在这夜里听来,是多么的急切、失望和凄凉。我再也不忍心躲了,宁愿受顿重罚,也要回家去。可是,母亲非但连个巴掌都没打我且连句重话也没说,她只是躲在一个角落里抹泪。

几天后的春节,我还是穿上了新罩衣,咖啡色的,布上还隐约地显现着黑而亮的条纹。后来我才知道,我的这套过年时穿的新衣,原来是母亲用给她自己治病购药的钱买的。第二年我小学毕业,我就是穿着这套罩衣照的毕业照。已经半个多世纪了,这张已经褪色泛黄的黑白照片,我至今还珍藏着。珍藏这张照片,就等于珍藏那段记忆,珍藏刻骨铭心的母爱。

母亲的病,其实就是胃病,久拖不治才日渐严重的。后来,三姐曾领她到省立医院看过,医生说可治,但要手术。可是,仅仅四五十元的医药费,却拿不出来。姐姐当时也难,而我和弟弟在合肥上学,还得拖累她们。因为筹不到这笔钱,母亲的病就只能是不得已地再次拖下了。其实,路也还是有的走,法子总归也还是有的,比如卖血。只怪我们这些做孩子的太粗心,太糊涂,居然连血可以卖钱这事也不知道。后来我想过,即使我一个人的血不够,也还有弟弟和姐姐。有我们兄弟姐妹的血,还怕换不来母亲这笔手术费吗?

有句名言,叫"可怜天下父母心"。

我和弟弟上学时,虽然都拿到了助学金,也得到姐姐的帮助,但还是很困难的。因此母亲直到她生命的最后,还是要姐姐答应她到逍遥津公园找个挖树坑的活干。时值严冬,风很大,母亲是边挖树坑、边呕吐,两天没到,便再也干不下去了。母亲都已经到了这个时候了,还要去挣那几块钱,究竟为的是什么,母亲从不说起。还是在她去世后多年,我才从父亲口中知晓。原来为的是让我在考大学时有支钢笔,让弟弟有条体面点的裤子。尽管母亲已经知道她的这个愿望落空了,可她在临离开合肥前还是同我说,待天气暖和了,她还会到合肥来找工做。哪里知道,母亲回家后,便再也没到合肥来了。

一次我去乡下看望母亲,从三里街一个小店买了包红糖,这是用姐平时给我买牙膏、理发的零花钱买的。想不到的是,就这么一点点红糖,母亲也是老大地不乐意接受。她说:"往后别再顾死的了,要顾活的。"母亲这话我听得懂,就是她已经是个快要死的人了,花钱也没用,还不如把钱用在孩子们的学习上,这才是最有意义的。母亲就是这样一个人,即使到了她生命的最后,她心里装的还是她的孩子,唯独就没有她自己。

母亲远去了,她留给我的记忆,化成了我用眼泪浸润过的文字,写进我的日记里。母亲逝世后那一周,我一天一篇千字文,说的都是母亲的事。怎么也没想到,一个月后的高考作文也是有关于母亲这个题目。我很自信,这篇作文我的得分不会低。

时代变了,社会发展了,因为缺钱而耽误治病的日子也将永远过去。母爱一直在我的心里,它永远都是人类最温馨、最感人的一笔精神财富。

母校那片小树林

我离开合肥一中,已经是很遥远的过去了。可是,母校那片小树林,我却从来也没有淡忘过。这是因为,它留给了我太多的记忆。

那时,每当课后,同学们大多有几项选择,要么继续留在教室,到题海里游泳;要么一头钻进宿舍,半躺在床上啃书本;或是到操场和球场上去,弄个大汗淋漓。我则有点不同,常卷上一本书,溜到城墙根下,投入那小树林的怀抱。

那儿恬静,静得唯有风吹树叶的沙沙声;那儿有浓浓的绿荫,绿荫下稀疏地绽放着几朵野花,有白的、黄的、红的和紫的;那儿的空气经绿叶的洗滤净化,像是被擦得十分干净的玻璃一样透明。当我聚精会神地背诵一首唐诗,或是在为当天的日记编织腹稿的时候,往往会有一只蚱蜢跳到我的脚前。这时,我会不声不响地伏下身子,伸过手去,搞个突然袭击,这个小不点的腿长,一跳老高老远。虽然我从未想放过它们,可到头来,我还是没有实现零的突破。每当这时,太阳多已躲到巍峨的古城墙那边去了,可那烧红了的晚霞,却把这婆婆娑娑的小树林,染得一片灿烂。因为我要在晚自习铃响之前,将腹稿记到日记本上去,所以,到了这时,我已经不能再留恋这小树林了,该回到教室去,老师布置的作业等着我呢!

想不到,十年后我这些写树、写晚霞、写捉蚱蜢之类的学生日记,却给我带来了麻烦。那些红卫兵,戴起了红袖章,口口声声说我是"走资派",拿走了我前后写的一共十大本日记。而我日记中流露出的,只是一个在红旗下长大的、年轻学生对生活对党对社会主义那种质朴纯真的热爱。后来,他们把日记送还给我了,一本不缺。只是同时被他们抄走的我的一套线装《红楼梦》（这是我珍藏而现在又很难买到的），至今下落不明，不知被谁占为己有了。一气之下，我将这重新归还来的日记，一本不留地全给撕了，并以一根火柴焚毁。现在想想，也真是太可惜了。如果这些日记还在，我岂不可以常常翻翻，让自己再回到过去，再在那小树林里徜徉，放飞年少时那美丽而又充满激情的遐想。

因为一中百年校庆，我又一次走进我所熟悉的校园。虽然学校及其周围变化很大，增添了许多新的建筑，可那小树林却并没有因为现代化城市建设而消失。从前我们亲手种植的那一棵棵小树苗，在经历了四五十年的风霜雨雪之后，如今也都成了林中的骄子。它们那一条条粗壮的臂膀，横伸过高耸着的学校建筑的楼顶。它们那婆婆娑娑的绿叶，在校园的草坪上留下数也数不清的金币似的阳光。现在，小树林已非当年那一小片了，而是同这个城市的"翡翠项链"融为了一体。所以，也就更为壮观了。

同过去不同的是，小树林不再荒疏偏僻，不再是人迹罕至的地方，宏大而又明亮的图书大楼、科学馆以及造型新颖别致而又设备现代化的体育馆，就掩映在那小树林的绿荫中。

（原载于《安徽广播电视报》2002年11月2日）

奶妈家的干鲊肉

从前，每当寒暑假，奶妈总会接我到她家去过些日子。而每当我去之前，奶妈早就将干鲊肉给做好了。她知道，干鲊肉是我的最爱。

20世纪60年代初的"瓜菜代"岁月，猪肉从餐桌上消失了，就连能够吃顿饱饭也成了大家一个难圆的梦。我下乡去看望奶妈，怎么也想不到，她老人家不仅给我煮了顿萝卜饭，而且还在我的饭碗上头就像叠罗汉似的堆加了好多干鲊肉。那天早晨，我在机关食堂只喝了两碗稀粥，"浪打浪"的，这也是当时唯一能选择的口粮。再骑几十里路自行车，在农村小路上，摇头摆尾，吱吱呀呀的。有时还得走田埂，缺口又多，就只好"车骑人"了。经过这么一番折腾，还没到奶妈家，我的肚子便闹起饥荒来了。所以，端起奶妈家的碗，特别是见着了那叫人垂涎欲滴的干鲊肉，我简直就是狼吞虎咽了。可是，奶妈却不动筷子，坐在我的身边，为我摇扇。我凉爽了,而她自己却是大汗淋漓。那个时候,有谁不是处在饥饿之中?奶妈不是铁铸的呀!我知道,她不端碗,为的是让我吃个饱。我把碗放下了,来个激将法:"奶妈,你若不吃,我也就不吃了。"奶妈拗不过我,终于走向锅台。可是,她给自己装的,却只是半锅铲的饭。她怕我讲她装的饭太少,于是端起壶来便往饭碗里倒水。萝卜漂在上面,白花花的,看似一大碗饭。可是,萝卜下面却全是水啊!奶妈遮掩不了,于是说:"天气太热,我只想喝点稀的。"我把我碗头上的干鲊肉夹给她,她却坚决阻拦,并说这是专门留给我的。这时我才知道,在以野菜、稻草和树皮充饥的年代,奶妈这干鲊肉的来历了。一个月前,生产队将唯一一头老母猪杀了,一户分得一斤多肉。除去骨头,其余的奶妈就全晒成干鲊肉了。她在外地上学的儿子上周回来,蒸了几块,余下的就全在我这碗里了。奶妈说,她约莫着这会我会来的,所以,这干鲊肉她同老头俩谁都没动过。她还说,没有大米饭给我吃不要紧,但这干鲊肉是无论如何也要留给我的。奶妈的脾气我知道,她让我吃,我就一定得吃,而且要吃得一点不剩。否则,她就不高兴,唠叨得没个够。老母猪肉,如今只要一提起它,人们就会骤起鸡皮疙瘩。可是,在那时,却很难有这样的口福啊!

到超市里去溜达,常会见到食品橱里用纸盒包装的干鲊肉。我也曾按捺不住地买了一份,可回家一尝,却怎么也找不到从前那种感觉。说起干鲊肉,还是我奶妈家的可口。

其实,我奶妈做的干鲊肉,并没有如今城里人做得讲究,鲊面非得用品牌的不可。奶妈用的鲊面是她自己磨的,最多抓点八角放里面。鲊肉晒得差不多了,并不急着吃,而是把它放在竹制的"猫叹气"里,用绳子扯到屋梁上,高高地吊起。何以这样做?一是让鲊肉继续风干,再就是让猫和老鼠无法贪嘴,只好看着鲊肉叹气。经过暴晒和风干的干鲊肉,捡起它对着亮处看,透过鲊面焦黄的外衣,肥肉是半透明的,瘦肉则呈现红褐色——接近鲜瘦肉的原色。上大土灶蒸,香气四溢。再上嘴一咬,齿间飞油,满嘴喷香。那种滋味,美得真的没法说。

从不懂事光着屁股到处乱跑的娃,到背起书包上学堂的老大孩子。我从没少吃奶妈做的干鲊肉,直到婚后我领着爱人去看望她老人家,餐桌上除了农村习惯的"四大盘"之外,还特地加了一小碗干鲊肉。奶妈叮咛我爱人说:"这是道节喜欢吃的。"奶妈高寿90多岁,可当她快80岁的时候,眼睛便失明了。自此,我就再也没吃到她老人家做的干鲊肉了。可是,那干鲊肉的余香,却缭绕在我的记忆中,就像奶妈活在我的心中一样。

除"四害"获了奖

最近,因为暖气工程,我在翻箱倒柜中,偶然发现一张精致却已经泛黄破损的大奖状。这张奖状是合肥市除"四害"总指挥部授予除"四害"积极分子的。我作为为数不多的积极分子之一,获得了这一奖励。

在我的印象中,半个世纪前的除"四害",用的也是战争中常被采用的人海战术。当时我正在合肥一中读高二,不是毕业班,理所当然地要被卷进去。每天除了上、下午的六节课得到保证外,其余时间便去"为民除害"。晚饭后将碗一丢大家便两人结队或三人一组,到郊区农村去捉麻雀,捣鸟巢。待归来时,宿舍楼早已熄灯,校园一片宁静。作业完成得怎样,不会受到追究。但除"四害"的指标,每个人都得完成。可是,麻雀是空中飞的,又很机灵,而且树上、田野四处藏身,无法一网打尽。于是,一个绝妙的点子出来了,来个遍地红旗舞,无处不响锣,将大地搅动成一片翻腾可怕的火海,吓得麻雀不敢落地,不敢回巢,在空中四处奔命而活活累死、饿死。这种疲劳战术、饥饿战术,使麻雀难以幸免,对于喜鹊也同样是灾难性的。按规定,毙命的麻雀都被送到市食品公司,可因为数量太大,食品公司即使增加人手也忙不过来。凡是收下的,他们将麻雀油炸后上柜出卖,每只2分钱,活泼可爱的小麻雀,变成了人们的盘中餐。

评选除"四害"积极分子,条件是看战绩。我不是个爬高摸低的人,对于上屋爬树捉麻雀是不可想象的。见了同学一把抓几只光秃秃无毛的幼鸟,我会浑身起鸡皮疙瘩。所以,我的除"四害"成绩远非优秀,甚至连及格都难。除"四害"积极分子桂冠授予我,使我糊涂了好大一阵子。后来我才听说,之所以颁发给我那张奖状,是因为我写的一篇作文。

一个星期天,我到包河去捡摔死的麻雀,以备周一上交。无意中,却在树下发现一只死了的喜鹊。它身上没有枪伤,也不像病死的,而是和麻雀一样是累死的、饿死的。对于围剿麻雀是不是个错误,那时我没想过,既没有这方面的常识,又没有这种勇气。可是,喜鹊之死,却对我冲击很大。我问自己:"难道喜鹊也该遭此下场吗?"回校后我仍平静不下来,于是,我将所见和感受写成一篇作文。现在,我还依稀记得这篇作文的大意,说一个天真的女孩,到公园里去网麻雀,却无意中捡到一只头破血流的喜鹊。这只喜鹊是冲破了人们撒向麻雀的天罗地网后摔到大地上来的。幸运的是,它还没死。她见它十分可怜,便将它带回家。她找来了树枝和落叶,给它做了个舒适的巢。她给它喂水,还用自己的零花钱,给它买来它爱吃的谷物。在小姑娘的关爱下,喜鹊康复了。她又捧着它,将它放回了蓝天。自此以后,这只喜鹊便天天都飞到小姑娘家房前的香樟树上,为她唱歌。可是,好多天过去了,这只喜鹊依然是孤零零的。原来,它失去了伴侣和孩子,是只孤鸟。小姑娘发现,她家这个大院,也不再是鸟语花香的了。这个故事是我学着小说的写法编的,虽无意也不敢去影射什么,却也暴露了我当时的想法。那个年代,我又是一个学生,哪敢随意乱说话?所以,当我将这篇作文送上去之后,却又担惊受怕起来。好在那时已经到了除"四害"后期,私下里为麻雀说点好话的人也多了起来。所以,我这篇作文不但没有受到责备,而且还获得了"甲"的好评。我的班主任王英,是位年轻教师,敢说敢为,也就把我推荐到学校,让我参加学校的除"四害"积极分子评选。在他看来,我既积极参加了除"四害"运动,又爱鸟。所以,拿到学校去评选,是十拿九稳的。

麻雀算不算一害?现在已经没有争议了,科学家已经用数据给它平反了。受到株连的鸟儿们,也都回来了。曾经消失多年的包河公园里的灰喜鹊,如今在枝头跳来跳去,甚至成双成对地落在游人的脚前,嬉戏啄食。省城的"翡翠项链",就更是鸟的天堂了。身披五彩霓裳的它们,整天叽叽喳喳的,像是在窃窃私语,又像是在吟诗唱歌。人们植树造林,净化水源,为鸟类营造了一个安全舒适的环境,于是,喜鹊唱着、跳着,也回来了。

(原载于《江淮晨报》2006年11月23日)

我的大学：全国射击教练员训练班

我这一辈子，多半是在"爬格子"，可我接受的职业教育却是射击。两者南辕北辙，是靶场的硝烟改变了我，并引导我走上人生旅途。

那年高考，当我正焦虑地等待着录取通知书的时候，班主任忽然把我叫去，说我已被录取，上另一种形式的大学——全国射击教练员训练班。安徽仅有6个名额，许多同学争着要去，可我瞻前顾后，犹豫不决。在经历过思想上一番激烈斗争后，我终究还是走进了一个连做梦都未曾梦见过的地方——北京西郊射击场（现在的国家射击射箭运动管理中心）。

我们这些学员都来自学校，对射击学、兵器等课程并没太多认识。都没练过射击，我们最想要的便是打10环的本领。开学一个多月的第一次实弹课是我久已盼

1957年，作者（左一）同全国各地近200名应届高中毕业生一道走进北京射击场进行为期2年的全国射击教练员训练班学习。前排右一为三班班主任侯孝筠。

望的。可真的到了那份上,大脑便又主宰不了自己,心咚咚地跳,脸火烧火燎的。我知道子弹不会掉过头来打自己,枪膛也不会爆炸,可就是不敢让食指在扳机上加压。到了再也不能拖延下去的时候,我这才不得不发了个狠。于是,猛扣、耸肩全来了,头动身摇的。这样一来,原先构成的三点一线,在子弹还没冲出枪口前便拧成了麻花。示靶牌从靶壕里探出头来,在我的目标前画了个大圆,这是告诉我,我为国家节省了张靶纸。尽管我对这一枪并不看好,却也没想到会丢人到了"吃烧饼"这一步。我不服地取来靶纸,躲在一个角落里去瞅,找了个遍,还真的不见那个豆粒大的小窟窿。我打了颗飞弹。

我这个典型看来是躲不过去了,即使不会挨训,也会来个"不点名的点名"。没想到,教员非但没给我脸色看,而且还拿了我的第二张靶纸,说:"同第一张靶纸作个比较,看看最大的不同在哪里?"教员笑了,我也乐了。第二张靶纸上共有5个小洞,五枪五中,除了一个3环外,其余全在黑心里,而且还有一个10环和一个9环。有了第一枪的实际体验,第二枪就不会再是那样胆小了,这就是人们常说的万事开头难吧!所以,不用教员点拨我也明白了,靶场上的从容与沉着,其实就是一枪又一枪,一个又一个10环的积淀。

明白了这个道理,我也就从飞弹的阴影里走出来,把心思集中在枪上,尤其是我喜欢的那支形似大鸡腿的专用手枪。那时的靶场是露天的,不比现在封闭或半封闭冬暖夏凉的舒坦。夏天,钢筋水泥的靶棚被太阳烤得像个炕房,散发着臭汗味的又厚又重的训练服,将后背焐出一窝窝的痱子,痒得钻心。冬天,从西山坳卷来的迎面西北风,带着零下八九度的低温将食指冻得失去知觉。有天无意中发现自己的手丰满了许多,不觉高兴地嚷:"每天这六菜一汤,把我们这些穷学生给喂胖了!"可是,却有同学说:"你也不细看看,你的手都成了发面馒头了。"我不信,因为我的手自幼就未曾冻伤过。那同学一把掐住我的手,叫我再瞅瞅。我不觉一怔,手不仅胖了,而且还亮汪汪的。我们一周一考核,两周一场比赛,谁练得好,谁落后了,全在靶纸上。所以,凡是实弹训练,大家嘴上不说,可心里都有一本账。都是20岁的人了,谁没个自尊心和荣誉感。班主任侯孝筠其实大不了我们几岁,大家都把她当成大姐姐。一次考核前,她跟我开了个玩笑,说只要我获得优秀,她会给我个红包。我说:"当真?"她笑着点了点头。这次考核我果然没负班主任的期望,于是她唤来工作人员,用射击场公用的相机给我拍下了一张照片。自此,"照相奖"也就成为我们三班的一项激励措施。

我到北京练枪,在我的人生中只是短暂的一瞬,可它对于我的漫长人生路却是很重要的。

后来我被调任为《体育报》(即现在的《中国体育报》)记者,就同我第一次走进靶场时情形几乎一样,甚至困难更多,压力更大。也许就是因为曾有过打飞弹的记录,有过拿枪的这段经历,才使我有勇气也有信心面对新的挑战。

(原载于《中国体育报》2013年6月8日)

北京,那夜风雪

秋去冬来,又到雪花飞扬的季节。已经好多年了,由于气候变暖,雪也变得稀罕了,下得少,也下得小。不过,银装素裹,一年中也总还会见到的。看着那纷纷扬扬的漫天飞雪,我又像回到了亦梦亦幻的童年。堆雪人、打雪仗……多让人向往啊!可是,在有关于雪的一切记忆中,让我最为刻骨铭心的还是另外一件事。

那年我19岁,在北京西郊射击场学射击。一个星期天下午(上午训练),我进城到合同医院看眼。因为看病的人多,等轮到了我,已经是下午4点钟了。扩瞳用去一个小时,当我走出医院,电报大楼的大钟已敲了五下。当时去射击场,可从西直门乘假日火车,也可从阜成门坐郊区班车。因为遇上人流高峰,等我赶到了西直门,火车却在我到达前15分钟就开走了。这时,我的头冒汗了,因为再有不到半个小时,阜成门的末班车也将开出。这20多分钟,我如何能赶得到?我上了这个车,再换那个车,还算运气,没因换车而耽误时间。可到阜成门,也快6点半了。而末班车正好是6点30分开车。我拼命地跑啊,边跑边喊边挥手,请司机等一等我。因为相距很近,司机应该是看到我的,抑或没看见,也会听到我的喊声。可是,就当我已经跑到了距车只有头十米的时候,他却将车开走了。车上只有几名乘客,却将我甩在了街头。

我在医院的时候,天就已经下雪了。这时,路上的积雪已有一厘米厚。我站在马路边,呆看这连天大雪,不知道该怎么办。去前门火车站候车室过夜吧,不行,因为,夜不归宿,是不允许的。步行回射击场吧,又不认识路。风雪天,又是黑夜,沿途农家都关门闭户的,找人问问路都不行。进不是,退也不是。焦灼、困惑与无奈席卷而来,我不由自主地在心中呼号:"怎么就这样无助啊?"

就在这时,一辆人力三轮车吱吱地从我身边过去,车上的人还回过头来向我瞅瞅。也许是一种关心吧,车从我身边过去之后,又掉过头来,在我面前停下。蹬车的人问我:"下这么大雪,你站在这里干什么?"借着路灯的昏暗灯光,我隐约看见这个蹬车人原来是位老人,雪花落在他的帽子和衣服上,白花花的,他像位慈祥的圣诞老人。当他得知我面临的困境时,二话没说,主动提出要送我到射击场去。相距三十多里,有谁乐意跑这样一趟啊?即使愿意,那也非得敲你一笔不成。没有三四十元甚至七八十元,是不会有人干的。可是,我还是个学员,一个月就拿五块钱零用金。老人可能看出了我的无奈,便又说:"孩子,别为钱犯愁。你就是一文钱没有,我也会送你的。"说着,便一把将我拉到车上。吱吱地蹬车走了。

　　风卷着雪花,大地一片白。老人每蹬一脚,都会吆喝一声。这雪地跑车,是太吃力,太辛苦了。一个年纪轻轻的人,反倒让一位老人来拉车,能心安理得吗?我说:"大爷,我来蹬车,你就坐到这后面来吧!"老人笑了笑:"得,还是我来。我认识路,又熟悉我这车的脾气。"途中,因雪大路滑,再遇上个坡,车是骑不上去的。这时,老人这才同意我下车,他蹬车,我在车后推。从阜成门到射击场,平时坐班车,也不过半个多小时就到了。可这晚骑三轮车,却用去了近三个小时。老人吃的苦,我太明白了。他把我送到射击场外的公路上,我下车了。他还关切地问:"你这么晚了才归队,不碍事吧?"我请他老人家进去喝口热水,也好暖和暖和身子。他却执意不肯,并说:"老伴在家等着,怕她不放心啦!"他抖抖身子上的雪,跨上车,吭哧、吭哧地又走了。白雪皑皑,万籁俱寂,我目送老人骑的车远去,直至消失在迷蒙的风雪中。

　　这一夜,我怎么也睡不着,心里就像翻江倒海似的。这寒冷的风雪夜,谁不想早点回家?谁不想去焐焐温暖的热炕?大爷,我们不曾认识,非亲非故,你为的是什么?

　　那个风雪夜,会铭刻在我心中,永远,永远……

(原载于《江淮晨报》2007年2月1日)

成为教练员

　　当我们即将从全国射击教练员训练班毕业的时候,经领导同意,每人印制一件球衣,背后的字为"中央射训班"。我们就是带着这件可以作为纪念的、又普通的运动衣,回省备战第一届全国运动会的。有一次我去浴池洗澡,有一个我根本不认识的击剑队队员,见了我背后的字,很不友好地将我从座位上挤开,而且嘴里还嘟嚷着很刺耳的话。后来我才听说,这个队员原来是省体校学生,自认有点资历。在他看来,"嘴上不长毛","中央射训班"又咋的啦?不欺负你又欺谁?

此事使我想到我未来的工作,是不是也有可能会遇上类似的情形?

我们从北京回到合肥,一行六人全部留在省射击队。我们到队时,几十名队员经初步选拔后正在进行集训。经过一段时间的考察,我们从北京回来的六个人中,只有许从源和我等三人留在省队,分别担任步枪、手枪和移动靶三个枪种的教练。经过研究、协商,在集训队员中划给我十几名队员,开展慢射、速射和慢加速射手枪中全部三个项目的训练。这十几名队员,同我年龄不相上下,有的还比我大几岁。这些队员中,大都是高中生,有的还是大学生,文化水平同我相仿。虽然这些队员来自基层,并未经过从理论到实践的全面培养,可从业余训练直到比赛,他们谁都比我更有发言权。面对这样一个局面,我将如何开展工作?既然洗澡时遇上那个与我不相干的人都那般欺生,那么这些将要与我朝夕相处的队员,就不会有人漠视我?

当时,"三面红旗"席卷全国,无论你情愿或是不情愿,谁都在跃马扬鞭"大跃进"。即便像射击这样的慢工细活,也不可能是另一种节奏。于是,只要到了靶场上,便是无休止地三点一线。也不知道每一次击发是否有益,只要是你去做了便是好的。队员在训练中还可以有个搁枪体会的短暂休息机会,而教练员则不可以。这个队员休息,而那个队员则正在举枪当中。教练员的眼和心,无时无刻不在紧盯着运动员枪支上的准星,如果稍有疏漏,就不能去捕捉到运动员击发瞬间技术动作上的毛病。一枪命中如何,教练员是可以从准星跳动上做出大体判断的。一天训练时间长达十个小时,仅连续在那儿站着,就已经是累得浑身像散了架似的。不过,有"十五年超英国"的冲动,这种疲劳战也就不觉得什么。再加上那时年轻,一觉醒,第二天便又抖擞精神来了。直到现在我也未搞明白,那段时间的热火朝天,对后来的训练好处究竟在哪儿?

我同我的十几名队员,就是在这场炙热的"全民战争"中建立起兄弟式感情的,这一点,大概可以算是难得的一点收获了吧!那时,他们练多久,我就陪读多久。他们练得多苦,我的苦也不比他们少。不过,一般人难免会质疑,我这个10环打得少的年轻教练,就能教出一个出类拔萃的队员来。嘴上讲的,不如看靶纸上的,我的兄弟们不能说就没有这种看法。虽然他们不好意思在嘴上说得很直白,但我可以察觉到他们心里想的是什么。所以,我也在寻找机会,一旦能够出手了,我也会来个偶尔露峥嵘。

我当教练员,有其长处,即由射击学理到实弹射击全学了。作为一名教练员,如果缺失理论这一课,那是很不可取的。但是,我也有短处,即未经过运动员"枪林弹雨"的洗礼。没有优异的运动成绩,所讲的就难让队员们心服口服。对于这点不足,其实我早在北京训练时就已经意识到了,所以无论长、短枪,运动(专用)或军用枪的实弹射击,我从未放松过。尤其是手枪几个项目,就更是抓得紧了。我好像有点先天之明,总觉得我未来就是搞手枪教学的。在北京射击场训练,时间虽短,可我却也写出了一篇四千多字的论文《关于武器的稳定性问题和手枪速射》,这篇刊登在北京射击场《技术资料》上的文章,应该是我学习与训练的总结了。可见,我在训练上是用功的,也是有成效的。所以,当了教练后,让队员们来考考我,心里还是坦然的。不过,在队员们面前,却又是不能失败的。靶纸上乌七八糟的,以后谁还会听我的?要打10环,当然得有打10环的技术,这是最根本的。可即使有了好的技术,却又不一定就准能打出10环来。世界顶级选手都会翻船,何况拿枪还不到两年的我?所以,面对队员们的这场考试,我还得找一个机会,给自己留个台阶下。打好了,给大家做个成功的示范。万一打砸了,也不至于面子太难看。

当时,武器弹药严重短缺,练手枪慢射的多以"五四式"军用手枪替代"大鸡腿"式的专用枪。军用手枪的枪短管,精度差,后坐力大,所以射击难度也就大,这同专用枪是不可同日而语的。但这又并不等于说,使用军用手枪在运动训练中就获得不了的好成绩。成绩不好,或是武器上的问题,也可能是射手自身的原因。在通常情况下,后一个因素居多。

手枪慢射有名队员,成绩停滞不前,本人也很苦恼。他怨枪,可唯独不愿意在自己身上找原因。我同他说了道理,却又很难让他明白过来。钻进了牛角尖里,最好的办法就是让他"枪上生花",由别人来打。

大家不是想考考我吗?那么就让我来当一回射手吧!打好了,给大家交一张合格的答卷,同时也为那名怨枪的队员解开思想的结。

我拿起那名队员的枪,沉着镇定地走上靶位。之所以一点儿也不紧张,这可能就得归功于这支已经被人认为有问题的手枪了。

大家听说我要真枪实弹动真格的,立马也都搁下自己手中的枪,十几双眼睛几乎都定格在我的身上。靶场上只有三个弹着镜,那是供观察靶纸上弹着用的。要想立即知道我的成绩,就只有依靠它了。所以,这个"长枪短炮",立刻紧俏起来,成为大家争抢的对象。动作快的,抓住一台是绝不放手的。行动慢的,就只好耸耸肩,失望地靠边站。不过,他们也并不乐意当一般观众,而是过起了教练的瘾。他们用自己那双锐利的眼睛,将我从举枪到击发的一系列射击动作全给拍摄下来。我屏住呼吸,他们也跟着屏住呼吸。我在射击,我的队员们也不由自主地就像自己也在射击一样。场上鸦雀无声,一片寂静,只有远处传来的叽叽的虫叫声。

"砰!"我的枪响了。随着这一声枪响,场上队员们的心也像从树尖上落了地。不过,弹着镜的主人们却未发布任何消息,这一枪是好是坏,其余的人全蒙在鼓里。虽然我也不知道这个谜底,但我心里也有数,命中不了10环,9环大概是跑不了的。于是,我又打了两枪,自我感觉也都不错,同第一枪状况相近。我本来只打算打三枪,三枪也打完了,可抱着弹着镜的队员们却不同意。那位平时沉默寡言、专攻手枪慢射的欧德宝,就一反常态地带头来逼我,带开玩笑地说:"李教员怕了,怕紧张后打不好啦!"他这么一"烧"我,倒无意中透露了真情,我那三枪打得确实不错。既然不错,那么就打呗!何必扭扭捏捏的呢?我想。

可是,怪了,第四枪举起来,怎么无规律地荡起"秋千"来了,难道真的应验了欧德宝的话吗?我是名教练员,当然知道心理因素与技术发挥之间的关系。如果我自己都做不好,又怎样去引导运动员?我这三枪可能打得不错,可就是连续打了三个10环又怎么样?人家十发子弹打了个满环100环也未见筛糠的,我干吗这样地没出息?何况我这三发子弹未必就是满堂红。我这么一想,那颗怦怦跳动的心也就慢慢地平静下来,头脑也清晰许多。

"再打两枪,无论好坏,也就到此为止,大家说可不可以?"我说。

当第五枪响之后,有队员便急不可待地一溜烟跑到50米距离上把靶纸接回来了。这时我才看到,这张雪白的靶纸上,5个弹着肩并着肩,几乎是在靶心的同一条水平线上,弹着高低散布很小。而弹着左右方向散布略大,但也没有出过八环的。方向散布如果不是整体偏右,成绩会更好。若是平时,这种偏右是可以通过调整瞄准具来矫正的。按环靶计算,五发子弹共获得46环。在军用手枪50米射击中,这个成绩应该是很不错的了。

其实,我能打个46环也就说得过去了,因为我毕竟不是运动员。我能给我的队员们交上这样一份超常发挥的答卷,或许是我的运气吧。

我常问自己,当我的队员们希望我亮亮相的时候,假如我躲躲闪闪避而不予理会,那么他们会怎么想?他们想了解我,还不是关心自己运动成绩的提高吗?而这一点同教练员的职责正是一致的啊!

如果有人问我,我当教练时最大的欣慰是什么?那么,我会毫不犹豫地回答:是队员们对我的信任。

锅勺瓢盆交响乐

用罐头盒子加热食物，这在生活中常见。比如一盒罐头牛肉，人们不愿吃凉的，那就将整个罐头放在热水里烫或放在火边烤。可用罐头盒子熬稀饭，恐怕就太稀罕了。

我干了一年多射击教练之后，被挑选进了机关，先后任省优秀运动员集训办公室、省体院运动系和省体委党组书记伍群同志的秘书。我刚进机关，便随省体委领导同志出席在北京召开的全国体育工作会议。回来后，运动队伍工资调整定级，具体工作就落到了我身上。几百个人，谁该享受哪一级待遇，队与队之间如何平衡，常弄得我一干就是大半夜。我进机关这两年，又逢三年困难时期最甚的时候，肚子就像个无底洞，怎么也吃不饱。为了应付夜以继日的工作，这漫漫长夜里，就不得不想办法给自己加点"燃料"。

那时候，虽说城市职工每月也有二十三斤半粮食，可副食太缺，尤其是难得见荤，食堂菜里的油大概放在放大镜下才能瞅得着。现在人们说健康食用油每人每天五钱，可这油在那时大概要吃上一周了。那时的市场只要是吃的，一概没有。偶尔也能碰上大饭店卖早点的，虽也热气腾腾的，可蒸笼里的馍全是用稻糠（稻壳粉）、米糠和菜根做的。就是这种难得遇上的点心，还非得是钞票、粮票和副食品票三票合一才能买到，而且排的队简直就像一条长龙。我自幼就爱吃花生米，可那时市场上是见不着的。我曾傻想，难道这花生自此就断子绝孙了不成？那几年，有个工种最吃得开，那便是炊事员。有个最简单不过的理由，炊事员至少不会饿肚子。那时还有个传闻，说有个剧团到基层演出，邀请方想尽了办法，请演员们吃了顿饭。有个演员也是因为肚子太空而吃不够，结果给胀死了。那时，城市比农村强，可城市的人同样也是在饥饿中，只不过程度不一样。二十三斤半粮食，若是现在，许多人都是吃不了的，因为现在的副食十分丰富。可那时不行，人们的肌体里太缺少蛋白质和脂肪了。国家对运动员队伍是有特殊供应的，可那时许多运动员都因为营养不足，而端起了面盆当饭碗，拼命地喝稀饭。运动员都这样了，何况是作为行政干部的我呢？

那时很强调劳逸结合，营养跟不上，就别太劳累了。特殊时期，让身体少消耗一点，这也是一种不得已的办法。可是，事情还得要干，涉及好几百人利益的事怎么可以摆着呢？那时机关工作人员很少，我这个秘书还得兼顾工资、人事。就说这工资调整与定级，近二十个队的几百个人的基本情况我要整理出来，并汇编成册，再根据政策和每个人条件提出初步意见。我做好了这些，再送到领导那里去。经领导审查后，这才提交会议讨论。会议的时间事前是定了的，因此我就不能慢条斯理、按部就班地干。白天我要处理行政事务，比如文书来往以及新运动员报到等，至于工资调整与定级，我就只好在晚上干了，一干便是大半夜。晚饭在食堂里喝两碗稀饭，这是无论如何也撑不住的。不干事，早点睡觉，睡着了也就不知道饿了。可是，睡得那么晚，又忙得那么累，饿狠了，想睡也睡不着。躺在床上，翻来覆去的，心就是糊涂不了。

在机关，我是个单身汉，嘴只能插在机关食堂里。外面买不到吃的，食堂也没有夜宵供应，夜里没有吃的，这倒成了我的难题。就在这个时候，我的一位朋友从外地给我寄来了一小口袋山芋粉和好几斤粮票，其中还有两斤当时最紧俏的全国通用粮票。这些都是我这位朋友在过去参加全国和全省比赛中积攒下来的。朋友的支援，犹如久旱逢雨，我这突击任务的半个月时间，不再愁饿肚子了。

那时粮票的可贵，是那个年代人们所公认的。所以，尽管有朋友的慷慨相助，我也不敢奢侈。我用朋友寄来的粮票，买了两斤米。除去搭配的粗粮，实际上只有一斤多米。那一斤多米，若是图个馋，煮一顿干饭吃也就所剩无多了。所以，还是熬稀饭吧，说不定十天半月还会对付过去。再说朋友寄来的一小袋山芋粉，也有两三斤吧。将这山芋粉做成粑，一天吃一两个。这半个月里，当夜里肚子饿得咕咕叫的时候，有吃有喝的，那该多痛快啊！再说了，吃得饱饱的，干起活来也有劲。于是，一个大厨师的计划炮制出来了。

我没有炉灶锅盆，不可能每天夜里给自己做吃的，也没那个时间。因此我就打算将山芋粑一次做成，因为是冬季不担心变质。熬稀饭就不能像做山芋粑那样一次完成，只好现煮现吃了。没有炉子，我借用办公室的烤火炉，反正夜里是闲着的。没有蒸山芋粑的锅，我又用面盆洗干净代替。熬稀饭不必用面盆，那样会太耗粮的。于是我又到运动员食堂去捡个合适的铁制罐头盒，凑合着用呗。待一切都张罗好了，我也就像模像样地演奏起碗勺瓢盆交响乐来。

我住的这个房间，是从前检阅台的领导人的休息室。关起门来，与外界几乎隔绝且不透气。一个煤球炉子在屋里使用，后果可想而知。那时我很年轻，又不大了解使用煤炉的安全知识。为了搞吃的，也想不到许多。

这天夜里，我忙到什么时候？有没有尝过自己做的山芋粑？有没有喝过用罐头盒熬的稀饭？我又是怎样躺到床上的？后来我怎么也想不起来了。因为第二天上班有人找我办事，这才敲响我的门。当时我惊醒了的时候，我的第一感觉就是恶心想吐，头疼得十分厉害。我想挣扎着爬起来，可几次努力终究还是倒在了床上。来人告诉我，我蒸的山芋粑并没有熟透，而熬稀饭的罐头盒仍然在炉子上，只不过里面的稀饭早已不翼而飞，铁盒子也被火烤得焦煳焦煳的。好在炉子因煤球燃尽而熄灭，否则我这条小命也就不保了。

我那位朋友慷慨解囊，怎么也想不到，我差点因此失去生命。不过，这也给我上了一课，给我敲了一声警钟，所以我就再也不敢在房里熬稀饭了。自从发生这事以后，我对我已蒸出来的山芋粑一点食欲也没有，而且见了就生厌，见了就想吐。那时粮食精贵，我舍不得把它们扔了，便送了人，并带点到我姐姐家让他们也尝尝。不过，这山芋粑的来历和我因此而发生的意外，并没告诉包括我姐姐在内的许多人。我那位朋友至今也不知道，若告诉她，她会因我的贪嘴和对煤气的一无所知笑得前仰后翻。

朋友的援助，虽然让我有了一次可怕的经历，我却由衷地感谢我那位朋友。有一次，我大哥、大嫂找到我单位，把我从办公室里叫出来。那时哪一家都缺粮，何况农村呢？大哥说，他的两个儿子在家已饿得不行了，只要几把米，就能让他们缓过一阵子。我翻开我随身带的笔记本，我知道里面夹着两张全国通用粮票。我让大哥把这两张粮票都拿去，可大哥大嫂推三阻四只肯拿一张。大哥在世时曾说过，我这张粮票可给他救了急了。大嫂在一边，也是这样说的。那时我的粮油关系全在食堂，一般情况下手中是没有粮票的，更没有全国通用粮票。我本子里夹着的这两张全国通用粮票，就是我的那位朋友寄给我的。省通用粮票被我买米熬稀饭了，唯独这两张全国通用粮票没舍得花。

因煤气中毒耽误一天，可工资调整却基本上没受影响。按原定计划，我完成了全部前期工作，并及时上交到领导手中。工资调整与定级全部定案后，我又重新制表誊抄并装订成册。我花去了多于半个月的夜间，当然也是饿着肚子的，终将这项工作圆满地完成了。这本厚厚的运动队伍工资底册，已历经五十年，现在还存放在省体育局人事处的档案柜里，仍然在起作用。

现在的年轻人，包括我的孩子在内，对 20 世纪 60 年代初那场灾难，是一无所知的，甚至还难以置信。可是，他们的上一辈，却都是从那种煎熬中走过来的。用罐头盒子熬稀饭，这不是我的发明，我差点为此付出了生命。或许正是因为这个原因，我忘不了它。每当有人提起那本原始的工资底册，那个炉子上被烧得焦煳而内里空空的罐头盒便出现在我的面前。

体育人物

万里同志说：我乐于当你们的"后勤部长"

一场瑞雪过后，阳光洒满大地。正当合肥人民喜气洋洋地准备欢度春节的时候，记者走访了安徽省委第一书记万里同志，请他谈谈对体育工作转移到现代化轨道上来的一些想法。

万里同志是位体育爱好者，长期坚持网球等项目的体育活动，非常重视体育工作。他刚刚主持召开了省委工作会议，工作很忙，但仍然热情地接待了记者。谈话一开始，万里同志就告诉记者：不久前，在第八届亚运会上，我国体育健儿取得了大面积丰收，大长了中国人民的志气，从内心里感到一种荣誉和喜悦。

万里同志说，一个国家的体育水平，是衡量这个国家的科学文化和经济发展水平的标志。经济和文化发展了，才能为体育事业的发展提供充分的条件。同时，体育工作做好了，它又能为现代化建设发挥积极的作用。今年是新中国成立三十周年，将举行第四届全国运动会，以后我国还必将参加世界奥运会比赛。我们这样一个社会主义大国，应该是一个体育运动发展、人民身体素质与文化修养都比较高的国家，应该拥有世界第一流的体育队伍和世界第一流的运动技术水平。我们安徽省的体育运动比较落后，在第八届亚运会上没有为国家做出什么贡献，感到很惭愧。但是，我们决不甘心落后。安徽省有四千五百多万人口，在经济发展的基础上，完全有条件把体育工作搞上去。万里同志说，为了把体育工作转移到现代化建设上来，我们要动员全省人民，特别是青少年为实现四个现代化而积极锻炼身体，抓紧业余训练，做到从小培养。在训练工作上，要集中优势兵力，突出重点项目，虚心学习外地以及国外的先进技术和管理方法。只要体育界大家团结一致向前看，狠下一番功夫，就一定能改变我们体育工作的落后面貌。

万里同志说，我已经是60出头的人了，不可能和体育健儿们一样，在运动场上冲刺了。但是，我可以当啦啦队长，当体育战线的后勤部长。

记者最近得知，为了加快体育现代化进程，省委已经决定创办安徽省体育科学研究所，还计划在国家体委统一规划下，积极创造条件，恢复体育学院。据了解，省委负责同志表示，尽管去年安徽遭受了百年未遇的大旱，经济上有一些困难，但只要是当前迫切需要的先进体育技术设备，就尽力设法购置。另外，还打算在今年内，把省训练基地的暖气、淋浴和烘干综合设施建成。

采访结束时，万里同志对运动员、教练员、体育科研人员提出了希望。他说，我作为一名老年体育爱好者，希望大家思想再解放一点，胆子再大一点，用实事求是的科学态度和顽强无畏的革命精神，再接再厉，去攀登一个又一个体育高峰。

（原载于《体育报》1979年1月31日）

真正牵住"牛鼻子"
——专访省体委主任郑牧民

七运会已成为历史，八运会正向人们走来。怎样迎接这场新的挑战？安徽省体委主任郑牧民谈了这样一席话：

七运会安徽获金、银、铜牌分别为11、3.5、11块，总分253分，刷新一项游泳全国纪录。前六届全运会，安徽金牌最高纪录为7块，最少的为2块。所以说，七运会所获金牌总数，在安徽历史上是一次突破。

这一突破，有以下几个特点：一是报名参赛的项目仅20个（其中17项进决赛，进入决赛队员179人），不及七运会设项的一半，是支典型的小部队。二是在获得的11块金牌中，奥运会项目多达九块，"奥运战略"见效果。三是所获金牌的项目全是本省重点项目或传统项目（如拳击、摔跤、柔道、射击和技巧等），说明抓重点抓在实处。由此可以看出，广州六运会后安徽所做出的"缩短战线，靠拢奥运项目，突出重点"的战略抉择是对路的、成功的。

但是，差距和问题也是很明显的。此次虽然实现了金牌总数的突破，但银、铜牌和奖牌总数却分别由上届的12、16和35块下降到3.5、11和25.5块，总分也由320分下降到253分。在报名参赛的20个项目中，获金牌的仅集中在摔跤、射击等6个项目中，田径等影响大的项目，除游泳外其他无一与金牌有缘，"三大球"、乒乓球、体操甚至一分也没获得。这就说明，尽管安徽竞技体育有了可喜的进步，但整体水平不高，基础尚不雄厚。因此说，面临竞争更为激烈的新形势，安徽仍然是在夹缝中求生存。

在四运会上，安徽总成绩名列第二十五位，跌入了低谷。但是，经历过这场阵痛之后，由于果敢地实行了战略转移，连续三次对所设项目进行了大胆的修剪与嫁接，在训练工作中握紧了拳头，结果是换来了明显的效益，使后面的第五、六、七届全运会,接连上了三个台阶。所以说,尽管八运会安徽面临的是一个很严峻的形势,但并不是自此就无路可走了。只要以改革为动力,抖擞起精神来干,那么在新一轮较量中,就能争得属于自己的一席之地。

当然,不利因素和困难也是很突出的,"皇粮"严重不足就是一例。近年来,政府对竞技体育这一块在政策上虽然有所倾斜,但体育事业经费在全国却维持在第二十五名上下(全省体育事业经费的人均值则列全国三十个省、市的最后一名),而且近期内不会有大的变化。所以,较多地增加项目,扩大队伍,搞"大而全",是不符合省情的。八运会设立三十三个大项,安徽目前的队伍只有十六项可以报名,不到二分之一。为适应新一轮竞争,运动项目的设置仍然需要进行调整(七运会时这项工作就已经开始)。这种调整与改革,必须在"规模(队伍)不是很大,但效益要高"的思想指导下操作与运转。

设置的项目少,运动队伍的规模小,这对全面提高竞技体育水平是很不利的。但是,如果瞄准了目标,握紧了拳头,那么也有可能抓一个成一个,收到事半功倍的效果,安徽有这方面的切身体会,兄弟省市也有这方面的经验。今后经济发展了,体育队伍的规模随之水涨船高了,但拳头战略恐怕还要持续下去,因为只有抓住了重点,才叫真正地牵住了"牛鼻子"。

(原载于《中国体育报》1994 年 1 月 6 日)

访张治中之女张素央

张治中是我国现代史上赫赫有名的人物。但是,他的女儿张素央,知道的人就不多了。初夏的早晨,在绿树覆盖着的南京五台山,我见到了她。张素央今年58岁,高挑的身材,一见便使人觉得她是干体育的。她在国家体委工作,是国际技巧联合会技术委员会委员,为我国技巧运动的发展,付出了辛勤的劳动。

张治中将军多子女,张素央排行老三。电影《风雨下钟山》中有此镜头:国共两党和谈破裂,张将军想留在北京,但又挂念在国统区的妻子儿女。正在这时,经过地下党组织的周旋与安排,张夫人及其子女乘前来接张将军的飞机飞抵北京。这是电影,也同样是真实的历史。我问张素央:"那一群人里,你在不在其中?"她笑了笑说:"那时,我还在美国哩!"小的时候,张素央在姐妹中是顽皮爱动的一个,常瞒着妈妈偷偷地同哥哥去游泳。父亲戎马倥偬，顾不上对他们严加管教，这就使他们有空子可钻了。抗战时期，她考入重庆大学会统系，但不久就发现，那些表格数字，对她来说太枯燥乏味了。日本投降后，她随父亲到南京。那时各校均已招生结束，唯有金陵女子大学体育科招生。就这样，她从女子不能学体育的传统观念束缚中挣脱出来，成为当时中国并不多见的体育专科女大学生之一。毕业之后，她被分配在上海一个教会中学任体育教师。不久，她又远赴重洋，到美国华盛顿附近一个不出名的大学教体育。

回国后，张素央先在中央戏剧学院舞蹈团工作，接着又在人民大学教了三年体育。到国家体委后，她抓过一段体操，后来才专注于技巧。张素央同志的爱人夏煦，在北京工业设计院工作。他们有两个孩子，一个在计算机厂当工人，一个在美国上大学。她的姐妹中，有的是教授、党委书记，有的在国外，大妹妹张素初在《北美日报》工作，小妹妹张素久尚在美国实习。话题又转到了安徽，我问："在国共谈判中，作为国民党方面的最高代表，张治中先生做出了很大的贡献。为此，毛主席曾给予很高的评价。那么，中华人民共和国成立以后，您同您的父亲回过家乡吗？"她开心地回答："当然回去过。巢县是我的故乡，在那儿，我一直读书到小学毕业。1958年，毛主席视察安徽时我父亲曾很荣幸地一同前往。之后，他又单独回去过一次。我最近回去的一次，则是在1980年。看到家乡的建设有了很大的发展，我真是由衷感到高兴。"她还告诉我，安徽技巧队的舞蹈编排前几年有一点舞台痕迹，但最近大有提高，无论音乐、舞蹈，都使人感觉新颖、独特，尤其是男子四人的形象、难度、编排都比较好。

(《安徽体育报》1984年6月2日转《体育报》)

百岁老人李广涛，田径场上的记忆

每天晚上，我都会在煤屑跑道上走，和健身的朋友们一起，享受汗水淋漓的快乐。虽说这块田径场如今已经老旧了，可它是环保的。说起这块田径场，人们就会想到一位百岁老人——李广涛。

1953年，首届华东运动会安徽只得了3分，而这3分，还是随校迁来安徽的一个上海学生拿的。这事连陈毅也坐不住了，他便同在上海开会的曾希圣说："你这个省委书记,也要抓一抓体育了。"

回省后,曾希圣将李广涛(时任安徽医学院党委书记)叫去,说:"这样吧,先成立个体委,我来当主任,你离开学校到体委当副主任。"就这样,曾希圣成为安徽省体委首任主任。

李广涛到任后不久,体育馆便开工了。这样大的工程,技术要求又高,设计就成了大问题。正当李广涛为此而犯难的时候,有人告诉他,工程师有一个,而且还是留美的。他听了当然高兴。可是,人家还有后话,说这位工程师眼下正在服刑,而且是因为政治问题。李广涛听了一愣,却又想,用人一技之长,为国家建设服务,也是情理之中的。当这位工程师将图纸拿出来后,他又亲自去蚌埠,找治淮委员会总工程师汪胡桢把关。这位水利专家在仔细审阅图纸后,对设计图大加赞赏,并说:"这样的人才还不赶紧请出来?地方建设用得着呀!"

这座体育馆虽然不大,可设计很先进,其钢架网状结构就是到现在也常被采用,北京的鸟巢与其有异曲同工之妙。它牢固、省料而且美观。体育馆落成后,受到上下一致好评。所以,这位留美工程师也因此经审查后获释,并由合肥市安排使用。在后来的国家建设中,这位工程师也确实做出了积极贡献。

田径场是在体育馆工程启动前就已经建成了,而且一建便是两块。虽然都是煤屑跑道,可在当时都是高等级的。文前提到的那块供大众健身用的田径场,就是其中之一。

有一次,李广涛到北京参加体委主任会议,他向国家体委请求人才支援。在国家体委的帮助下,田径名将王永安由北京来到了安徽。到安徽后,王永安不仅提升了安徽田径训练水平,而且成了省体校(全国很早建校的几所体校之一)非常主要的教学骨干之一。

安徽需要引进体育人才,却又因为安徽自身的经济水平,使引进受到了制约。上海男篮(即新中国成立前回力球队)有位主力队员叫尚崇岭,被安徽女篮看中了。经一再动员,尚也愿意到安徽来,上海也同意放。可是,因为一件很具体的事,尚崇岭的调动"难产"了。上海和安徽地区差别大,因此工资待遇的悬殊也就客观存在。参照上海标准,尚崇岭来到安徽后的工资应是152元。可是,安徽的处级干部工资才七八十元。当时安徽最叫座的球星王天福,每月才拿20多元。李广涛经再三斟酌,最终还是拍板,尚崇岭的待遇不变,一文不少。结果,在首届华东运动会上,安徽女篮名落孙山,不久后在济南举行的华东六省联赛中,却以不败战绩夺得冠军。此后,安徽女篮还夺得过全国第六、第三名,并为国家队输送彭萍等一批优秀选手。

外援陆续到达后,名人效应也有了,使省体训班(安徽运动队伍的初始形式)得以成功创办。

四年后在北京举行的第一届全运会上,安徽不仅拥有金牌,而且还抱回了二十四个大奖杯(男、女团体前十二名),兄弟省为之震惊,就连安徽人自己也没想到。作为前任主任,李广涛能不欣慰和开心吗?

(原载于《中国体育报》2013年10月26日)

威震世界第一枪

沸腾的小镇

"呜——"一列南去的快车,风驰电掣般地一掠而过,只留下一声洪亮的长鸣。沈巷,这个快车从来不停靠的小镇,和过去一样,又从依稀的星光中苏醒了。这时,从这里伸展出去的朦胧的路——大路、小路、泥土路、柏油路上,骑车的、步行的、挑担子的、提篮的,络绎不绝地向小镇会集。

进了街,人流拥挤,摩肩接踵。街入口处,是竹木市场,堆着、靠着、架着的木材和青竹,互相挨着,连绵不下一百米。紧接着,便是新街与老街相连接的"丁"字街口,这里可就更热闹了:卖大米的、售猪肉的、卖鱼、卖虾、卖板鸭的,箩筐挨着箩筐,摊子连着摊子;炸油锅的、卖稀饭的、卖馄饨的,不下二十家;沿街茶馆里,座无虚席,一群人挤在边上,等待着即将空出来的座位;晨雾伴和着油烟,喊声、叫卖声、还价声同笑声交织在一起。人们忙买、忙卖、忙着吃点心,谁也想不到别的。多少年来,这个小镇的生活规律就是这样,从太阳露出笑脸,到上午九十点钟,从来就没有宁静过,哪怕是一分一秒。

这天,却出了个意外。

挑在木头杆尖上的大喇叭,播出了一条激动人心的新闻:"中国运动员,夺得第二十三届奥运会第一块金牌!"

喧闹的小镇,突然之间一下安静下来。割肉的放下刀子;炸油锅的忘记了操作,任油条在锅里翻滚、炸焦、冒烟;斟茶的不知道收壶,任茶水溢到杯外……各行各行各业,男男女女,数以千计的人,关心的就是一个:"谁?"

"7月29日,中国27岁选手许海峰,夺得了本届奥运会第一块金牌,结束了中国半个多世纪来在奥运会上零的历史……"

消息还没播完,爆竹就在"丁"字街附近的一个普通院落里噼噼啪啪地炸响了,这是许海峰大弟弟许海松早先就准备好的。原来这天清晨6点,学英语专业的海松和往日一样,收听《美国之音》的英语节目,最先得知哥哥在洛杉矶夺得金牌的消息。虽然《美国之音》不敢说百分之百地准确,但他很自信,哥哥是能够夺得冠军的。于是,他掏尽口袋的钱,悄悄地从商店买来一长串爆竹。

海松的爆竹一响,全街爆竹声四起。人们欢呼雀跃,奔走相告,潮水似的涌进了许海峰的家。

最有趣的还是这么一群人,他们没有去挤那个小院子,而是围在小茶馆的门口,你一言我一语地议论开了。

一位长者,手托着紫砂茶壶,一手捋着银须:"咱这小地方,出了大状元啦!"

"长江清了三天,我就知道,咱这地方要出人才!"一个光着膀子的中年汉子,溅着唾沫星子,大声地说。

"许海峰27岁才出名,人才受压抑了。"一个身着白衬衫的人插上话来,很出大家意料。

人们你看看我,我看看你,都不知道说什么好。短暂的沉默之后,那位端着紫砂茶壶的长者看看那位穿白衬衫的,略思片刻,然后笑着说:"看光景,你这位同志大概快30岁了吧,没能拿到世界冠军,不能说是受压抑的吧?"说得大家全笑了。

这时,锣鼓声起,震撼着小镇,淹没了这里的谈话和议论。大家不约而同地散了,追逐着那喧闹的锣鼓声。

唯有那穿白衬衫的人,仍然站在那儿,继续他的思考:"许海峰为什么27岁才……"

"弹弓大王"的故事

许海峰从福建山沟沟里转学到安徽省和县新桥中学,不久便传出一个关于他的故事。

那还是他10来岁的时候。他住的那个山沟里,前不着村,后不着店,而爸爸妈妈又不在身边,家中的主人就是他和弟弟海松、妹妹海云。有天晚上,一只凶猛的石豹,咬掉了他家那条看家狗的耳朵。狗蹲在远处,凄厉地叫着,使得这个山沟更加阴森可怕。

谁知,就在这个时候,一把一把泥土,撒在离他家房子五六米远的篱笆墙上,哗哗啦啦的。再一听,附近坟场里的棺材板也被敲得咯咯作响。海云和海松吓得躲到被窝里,心直跳。而海峰却很镇静,趴窗子窥测了一会,然后悄悄溜出屋去。

他穿过一片树林,绕到坟场的后边,隐蔽在荆棘和草丛中。他这里刚刚蹲下,那里木棍敲棺材板的响声又大作了。他借着微弱的星光,隐隐约约地看见两个人影正在挥动着长长的棍棒。海峰没有吭声,揪掉一把小草,抓起一把沙土,猛地砸去,接着,又砸去了第二把。只见那两个人影一动,跌跌爬爬地跑了。

第二天,才知道是两个年轻民兵有意试试海峰胆量的。可是,他们没有想到,反倒被海峰吓出一身冷汗。

故事传开,最感兴趣的还是新桥中学体育教师王振泽。王老师知道,海峰不仅胆大,而且自幼对"射"就有特殊的爱好,弹弓打鸟几乎百发百中。

这一天师生俩走出校舍,迎面树枝上正有一只斑鸠立着。王老师指着斑鸠说:"怎么样?打给我看看。"

许海峰没有吭声,慢条斯理地掏出弹弓,再从地上捡粒石子,然后镇定自若地扯起弹弓。王老师尚未看个究竟,"砰"一声,小石子借助皮筋的弹力,射出去了。斑鸠一声惨叫,猛扇翅膀,伴着飞舞的羽毛,扑啦啦地从树枝上坠落下来……

王老师教的是体育,却当过射击教练员。他知道一个射击运动员需要具备什么样的素质。射击运动,虽然体力消耗缓慢,但如果胆怯,那引力几乎等于零的扳机,关键时刻也不敢去压。打弹弓与运动射击虽是两回事,但从"弹弓大王"的脾性中,王老师却窥见他惊人的沉着与冷静。海峰这样的苗子,正是王老师多年寻觅而不得的啊!

可是,漫长的十年动乱,其时尚未结束。上面的射击训练还没恢复起来,哪轮得到和县这么一个农村小角落呢?虽然王振泽独具慧眼,已看出海峰是个搞射击的苗子,可在当时,也爱莫能助。

想的就是一支枪

那时,许海峰虽然不能决定自己的命运,但是他有他的追求,他对枪的爱,仍然是那样执着。

还是在儿时,一个偶然的机会,他发现了一位农民伯伯家中有支气步枪。

这一天,枪借来了,他扛在肩上,甩起手臂,可神了!

谁知,这支枪长久不用,枪管锈蚀,弹簧也断了。弟弟蹲在一旁,手托着脸犯愁。而他却将枪端起来,拨弄几下,黑眼珠滴溜溜转了转,眉间儿一飞,对弟弟说:"有了!"

只见他找来一把旧钳、一截铁丝。不一会儿,枪修好了,子弹也用余下的铁丝做成了。

这天夜里,他撇下妹妹,带着弟弟钻进了树丛,平生第一次用气步枪打中了小鸟。就这样,他同"枪"结下了不解之缘,并为自己拥有一支"枪"而想尽了办法。

这天,他路过采石场,无意中将石头和"枪"联系到一起。他想,这遍山的石头,不就是数不尽的钱吗?

他动员了弟妹,一起上山采石,干得可带劲了。腰累酸了,手掌磨出血泡,可谁也不说一声。一筐筐、一箩箩,从一角钱二角钱这样的小数开始,慢慢聚集到四十多元。许海峰高兴了,弟妹也乐了,因为一支崭新锃亮的气步枪,眼看就要到手了。

谁知,爸爸从工作的地方匆匆赶回来,拉长了脸,只说了一句话:"这气步枪谁也不准买!"

为什么,许海峰是不知道的,但妈妈心里有数。当许海峰功课下降时,妈妈发现了他书包里暗藏了一只弹弓。

为"枪"的努力奋斗失败了,但是爸爸和妈妈没有办法将"枪"从他的脑子里赶走。他喜欢枪、爱枪,没有一天不想,他一定要得到一支枪。

他想过,若是哪一天参加工作,第一个月的工资什么也不办,一定得去买一支气步枪。可是,那会儿,这里中学毕业,那里就得"上山下乡"。

他也曾想过去当兵,因为当兵总少不了一支枪,而且还是一支地地道道的真家伙啊!为此,他真的去报名参军了。可是,第一次因为年龄小四个月被刷下,而第二次又因为年龄大四个月被取消了资格……仅仅是想得到一支气步枪,可对于他来说,是多么困难啊!

忽然,有一天,希望如同五彩缤纷的球,蓦地跳到了他的面前。

宁静的射击场,靶棚里放着一支崭新的气步枪,枪颈上还扎着一朵耀眼的大红花哩!正当许海峰瞧得入迷的时候,不知是谁,一把抓住他的肩,另一只手指着靶场上并排立着的三只酒瓶说:"三枪命中三个瓶子,这气枪就归你了。"

"真的?"许海峰仰起头,高兴得不可抑制。

"当然。"那人肯定地说,同时推开了靶棚的门,让外面的队员进来。

射击运动员们进来了,有的扛着步枪,有的提着手枪箱子,靶棚里立时活跃起来。

"用步枪打,还是用手枪打,由你自己选择。"那人有意看了看许海峰说。

许海峰略思片刻,擦了擦手心里的汗,居然从一个射击运动员手里接过一支手枪,而这手枪还带着像只鸡腿一样的木套呢!

靶棚肃静了,静得没有一丝声音。只见许海峰将枪举起,霎时枪口一跳,紧接着便是"砰!砰!砰!"三声,靶场上,那三只立着的酒瓶,随着枪声和击碎的玻璃声,相继炸开了,就像三朵白花。

笑声、掌声顿时响起,靶棚里沸腾了。

许海峰揉了揉眼,从那人手里接过那支崭新气步枪,眼眶里噙满了泪水……突然他醒了,原来是一个彩色的梦。他拭去泪花,苦涩地笑了。

自带饭票的射手

谁知,这一天真的来了。王振泽老师兴冲冲地跑了90里地,赶到许海峰插队落户的螺百乡太基大队,对他的学生说:"收拾东西,跟我走!"

事情是这样的:一天饭后,新桥供销社办事员谢道先,在门前同一群人聊天。无意中,他说了此番话:"许海峰用下放补助费买了一支气枪,枪法可炫了。他枪下的麻雀,几乎无一幸免。"谢道先还惋惜地说:"现在没有这样的比赛,如果有,海峰准能夺得第一。"

这话被银行会计查世义听到,他不觉大拍巴掌:"王振泽就在西埠办射击班。"

查世义是个热心人,第二天一早便乘上汽车,找王老师去了,而且带着许海峰家长的话:"投奔王老师,海峰将自带饭票。"

许海峰从新桥中学高中毕业走后,王振泽就调到西埠中学当体育教师,并在那里创办了和县业余体校射击班。查世义找他的时候,他也正在为许海峰进班的事操心。别的困难还好解决,唯独工分补贴、生活费和医药费使王老师束手无策。现在,查世义来了,带来了家长的意见,问题解决了。王振泽冲破了业余体校的年龄限制,冒着风险,破格让许海峰进了射击班。

西埠中学是个农村中学,没有住宿条件,吃、住都十分困难。没有房子,许海峰同王老师住一个屋,尽管这屋还放着枪架,存放武器,是个宿舍兼保管室的两用之地;没有床,师生俩都受些委屈,挤在同一张小铺上……

这一切,许海峰都看在眼里。他信任如此关心和器重他的老师,听从老师的一切安排。靶场上,有时王老师走了,只剩下许海峰一个人,可他也像王老师在面前一样,兢兢业业,一枪一枪地练习。有时王老师见许海峰练得很疲惫,就叫他站起来休息。可许海峰说:"手还没麻,再坚持一会。"当手练得麻木而爬不起来时,他这才不得不将两只手臂一松,瘫倒在地上。每当这时,王老师就心痛地跨上一步,赶快把许海峰从地上搀起,让他抖抖手臂,搓搓手,以加快血液流通,恢复手和手臂的知觉与功能。

会打鸟并不就是会射击,许海峰进入射击班后,一切都得从头学起。且不说深奥的弹道学、火药学、兵器枪支构造原理以及气象学、心理学,就连那起码的平正准星、利用枪皮带他也不懂。王老师亲自示范,用火柴盒剪成模型,让许海峰了解平正准星的含义。初学射手常犯猛扣扳机的毛病,王老师又循循善诱,告诫许海峰压扳机一定要均匀、正直、向后,不得有丝毫的勉强和马虎。为了正确地掌握这一动作要领,王老师还让许海峰以钢笔作为扳机、反复地体会。许海峰枪支稳定性好,一开始又注意了正确的击发要领,立射成绩出手不凡。第一次考核60多环,第三次70多环,一个月后就提高到85环。步枪卧、跪、立三种姿势中,卧射难度最小,一般情况下成绩最好;立射难度最大,与卧射、跪射比较,成绩最差。仅仅一个多月的时间,许海峰用普通的运动步枪,立射成绩达到了85环,说明他的立射几乎追上了卧射成绩。手枪慢射同步枪立射虽然枪支与姿势并不一样,但同样是立射,同样都要在难度较大的情况下,去完成举枪、瞄准、击发等一系列复杂的技术动作。所以,从许海峰立射的出色成绩,人们可以想象得到,他今后有可能成为一名手枪慢射的佼佼者。

经过西埠两个多月的训练,许海峰的成绩扶摇直上,在他们那一批射手中已经是出类拔萃的了。不久,他被选入巢湖地区射击代表队,在全省第四届运动会上,夺得了气步枪第一名和运动步枪3×20第二名,并且打破了这两个项目的省纪录。许海峰初露锋芒,引起射击界的注意……

许海峰在省四届运动会上露了面之后,很快便消失了。1981年8月,他好不容易参加了一次集训,可只持续了十八天,他又懊丧地卷起铺盖,返回新桥了。听惯了的靶场的枪声听不到了,打了全省冠军的那支枪不得不丢下了,还有什么比这更折磨人的呢?

命运之舟,何时才将他载向彼岸?

连许海峰自己也不明白,为什么偏偏在这个时候一位姑娘走进了他的生活,给他平静的心境又增添了一层涟漪。

他从"广阔天地"带着一身泥土味回到新桥,当上供销社一名卖化肥的营业员。他刚一到店,就受到店里一位母亲的注意。

一天，忽然从地里传出话来，说秧苗长虫了。许海峰听到此话，只觉得身上一麻，什么也顾不上，就像一阵风似的跑向稻田。刚刚抽的穗子，有的已经枯萎，虫子悄悄咬断了甜嫩的秧苗。他立即跑回生产队，调配好农药，背上了沉重的喷雾筒。

这一天，许海峰打了多少块地的农药，他自己并没在意，但回到家却有这样的感觉——两条腿肿胀，火辣辣地痛。一看，他这才猛吃一惊，两条腿全是殷红渗血的斑块，小的纽扣般大，大的同银圆般大，数了数一共四十八块。原来打农药时没顾上换条长裤子，腿被稻草叶拉破，农药进入了伤口。第二天，他的伤口溃烂了，肿得亮晶晶，烂得水汪汪的，人处于高烧之中。有的医生断言，这两条腿不可治。可许海峰未曾失去信心，他选用中草药，百折不挠，终于将腿治好。这里腿刚刚痊愈，那里他又担心起田里的稻子，在小镇上没多住一天便急着返回了。乡亲们看海峰整天拼命干活，累得像个猴，脸晒得像黑锅铁，没有一个不打心里喜欢。有的大娘，看到海峰就抿着嘴笑，暗中盘算，想把自己的闺女许配给他。

不知是被海峰灭虫事迹感动，还是因为这个小伙子不怕苦、挺能干事的原因，供销社里那位母亲暗暗瞄上了他。

在店里，许海峰是司磅的，那位母亲专管开票，化肥组总共就他俩。

这一天，许海峰接到一张发货单子，照例将化肥搬上磅秤，执秤过磅。可就在这一瞬间，他陡然发现，货单上的字迹变了，变得隽秀而潇洒。

顾客走了，他好奇地走出过磅小屋，不觉大吃一惊。原来，那位母亲的位子上，正端坐着一位秀丽的姑娘。她见他走来，微微仰起了头，那温柔的目光，大胆地在他的脸上跳了跳。

他还从来没有遇到过这种情形，心跳得不可抑制，脸滚烫而通红。他想从这窘境中解脱出来，赶忙扭头后退。谁知，她把他挽留住了："你就是许海峰吗？"

"是的。"他答。

"我妈妈有点事，我来代替她。"姑娘一对黑水晶球似的眸子活泼地转动着。她这么一说，海峰心情也就平静多了。不知为什么，一时间生出了个念头，非常想和她说话。可是，又不知道说什么好，想来想去，终于壮起胆子问她："你叫什么名字？"

"就叫我……"

谁知，她的话还没说完，就让买化肥嚷着开票的人给打断了。

从此以后，姑娘常来到店里，代替她妈妈的工作。虽然两个人常可见面，但卖化肥很忙，从早到晚都是人来人往闹哄哄的，因此他们说话的机会也就很少，常常是各忙各的，到了下班以后又各回各的家。

这一天,瞅个没人的场合,姑娘终于开口了:"听说你会叉鱼?"

其实,这是明知故问。新桥就这么一点大,许海峰执叉捉鱼,就像他弹弓射雀一样,谁个不知?

姑娘也早就听人说过,先前有一天,许海峰见一位姓曹的炊事员叉鱼,便陡生兴趣。可是,第一天从关门镇到铜城闸,一个晚上就叉那么一条泥鳅。第二天,他请教曹师傅怎样握叉、怎样抛叉、怎样掌握"提前量",当晚就起获一条九斤重的大青鱼。到后来,他的本领更大了,连曹师傅也比不过他。只要晚上出去,他非得带上两个弟弟不可。他在前面捕猎,弟弟在后面用筐子抬鱼……

许海峰没有吭声,将目光投掷到她的眼里,转了转,凝住了,好像在告诉她:我在等待你的吩咐。

姑娘突然笑了,却又变得矜持。她的语言并不贫乏,可在这个时候又偏偏找不到一个合适的词来表达自己的心情。她想避开他那炽热的目光,可乌黑的眸子难以转动。是躲不开,还是不想躲?她自己也弄不清楚。

这一切许海峰都看在眼里,他那纯真无邪的目光,盯着姑娘透亮的眼睛,大胆地问她:"你真的想看我叉鱼?"

姑娘羞涩地低下头,两颊绯红。谁知,一刹那,她又倏地仰起头,用一种挑战的目光盯着许海峰:"我就是要看看你的真本领!"话音未落,两手将脸一捂,跑了。

说真的,许海峰还从来没有像今天这样高兴过。他找出那把惯用的鱼叉,磨了又磨,擦了又擦,磨得锋利而雪亮。晚上,他背上背篓,拿着手电,一个人悄悄地溜了出来,从家门口的小水塘,摸到流水潺潺的牛屯河。嗨,今天晚上是怎么啦,鱼儿为什么这样多?往日是叉子寻鱼,今晚怎么鱼儿都送到叉下来了?你看,翘嘴白、青鱼、大鲢鱼、乌黑脊梁的肥鲫鱼,不都自由自在、摇头摆尾地游来了吗!不到两个小时,许海峰的背篓就沉甸甸、水淋淋的了。

第二天,许海峰捡了一条最珍贵的大鳜鱼,破了肚,刮了鳞,洗了又洗。在西埠射击班时,他既是学员,又是炊事员,练了射击,又学会了做饭。今天这条大鳜鱼,他没有交给妈妈去做,怕妈妈做的口味不好,样子不佳。他亲自执厨,精心烹饪。鱼什么时候下锅最好,何时下酱油,料酒放多少,无一不是十分考究。做好了,一整条鱼放在盘子里,金黄金黄的,奇香扑鼻。

看到这条鱼,姑娘开心了,乐得眼眶里水汪汪的,海峰送来的是他那颗滚烫的心哪!她瞥了瞥他,毫不掩饰地笑了。

"傻瓜,难道我为的就是这条鱼吗?"

许海峰同这位姑娘要好,在新桥镇很快就传开了。小镇上的人无不对他们报以美好的期待。可是,意想不到的事发生了,而且来得那么突然。

姑娘的母亲托人给许海峰家传话,说只有许海峰爸爸提前退休,让海峰顶替,这门亲事才成,否则,就是四人抬的大轿上门,也休想将她的女儿抬走。

许海峰知道自己端的不是铁饭碗,他只是一个集体性质商店的工人。姑娘妈妈嫌弃他的工作,就等于看不起他的人。姑娘妈妈的话,就像一根无情的大棒,敲在许海峰的头上。

尽管条件苛刻,考虑到儿子的终身大事,海峰爸爸、妈妈的心还是软了。

可是,海峰不依。他认为,这样做是在向世俗偏见低头。他告诉爸爸:"既然对方不同意,那就只好算了吧!"

姑娘呢,那就更不用说了,为此事不知流过多少眼泪,和妈妈做过多少次说理斗争。可是,这里是偏僻的农村,就是同情她的人,又有谁敢挺身而出?一次,在一条小船上,这两个不幸的年轻人相遇了。不见面还好些,见面了反而更加难受。他看着她,有满腹的话要说。她本不敢看他,低着头,眼泪簌簌往下掉。本来,她在途中下船,可忘了上岸,一直将他送到铜城闸。临别时,她攥着早已湿透了的手绢,哭着说:"希望你多保重。"许海峰也一阵心酸,两颗泪珠在眼睛里直打转。

海峰就这样和那位姑娘分手了。本来,姑娘还抱有一线希望,幻想着哪一天真的感动了她的妈妈——可是,这天没有到来,却在新桥镇传开了这样一句话,说许海峰讲的,"好马不吃回头草"!天哪,这不简直就是一把匕首,插进姑娘的心窝吗?她哭,她恨,她有说不出的委屈呀!

其实,这是天大的冤枉,许海峰压根儿就没说过这句话!直到现在,他仍然认为如果他们结合,是会幸福的。可是,生活并不是这样安排的。他们都只能暗暗吞下一粒苦果,只能用语言祝愿彼此未来的生活幸福美满。

西山脚下的日日夜夜

下放,许海峰差点断送了双腿;想参军,两次报名都未能遂愿;招工虽成事实,但眼看着别人进全民单位,而他却不得不到一个集体性质的商店去卖化肥。世俗偏见,使这个"低人一等"的公民应该得到的那份爱情的权利也被剥夺……海峰,你经受的磨难太多了!今天,当人们津津乐道地谈起你夺得的第一块金牌时,只是感到惊奇,其实,倒更应该去深究一下你所经历的磨难……

我们的国家终究是一个重视人才的国家。经过一段时间的慎重考察之后,许海峰终于在他 25 岁的时候,登上了他梦寐以求的通向世界冠军之路。

接到调省集训的通知,许海峰激动得哭了。他万万没有想到还会有今天,还有机会穿上印有"中国"字样的运动服!生活给了他许多磨难,但是他经受住了考验,终于从坎坷的路上走过来了。

从当年西埠那荒岗土洼的原始靶场,到北京西山山麓那现代化的国家射击场,许海峰经过了地区和省这两个阶梯。地方变了,环境不同了,因此要求也就更高了。国家射击队老教练李培林,对他的要求与期望只有一个,那就是10环、10环、再10环……60发子弹全中,最好一个意外也没有。

10环,谈何容易!这较当初王振泽教他平正准星和扣扳机,不知艰难和复杂了多少倍!手枪慢射使用的国际统一标准靶纸为环靶,10环直径为5厘米,面积比墨水瓶的截面还小。若是枪上的照门和准星所构成的平正准星偏差一毫米,那么在50米距离的目标上,就偏差8厘米,10环的枪法,只能命中6环。

为了追求这一个又一个10环,许海峰全身心钻在他那支瑞士产的"哈默利"上。一天中,他要练多少次枪,教练没办法统计,连他自己也记不清,唯有那被磨光的握把,那被磨得雪亮的扳机可以告诉人们,他练得相当地苦。

盛夏,靶棚被烤得像一座烘烤房,手心的汗浸在握把上,弄得湿漉漉、滑腻腻的。

冬天,从西山坳里刮过来的风,带着零下8摄氏度的低温,打在脸上、身上,使人骤起鸡皮疙瘩。许海峰的手冻烂了,手指冻肿了,冻麻木了,但他并没有一次因此而离开靶场。

奇怪的是,他并不是都在这里实弹射击,更多的则是打空枪。别人看来,天气这么冷,又不打实弹,这不是有意折磨自己吗?其实,许海峰的这种空枪预习,却是他训练中不可缺少的。昔日在西埠,苦练一天,等到夕阳西下时,王振泽老师这才发给他13发子弹,仅够打一个"三十"的小练习,多一发也没有。如今在国家射击场,有国产弹,也有进口弹,只要需要,尽管使用。可是,这不是闹着玩的,也不是"砰砰啪啪"开开心,而是一切要为10环着想。所以,即使空枪练习,每一枪后他也要思忖一番,看看击发时枪支有没有走动,平正准星是不是正好在瞄准区内……

就是这样,从千千万万次的举枪练习中,许海峰的射击知识、技术要领和临场经验得到了积累和丰富。1983年3月华东区射击比赛中,他手枪慢射成绩是5.54环,虽居华东第一,在全国却只能排在第十五位。一年后,即1984年4月12日,许海峰首次远征洛杉矶,在奥运会预选赛上,勇挫包括苏联在内的五十六个国家的选手,夺得第一名,这可是一个巨大的飞跃!

许海峰在世界性比赛中问鼎,引起了国内外舆论界哗然。但是,能不能将奥运会的金牌夺过来,射击界仍然是半信半疑,因为他面临的,将是一场惊涛骇浪。

别了,零!

奥运会自1896年在希腊雅典举行的第一届起,至今已是二十三届。奥运会已经颁发的金牌总数达到两千五百多枚,有四十多个国家的选手获得过这个荣誉。可是,约占世界四分之一人口的中国,却没有一个选手名列其中。这辛酸耻辱的历史,深深地刺痛了许海峰的心。

洛杉矶,这是个有名的"天使之城",三面环山,一面临海,树木繁翳。这里有美国最大的娱乐场——迪士尼乐园,还有可以看到一个世纪前城市风貌的ABC娱乐中心。可是,从中国农村小镇来的许海峰,却没有被这些迷惑。他是个普通人,同别人没有两样,他也想去见见世面,饱览异国他乡那五光十色、扑朔迷离的风光景色。可是,他心里向往的不是这些,而是奥运会上那枚璀璨夺目的金牌。他知道,祖国需要它!

到洛杉矶,许海峰带了两种子弹,一种是一一八七型,另一种是一三一五型。前一种散布8环,后一种五十发子弹中仅有两三个八环,这说明后一种精确度高。前几天练习,他用的是一一八七,环数不甚理想。7月26日,离奥运会手枪慢射比赛只有三天,他改用一三一五,环数一下神奇般地上去了。许海峰毅然决定,用一三一五型子弹参加奥运会决赛。

国内比赛中,手枪慢射是由辽宁王义夫挂帅,许海峰处于第二。但到了洛杉矶后,许海峰的竞技状态较王义夫好得多。这个项目,中国参战的就是王义夫和他两人,谁得了冠军都照样升五星红旗,奏中国国歌。所以,激烈的竞争将在中国运动员和别的国家运动员之间展开。眼下,既然王义夫竞技状态欠佳,千斤担子就只能由他承担,许海峰深深知道这一点。

瑞典的拉罗格纳·斯卡纳克尔,曾经夺得过慕尼黑奥运会金牌,又是世界锦标赛的冠军。此人时年五十岁,技术娴熟,经验十分丰富。毋庸置疑,许海峰面临的最可怕的对手,就是瑞典的这位名将。

路是艰难的,许海峰心里很清楚。但是,他又不信那个邪,中国人就胜不了外国人?无名之辈就赢不了赫赫有名的老将?出发前,他每十发子弹的平均成绩是:第二十四周92.2环,第二十六周94环,第二十八周94.68环,出发前的最后一周95.16环,甚至有一次六十发子弹命中582环,超世界纪录一环。这个成绩,使得他有足够信心,去同世界最强的名将抗衡。

奥运会前，我国零的历史将从哪里突破？很少见到各报有所评论，唯有《体育报》9月25日从洛杉矶发了一条专电，说历史性时刻可能出现在射击场上。这条评论中说，1982年世界锦标赛冠军瑞典的拉罗格纳·斯卡纳克尔的成绩是568环。而许海峰同年4月在洛杉矶国际比赛中，则以568环的相同成绩，战胜了拉罗格纳·斯卡纳克尔。专电认定"许海峰是我国选手中最有希望夺得第一枚金牌的候选人"。

7月28日晚，也就是比赛前夜，许海峰九点半睡觉，躺到床上，不到三分钟，就发出了轻微的鼾声，直到第二天早晨五点半才醒来。这一夜睡得太好了！

29日早晨，普拉多奥林匹克射击场，沉浸在"大战"来临的紧张气氛中。37个国家和地区的55名射击手，提着自己的手枪箱子走进了靶棚。许海峰上身穿的是印有"中国"两个大字的鲜红色运动衣，下身穿的是天蓝色运动裤，沉着地步入了自己的40号靶位。

九点零五分，地线裁判用英语宣布："装子弹，放！"表示比赛正式进行，开始计时。接着，砰砰的枪声在各个靶位响起，打破了靶场的沉静。

可是，许海峰的枪膛里并没急着装上子弹，别人枪响之时，他仍然在胸有成竹地预习。射手们大致都射击十分钟了，他还没有开始试射。手枪慢射一共两个半小时，六十发记分射。规定时间内打不出去的子弹，一概作废。许海峰怎么了？连裁判员都为他着急。

其实，许海峰心里非常沉着，达不到最佳竞技状态，没有调整到最佳的动作姿势，他绝不会随便放一枪。

"砰！"许海峰的枪终于响了，第一发十环，开门见喜。前两组满环200环，他打了194环，超过拉罗格纳·斯卡纳克尔五环。第三组，前八发许海峰命中五个10环，两个9环。可是，突然来了个8环。对于普通射手来说，命中8环，也是很不错的。可对于世界冠军争夺者来说，8环，那就等于要命。他撂下枪，悄悄地走了——这是后来有的新闻记者所说的，许海峰在场上突然"失踪"了。其实他需要的是一个"世外桃源"，来调节下他8环后的肌体和精神。

比赛开始时，许海峰是不大被人注意的。他的靶位后面，最多时也只有几名中国教练和中国记者，外国人和外国记者都赶"热门"去了。可是，从第四组之后，这个冷落的四十号靶位，渐渐红起来了。不同肤色的记者和观众，一一从拉罗格纳·斯卡纳克尔的靶位后面移过来。

然而，拉罗格纳·斯卡纳克尔毕竟是位身经百战的老将。记者和观众的转移，非但没有扰乱他的情绪，相反却告诉他一个信息，肯定有谁比他打得更好。经验还告诉拉罗格纳·斯卡纳克尔,虽然他一时居后,但成绩只不过一两环、两三环之差。所以,稳得住,就能获得最后成功。记者和观众离去,他反而落得个安静,减少外界的干扰。他从座位上站起来,立在靶位上,将手塞入手枪的木套中,又冷静地进入了角色。

比赛进入白热化阶段。

第五组打完,许海峰的总环数仍高出参加决赛的所有运动员。人们预感到,一颗金星将在这四十号靶位升起。

第六组开始了,10环、9环,好样的!许海峰看了看身后,人挤得特别多。这攒动的人群,暗示着他有希望夺得金牌。就在这顺风扬帆之时,突然又来了个8环!许海峰有些紧张了。射击是一项与心理有着极大关系的运动项目,临场不考虑金牌还好,一旦计较起金牌,紧张起来就会增加枪支的晃动,甚至于连整个手臂都会频频地颤抖而难以控制,找不到最佳击发时机。前波未了,后波又起。前面8环带来的心理上的压力没有解除,砰的一枪,靶纸上紧接着又出现了一个8环。是眼睛模糊看不清楚?还是……他弯下腰,重新调了一下弹着镜的焦距,仔细地观察靶纸上的弹着,没有错,8环,清清楚楚的,不觉叹了一声。天哪,到手的金牌,难道又要被人夺走?同志、亲人、祖国,是怎样地在期待着他啊!

许海峰再次放下枪,背靠着观众,避开了许许多多讨厌的摄影机、摄像机,在自己的椅子上坐下,两只手捂着他那略有一点发烫的脸。

一会儿,他站起来了,观众随之一阵骚动。他沉着地走向射击地线,脚下连一丝儿声音也没有。站下之后,调整了下步型,这才握起枪来。但是他没有急于发射,一枪接一枪地预习,两枪之间思考片刻。就这样,又持续了不下五分钟。

"砰!"枪响了,打破他这个靶位的寂静,9环!

9环!10环!飞啸的弹丸,穿过靶纸,在黑心连着黑心的地方开花。

还剩下最后一发了,而这最后一发往往又是非常难打的。场外的人经过计算,已经掌握到拉罗格纳·斯卡纳克尔和许海峰的环数情况。前者六十发子弹已经打完,总环数565环,而许海峰五十九发子弹的总环数557环。如许海峰这最后一发子弹,打的是9环,冠军则由许海峰夺得。若打的是8环,两人总环数相等,许海峰就有可能失去冠军。所以,这一发太关键,太重要了。

他捡起一发子弹,半圆形的弹丸嵌在黄铮铮弹壳的壳口,像是一只精致的工艺品。他没有像别人那样,去擦拭弹丸上的那层薄蜡,而是直接将子弹塞进了枪膛,动作是那样娴熟而自然。

你看他,将枪举起来了,手臂自然伸直,由下而上运动,好像是绝对的匀速。然后再缓缓下落,到了一个地方,不动了。其实,握起的枪,任何时候都不是静止的,只不过动的幅度大小不同,有没有规律而已。此刻,若是通过特殊的检查镜来看,许海峰枪的准星,是在目标黑心上下作轻微而有规律的运功。要是时机好,便可自然击发。

可是,枪并没有打响。在场的人,谁不为他着急?

如果他轻率地击发了,出个8环怎么办?甚至还可能是个7环、6环!

这扳机重若千斤啊!

就这样,他一连举枪四次。四起四落,把人的心都揪碎了。

这一次,他将枪又举了起来。人们以为他还有可能将枪再次放下。谁知,5.6厘米口径的枪管,骤然向上一跳,枪声几乎同时响起,9环,是个好9环!

一环不多一环不少。经过靶壕裁判员用弹着测量器精确评定与核算,裁判长认定签字之后,许海峰的比赛成绩是566环,终于战胜了拉罗格纳·斯卡纳克尔,荣获二十三届奥运会第一块金牌。

作者(左)与"零的突破"许海峰在亚锦赛赛场外合影

靶棚沸腾了,普拉多沸腾了。中国代表团的黄中和陈先同志,抑制不住自己内心的激动,在拥挤的人群中与许海峰紧紧拥抱,连声说:"谢谢你,小伙子!你为我们中国、我们民族立了一大功!"说着,眼泪唰地流了下来。国际奥委会主席萨马兰奇也激动地说:"你们很高兴,我也很高兴,我为我能亲自把这块金牌授给你们而感到荣幸。"

药物化验后,拉罗格纳·斯卡纳克尔找到许海峰,不服地说:

"这一次金牌是你,下一次就是我的了。"

许海峰看了看他,通过翻译,也毫不掩饰自己的心情,坚定地答道:

"这一次我胜了你,下一次我还要战胜你!"

自豪吧,许海峰!因为你用你的枪声,结束了我国奥运史上"万马齐喑究可哀"的局面。自此,我们可以当之无愧地向世界说"别了,零"!

(原载于《希望》1984年12月增刊)

陈剑虹,花开需待节气来

陈遐寿在游泳池里虽也曾游出过一些叫人羡慕的好成绩,但终未能为祖国摘得一枚金牌。他不服这口气,把希望寄托在了宝贝儿子陈剑虹身上。

大约在小剑虹3岁时,当父亲的便把儿子抱到水中,拉着仰卧于水上的小家伙猛跑。突然间,父子分开了,小剑虹立时成了一只"断线的风筝",吓得站在池边的妈妈惊叫起来。哪知,小剑虹凭借惯性,竟如同一条飞鱼,贴着水面滑行了好几秒钟。爸爸问陈剑虹怕不怕,小家伙十分开心地答道:"好快活啦!"这就是陈剑虹第一次下水时的感觉。

从此以后,一年365日,陈遐寿几乎天天领着儿子游泳。星期天游泳馆的门锁着,父子俩像猴子般地翻窗户进去;遇着游泳馆(池)维修,父子俩就到楼边的水坑里去练……

有了两年非正规业余训练的"铺垫",这孩子在正式参加业余训练之后的第一周,运动量便达到了1000米,而且那一双"蛙泳腿"很是叫人称赞。这一年,细心的爸爸给儿子做了一次家庭体检:剑虹身高1.12米,双臂指尖距1.20米,双臂水平距超过自身身高。

——这些条件,在5岁的同年龄孩子中都是十分拔尖的。

身体条件尽管好,然而,不炼不成钢,进了游泳池一切就得按规矩办。那次1000米蛙泳练习,不知是儿子真的累了,还是在淘气或偷懒,小家伙游一段,就抓住池壁的沟槽歇一会。爸爸发现了,厉声厉色地告诉儿子,若是歇一次就罚100米,歇两次就罚200米。儿子未把爸爸的话当真,出水后还向爸爸仰仰头,好像在说:"看你又能怎么样?"哪知,陈遐寿抓起一根胶皮水管,竟往儿子大腿上抽去……

也许是对爸爸的"鞭抽"记忆犹新,或是从爸爸言传身教中领悟到意志磨炼的必要,陈剑虹进入省队后,每日训练中接近"极限"时,总是不愿轻易地放弃最后的冲刺。

有100斤的力就挑100斤的担子,这是生活中的常识。可是,由于层层对金牌的追求,往往自觉或者不自觉地让年轻稚嫩的选手过早地接受成人化训练,使他们超负荷"运转",结果,或是"昙花一现",或是未到春花盛开之年就已伤痕累累。

陈剑虹则不相同。他进入省队前4年,可以说是默默无闻。可当他在第六届全运会上以1分5秒25夺得100米蛙泳冠军之后,便像一颗闪烁的星星出现在夜空中。他于1988年4月(即被选入国家队后2个月)在亚洲锦标赛以1分3秒66刷新100米蛙泳全国纪录后,又于当年12月在世界杯赛中以28秒40和1分1秒81相继刷新50米蛙泳和100米蛙泳的全国纪录。从1988年4月到1989年1月的9个月时间内,他在国内外重大比赛中,连续10次打破全国纪录(其中2次接力),成绩一次比一次提高。

陈剑虹何以如此?按他自己的话来说,那就是"年龄组"训练的结果。

1982年,12岁的陈剑虹在安徽省第五届全运会上,100米蛙泳的成绩是1分26秒,获第2名。那时,他平常测验的最好成绩是1分16秒。所以,当他于1984年进入安徽省队的时候,只要施点"催肥",便可以在全国比赛中拿块牌。可是,他的教练茹军却没有走这条"速成"的路。当时陈剑虹14岁,而安徽省队的最大运动量有8万米到9万米,如果像成人一样的来要求陈剑虹(也许会冒一下尖),那么就有可能将这棵幼苗压垮。所以,对于陈剑虹的运动量,茹教练严加控制。随着年龄的增加、体质的变化,对他的运动量进行必要的调整,使整个训练过程有张有弛,有紧有松。可以说,陈剑虹是在没有遇到任何大小创伤和劳损的情形下,以一个比较完美的身体和较充沛的精力进入国家队的。也正是因为这样,使他在进入国家队后,很快适应了大运动量、高强度和高原缺氧训练。他1988年2月刚到国家队时,体重68公斤,卧推70公斤,数字显示拉力器30秒钟则加到900多次。由此可见,他体能上的潜力是很大的。

在省队,陈剑虹与成人相比,运动量是小的。但对于他的技术,茹教练抓得很紧,要求也很严。别看陈剑虹的运动量比别人小,可在攻克技术难题上却比别人苦得多,常常是一边压腿一边哭。正因为这样,直到他进了国家队,技术也没有什么大的改动,至多不过是在原来的基础上,予以精雕细琢而已。国内外一些有名的教练员和运动员对陈剑虹的技术都赞扬说:很好。

为了使陈剑虹的蛙泳训练得到一些调节,茹教练还安排了较大比重的混合练习。这样做既有利于速度、力量的增长,同时又防止了由于蛙泳练习密度过大而带来某一局部的劳损。训练证明,混合泳对他蛙泳成绩的提高,是很有益处的。

如今,陈剑虹长大了,但是在激烈的国内外大赛中,仍可以从这个蛙泳明星的身上捕捉到他儿时的影子。之前的亚运会,在100米蛙泳的预赛中,陈剑虹是以2秒落后于日本老将渡边和新秀川口的。决赛开始后,前35秒陈剑虹又被渡边和川口"咬住",哪知在40米处,陈剑虹猛地一个加速,以29秒30首先在50米转身。过了75米,陈剑虹更是"疯了",甩开对手,以1分02秒60的好成绩夺得冠军,并打破1分02秒94的世界纪录。

陈剑虹不善言谈,窘起来,倒有几分闺秀的腼腆。可是,谁又知道,这个1.83米身高的男儿,若是哪位惹恼了他,即使是他的爸、妈或教练,他也会像潜藏水底的火山,顷刻之间,愤然爆发!

就说这天的400米蛙泳练习吧,教练茹军给他下达的指标是5分40秒,只能提前不能延长,若是完不成任务,就不准起水。

说实在的,这5分40秒,对一个业余爱好者来说,是难以逾越的。可是,他自幼就与泳池结下了不解之缘,一个"水猴子",还能被这小小的数据难住吗?

他往起点处一站,双腿一弓,腾身一跃,一头扎进水里。岂知,这是在已经完成了4000多米运动量以后的"冲刺"。他往复8趟,游完400米全程,茹教练的表针指的却是5分45秒,较指标多5秒,差得远呢!

能难住陈剑虹吗?在他的印象里,好像他还没有发生过这类事情。

当初练蹬跳,每20次1组,每个练习要连续练10组。跳到后来,腿肿了,累得上气不接下气的,浑身的汗水就像被浇的一样。茹教练看到此番情景,就好心劝他停下,不听,就只好下一道禁令,不准他再跳。可是,当茹教练转过身去,"跟踪"别的孩子时,却被他钻了个空子。避开教练的目光,又悄悄地跳起来了。

那么,今天练习,这短短的5秒,就能低头让步吗?

不,当然不能!他没有多少思考,扑通一声,便又冲去了。

然而,连陈剑虹自己也没有想到,拼的结果,还是失败,5分41秒,比指标仍多1秒。

茹教练看了看陈剑虹,好像一点也没有原谅他这个队员的意思,明白地告诉他说:"达不到40秒,我不走,你也休想上来,咱们俩绑到一起了。"

"说指标也只差1秒了,说累也已经是够呛了,何必叫人这样下不了台呢?"一种莫名的怨气陡然而生。陈剑虹看着纷纷起水离去的同伴,两条一字眉拧成了两个疙瘩。他瞥了瞥教练,顺手抓起漂来的划水板,哗啦啦地扔到了岸上。茹教练站在一边,像是一根枣刺扎进眼里。他未曾发火,甚至只字未吐,也许是因为他对他这个队员太了解了。

原来,陈剑虹膝关节柔韧性较差,腿收得不够,导致了动作幅度过小。为了改进这项技术,陈剑虹要常做压蛙泳腿练习,不仅自己压,而且茹教练还要坐在他身上,以增加压的效果。练韧带并非剧烈运动,可压起来却苦得很,一边压一边哭。茹教练想,玉不琢,不成器,所以每当陈剑虹练习的关键时刻,只要是在"极限"之内,就决不迁就放过。迁就了,那是教练的不负责任。

不知是陈剑虹真的不服气,还是对教练憋着一肚子怨愤,一语未发,便又蹿入了水中。

陈剑虹有这样的个性:该是他达到而没有达到的,他会立时感到这是一种羞辱,气得横眉竖眼。

那年(1984年)初次到保定参加全国比赛,陈剑虹就像张满帆的船。可是,他万万没有想到,不仅没有进入前3名,而且被排除在"座次"之外,初次上阵,失误者有之,他可以这样安慰自己。可是,回到了宿舍,他握起茶杯瓷盖,一气之下,竟将盖上那结实的小球,咔嚓一声,给勒断了。

他又一次蹿入了水中,不知哪来的一股冲劲。50米过去了,又是一个50米。他手、腿动作协调,全身轻松自如,不觉之间便游了8个来回。一看表,5分38秒8,较指标缩短了2秒,他终于成功了!

陈剑虹爬上岸来,喘着粗气,腼腆而又孩儿似的说:"茹教练,不恨我吧!"

陈剑虹今年19岁,1986年获亚太地区比赛200米蛙泳第3名。1987年在第六届全运会上,以1分5秒25战胜我国"蛙王"金浦获得100米蛙泳冠军。今年4月,在第三届亚洲锦标赛上,又以1分3秒66打破全国纪录,并夺得金牌。在汉城奥运会上,他名列100米蛙泳第16位。

(原载于《中国体育报》1989年3月13日)

江涛，双流星

在国内比赛中，江涛是长胜不败的。在重大国际比赛和亚洲锦标赛中，他又屡拿金牌。因此，作为我国最优秀的拳击选手之一，人们称他为"中国拳王"。

一

江涛是从大别山的深山坳里走出来的，所以，当他第一次走进拳击房时，如同发现了新大陆一般：一顶大帽子，一双大手套，如今连"打架"也都高级起来了。

进了拳击队的门，他也理所当然地得到了这一套"高级"装备。这一天，头盔戴上了，手套也勒紧了，他走上拳击台，同一个叫孙野的队友，面对面地站到了位置上。往年在山里，石锁玩得头上飞，还怕着用海绵包着的拳头吗？哪里晓得，当孙野真的拉开了架子，拳头就要打过来的时候，他的腿却蓦地软了。"打瞎了眼，或是打塌了鼻子、打掉了牙……那该怎么办？"容不得他多想，孙野的拳呼啦啦地打过来了，吓得膀阔腰圆的他立时成了个"纸老虎"，抱头就逃。如果不是因为绳圈，他准会从台上一头栽下去。如今的拳王，想当初也有"逃拳"的记录。

二

这天，训练开始了，江涛一拳击在吊着的沙袋上，与往日没有不同。可是，突然之间，他那拳击套里的手却像被刀刺一般地剧痛。痛得他暴跳起来，哇的一声大叫。拽下手套一看，他这才知道原来这里钻进了一条大蜈蚣。他被毒虫咬了，鲜血直往下滴。就是铁石心肠的人，也不会再让江涛训练了。可是，这小伙子只是到医务室做点卫生处理，便又忍着剧痛，径直返回到拳击房去了。

三

生活中的江涛，同大多数人一样，拿筷子、提物件，以至于出大力的，都是右手。可是，上了拳击台，江涛就成了"左撇子"，隐藏在后面的是左手。这样"反其道而行之"为的是什么呢?

很显然,强化左手,是要使他的对手在防范上更加困难,让他的拳更有"致命"性。而他右手本来就很强悍,既可出击,又能防守。这种左右开花的"双流星",使人眼花缭乱,防不胜防。所以,他的对手往往被他击倒在拳台上,还不知道是怎么一回事。

巴基斯坦名将托塞夫,在同他对阵时,就吃过这个苦头。

那是1993年11月的事了,两人在北京国际拳击比赛的一场关键性比赛中交了手。战至第三回合,江涛被逼至绳圈,形势不妙。托塞夫趾高气扬,不可一世,试图连续打击,将对方"一棍子打死"。哪知,似是坐以待毙的江涛,却终于等到了机会,来个"金蝉脱壳",转守为攻,将他的左摆拳、右直拳火山爆发般地倾泻到托塞夫的目标上。这种猛烈打击,使托塞夫猝不及防,终以8∶30的大比分,败在江涛手下。这次比赛,江涛无一敌手,夺得冠军。

以上讲的只是巴基斯坦托塞夫,其实,遭受江涛"暗算"的远不是一两个人。在首届东亚运动会上,朝鲜金哲就以1∶20输给了江涛。在德黑兰亚洲拳击锦标赛上,身高占绝对优势的伊朗希列,也被江涛打得落花流水。在这两次比赛(江涛均获金牌)以及许多国内外比赛中,江涛的"左撇子"打出了八面威风。

四

"左撇子",无疑是江涛的撒手锏。可是,世界上从来就没有永远的"秘密武器"。即使你的绝招威力无比,可一旦露面,人家马上便会研究对付你的办法。那么,在这一背景下,江涛的"戏"又该怎样唱呢?

后来的广岛亚运会,他第一场便碰上了身高1.90米的蒙古选手(江涛为1.82米),而这名选手恰恰就是针对他的特长,用密集的"炮弹",同他对拼,不让他从容出手,特别是左手。这种打法,江涛的体力付出了很多,却又劳而无功。显然,这样耗下去,那必将是一条死路,因为对方在体力上占有优势。可是,体力纵然好,也经不起疲劳战的拖。所以,江涛马上变了主意:"你不是爱拼吗?那就让你拼得更来劲些好了!"果然,在经过一番激斗后,江涛拖垮了对方。

对方速度变慢了,反应也迟钝了,越来越力不从心了。到了这个时候,反击时机已经成熟。于是,江涛将力量凝聚在他的左拳上,瞅准机会,猛然便是一拳。对方哪有招架之力?一个踉跄便栽倒在地上,而且久久爬不起来。直至读秒至8,这才勉强举手,示意再战。可是,心有余而力不足,刚一对阵,江涛的拳便又不偏不倚地击在这位蒙古选手的下巴上。他摇摇晃晃地又一次倒在拳台上,而且再也没有举手求战。最后,还是在裁判员的搀扶下,才走下了拳台。

(原载于《中国体育报》1997年2月3日)

冯涛,凌空飞剑

漂亮的空调车开出布鲁塞尔,沿着蜿蜒曲折的大西洋海岸线向安特卫普飞驰。虽然3天后第8届世界技巧锦标赛将在那里"争芳斗艳",可冯涛却坦然得很。在他那个世界里,仿佛唯有窗外那个广袤、无垠的大海,那翻涌的波涛……

技巧男单全能冠军,历来被东欧垄断,特别是苏联更是称霸一时。我国选手也不断冲击,但谁也没有动摇过他们的地位。1983年10月,在美国塞达拉皮兹举行的第4届世界杯赛中,我国胡星刚夺得过全能冠军,但因苏联队没参加,因此有人说,那个冠军并非高水平的。

岂知,一个顽皮的"毛猴"冯涛,从安徽技巧房里,用他那成串的令人目不暇接的跟头,翻到了扑朔迷离的世界舞台上。国际技巧界人士见了,无不瞪着眼,欣喜地惊呼:"中国单跳有希望了!"

1984年在保加利亚首都索菲亚举行的第6届世界技巧锦标赛中,冯涛第1次夺得全能亚军。接着,第2年在北京举行的第5届世界杯技巧比赛中,他的第二套动作超群出众,令人叫绝,赢得了第1名。直到1987年在美国巴吞鲁日举行的第7届世界杯技巧比赛中,冯涛已经8次获得全能亚军。遗憾的是,只因为极其微小的差距,实现不了冠军梦。

安特卫普大赛集中了全世界最优秀的选手,是当今最高水准、竞争最为激烈的一次较量。所以,男单全能那枚绚丽夺目的金牌,对于谁来说,都不是轻而易举能够得到的。即使是上届冠军,弄得不好,也都有可能在这波浪滔天的大洋中翻船。

冯涛就有过这样一次经历,太惨了!那是1986年的秋天,在巴黎举行的第7届世界技巧锦标赛——

那次比赛安排一反常规,将各种项目交替穿插进行,从第一个人出场到最后一个人收场,时间长达45分钟之久。冯涛恰是那最倒霉的最后一个,所以,准备活动做得再好也是枉然,出场时,身体早凉了,肌肉和韧带也开始收缩,变紧、变硬。还有什么比这更糟的呢？他第一个动作趴地，第二个动作搞了个"嘴啃泥"。两套动作接连失败，使得他经受了一场难以言喻的痛苦。

两年过去了，冯涛变了。他不仅不再担心失败，而且自信得很，他和别人说："要拿金牌，就拿个痛快！"

安特卫普体育馆，男子单跳决赛轮到最后一个人，那又是冯涛。大厅里骤然喧闹起来，四面八方的目光闪烁，编织在他的身上。他站在那儿，搓拍着双手，雪白的镁粉纷纷扬扬。人们已经感到，单跳板上出现的，将是一股台风，或是一场爆炸——

单跳全能比赛对冯涛构成威胁的还是上届冠军——苏联的谢尔古埃。整个预赛成绩，冯涛以 0.03 分领先。

可是，预赛结束之后，苏联队向裁判委员会提出，谢尔古埃的第一套动作扣分多了。结果，在当天夜里送来的成绩公报上，谢尔古埃的成绩悄然长了 0.03 分，与冯涛积分相等。中国队提出异议，可为时已晚。为了最后的胜利，让冯涛有个好的精神状态，中国队把它当作特级"秘密"，自上而下地封锁，滴水不漏。所以，直到上场决赛，冯涛这个机灵的小伙子仍然被蒙在鼓里。

冯涛上场了，大厅里从喧闹中突然宁静下来，静得没有一丝儿声音。

只见他将脚一提，左肩微塌，双臂一甩，便是一阵疾风骤雨般的小跑。未待人们看个究竟，他已像一支系着红穗的银剑飞入空中，绾了两个剑花，然后飘然落下。接着身体在弹性板上再次腾飞，在空中划出几个闪光的弧线，这美妙而又惊险的场面在人们视角里尚未消失，他已稳稳下落，像是一把插在地上的剑。成功了！他的前空翻屈体两周接小翻 360 度旋转，赢得了 4 个 10 分，8 个 9.9 分。他终以 0.06 分的优势，击败谢尔古埃，实现了他梦寐以求的夙愿。

在这次比赛中，冯涛不仅荣膺全能冠军，而且还夺得了第一套和第二套的第一名。在同一次比赛中，8 枚金牌全归冯涛一人所有，这在世界技巧史上是极其罕见的。

起初，冯涛是学体操的，可是，不知什么原因，他连那些迷人的体操器械还没来得及全摸过来，便被停练，背起了他从家里带来的那个小挎包，噘着个嘴走了。待见到妈妈，这孩子委屈得哇的一声哭了。

此事被技巧教练武念义知道，他觉得冯涛还是块料子，便执意将其召回，就像在地上捡起了一只被人遗弃的贝壳一样。"跟我练可以，但必须听我的。"尽管武老师严肃得有点怕人，可这孩子太喜欢体操、技巧这个五光十色的世界了，所以只要武老师收，他哪还管得了这么多？只见他两眼一闪，频频地点头，并连声说："嗯，嗯，嗯！"

练技巧很苦,而武老师又是以严要求出了名的,谁要是偷点懒,就休想逃过他的眼睛。就说这天训练吧,冯涛的小毛病犯了,武老师先是给他递了个眼色,可冯涛仍然磨磨蹭蹭。武老师气了,厉声喝道:"给我出去,跑三大圈!"一圈将近1000米,不是这样大概吓不退他的惰性吧!武老师这样想。每天清晨,武老师咚咚地敲门,尽管还是黑咕隆咚的,可谁敢怠慢?在单跳板边,武老师凸起青筋吆喊,队员们一个个从他面前翻腾而过,谁敢马虎一点?现在,武老师动怒了,冯涛即使有点不服,也得乖乖地去"远征"。他边跑边诅咒:"魔鬼大松!魔鬼大松!"三大圈跑完了,他全身湿漉漉地就想往体操房里钻,哪知武老师就站在门外。他看到,武老师裹着那件褪了色的军大衣,两手插在兜里。刺骨的寒风撩着武老师的缕缕白发,将他的鼻子冻得通红。冯涛看到这样情景,所有的气也就没了。

然而,凡事都不会是一劳永逸的,昨天被启迪被感动,说不定明天又冒出个什么幺蛾子。人们都希望优秀运动员是块无瑕的白玉,可世界上又哪会有永不变化的人呢?

就说那天晚上,熄灯铃响过,冯涛却骑上自行车,悄悄地溜了。武老师查铺,冯涛床是空的。第二天,武老师追问冯涛,非让他说个清楚不可。起初,冯涛说他看电视去了。武老师亲自跑去了解,结果冯涛并没去。从前,冯涛年龄小,在老师面前免不了有些怯生生的。现在,长大了,在全国也有点名气了,可他居然也说起谎话来啦!经过再三追问,冯涛是到杂技团冲洗照片去了,凌晨两点才归。

事情清楚了,武老师并不因为冯涛是个尖子而姑息迁就。越是他的"心肝宝贝",他越是要严加管束。不是这样,就有可能要误人终生。武老师要冯涛在大家面前认错并保证以后不再重犯。

如今,冯涛已成为世界技坛的一颗闪闪明星了。人们知道,这颗星是武老师用那只被人遗弃的贝壳雕琢成的。

(原载于《中国体育报》1989年1月23日)

范雪平,她的太极拳就是一首诗

提起太极拳,人们便会说,那是中老年人的事。可是,也有这么一个"林妹妹"范雪平,练起这慢节奏的拳来,却也出神入化。有人说,她的太极拳,就是一首古典诗!

就请看吧,站在树丛边草坪上的她,深深地吸了一口气,再将两手慢慢向前平举……她的动作,一招一式,就像是电视荧屏上的慢动作一般。看她的太极拳,仿佛是读一篇精彩的文章,意犹未尽,文字却已画上了个句号。她练太极拳的时候,意领气行,以气运身,随着收势而收住了意念。虽然套路就此而止,可它是不是也给人留下个内涵丰富的悬念呢?

她的太极拳是很美的,也是令人回味的。可是,人们何曾想到,为了磨出这一套拳来,这满脸稚气的姑娘却给自己带来了不幸,而这不幸又很可能要折腾她一辈子。1992年5月,不知道是因为她自己把握不好,还是别的什么原因,正在练成套动作的她,忽然间一个闪失,将右膝关节给弄伤了。这一伤,也太厉害了,痛得她腿不敢提,脚不敢落地,只好由别人搀扶着离开了场地。回到家里,虽然也请医生诊治,可腿部肌肉却是无法控制地日渐萎缩。看着这一粗一细截然不同的两条腿,愁眉苦脸的她只知道捂着脸哭。"只能同伤病抗争,不能做伤病的奴隶",她最终还是明白过来。于是,这姑娘用顽强的意志和惊人的毅力,投入苦不堪言的体能恢复中。她的右腿只能微曲,可她却要坚持每次20分钟左右的"站桩",站得豆粒般大的汗珠直往下掉。最初,即使拉拐杖,她也是不敢落地走路的。为了冲开这一难关,她咬紧牙,摔青了皮肤;关节肿胀不消,她又伸出了自己的右腿,让医生硬是抽掉了三大针管带血的积水。虽然直到现在她的关节还隐隐作痛,但她还是站立了起来,并将自己为之着迷的那套太极拳,磨炼得越发娴熟而有味。

范雪平是个20岁不到的姑娘,可她的太极拳较其他一些名家来,却也有自己的特色与风格。她的拳动如抽丝,步若猫行,打得沉稳连贯,上下相随,综合了陈、杨、孙、吴、武五大流派的特点。行家评价说,范雪平的拳,功架低,劲力足,又有难度。

1995年春天,当年轻的范雪平往日本神奈川县综合体育馆里一站时,那几乎坐满了观众的看台,立时便响起了海涛般的掌声。忽而,那掌声居然在一瞬间又戛然而止，就像是一个数千人的大合唱，突然间唱到了歌谱上的休止符号，静得没有一点儿声音。原来，范雪平的太极拳表演开始了。她用无声的语言，一下便把观众带进一个宁静的行云流水般的境界里。

也许，日本人并不能都搞懂她的"舞蹈词汇"，但是那动如抽丝、步若猫行的一招一式，却无不紧紧地扣住了他们。什么"抱球""撇身捶"，什么"斜飞势""独立托掌"，不就像叮叮咚咚的清泉和绵延不断潺潺流动的小溪吗？如果说这些章节还不算很深奥，也比较容易释义，那么在她全套动作中时不时连接上的"白鹤亮翅""野马分鬃""玉女穿梭"和"退身跨虎"等，就颇有点像极有诱惑的方程了。整个套路缓慢悠然，却又有张有弛不乏精彩的跳荡。看她的表演，自觉或是不自觉地便被带进一个深邃而又含蓄的迷宫。

现代人的生活节奏是快的，就连那种剧情"缓缓儿走"的电影故事，许多人也觉得忍受不了似的。可是，走起路来就像小跑着的日本人，看范雪平的太极拳却看得如痴如迷。也许有人会说，太极拳是中国传统文化的结晶，只有中国人能懂得其中的奥秘。可是，如今它已漂洋过海走出了国门，不再是中国人的专利。1990年北京亚运会，不是就有五百之众的日本人，参加了盛大的团体操中的太极拳表演吗？看范雪平的太极拳，不一定每一个日本观众都能辨别出她的特点，但可以这么说，他们中的很多人，却可以从整个套路里，"嚼"出那种意领气行、以气运身和沉稳。随着收势而收住了意会的一刹那，四座看台爆发出暴风骤雨般的掌声。

在日本神奈川县举行的第六届中日太极拳交流竞技大会上，范雪平获得大会授予的最高荣誉奖。

（原载于《中国体育报》1994年3月9日）

剑锋上的爱

提起安徽体坛名将王骑兵和戴青的爱情，就得从他们手中的那把银剑说起。

戴青，读者也许并不很了解。其实，她早在1990年的全国击剑A级比赛中便已夺得金牌。后来的吉隆坡亚洲锦标赛，中国队荣膺女子重剑团体冠军，她又是队里的一根顶梁柱。直到1997年全国八运会，她仍然以顽强的毅力，在赛场上打出了水平。

在激烈的较量中,无论国内或国际比赛,戴青都必须面对一个又一个左手执剑的选手。仅全国八运会决赛,她要闯过的一道道关口中,至少有五个左撇子。而对付左撇子,就非得掌握区别于对付一般选手的特殊技巧不可。可是,安徽队缺的正是这个,全队男、女选手在一起,就王骑兵这么一个宝贝。那时,王骑兵已开始崛起,可全队"一盘棋",还是让他作为她的陪练,当她的"剑靶子"。

训练上的"组合",不等于心同心的碰撞,这是人所共知的。击剑队的兄弟姐妹们,就连戴青和王骑兵自己也没想到会发生后来的事情。

数年前的一个冬天,戴青突然间胆石症发作,痛得她豆大的汗珠直往下掉。起初,大家并不知道何病,再加上戴青自己又很顽强,都以为痛一阵子也就过去了,所以谁也没多在意。

可是,王骑兵的第一反应不同。既然人都痛成这个样子,就不可大意。

他知道,如果不是身上出了非同一般的毛病,戴青是不会这个样子的。他以关注的目光盯着戴青。

戴青来自和县,家境并不好。儿时,她严重缺碘,又贫血。考虑到她训练的需要,全家人收紧了嘴,给她开了个"特灶"。一天两只鸡蛋,使得她都吃厌了。可是,比她大不了几岁的两个哥哥,像馋猫,就想吃鸡蛋,却连边都沾不上。早晨5点半训练,妈妈5点钟之前便爬起来,为她做吃的。她这里丢下饭碗,妈妈便又马不停蹄地送她去训练场地。把她送到教练手里了,当母亲的这才急匆匆地往车队奔。

那年在南京举行的七运会预赛,尽管就在家门口,戴青也没有告诉家人。她练得很苦,人也很瘦,怕爸爸、妈妈去了伤心。可是,她爸爸、妈妈还是从别的渠道打听到了。那天下着大雨,双亲是淋着大雨,躲在屏障后面偷偷瞧女儿一眼的。他们怕因控制不住自己,而影响女儿的情绪。当父母的,也真是太坚强了,既然为女儿而来,却连一句话也没说,甚至连个照面也没打,便又冒着雨回和县了。戴青后来听说,她妈妈回家后,一连掉了几天的眼泪,并同她哥哥们说,"如果不是省队看中,不是国家需要,我怎么也舍不得你妹妹去吃这个苦!"

这样一个家庭,出了这样一个妹子,王骑兵早有所闻。而且在他同她剑的交锋中,他也深深感受到她的个性和顽强。所以,此刻的戴青,疼得这般厉害,他没有任何一点怀疑,只觉得莫名的同情与揪心。

他连一分钟也没耽误,噔、噔、噔地便一口气跑上她所住的六楼,背起她就走,又快步下楼。

到了医院,他这才想到,因为走得太急,竟忘了给戴青带上御寒的衣服。这个时候,正值隆冬,是合肥一年四季中最冷的。在候诊室里,冷与痛双管齐下,使病中的戴青更是难以抵御得住。见此情形,王骑兵毫不犹豫地脱下了他身上唯一可以保暖的毛衣。也许是人在病中的缘故吧,戴青接受了,像在训练场上彼此递个毛巾一样,想不到别的。拨动她感情的是,戴青怎么也想不到,她面前这个平时并不多话的小伙子,在帮助自己穿衣服的时候,说了这样一句话:"如果这疼痛能够由别人代替的话,那么,我宁愿……"

原先他背她,跑得气喘吁吁。到医院后,挂号、交费、拿药,楼上楼下地跑,累得他大汗淋漓。因为在运动中,他并不觉得冷。可是,一旦歇了下来,不再出体力了,这严寒也就无情地向他袭来,冻得他直打哆嗦。看他那模样,听他吐露出的藏在内心里的话,使得戴青感受到她从来也没有感受过的温馨。自此以后,戴青慢慢地启开了她的心扉,一种说不清道不明的感情,在她的生活中荡漾起涟漪。

戴青同王骑兵相恋,恋得很甜蜜。不过,像一般情人那样在花前月下,他们是很少有的。这一对年轻人把他们的爱,深藏在心底,凝聚在剑上。

他们懂得,爱是永远的。可是,就一个体育健儿来说,他们的运动寿命却是有限的。如果在其运动生涯中,不去努力创造自己的人生价值,那么,留下的就必然是终生的遗憾。

戴青出院时,体重由原来的 65 公斤降到 58 公斤。因此,医生一再交代,至少再休养一个月后,才可以走进训练房。可是,戴青只歇了 10 天,便迫不及待地同王骑兵的剑交锋了。

然而,她因为在剑上付出得太多,造成了腰肌劳损和肩周炎,一举剑手臂便疼,疼得抬不起臂来。训练后一般队员的脉搏至少 70 次/分,可戴青却只有 48 次/分,训练后的跟踪检查,她的尿蛋白出现了令人不安的四个"+"。即使这样,靠服用强效救心丸也得支撑着。

王骑兵是戴青的陪练,可他又是男子重剑的第一主力。在训练上,他所承受的本来就比其他队员多,更何况又当了戴青的"靶子"。训练上的"大锅煮"也好,"小锅炒"也罢,一天折腾下来,一般队员都累得差不多了。可是,王骑兵却还要用晚饭后本可以潇潇洒洒的这段很难得的休息时间,为戴青在未来比赛中对付"左撇子","真刀真枪"地再补上一课。这样的"课外课",一练就是两三个小时。

八运会决赛,戴青虽然在争夺进入前四名这至关重要一役中遭受意外,但她打出了一名老队员的顽强。这场比赛,戴青同上海杨炤琦对局,前两局打平。第三局,戴青是在领先两剑的情形下,因打得有一点保守而以 14∶15 的一剑之差,输给了对方。胜败乃兵家之常事,戴青能在她 28 岁的时候打到了这一步,已经是很不错了的。

　　无独有偶,王骑兵在八运会男子重剑决赛中,遇到了同戴青几乎相同的命运。冠亚军决赛,一方是安徽王骑兵,另一方是辽宁选手赵刚。前者身高1米85,后者身高1米90。无论是实力或身体条件,辽宁赵刚均占优势。想不到,这场比赛,因为王骑兵的"寸土不让",因而打得十分惨烈。这场比赛自始至终"咬"得很紧,直到最后一局,还打到了12∶12。只因为王骑兵手软,最后以13∶15的两剑之差而功亏一篑。

　　在安徽人看来,王骑兵虽是赢得银牌,可这银牌却有金牌的价值。辽宁是男子重剑无可匹敌的团体冠军,赵刚又是实力雄厚的全国1号种子。金牌虽被赵刚拿下了,可王骑兵足以吓了他一身冷汗。

　　本来,戴青同王骑兵的婚礼,是定在八运会前的。这个时间完婚,就是按"大男大女"的条件,他们谁都超标了。因为八运会,他们主动将婚期推迟,日子重新定在1998年新年。八运会结束后,原运动员住的20世纪50年代建的红楼,分给了他们两间,戴青也领着工人简单地修缮了一番。可是,就当他们积极筹办婚事,连婚礼服也买来了的时候,北京传来消息,调王骑兵去北京集训,参加亚运会队伍竞选。为此,他们决定将婚期再一次推迟。八运会后,戴青被提拔为省队教练,手下带七名队员。后来我问戴青,他们早就想办的这桩婚事,究竟推迟到什么时候,她笑着说:"是早是迟,那就得看王骑兵还有没有参加国际大赛的机会了,比如曼谷、悉尼……"最近,在省体委大院内,我又同戴青、王骑兵这一对情人邂逅,他们笑着告诉我,王骑兵已经选进曼谷亚运会队伍了,而且两三天内就将赴京备战。我想,要吃他们的喜糖,最早也是明年的事了。

(原载于《安徽日报》1998年11月25日)

丹毕,烈火中冲出来的冠军

　　丹毕从睡梦中惊醒,一个箭步冲出蒙古包外,啊!火,骇人的大火!不远处的蒙古包只留下几根光秃秃的铁杆子,他自己家的牛舍马棚也已被大火荡平,丈余高的火苗,正无情地向他逼来,这个蒙古包立时陷入了火的包围之中。天啊,在这个蒙古包里,还熟睡着他的爸爸、姐姐、外甥等许多亲人啊!

一

1979年夏天,体育教师楞黑依特见丹毕喜欢摔跤,便领他到呼伦贝尔盟体委去应试。道尔吉教练一见,便拍案叫好:"是块好料!"一个月后,丹毕参加了自治区中学生运动会,竟一连战胜十一名对手,夺得了44公斤级冠军。本来,丹毕以为这是闹着玩的,比一比,赛一赛,还不是回到草原,继续放他的羊,骑他的马,在羊群边上摔他那草原跤!谁想到,只回家不过一个月,楞黑依特老师就兴致勃勃地赶来,给他送来自治区体委的调令。就这样,小伙子乘上汽车,在草原上飞驰三天三夜,赶到了呼和浩特。当时,丹毕不过15岁。但他练得非常刻苦,常常摔得关节酸疼,周身乏力,躺倒了不想起来,肚子空了不想吃饭。就这样,他还是咬紧牙关,继续坚持。几十次、几百次地摔,弄得他遍体鳞伤。

1981年9月,高文和与丹毕同到秦皇岛集训。结束之后,高文和入选国家代表队,赴京集中,准备参加即将在南斯拉夫举行的世界锦标赛。丹毕返回内蒙古,正好与高文和同车到达北京。在首都,丹毕一共只有半天时间逗留,可就这么半天他也毫不吝啬,主动向战友请战,同高文和对练。没有场地,就在工人体育场门外的水泥地上交练。抱人30米移动,弄得他们俩浑身汗透。两个小时过去了,练罢站定,二人就像从水里钻出来似的。告别战友,登上北去的列车,丹毕已经是疲惫不堪了。

高文和像一颗新星出现在苍穹,而丹毕在同高文和的配对中也得到了磨炼。1982年春天,跤手名将荟萃太原,逐鹿厮杀,摆开了大战的架势。丹毕温文尔雅,并不被太多的人注意。可是,一旦闯进跤垫的红色大圆环内,他便像一头被惹惊了的雄狮,出现在观众面前。第一个战役,他成功了。第二个战役,更是轻取。最后同他的老搭档高文和相遇,这是同世界第六名的较量,所以人们都为丹毕捏了一把汗。然而,这个名不见经传的小字辈,以抱腿突袭,弄得高文和进退两难,最后丹毕以两肩着地大胜高文和。

丹毕胜了,一个羊倌,登上了冠军宝座,乐啊!

二

热闹了一天的蒙古包,这时才安静下来。连续坐了六十多个小时的汽车,接受整整一天人来人往的看望和祝贺,使丹毕疲倦得顾不上再给小外甥们讲故事便酣然入睡了。姐姐、弟弟、妹妹也相继睡了,爸爸是最后一个睡去的,当老人料理好一切时,草原早已是漆黑一片了。

谁能想到,可怕的事情发生了,一场意想不到的横祸降临到了这个安谧的草原。

4月,南方已是一片春绿,可塞外却仍然一片枯黄。一颗很小的火种,都可能导致不可收拾的草原大火。这天晚上,一辆汽车在十公里外的公路上行驶,排气管的火花,像萤火虫一样飞落进路边草丛。就是这么一颗火星,竟然燃起了燎原大火,待人发现,已经为时太晚了。火苗升起之后,熊熊的大火,竟以想象不到的速度,带着噼噼啪啪的响声,向这个熟睡中的蒙古包袭来。

丹毕第一个冲出蒙古包,已经面临火海,火焰灼得他双手紧捂面部。他知道,不远处就有一条公路,这是唯一可以逃生的地方。若是撒手逃跑,还来得及!可是,蒙古包内有他的爸爸,有他的姐姐、妹妹、弟弟,还有他那可爱的小外甥们。在这分秒也不容迟疑的紧急关头,他冲进已经燃着的蒙古包内。火舌舔着了他的衣衫,燃焦了他的头发。顺着哭声,他首先摸着了最小的外甥。等他再度闯进火红的蒙古包寻找亲人的时候,他的皮肤已经大部分被烧伤,脸也被严重灼坏,剧烈的疼痛使得他栽倒在火里。爬起来,再倒下去,再挣扎着爬起来……当他清醒过来时,发觉已躺在公路上,可他并不知道自己是怎么脱离火海的。

三

丹毕躺在病榻上,浑身裹着纱布,连头上也扎满了绷带,眼和嘴只留下三个很小的窟窿。无疑,剧痛在折磨着他。

火灾发生之后,消息很快传到海拉尔,呼盟体委紧急行动,以最快的速度派车将丹毕和被他救出来的那个小外甥,一起接到盟医院抢救。自治区体委接到呼盟体委的电话报告后,立即兵分两路:一路由杨大夫率先乘车赶往海拉尔,护理并接丹毕去北京治疗;另一路由丹毕的教练章守律同志赶往北京,请求有治疗烧伤经验的262医院帮助。就这样,等丹毕到达北京站时,章教练和早已准备好的专车已经等候在站台上。

区体委和国家体委,对丹毕给予救济,为他买了高级营养品。跤坛上的同伴们知道了,也都赶到医院。曾经和丹毕配对训练的高文和,得知丹毕遇到了不幸,就像一把尖刀扎进了心窝:丹毕的脸坏了,治疗又耽误了时间,他以后还能摔跤吗?高文和像亲兄弟一样坐在丹毕身旁,安慰他说:"脸毁了,但今后可以整容。技术上跟不上大伙,我一定将在国外学到的最新技术教给你。"同伴们的安慰,使丹毕获得了力量。

火灾后,丹毕家除了自己、被自己救出的小外甥和已经出嫁的大姐外,还幸存了二姐和16岁的弟弟、8岁的妹妹。当地政府给他们家重新搭起蒙古包,送去了牛、马、羊,而且还救济了600元,用以添置家具和衣被。为了让丹毕放心,使他能够在伤好后继续专心从事他的摔跤训练,在小弟、小妹尚未成长起来之前,二姐发誓不嫁,操持失去了父母的家。

政府的关怀、同伴的帮助、姐姐的情义……这是任何一个铁石心肠的人,也要为之感动的呀,何况是在红旗下成长起来的血气方刚的新时代运动员呢!丹毕终于抹干眼泪,从痛苦和迷惘中振作起来,他在笔记本中写下了这样两句话:

"过去的就过去了,我还要干我的事。将来就是将世界冠军拿来,也报答不了党的恩情。"

四

伤还没好,新长出来的皮肤也还红嫩,他便急着训练了。

三个月的治疗,丹毕的体重由48公斤一下增加到55公斤。摔跤是有严格体重限制的,如果不能控制住体重的增长,那么在未来的比赛中,势必就要升级(别)。为了降体重,唯一的方法,就是大运动量地训练,每天去跑3000米、4000米,甚至10000米。呼和浩特郊外有座大胜山,山高一千多米,山坡陡处有60度以上。为多抛洒一些汗水,爬山时,丹毕怀里抱着20多斤重的大石头,背上还背着一位同伴。一小段路走下来,全身汗透,上气不接下气。就是这样,他还是一个劲地往上爬,向顶峰攀登。

身体训练是艰苦的,但对丹毕来说,技术训练那就更苦了。刚长起来的皮肤,很嫩,很薄,与正常人的皮肤怎么也不好比,经不起拉,受不住搓,对练起来,一挣就裂,一裂便出血,疼得像火灼、刀割,训练时疼,晚上躺到床上还疼,疼得失眠。但是,不与疼痛抗争,新皮肤就得不到磨炼,技术水平就得不到较快的恢复和提高。没有顽强的毅力,这种训练是很难想象的。

有人曾经担心,丹毕烧伤了,面部也毁了,因此运动青春也就结束了。谁知,这个小伙子从痛苦的挣扎中站立起来,是那样勇敢和倔强!1983年全国比赛,他的脸上疤痕纵横,却不畏丑陋,勇敢上阵,以两肩着地,大胜上一届亚军冯效直(陕西),赢得第三名。这次比赛中他输给了北京梁德全,但决心已下,一定要在来年的比赛中制服这位同伴。1984年在呼和浩特举行的全国比赛中,丹毕不负众望,登上了冠军宝座。

(《柔道与摔跤》杂志1985年第2期转《中国体育报》)

胡国宏,珍贵的鲜花

胡国宏跨进摔跤房时,只是个16岁的孩子。可就是这个孩子,却暗暗下了个连成年人也很难有的决心:为赶超别人,去忍受别人无法忍受的苦。

所以,从一开始胡国宏便练得很苦。教练说这个动作练10次,胡国宏却练20次。本可以20次交差的,他却练了40次。实战练习,那是搞的"车轮术",这个同胡国宏交过手,那个便又上来同他拼。人家有间隙可以歇会儿,他则是连续作战。胡国宏知道这是给他增加难度,可是以弱对强,以一对十,一不小心便被人家摔个天翻地覆的。"人是血肉做的,练完之后,我这才发觉腿立不起,手软得连一只乒乓球也捏不住。这个时候还想什么呢?只想一头就倒在床上睡个一天一夜。"

练过了吃,吃过了睡,睡过了再练……在别人看来,这或许是一种享受。可是,日复一日,年复一年,这苦累加枯燥的简单公式,唯有当运动员的才会有切身感受啊!为了超越别人,为了在世界舞台上为中国摔跤争来一席之地,胡国宏都认了。

认了,显然是不够的。因为一个运动员的成长,不可能不是磕磕碰碰的。就当胡国宏从起跑线上冲出,好不容易地得到一次机会的时候,他却遇上了意想不到的事情。

那是1990年,胡国宏在全国锦标赛争小组第一名的比赛中,因为激烈冲撞,眉骨被对方击裂了,血流不止,伤处不敢用手触动一下。这次比赛,既是全国赛,又是亚运会选拔赛。拿不拿全国第一事小,不能到亚运会上为国争光则是大事。所以,胡国宏一点犹豫也没有,只简单地让医生包扎一下伤口,便又接着投入比赛了。当时只有一个心思:咬紧牙关。结果,老天有眼,最终让胡国宏打赢了这场比赛。

那时的比赛和现在不同,是比赛完了再去过体重。所以,打赢了比赛还不算,还得穿上不透气的宇宙服,用长跑来降体重。摔跤比赛时流了多少汗,胡国宏没去注意。可赛后一个多小时的苦熬,不折不扣地从胡国宏身上又挤出了3公斤的水。体重降下了,此时已是深夜。这时胡国宏才想起该到医院去了。

头一天夜里伤口缝了六针,但粉碎性骨折却不能在几个小时内治好。第二天决赛,冠军只有一个,激烈程度可想而知。胡国宏不能说人家有意往他伤口上打,可无意中碰上却总是难免的。一挨上胡国宏的伤处,便是钻心的疼,"疼得我几乎全身抽搐起来。可是,我最终还是成了胜家,既夺得冠军,又拿到了第十一届亚运会入场券"。

训练中的苦,胡国宏是不怕的。他最害怕,最担心的是赛前伤病。可是,命运偏偏捉弄人,他越是害怕和担心的,就越是碰上。

1991年世界锦标赛,胡国宏是充满信心出现的(巴塞罗那奥运会)。可是,在一次大强度训练中,胡国宏的一条腿的半月板不慎受了重伤。比赛不能轻易放弃,因为胡国宏懂得,能争来一个奥运席位,这对国家很重要。所以,训练上胡国宏没有降温,临出国时又在北医三院抽了100多毫升积液。就是在这种情况下,他以第七名的成绩,获得了我国一共两张入场券中的一张。

世界锦标赛结束后,胡国宏带着伤和疲惫,从保加利亚回到了祖国。未顾上休息,又连夜从北京赶回淮南,打算看一眼双亲后再去合肥参加全国冠军赛。未承想,一到了家,急性阑尾炎发作,痛得胡国宏大把大把地掉汗。这时距比赛仅有四天,医生建议立即动手术。但这次比赛却是安徽水灾后举办的第一次全国比赛,无论是从省或国家角度看,胡国宏都应该出场。在胡国宏的请求下,医生最终采取了保守疗法。在医院,他只住了不到一天,便连夜赶往合肥。这次比赛,对手们并没有因此而手下留情,他的困难可想而知。可是,最终胡国宏还是拿来了这一块非同寻常的金牌。

自保加利亚瓦尔纳之后,胡国宏又将自己在世界锦标赛中的名次,由第七提到了第四。在世界舞台上,我国摔跤不占优势,胡国宏能创造这样的成绩,也是难能可贵的了。1993年七运会,他再一次卫冕。直到1995年全国比赛,他仍然是古典跤62公斤级冠军。现在,已经28岁的他,还一如既往地战斗在他的岗位上,直到有人把他打败。有人可能以为,摔跤运动员永远也长不高个子,连肌肉都是横长的。可是,他们却用自己的勇敢与机智打动了众多体育迷,其中就包括一位如花似玉的北京姑娘。

七运会古典摔跤62公斤级决赛,胡国宏挫败了对手夺得冠军。当这位浑身是汗的安徽跤手还未来得及退场,一位北京姑娘小唐便情不自禁地"飞"进了场内,向他献了一束姹紫嫣红的鲜花,她握着他的手激动地笑了,笑得很开心,笑得眼泪扑簌簌地掉。

小唐与胡国宏,初识于四年前。那时,胡国宏在国家集训队,在电信局工作的小唐则因为公务而常去国家队。胡国宏是怎样赢得姑娘的芳心？直至现在他们谁也说不清。但是胡国宏的拼劲，的确是打动了她，使她本来很平静的心荡漾起道道涟漪。

情侣之间，最甜蜜的时刻无过于花前月下了。可是，这对恋人一个在南，一个在北，三四年时间内能够有机会见面的日子总共也不过三四个月。然而，他们像珍惜爱情一样珍惜对方的事业，总是互相勉励、互相促进。

胡国宏在瓦尔纳的世界比赛中获的是第七名，1993年的世界锦标赛则提高到第四名。广岛运动会，胡国宏像遇到了鬼，接连输给了乌兹别克斯坦和韩国选手，因而未能进入决赛便遭淘汰。这意料不到的打击，使这位摔跤手闷闷不乐。回国后，小唐在同胡国宏的言谈中更多的是安慰与鼓励。她告诉他，过去的就过去了，无需再懊恼；未来有的是机会，就看你愿不愿意去力争；最后的成功，是属于那些有骨气的男子汉！小唐的脉脉温情与期盼，融化了胡国宏心里的寒冰，使他渐渐走出了失败的阴影。亚运会归来不到半月，他便又抖擞起精神，登上了去匈牙利参加世界锦标赛的班机。在这次比赛中，他果然不负众望，夺得了他在世界比赛中的最好成绩——铜牌。

男大当婚，女大当嫁。已经26岁的胡国宏，在参加完1994年的最后一项比赛——在浙江萧山市举行的全国古典摔跤冠军赛——并第十次夺得全国冠军后，同小唐喜结连理。过去，他们失去了许多本该属于他们的时间，婚礼之后，按说他们应该很好地轻松一下，可是，冬训来了，他们的"蜜月"也就只是匆匆地从淮南胡国宏的家，经合肥到北京，成为最简单的三点一线。婚后的胡国宏又匆匆从北京赶回集训地合肥。

听胡国宏的教练说，胡国宏的下一个目标是1996年的奥运会，而且他的信心挺足。

（原载于《中国体育报》1995年11月19日）

"铁门"情缘

从训练场地上归来，袁慕瑾急匆匆赶回集体宿舍，立即打开收音机。女友们更衣、换鞋、洗漱的声音，以及叽叽喳喳的谈笑，她都没有听见。小袁想听的消息，姐妹们不用猜，一准是亚运会上那场纠心的手球赛。这是一天中的第三次了。收音机中播送着轻快的乐曲，体育消息播完了，还是没有那条新闻。由希望到怀疑，最后她担心别出什么意外吧，但她仍不死心，又把收音机放进被窝，尽量拧小音量，一直听到深夜。小袁几乎一夜未曾合眼，她想得很多，又很远……

分手之前，你不是说要利用空隙写封信吗？自从上月15日收到北京发出的信后，十多天，连一个字也未见到呀！你紧张，我知道，出国比赛不便写信，我也知道，但你不能想办法递个信息吗？为什么新华社也不发手球队的消息呢？……

这一天，新华社确实迟发了新德里手球比赛的消息，迟了整整三个小时！

两天前，在新德里大学运动场，进行了一场扣人心弦的手球赛——中国队与科威特队争夺进入前两名的半决赛。

科威特队，是国际手坛的劲旅。特点是身高力强。战幕拉开，中国队用一人紧盯科队中锋，由另一人突前抢断，一旦得球，快速反击。虽然中国队门前常是大兵压境，但对方的特点未能得到很好发挥。比分从5∶3，7∶4，一直打到21∶7，中国队领先。后来由于裁判方面无法言明的原因，比分追成26∶24，中国队仅胜两分。这时，中国队因三人受伤下场，面临着极其艰难的局面。

然而，中国队的大门却是紧闭的。一般说，七米球的命中率是百分之百，可是中国队的守门员谢继勇，半场球就挡掉三个。这对科威特队是极其不利的。科队见射门无法奏效，就用球往守门员身上砸。小谢的肚子上连挨两次，脑门上又炸了一记雷霆。这样一来，对方可能认为谢继勇自然见球生畏。殊不知小谢是个不怕死的人，一上场就拼命，他保护球门比保护自己更重要。为了中国队的胜利，他是不顾一切的。正当比分紧咬的当口儿，科队断球成功，啪啪啪不到两秒钟，带球冲到球门区外。中国队门前告急。谢继勇虚晃一下身子，以迷惑对方，当球打来时，他一个箭步冲上去，砰的一声，用身体将球挡去。可是，球未落地，又被科队抓到。面对这迅雷不及掩耳的闪电攻击，小谢豁出一切，腾空跃起，将球和射门队员扑住，又挡住了一个险球。最后，中国队以28∶24获胜。

这场比赛,袁慕瑾已经通过电台广播了解到比赛结果。作为一名有经验的守门员,她能想象到比赛场面的激烈,能够理解小谢的勇猛顽强;但她无法知道,小谢在比赛前的一小时还美美地睡了一觉;她更不知道,小谢的膝盖被球砸伤,肿得老高,比赛一结束,运动员们欢呼、跳跃、拥抱、握手,而谢继勇却直挺挺地躺在球门下,不能动弹……

一直牵住这位手球姑娘心的是下一场鏖战,争夺冠亚军的拼杀,对手就是日本队。

日本号称亚洲手球强国,一直垄断着历届亚运会手球冠军的宝座。

中国手球队建队以来,中日两方九次交锋,中国队以八负一平败北。

中国队能否打破日本的垄断呢?整个亚洲乃至世界,都在拭目以待。

国际体育界分析,我国手球队的实力明显在日、韩之下。但是,打败了科威特之后,舆论马上为之一变:中国队大有希望!

亚运会上,中日两方的争夺也处于微妙阶段:中国体育代表团得50块金牌,日本拿49块金牌,雄雌之分只有一步之遥了。就是说,手球赛的胜负对中日双方来说,都是意义非凡的。

为了迎接这次比赛,印度安排中国代表团参观游览的项目,手球队自愿放弃了。伙食不习惯,有的队员就把从国内带去的方便面泡泡吃,整个球队保持了良好的竞技状态。运动员们正在看录像、研究战术,代表团副团长蔚继统来了,亲切地说:"金牌在向你们微笑,冠军在向你们招手呢!就看你们有没有虎口拔牙的精神了!"队员们回答:"我国手球一定要打翻身仗!"

11月30日,新德里时间下午三点半,随着一声长笛,中日双方交手了。

战事一起,场上立即弥漫着硝烟,中国队几次风卷大门,都因对方固若金汤的防守而未能得分。第八分钟的时候,中国队边锋左摇右晃,金蝉脱壳,摆脱了对方,在奔跑中跃起,接得同伴来球,身往右一侧,蓦地将球打进大门,而自己则因惯性在地上打了两个滚,被甩到6米远的地方。日本队虽然一时失利,但攻势不减。未等中国队喘过气来,连续两次快攻,又将比分追成8:9。此时,中国队两人被罚下场,场上出现5:7的局面。战斗减员,防守力量削弱,给守门员带来极大的威胁。

29岁的谢继勇,毕竟是守门的老手,他镇定自若,冷静得令对方脚软。有时他又大喊大叫,威风赫赫地猛扑出来,叫射门队员慌了手脚。日本队6号的边线低手快攻,是很难对付的一个。小谢早有准备,使他的射门两次落空了。这时,六号断球成功,正单刀赴会,腾身扬起左手,猛力向下砸球。小谢识破他的假象,判断他要打反上角,就往左上一扑,果然挡中。日本队11号,身高1.9米,是世界手球队中最高的队员之一,善打外围突破,能打超手,在各个点上都有得分的可能,小谢对其研究很细,应付自如,使他只得了一分球。被称为"全球最佳射门手"之一的日本队7号,在小谢面前也失去了威风,终场仅得了可怜的4分!

下半场比分更加接近,争夺更加激烈。日本队得球,像一阵风暴卷到前场,鱼跃打门。谢继勇嗖地跳起,呼啦啦迎上去,神奇般地一击,将球打飞。可是,攻守双方在空中接触,射门队员的腿横切在小谢受伤的腿上,将他打倒在地,小谢挣扎了几下,终究没有爬起来……

小谢对跑上场来的医生说:"快想想办法,让我爬起来。只要我能站住,我就能坚持守门!"大夫看他肿大的膝关节,含着眼泪给他用冰袋冷敷,以达到麻痹局部神经的效果。三分钟过后,小谢又站到了中国队的大门前。

坐满五千观众的体育场上,他们给谢继勇报以热烈的掌声。

中国驻印度大使申健以及大使馆全体成员,用欢呼向小谢表示热忱的祝贺。

终场,电子记分牌上打着:中国队24,日本队19。全场一片欢腾,鼓掌声、口哨声、欢呼声此起彼伏,经久不息。小谢被队员们架起来,挤出密不透风的人墙,看到这场面,他的眼睛湿润了……

印度人竖起大拇指说:谢继勇是"铁门"。

中国体育代表团负责人说:"小谢,你立了一大功。要记功,我首先投你一票!"

奥委会手联主席说:"在世界手球比赛中,中国队的一号守门员(谢继勇)是最优秀的一个。"

袁慕瑾不仅没有分享到这胜利的喜悦,还备受了失眠的煎熬。直至12月1日凌晨,一条来自新德里的消息,才在她心里鼓起春风,在她脸上印着笑意。

参加亚运会的五名安徽运动员,如期回到合肥。到车站迎接的,除省委、省政府的负责同志,还有体委的领导和运动员,自然也少不了我们的守门女将袁慕瑾。她身着豆蔻色上衣,在微微的朔风中更显得婉约典雅。她站在月台假山后面,回味着昨天收到的那封报喜信,心底荡漾着一汪春水。

一阵清脆的铃声,站台上顿时嘈杂起来。小袁随着欢迎的人群往前跑,跑到127次快车的中间。下来了,一个个队员肩挎着印有"中国体育代表团"字样的背包。她走到谢继勇面前,伸手接过一个包,轻轻地说:"瘦多了!"

不知哪个调皮鬼接了一句:"嗨,还是小袁瞧得仔细呀!"

袁慕瑾听了,是高兴,还是羞涩?只见她蓦地低下头,淡淡的两朵红云飘上了她的面颊……

谢继勇和袁慕瑾,都是安徽手球队的守门员,一个在男队,一个在女队,经常在一起训练。究竟是哪一天,爱情来到了他们中间,谁也说不清。

1972年,当小袁还扎着两个小辫儿的时候,就来到了省排球队,当一名"二传手"。那时,她多想在球网上一显身手,为国争光啊!可是,一次专项力量训练扭坏了她的膝关节,她的排球生涯完结了。后来,体训队负责人康俭和手球队的教练在无意中发现,小袁这姑娘倒是块守门员的料子,执意把她要去了。开始,说啥小袁也不干,一练球就想哭,多重的球直往身上砸,那是啥滋味呀?但是眼泪淌了一大把,教练全当没看见。后来,父亲来信说:"慕瑾啊,这个苦别人能吃,就你不能吃?尝一尝有何不可呢?"小袁一狠心,尝尝就尝尝。她一发狠,教练反而软了心,走到她跟前说:不要勉强,你的腿还未完全治好,能练多少就练多少吧。

受伤的膝关节痊愈了,小袁训练的艰难时期也过去了。小袁想:拼!要干就得干好!

这时,淮南的同乡谢继勇,已经是能够独当一面的守门员了。一次,安徽男队同北京男队对阵。北京队四次打门而不入。小袁看得清楚:小谢已经滑倒,但他临危不惧,躺在地上扑掉了看来已无法补救的对方掷来的"重磅炸弹",为安徽队赢得了反击机会。另一场同北京队的比赛,时间只剩下三分钟,场上比分21:20。北京队领先,又得了个七米球的机会,安徽队面临着失败的厄运。可是,小谢沉着冷静,用熟练灵巧的动作,又将这个刁球扑在门外,使安徽队化险为夷。安徽观众大声呼喊:"谢继勇万岁!"这场比赛,三延决胜期,安徽队最终赢得了胜局。

对小谢,小袁真是由衷地佩服。在她眼里,这位同自己未搭过半句话茬儿的年轻门将,渐渐成为自己崇拜的偶像。

盛夏,一天训练结束之后,体育健儿们总爱到运动场上纳凉,让绷紧的肌肉放松。这里,有悠扬婉转的夜曲,有娓娓动听的故事,还有小姐妹叽叽喳喳的斗嘴。袁慕瑾自小喜爱音乐,更爱听故事、看小说,有时抱一本书能一两个小时不动。可是,这时她乐意的,还是听谢继勇讲球经:如何封门,怎样选位,出击时应注意什么等等。小谢谈得绘声绘色,小袁听得津津有味。小袁问:"有时球看准了,为什么鱼跃后却扑个空门?"

小谢倏地从草地上爬起来,抡起右臂,做了个"调虎离山"的动作,说:"你动早了。"

突尼斯女子手球队访问合肥时,小袁上场了。对方外围的攻击力很强,3号队员的大抡臂射门具有很大隐蔽性。小谢的指点帮助了她,使她一连逮住了3号队员射的三个外围球。

纳凉谈球,本是无可非议的事,可是在那个年代,不知从何处刮来沉闷的乌云,伴随着冷漠、歧视,一齐向这两位纯真的、渴求长进的青年袭来。他们沉默了,苦恼着,相遇又要绕道避开。小袁感到羞辱和委屈,见人不敢抬头,甚至连餐厅也不敢进;小谢给姐姐打电话,这边在哭,那边落泪。他甚至想到了绝路……

然而,生命毕竟是可贵的。没有生命,没有精神,哪来手球场上的青春!

谢继勇也好,袁慕瑾也好,终究拨开了心头上的乌云,毫无惋惜地将大把大把的汗水洒在手球门前。

几个年头过去,他们的年龄也大了。不知是哪位好心人,自告奋勇在他们之间牵起了红线。

薄冰,在他的心头消融,化成一池春水。

青春,在她眼里闪耀,升起一道彩虹,她第一次尝到了人生的甜蜜。

好事多磨。意想不到的事又发生了。

小袁出身于干部家庭,小谢在工人家庭长大,两家都在淮南,彼此均有所了解。他们的事传到了家中,小袁妈妈第一个起来反对。

小袁回家探亲,她妈妈亲手为女儿写了绝交书,令女儿抄后寄出。小袁生来温顺、柔弱,怎能违拗妈妈的意志?

一个秋雨潇潇的黄昏,小谢一个人独坐院中的水泥台上,默默地低着头,任凭雨水的浇淋。透过卫生间的窗户,小袁无意中看到了浑身湿透的小谢,不觉心头一酸,差点掉下泪来。

想忘掉小谢吧,反而时时出现他的身影,那宽大身躯瘦多了,两只大眼也凹陷了。小袁坐卧不安,六神无主,像失魂一样。晚上,她在灯下写了一封长信给胡敏同学,向这位挚友诉说青春的无尽烦恼。

信发了。当她刚从邮局回来,糟了!她猛然想起,信封上写的竟是自己父母的地址……

小袁怀着惴惴不安的心情,等待着一场可怕风暴的来临。

小袁妈妈不同意这门亲事,并非出于世俗的偏见,而是出于对小谢的不理解,认为他太野,怕女儿日后吃亏。

小袁给胡敏的信,第一次泄露了自己的真情——

"有人把运动员看成'四肢发达、头脑简单'的人,有人一看到运动员在场上拼搏,就认为是'粗暴''撒野',这太不公平了。运动员同样是人,也有丰富的感情。说心里话,原先我也曾认为小谢太暴躁,但和他处一处,我就觉得……"

袁妈妈端详着女儿秀丽的字迹,再也看不下去了。她一夜未眠,第二天一早就揣着这封信,来到了合肥。

可怜天下父母心。袁妈妈经过多方了解,终于站到女儿的身边。小袁担心的风暴变成了和煦的春风,吹开了一对青年心灵的大门。

天还朦朦胧胧的,小谢起床了,沐浴着晨曦,开始了他一天最早的一项课程。只见他两眼炯炯,对着凌空垂吊的球,快速地摆腿侧跨,压下上身,挥出手臂,做出有力的挡球姿势。站起来,又继续下去……在酷暑盛夏,在凛冽的寒风中,没有哪一次,他那方正黝黑的脸庞上,不是沁满汗水的。

与此同时,手球房内,一个接一个带着啸声的球向小袁砸来。前球用腿挡跑,后球又唰地飞到眼前。刚刚摔倒地上,马上又得爬起来,跃出去……身上被打红了,紫了,肿了,照样坚持。指甲被球打掉了,包一包接着干。

这两个人不是跟谁赌气。好像是一股急流,穿过高山峡谷,到了平川就一泻千里了。

小谢的劲头,还用说吗?他那五大三粗的身体,被他训练得像猴子一样灵巧。训练时,同伴突然倒地射门,一球砸在鼻梁上,眼肿了,眼球布满血丝,他没有一声抱怨。一次和广西队比赛,在扑球中小谢被打了膝关节,立时肿得很高。当晚,抽掉两针管血水,用绷带扎紧,第二天继续。自此,膝关节的这块半月板就没有好过。我国著名的骨科专家告诉他:只有手术,别无他法。小谢知道,手术可以减轻痛苦,但将失去运动场上的青春。壮志未酬,他岂肯罢休!比赛时,小谢在场上拼命,看上去气势如虎。可是,谁知道他受过多少次伤?光说头部就缝过三次针。谁又知道他上厕所还要带个小板凳呢?

有人说小谢就像架大机器,像个长臂猿。可他做起事来,比小姑娘还要细。一次,小袁患阑尾炎住院治疗,小谢每天训练结束后都是跑步前去看她,等小袁出院回来,小谢已将她的两床被子洗净套好了。

爱情在共同的事业中到来,还将在共同的事业上产生动力。他俩像鼓满风帆的航船,行进在理想的征途上。现在,他们叱咤国内、国际手坛,不仅各自得到"运动健将"称号,成为我省我国最优秀的守门员之一,而且双双加入了光荣的中国共产党。

有人猜测:亚运会已经过去,我国手球冲出亚洲的愿望业已实现,他俩的年龄也都超过了运动员结婚年龄的规定,他们应该在欢庆中结合了。可是,小谢和小袁没向任何人提过一个字。

有人说,青春应该在花前月下度过;而小谢和小袁的青春,则是在球场上,伴着球声和汗水度过的。现在,他们在想着什么呢?可以告诉读者:为了迎接全国第五届运动会,为了我国的手球事业,他们毅然决定再次推迟婚期。

(原载于《安徽日报》1983 年 1 月 19 日)

徐国清，东方的参天大树

日本专家曾经评论："中国柔道大级别缺人，如不注意，既冲不出亚洲，也对付不了欧洲。"事过两年，在扑朔迷离的中国柔坛，一棵"参天大树"屹立起来，这就是辽宁大力士徐国清，他身高1.99米，体重130公斤。世界"柔道大王"、日本的山下泰裕，身高1.8米，体重128公斤。论天赋条件，徐国清比山下泰裕还占优势。

初到沈阳

徐国清生长在丹东市东沟县的农村，他家祖辈务农，但他是他们家的幸运者，读了小学又进了初中。可是，正当他需求蛋白质、维生素的时候，家里，却无法为他提供足够的伙食。即使爸爸妈妈忍饥节食，从自己碗里扒下一点，也满足不了他一餐饭一斤粮的需求。如果说童年还有个美好的理想和愿望的话，那么就是盼着能吃上一顿美味的饱饭。什么当运动员，参加比赛，他连想也没想过，就更别提坐飞机，漂洋过海，叱咤世界柔坛了。

谁知，山沟里的这个苦孩子，就在那样的营养条件下，忽然出人意料地疯长起来了，而且速度数倍于一般家庭的孩子，越冒越高，越长越壮。他和他家的人一起扛锄头，"绣地球"，整天乐呵呵的。后来，进东尖山中学校办工厂当了翻砂工。就是在这里，他被好心的体育教师艾立泽发现。艾老师见徐国清个头出众，为人老实，又肯卖力，十分喜欢。可是，东尖山条件有限，收留徐国清等于浪费人才。艾老师考虑再三，最后断然下决心，专程跑了一趟丹东，将徐国清介绍给市业余体校。

就这样，从东尖山到市，再从市到省，从未出过远门的徐国清，带着丹东市体委的介绍信、一周的粮票及有限的盘费，怀着忐忑不安的心情，到了沈阳。

一场周折

一到辽宁集训队，徐国清这个农村来的翻砂工，便立即成为人们的议论中心。他的个儿、他的体质，使许多教练产生兴趣。在当今世界体育舞台上，人们都在讲究空中优势啊！

这个时候,正在外地训练的辽宁柔道队,早就盼望着有一位大个儿的选手。可是,他们客居外地,无法"近水楼台"。然而,在卫星传播信息的当代,不过几天,柔道队教练刘武功,便在几百公里外得到了情报。为了争取主动,刘教练火速动身,一气赶回沈阳。可是,事已嫌迟,等刘武功见着徐国清,这位憨厚的巨人,已经穿上深帮球鞋,抱上与他相比显得太微小的篮球了。

在刘教练看来,徐国清练篮球,当然是有迷人的地方。但是,细作揣摩,却又觉得他不甚适合篮球。越是这样想,自己的看法就越坚定。身高1.99米,在篮球场上不乏其人,但在柔道选手中却是少见和难得的。体重130公斤,不宜于篮球场上的弹跳,但却是柔坛难觅的大级别重体型人才。刘武功想定之后,壮其胆量,终将"状"告到了上边。

可是,篮球在我国是一颗"掌上明珠",你刘武功纵有千条理由,也很难撼动原先的决定。与众不同的是,刘武功又是那样的执着,那样的不达目的誓不罢休!他横下一条心,拍着胸口向领导说:"徐国清练柔道,要是拿不下全国冠军,就撤我的职!"就这样,刘教练立下军令状,才将徐国清从篮球场领到了榻榻米上。这一周折,前后花去了一年又四个月的时间。

摇曳泰山

徐国清来到了柔道队,大伙儿高兴地说:"嘿,看这个儿块头,也会将对手吓倒。"他的上衣140厘米,鞋号47.5码,一双大手就像两只蒲扇。可是,未曾"冶炼",人高马大又顶何用?队里任何一名队员,都可以不费吹灰之力,凭最简单的技术动作,将他摔个脸朝天。怎么办?只有一条,那就是练!不经熔炉千番炼,哪能成为有用材呢?

练,说来轻巧,可到了场上就是另一回事了。沉甸甸的杠铃像两块大石墩,硬是往身上压。交手专项对练,拼足劲去摔人,可未摔倒对方,自己却跌在地上,被对方压在身下。左一跌,右一倒,弄得肌肤酸疼,眼冒金花,上气不接下气,全身就像抖散了架。

有这么一次,专项训练两个小时之后,接着是素质课,俯卧撑,击掌,跳步人,纵跳,跳马钻裆,累得已经难支了,可是后面还有一万米长跑。天啊,这太吓人了!一万米,对一个敏捷善跑的人来说已经不容易了,何况是徐国清这样大体重呢!然而,他还是硬着头皮上路了,像背负着沉重的包袱艰难地在漫长的万米路途上颠簸。到了终点,他什么也不知道了,一个跟跄栽在地上。说来也奇怪,第二天就又跟没事人一样了。

就这样,徐国清从一个柔坛上弱不禁风的大个子,逐渐变成为一个能够摇曳泰山的巨人。他卧推140公斤,深蹲180公斤,让人望而生畏。

小树初成

素质、力量训练是苦的,但更为艰难的,还是技术训练。为了徐国清在榻榻米上具有强大的实战能力,刘教练煞费苦心,不知花去了多少心血。

教练抓得越紧,压在徐国清肩上的分量也就越沉。一个看来很简单的动作,一节课就要练几十次,以至几百次。就说"扒腰"这个技术吧,虽不算很复杂,但练到得心应手却很不容易。在教练的指导与严格要求下,他一遍又一遍地重复,一次又一次地揣摩,可以说千锤百炼了。

当然,学到手的技术运用于实战,所费气力就更大了。这里,请看实战练习中的一组镜头:

在草绿色的榻榻米上,徐国清正同他的对手扯拉扭抱,缠在一起,争夺得异常激烈。徐国清拟用扒腰先声夺人,可对方已有防范,顺手牵羊,将这位巨人的右腿抱住。徐国清哪肯服帖,一个大外刈,凶得很,便将对方摔倒,乘势将对方压在身下。暂居不利地位的对手,为了给徐国清增添难度,使出浑身解数,一个翻身,将徐国清掀翻。重新开始,立起的巨人,出其不意,嚯地又是一个扒腰,将对方重新按在垫上,进入固技,惊人的力量和熟练的技巧,任凭对方怎样挣扎也只是白费力气。

训练结束了,称了称体重,徐国清两小时足足降了3公斤。

绝招从何来?得意技为啥具有那般神奇的力量?没有那一次又一次的降体重,大概一切都是空的吧!

现在,小树初成,人们开始用另一种眼光看徐国清了。

东瀛求索

日本是柔道之国,自1964年柔道被国际奥运会列为正式比赛项目以来,日本在世界上一直占据着优势。因此,为了尽快提高我们的柔道技术水平,80年代以来,我国陆续派了一些人到日本去学习。

80年代第三个年头的5月,徐国清穿上合体的西装,乘坐波音喷气客机,飞跃浩渺的太平洋,在东京降落了。啊,鳞次栉比的大楼,车如流水的马路,这一切都是那样的生疏,而又那样的令人神往。然而这花花大世界,却始终未能引起徐国清太大的兴趣。他飞赴东京的唯一目的,就是尽快见到他的日本教练冈野功。冈野功曾四次蝉联世界冠军,是世界柔坛风靡一时的人物。因为住日本时间不可能很长,所以早一天见着,就可能多一些收获。

国内训练是艰苦的,谁知在冈野功执教下,苦得更是入骨三分。苦,徐国清不怕,因为他自幼就是在苦水中泡大的。但意外的是,在富裕的日本,他那不被人理解的大肚皮,却又闹起饥荒来了。初到日本,他住在天理大学,吃的同一般学生一样的饮食。后来转住私人公寓,尽管主人热情,但有限的费用,终不会变作丰盛的食品。一只鸡蛋,别人可以分作几口,对他来说,那简直就是一只小小的夹心丸子。就这样,体重直线下降,没多久就由出国前的130公斤降到117公斤。

就是这样,在日本短短的两个月内,他没有抛掷时间,没有放松对自己的要求,如同饱食一餐,吞进了不少专业知识,学得了实践技术,寝技的长进就是明显的收获之一。

高枕无忧?

在参加全运会柔道选手下榻的上海北海饭店,同屋的辽宁队教练已经离去,唯有徐国清还仰卧在铺上。他头挨着枕头,枕在床头的钢管架栅上,一双硕大的脚,穿过另一床头的栏杆架,悬在床外。看来这张床太短了,可他却睡得特别香甜,不时还打几声细微的呼噜呢!

是不是回国后太辛苦了呢?不然大战迫在眉睫,为什么还高枕无忧?不了解内情的人,也许会这样埋怨和议论吧!

其实,这是个误会。

为了迎接这次大赛,回国后他抓紧一切时间,苦练技艺。就是从沈阳乘车到上海,途中也未曾偷过闲。卧铺边上,车厢过道,喧闹的站台,都是他练习的地方。9月12日早上5点50分车到上海站,8点钟他就出现在10公里以外的普陀体育馆。车上两天时间,使得他没办法进柔道房,所以一走上榻榻米,便同上海蔡伟平和吉林孙克勤等缠到一起,扒腰、抱压……不到十分钟,已经是大汗淋漓。

这天上午的训练,徐国清委实是太累了,他吃过午饭,头一挨枕头,便酣然睡去。开门的声音,楼底马路上传来的汽车引擎的轰鸣,都没有吵醒这位巨人,他是太需要这样的休息了。

五届全运会上,徐国清一展风姿,以绝对优势赢得了所有场次的比赛。一众名将，竟无一人可以同他匹敌。然而，国内称强是不足道的，好男儿志在世界。徐国清，这位东方的"参天大树"，应闯进世界柔坛，在世界这个偌大的舞台上屹立，坚强地屹立！

（原载于《中国体育报》，《柔道与摔跤》杂志 1987 年第 9 期转载）

附录
徐国清连冠的忧虑

最近，笔者在合肥观看了 1987 年全国男子柔道锦标赛（暨六运会柔道预赛），见徐国清无敌于天下，不禁对我国男子柔道大级别的前途越发感到忧虑。

五年前，日本人曾说过，中国小级别人才济济，而大级别则缺乏人才。没过多久，辽宁的徐国清从山沟里来到榻榻米上，使人顿开眼界，增强了信心。当时人们以为，随着徐国清的出现，将会有一批"参天大树"陆续涌现出来。谁知，自从 1982 年徐国清第一次在全国比赛夺得金牌起，至今五年，他打了 150 场国内重大比赛，居然一场没输，全是胜家！而且除 1983 年以一个"有果"和对方一个"消极"胜安徽郑来友之外，其他全部是以"一本"的绝对胜利赢得了对方。这次全国锦标赛，徐国清第一场对甘肃张青，仅用 40 秒钟，就将对方摔了个"一本"。第二天对天津张爱军，也只用一分多钟的时间，用投技取得绝对胜利。与内蒙古金山（去年冠军）决冠亚军时，金使了个"直别"，徐则顺势将对方拉倒，凭体重、力量和技术上的优势，施以"上四方固"，将对方控制在垫上获胜，一共只用 30 秒钟。一年时间，就打这么一次锦标赛，而整个比赛只用不到三分钟时间。如此轻取，如此悬殊的一边倒，徐国清能从中得到什么好处？别的队员，这样不堪一击的败阵，又会有多少的提高？

柔道是一种对抗性很强、很激烈的竞技体育项目。没有扎实的基本功和出奇制胜的绝招，取胜于人那是不可思议的。即使有再好的基本功，若不在紧张与激烈的竞争和势均力敌的对抗中去磨炼，那就只能是没有装火药的空弹壳，只管吓人，而没有杀伤力。

徐国清身高 1.99 米，体重 135 公斤，而世界柔道之王日本的山下泰裕身高 1.8 米，体重 128 公斤。论天赋条件和力量，徐国清胜过山下泰裕，具有进入世界前三名的素质和条件，只是因为缺少强手"真枪实弹"的较量，而日常训练和国内比赛为他提供的难度不大，因此技术和战术的提高才受到了限制和约束。这就是徐国清在洛杉矶奥运会上获得第五名,在汉城第十届亚运会上获得第二名之后,技术水平难以进一步提高的主要原因。

　　大级别之所以发展成今天这个样子,原因不外两个:一是有些人认为,中国柔道的出路在灵巧的小级别,对大级别信心不足。因此不重视大级别的选才或者舍不得将好的人才给柔道大级别使用;二是眼光过于狭窄,将国内金牌看得过重。既然徐国清是棵摇不动的"参天大树",就不愿去同他对抗,同他竞争,或者未曾交手,首先就在思想上解除武装。这样一来,大级别舞台,当然就没有火药味,而缺少一种你追我赶的生气。由于不愿涉足,或涉足者不是那样雄赳赳气昂昂,所以至今还没有涌现任何一个超过徐国清,或者与徐国清相匹敌的人。江苏有个王北平,身高2.05米,体重138公斤,是个引人注目的人物,但是还稚嫩得很,一时还不会构成对徐国清的威胁。要让徐国清在世界大赛中成为实力人物,或者涌现新的中国的"重磅炸弹",还有待于大家的努力。水涨船高,竞技水平提高了,优秀选手多了,新的、更绚丽的柔道明星才会在中国柔道馆里升起。

　　可喜的是,有的地方对于大级别的训练,已经开始重视。在这次全国锦标赛中,辽宁垄断了95公斤以上级和无差别级两个级别的冠军,大级别同小级别得分成32∶3。江苏队第一次排行团体第三名,该队不仅夺得86公斤级第一名和第三名,还赢得了95公斤以上级的第二名,六名得分队员全部分散在86公斤级以上的四个大级别里。如果各地都像辽宁和江苏一样重视,我国柔道大级别的面貌是一定能改变的。而且,大级别的变化,或许还会带动小级别,使整个柔坛发生变化。

　　愿这一天早点到来!

（原载于《中国体育报》,《柔道与摔跤》杂志1987年第9期转载）

飞人蔡维艳

换　杆

　　像蔡维艳这一层选手,其技术是大体雕琢成形了。可是,犹如大牌演艺明星少不了一位名导一样,他们的背后也总有一名颇有心计的教练员。前不久,蔡维艳在国内外重大比赛中步步登高,三破亚洲纪录,就留下个让人颇受启迪的"说戏"故事。

今年全国田径冠军赛的女子撑杆跳高角逐,9月21日在石家庄举行。可是,在这之前18天的一次练习中,蔡维艳却不幸扭伤了脚,且是起跳脚。打着绷带离不开冷喷的她,还有信心吗?

她的教练王万培,没去要她咬牙坚持,也没用空泛的语言打动她,而是在经过一番掂量之后,让她用软杆上场,并且将起跳高度较往日降低了30厘米。这样低的高度,和所需的相应的助跑低速度,对于她来说,简直就像百米运动员跑个12、13秒般容易。用不着点明她也明白,教练是在为她树立信心。没有压力,没有顾虑,只凭借她那曾经练过体操的灵活和敏捷,漂漂亮亮地如同春燕一般从杆上一飞而过。从海绵包上爬下来,尽管她那只脚是踮着走的。

第一次成功,为她冲击第二高度带来了希望。就这样,她越跳越有信心,一次比一次跳得好,终以4.20米独占鳌头。

在北京举行的全国田径大奖赛总决赛,是在石家庄全国冠军赛后10天进行的。这个时候,蔡维艳的积分是50分,广东孙彩云是41分,她比孙多9分。按规定,超亚洲纪录者加18分,所以总决赛鹿死谁手还很难说。

因此,很多人认定,蔡维艳唯有用硬杆来冲高度,那才是真正的出路。

让大家意外的是,当蔡维艳出现在起跑点时,她抱的却仍然是在石家庄比赛用的那根软杆。

9月30日这天比赛,北京气温由前一天的26度陡然降到19度,而在石家庄比赛那天的气温则是33度。气温上的极大反差,使王万培在用杆问题上来个"紧急刹车"。然而,所用的虽是石家庄的同一根杆子,可他的用意却截然不同。前一次为的是给蔡维艳增强信心,后一次则是让蔡维艳在低难度下熟悉动作。天气骤冷,动作容易走样,当然不可贸然行事,王万培鬼着呢!

在4.20米高度上,蔡维艳如同在石家庄一样,一次过杆。而她的对手孙彩云,两次试跳都吃了红灯。横杆升至4.26米,蔡维艳和孙彩云一道,冲击蔡维艳4.25米的亚洲纪录。孙失败了,蔡则又是个"一锤定音"。当横杆升到4.32米时,蔡维艳再创佳绩,再一次创下了一次试跳成功的纪录。不过,之后两个高度,她使用的杆子则是搞了个"偷梁换柱",一根是中性杆,另一根是硬杆。这时人们才恍然大悟,王万培在天气变脸的情形下,给蔡维艳架起一把"天梯",让她由易到难,循序渐进,一步步登高。

北京赛事收场的第二天,王万培便又紧锣密鼓地领着蔡维艳飞往深圳,去参加有德国等国的强手参加的国际比赛。这次比赛,蔡维艳从第二高度起直至结束,使用的都是在北京跳过4.32米的那根硬杆,不再用中性杆搭桥。

去年的这个时候,在同一个地方的同类比赛中,孙彩云以4.23米打破世界纪录,而蔡维艳则只跳过3.90米,被拦在4米关之内,她不服!再则,参加这次比赛的国外选手,也是世界一流的,如德国尼格和米娜就曾创造过室内、室外世界纪录。所以,在这场比赛中,蔡维艳必须把助跑速度充分调动起来,否则就很难赢得高度。

在经历了石家庄和北京的两场比赛后,蔡维艳面临的已经不是信心问题了,求胜的火烧热了她的五脏六腑,她只想和人拼个你死我活。她决定采用硬杆,并征求教练的意见。王万培早就料到这点,当即点了点头道:"好,就按你的意见办。"其实,在换杆问题上,他在由北京到深圳的飞机上,就开始动脑子了。只不过他没有直说,而是采用隐晦的激将法,让蔡维艳往这方面想,由她自己来下决心。王万培说,这样,比教练发号施令更好。

比赛中,两名外国选手分别在4.10米和4.20米"遇难"。唯有蔡维艳一枝独秀,在4.10米、4.20米和4.33米高度上均一次过杆。在从北京到深圳不到1周的时间内,蔡维艳连续3次刷新亚洲纪录,将所跳高度从石家庄的4.20米提高到在深圳的4.33米。

告 别

再有半个月,蔡维艳便要从合肥动身,到北京集中后,去意大利西西里参加世界大学生运动会了。可是,连她自己也不明白,偏在这个时候,她却魂牵梦绕着她的家,一心就想见到她可亲可敬的爷爷。于是,她便搭上了去煤城的班车。

合肥到淮南,有两个多小时车程。就当她登上车不久,正行驶在路上的时候,她爷爷却因为突发脑溢血,于9点多钟病倒,生命危在旦夕。本来,爷爷是好好的,这是她怎么也想不到的。

蔡维艳知道,从前因为爸爸、妈妈忙于工作,她是奶奶一手拉扯大的。那个时候爷爷是拉板车的,搬运工的活累得很。可是,每当回到家来,他抖抖身上的尘土后,第一件要做的事,便是将孙女儿拉到身边来,或是从怀里掏出一本小画书,或是掏出一块饼来。蔡维艳看爷爷拉车太辛苦了,尽管还是个不足10岁的娃,却也执意要帮爷爷推车。

祖孙爱,血肉情,当蔡维艳于11时一脚踏进家门的时候,迎面撞上的便是让她撕心裂肺的事情。

原先,她只是想回家看看,吃了中饭便回合肥。晚上队里要点名,世界大学生运动会又在即。无论是谁留她,也是留不住的。

可是,爷爷现在是这个样子,她怎能就这样在爷爷弥留之际,忍心离开呢?

孙女儿的心思,奶奶最清楚。这位老人忍着悲痛,当着爷爷的面说:"要走,你就放心地走吧,可别误了孩子去参加世界大赛,那是国家的大事呀!"爷爷在昏迷之中,全然不省人事,奶奶的话显然是说给他孙女儿听的。蔡维艳的妈妈也怕女儿处理不好这事,悄悄地给合肥打去长途电话,希望蔡维艳的教练王万培,动员和督促女儿按时归队。其实,奶奶与妈妈的顾虑也都是多余的,因为蔡维艳在经受感情的冲击之后,会慢慢地冷静下来,懂得世界大赛究竟该有多重。所以,她仔细地瞅了瞅爷爷,抹着泪水,告别了。

待蔡维艳回到合肥,淮南的长途电话也打过来了:爷爷终于在她离开淮南的时候走了。千言万语变为两个字:"爷爷!"她禁不住地痛哭,泪水湿了枕巾。

本来,蔡维艳就有点感冒,爷爷去世,使得她病情加重,高烧至40度而不退。虽然赛前的紧张训练不可能不受到影响,可她还是按照教练重新调整的计划积极配合。因为体质的原因,在合肥这短暂时间里,她几乎没有做过过杆训练。即使到北京集中,她也勉强跳过两次4米高度的横杆。人们很难相信,就是在这种情况下,她却在西西里世界大学生运动会上,将除了澳大利亚艾玛·乔治之外的所有世界名将拉下马来。她同艾玛·乔治的角逐是从4.20米开始的,一直咬到了4.30米。虽然蔡维艳定格在这一高度上,屈居亚军。可是,她较四个月前在日本举行的国际大奖赛上首次战胜艾玛·乔治的4.20米却提高到4.30米,是蔡维艳今年以来创造的她个人最好的室外成绩。

傲 骨

3月9日,在巴黎世界室内田径锦标赛上,具有4.45米实力的蔡维艳在4.35米高度上定格。跳出了个人最好的成绩,可又未能发挥出自己最大潜能,让别人以4.40米将金牌摘走,这对于蔡维艳来说,无疑是一次勇敢却又遗憾的尝试。

自今年1月31日德国次瑞不吕肯国际撑杆跳高赛起,到巴黎世界室内田径锦标赛开赛前止,蔡维艳已经参加了9次国际比赛,冬训就是在这种紧张的拉练式的高密度竞赛活动中度过的。虽然弦绷得很紧,人也很累,可成绩却由次瑞不吕肯的4.01米,提高到2月14日德国卡尔斯鲁额国际大赛的4.18米,而蔡维艳1997年之前室内比赛的最高纪录才是4.11米。

巴黎世界室内田径锦标赛，集中了世界最优秀的女子撑杆跳高选手。澳大利亚艾玛·乔治、捷克巴尔托娃、俄罗斯安德烈耶娃、美国吉盖拉以及瑞典、冰岛等国名将，无不雄心勃勃地要在大赛中一搏。蔡维艳到巴黎后热身，成绩是4.20米，较她2月14日的比赛成绩又提高了2厘米。可是，在她所面对的那一大群对手中，从全能改练撑杆跳高的美国吉盖拉，在1月24日的一次比赛中，也以4.30米刷新了室内世界纪录，就更别说艾玛·乔治等早已蜚声世界的大明星了。所以，巴黎的这场较量，对蔡维艳来说是一场挑战。

然而，来自我国安徽省的这个24岁姑娘，就是不怕强手。压力越大，她越是坦然。及格赛她同艾玛·乔治被分在同一个小组，虽居第二名，却也从4.20米紧紧地将对方"咬住"。进入决赛后，她又是一路绿灯。虽然在4.25米高度时，我国另一名选手孙彩云不幸"夭折"，使蔡维艳更加孤独，压力更大，可她排除了一切干扰，在4.35米高度上，同艾玛·乔治和吉盖拉展开激烈的"三角"之争。这4.35米高度的横杆，人们是要为她捏一把汗的，可她却心静如水，握杆、助跑、腾空、转体，以娴熟漂亮的动作一跃而过。在这一高度上，艾玛·乔治与蔡维艳一样也是一次过杆的，而吉盖拉则是连跳三次才勉强过关。从当时情绪和技术发挥来看，蔡维艳有能力战胜她的两个对手而拨下头筹。

撑杆跳高，运动员手中的那根金属杆，是很有奥妙的，蔡维艳也正是在她教练王万培的启迪与把握下，在换杆问题上留下了许多鲜为人知的佳话。

可是，这次巴黎世界田径锦标赛，当横杆升到4.40米这个关键时刻，她却是"走火入魔"了。这次比赛，她的教练王万培偏又没有随行，一切只靠她自己把握了。跳过了4.35米的那根临界负荷为70公斤的金属杆，她把它给放下了，拿起了73公斤的硬杆。虽只是3公斤之差，可这种硬度的杆子，她却是从来也没有用过的。之所以失败，就是因为艾玛·乔治和吉盖拉所用的杆子，均比她的硬。杆子硬，为的是要获得更大的反弹力。可是，有两点她忽略了：一是她跳过4.35米那一次，实际腾空高度在4.45米以上，说明70公斤杆在这高度内是可以胜任的。二是73公斤杆较70公斤杆，需要更快的助跑速度，而她恰恰没有用过这杆训练，因而速度尚未达到相应水平。尽管愿望与技术都很好，可终因速度不够，便不可避免地在这个高度上受挫，因而痛失了夺冠机会。

然而，蔡维艳终究是好样的。她在1月31日次瑞不吕肯国际比赛起的30余天里，将成绩由4.01米提高到巴黎室内田径锦标赛的4.35米，并将女子撑杆跳高室内亚洲纪录一下拨高15厘米。在这次世界大赛中，她虽与冠军无缘，却以相同成绩，与艾玛·乔治分获第二、三名。她所得的这枚铜牌，也是我国选手在本次比赛中获得的唯一一枚奖牌。

（原载于《中国体育报》1996 年 11 月 11 日）

巫兰英,路,曲曲弯弯

巫兰英走进房间,她心事重重,举步沉重,脚上就像坠着千斤石头一般。在刚结束的全国射击分项赛中,她遭受了意想不到的惨败,被无情地淘汰了。她没有流泪,可心里头比流泪还难受！她本没想过要往哪里去,可这里分明是五楼凉台。她看了看,连一个人影也没有,不觉鼻子一酸,终于嘤嘤地哭出声来……

捡回来的黄弹壳

经过特殊年代之后,射击又像春天的小草,开始复苏。就在这个时候,河南省从各地选调一大批青少年学生参加射击集训,想网罗一批立志向世界纪录冲击的人。

这时的巫兰英已快高中毕业,再有几个月就要跨进高等学府的大门。在班里,她是体育委员,品学兼优,德、智、体全面发展,老师和同学都夸她。可是,出人意料的是,这丫头居然兴致勃勃地跑到射击场,要求参加集训,而且说,不让参加就不走！

哪来这份子决心？别人或许不知道,唯有巫兰英自己最清楚。还是在她 16 岁那一年,他们学校的民兵排开赴野外,到偌大的天然靶场去进行第一次实弹射击。民兵训练同射击运动不同,武器是军用步枪,响声震耳,剧烈的后坐力弄不好就将人的脸和肩撞肿。别说是个女学生,就是一个小伙子,第一次打实弹也会犹豫不前。所以,许多人的第一发子弹,不是打在框子上,就是飞弹,在目标上根本找不到弹着点。巫兰英呢？说一点儿也不紧张不是事实,但她很自信,那可以置人于死地的弹头,是绝不会转个弯再拐过来打自己的,这就是她在中学物理课上学的物体的直线运动。所以,起初的胆怯,就像平日的空枪预习一样,心平静得如一汪明澈的清水。

轮到她射击,别人理所当然地盯着她。有人站得远远的,双手捂着耳朵;有人调皮地偷笑,等待着她脱靶。

这一切,巫兰英都没看在眼里,她只知道干她的,抵肩、贴腮、瞄准、屏住呼吸——

"砰!"

弹丸从枪口飞了出去,穿透胸靶的正中,在 10 环的小圆圈里留下一个清晰的痕迹。

靶场轰动了,掌声和笑声,像阵阵春雷,在旷野里回荡⋯⋯

第一枪正中 10 环,这对巫兰英是多大的鼓舞啊!她过去没有想到过要与这枪厮守,可现在忽然感觉到,她的命运、她的前途,与这清脆悦耳的枪声,是那样不可分呀!生活中常有这样的事儿,一件很小很小的事,却往往决定了一个人未来的生活道路。

集训,巫兰英参加了,可是她并不如愿。步枪教练对巫兰英没发生兴趣,手枪教练则嫌巫兰英个子太高。结果,参加集训的 123 人,刷掉 100 个,巫兰英就是这 100 个中的一个。

不过,不幸中有幸,这个紧锁双眉的落选者被飞碟教练刘继升盯上。当时,飞碟仅有男子项目,收女队员打飞碟,是要有足够胆量的。刘教练就是这样一个人,看中的就得要,即使冒点风险也在所不辞。就这样,巫兰英好似那用过了的废弹壳,被刘教练从搁置在一边的弹壳箱里又捡回来,擦了擦,黄铮铮⋯⋯

"西安事变"

可是,任何事情都不是一帆风顺的,巫兰英苦苦练了三年,标明成绩升降的曲线表上,没有飞跃,也没有射击运动员们常说的稳定性提高。第一个练习 3 靶 2 中,第二个练习 10 靶 7 中,考核起来竟只有 10 靶 4 中,她恨自己不争气啊!这个可恼的事实她顶住了,可她万万没有想到,紧跟着的是更大的打击——

1976 年全国射击分项赛,她本来充满信心,可结果居然被淘汰了。

进队后,她没有辜负刘教练的希望呀!别人练 100,她绝不练 99。开始时没有靶子,空枪预习也像装上子弹一样,从没有丝毫含糊。有人说,巫兰英就像一个握枪的机器,不知疲劳,也不嫌那单调、枯燥动作的重复。腰练酸了,腿立肿了,可没有哪一天不是千百次地举枪。有时觉得练得不够,就将一切可以利用的时间都用上去。靶场距市区颇远,假日里好不容易有机会进一趟城,或者买点东西、玩一玩,或是回家同爸爸妈妈团聚,而巫兰英却把这一切都给放弃了,她最需要的是练习。

所以，许多节假日，她总是闭门不出，专心致志地抱枪追逐那流星般的飞碟。

射击，本来就是一项很艰苦的运动，而飞碟射击较之其他射击项目来，更是苦甚三分。步枪也好，手枪也好，可以在设有靶棚的室内练习，夏天有遮阳的，冬天可以将防寒玻璃屏风关上。而飞碟射击则是在露天的旷野里进行，夏天要忍受那灼人的太阳，冬天要任凭那严寒侵袭。数九寒冬，夜晚谁也不愿意走出温暖的小屋，而巫兰英却和一帮人来到靶场，借着灯光，继续白天的练习。脚下是彻骨冰心的冰碴和积雪，头上是纷纷扬扬的雪花。吐口气，就像喷出一缕白雾，刮到脸上，立即变做无数个微小而透明的颗粒，似水珠，似冰末。一年四季，风霜雨雪，巫兰英吃的苦够多的啦！

可是，到头来，不要说摘金牌夺名次，连决赛权也没了。对于巫兰英来说，还有什么比这打击更大的呢？比赛一完，她就一个人躲到屋里，坐也不是，立也不是，只觉得这屋里闷得厉害。没待一小会儿，她便没精打采地走了，来到前文所说的5楼凉台上。

巫兰英失踪，急坏了教练刘继升，他到处寻找，可就是不见人影。最后，在5楼凉台上，刘教练终于发现了她一个人在那里伤心地哽咽着，不觉吃了一惊。

巫兰英的失败，刘教练并不觉突然，因为包括他自己在内，天下的运动员有几个一帆风顺而不栽几个跟头的！一举成功者有，但毕竟是个别的。问题不在于一两次失败，而在于失败后如何重新起步，在于一个人的志气！谁有百折不挠的精神，谁就能够从失败中奋起，穿过荆棘，攀缘直上，登上那梦寐以求的巅峰。在刘教练的眼里，巫兰英不是个弱者，因为一个女孩子敢于拿起猎枪，去与男子拼个高低，这种胆略就很了不起。眼下，巫兰英是失败了，但他从她的运枪、瞄准、击发这一系列的动作中，已窥见她可喜的未来。她的枪法，有可能超过最优秀的男选手！

刘教练在凉台上找到巫兰英之后，她以为他是要狠狠地训斥一通。可刘教练并没这样做，他告诉她："不要以为失败了，就叫你卷铺盖回家。你打得不好，也有我的一份责任。"运动员比赛成绩好不好，常与走和留的问题牵连在一起，巫兰英也不例外。所以，刘教练这么一句话，对巫兰英来说，是多大的慰藉呀！但是，他又不能不严肃地批评她，因为一个人躲到这凉台上来哭，分明是一种懦弱，是一种与运动员的脾性格格不入的无能表现。刘教练的话不多，说多了她也不一定听得进去，但就这么三句话，说到了点子上，使她感到温暖又觉得惭愧。自此，"懦弱"和"无能"这两个词，便常常萦绕在她的耳际，有时还像两根锋利的钢针，刺痛着她，使她猛醒。

两年后，即1978年的初夏，在西安举行的全国男子飞碟射击比赛，双向冠军竟被河南女选手巫兰英夺得。一个稚气未脱、羞涩腼腆的姑娘，甩掉了许多个逞强好胜的小伙子，使人大吃一惊。巫兰英在西安全国比赛中大闹龙宫，被人说成是射坛的"西安事变"。自此，这个哭鼻子的姑娘，也就令人刮目相看了。

图库曼惊雷

养兵千日，用兵一时，不知磨炼了多少个日日夜夜的巫兰英，终于穿上漂亮的礼服，胸佩耀眼的国徽，登上飞往南美阿根廷的班机。

中国开展飞碟射击起始于 20 世纪 50 年代，但参加世界锦标赛，这回还是首次。世界飞碟射击锦标赛每两年进行一次，时间过去了八十四年，中国终于在第四十二届锦标赛时，登上这激烈的竞争舞台。

抵达赛地之后，当地报纸介绍的都是欧美强队，登载的大照片也都是赫赫有名的西方人。而巫兰英这样长着黑头发的东方人，则被冷落在一边。

1981 年 10 月 25 日，当南半球正处在春末夏初的时候，在阿根廷北部的"花园之府"图库曼的射击场上，世界最高水平的激烈竞争开始了。比赛分三天进行，前两天 6 组每人 150 靶为团体赛，第三天两组每人 50 靶，成绩加上前两天的个人成绩决出个人名次。

第一天比赛是在风雨交加中进行的，夺魁呼声最高的美国 52 岁名将希尔中 71 靶。巫兰英不甘示弱，忍受着时差带来的身体上的强烈反应，接连击中 25、21、25 靶，同希尔以相同的中靶数居首，把其他实力人物全挤到后面，连世界纪录保持者意大利的汉斯伯格也只好暂时服输。次日，阿根廷北部的最大报纸《格谢塔》（GACETA）报发文予以称赞，并登载了巫兰英的照片。

这一天，即 10 月 26 日，正是巫兰英的 26 周岁生日。这天，她同朝夕相处的河南省另两名选手冯梅梅、邵伟萍组成的中国女队，战胜了实力雄厚的美国队和法国队，夺得本届锦标赛女子双向团体冠军。前两天比赛，美国希尔的个人成绩是 138 靶，而巫兰英也是一组咬住一组，同希尔再次打成平局。

个人赛的关键时刻到了，烈日当空，靶场上温度陡然升高。巧得很，这最后一天的比赛，巫兰英同希尔又偏偏被分在同一个组，这就使面对面的竞争更加激烈化。希尔和巫兰英一前一后走向靶位，看来都有信心，都很坦然。谁知，在 2 号靶位的高台，不知为何，希尔眼睁睁看着由抛靶机抛起的靶碟，沿一条斜弧线飞过直至落到地上。接着在 4 号靶位的低台，希尔又脱了一靶。而巫兰英开门大吉，轻而易举地通过 1、2、3、4 号靶位，未失一靶。到了 5、6 号靶位，巫兰英也许因为求胜心切而分散了注意力，结果连失两城。第一组两人得失相同，再一次打成平手。

轮到最后一组，人们似乎都屏住了呼吸，靶场静得没有一丝儿声音。这可怕的宁静，正是激战开始的前兆。

"砰！"希尔枪响了，一团急剧膨胀的气体，将一窝铁沙弹丸推出，喷射向靶碟飞行的前方。可是，由于动作上的差池，弹丸到时，目标却已飞过去了。

希尔脱靶，对巫兰英来说，理当是大为受益的事。然而这飞碟射击，难度委实也是太大了。靶碟自抛靶机抛出之时起到落地时止，在空中运行的弧线距离是40.23 米，时间仅有1.65 到1.8 秒。在这一瞬的时间里，射手可以有两次射击机会，第一发不中，允许补第二枪。但是，时间这样短暂，既要准确无误地捕捉目标，又要在武器后坐力带来的冲击下，细心、果断而又不失时机地击发，实在是太难了。所以，希尔脱靶后，巫兰英也丧失了一次机会。

打完第一组时，身材比巫兰英高半个头的希尔走过来，拍了拍巫兰英的肩膀，坦然地笑了笑，好像在说，看吧，冠军还是我希尔的。想到这里，巫兰英皱了皱鼻子："嘿，想得倒轻巧！"

希尔也真不愧是名老手，在后来的24 靶中，除一靶"漏网"，其他全中。而巫兰英呢，下决心摽到底了，你神射中的，我弹不虚发，打完第24 靶时，两人的成绩为23∶23。巫兰英还剩最后一靶，中国人在本届锦标赛中，能否打破由欧美人垄断的女子双向个人世界冠军的历史，就看这最后一靶了。

"砰！"震耳的巨响，把人们的视线引向了空中，只见那靶碟唰地被击碎，飞溅的碎屑宛若一朵绚丽的礼花，映衬在蓝天白云之中。

"中国！"

"中国！"

激动人心的欢呼声，响彻了旷野，中国女队巫兰英夺冠的喜讯，惊动了图库曼城。

（在《中国体育报》见报后，被收集在由传振亭主编、春秋出版社出版的《中华体坛英雄谱》一书中。）

蒲德华,驯"马"记

进了省队,训练固然热火得很,可一旦走出了摔跤房,王正松就觉得,伴随着他的却是枯燥和寂寞。他静不下来休息,也坐不安稳看书。大家都说他的细胞太活跃了。

一个星期六,训练课还未上,王正松便失踪了。教练蒲德华(全国人大代表,高级教练)断定,他准是回淮南老家去了。合肥距淮南,有几个小时的路程,可这孩子早已学会了"铁道游击队"的本领,自有一番"免费"搭车的办法。第二天一早(正好是个星期天),蒲教练便带上一名队员,乘上北去的快车,寻找王正松去了。

王正松未到省队之前,在淮南已经是个以摔跤和打架而出了名的人物。因为他"ABC"装得太少,所以高中的门未入便进了锁厂做工。当浦教练打算收他的时候,当时就有人告诫说:"这孩子今后会惹麻烦的。"可蒲教练想,驯服不了这匹小野马,还算得了一名教练员吗?

进队后不久,王正松果然亮相了。这天晚上,他溜出去,不知要了些什么玩意儿,等他回到住地,大铁门早已上锁。他正要从墙头上纵身往下跳的时候,忽然发现大楼下有人影晃动。"哟,怎么这般不走运?"他从惊诧中冷静下来,心里盘算,"那准是别队的干部在查铺呢!"于是来了个"急刹车",收住身子,屏住呼吸,悄悄地爬下墙来,再钻到墙角下的矮树丛中隐蔽着。哪知这树丛里潮湿闷热,既有刺戳,又挨蚊咬。可是,为了躲过这一关,他只得耐心忍着。此事若是被浦教练知道了,轻则吃批评,重则还要挨处罚呢!说来也有幸,不一会工夫,那人也就走了,好像并未发现这树丛里还藏着个人。王正松好大欢喜,立起身子来,一面蹑手蹑脚地往楼里闯,一面笑着对自己说:"平安无事喽!"

谁知,当他撩开自己蚊帐的时候,忽然有人轻声地问:"是王正松吗?"他仔细一瞅,不觉大吃一惊,原来蒲教练正躺在他的床上。宿舍里的人都已经熟睡了,蒲教练也就没有多讲什么,只说了一句:"我不太放心,所以守在这儿。"说着就起身离去。

第二天少不了一顿批评,不过蒲教练念他初犯,所以也就以个别谈话了结此事。

再说王正松回到了淮南,就如同孙悟空解脱了紧箍,在家里摆起酒菜来,同小兄弟们耍起了"哥俩好"。谁知,正当他们在酒气和烟雾中兴奋不已的时候,蒲教练推开了门,突然出现在他的面前。王正松傻了,他正端起的白酒盅,"啪——"的一声掉在桌上,脸涨得通红。

对于蒲教练的盯梢与追踪,王正松有过厌恶与不满。但是这一次,他不能不从惊骇中冷静下来,想想自己再想想对方。蒲教练将一个又一个队员培养成全国冠军,可是他却无暇去帮助自己的妻子和孩子。他爱人有病不能做饭,三个放学回来的孩子,竟将自己做得既煳了但又是半生的面条全吃光了。1980年,两个男孩(双胞胎)考高中,小女儿考初中,蒲教练竟无一点时间辅导,结果小双差0.5分没被录取。为此事,母子俩抱到一起就哭,当时蒲教练带队在秦皇岛训练,为了孩子的前途,他爱人给他去了封电报,希望他尽快返回。可是,为了训练,蒲教练只来一封安慰家信,蒲教练常说,他是一个不合格的丈夫和爸爸。

人非草木,蒲教练忘我工作,对队伍的严格要求,使许多队员深为感动,并进而走上了冠军之路。那么,王正松又岂能例外呢?在蒲教练循循善诱和严格的管理与要求下,王正松真的也发生了变化。后来,他不仅遵守纪律,而且训练也十分刻苦。他打的是小级别,像他这样的级别,一般队员控制体重大都在3公斤上下,可他控制到8公斤。一堂训练课,他淌汗就要淌掉3公斤到4公斤。在呼和浩特举行的全国比赛中,第一场角逐,他的右手小指被对方拉成倒弓(关节脱位),剧烈的疼痛使得他不敢抢把。可是,他用胶布将两个手指缠到一起,誓要将比赛进行到底。结果,除最后一场以11∶1胜之外,其他全部以10∶0取得绝对胜利,夺得了冠军。

(原载于《中国体育报》1989年4月11日)

陈林,奉献光明的人

在安徽省滁县地区业余体校,有一位几乎双目失明的业余教练员陈林,他利用七年时间,为我国的体育队伍,培养和输送了十七名运动员。

陈林自小生长在滁县。这里,山清水秀,景色宜人。城郊有"林壑尤美,望之蔚然而深秀"的琅琊山,山下有北宋欧阳修名著《醉翁亭记》中所写的醉翁亭。从前,陈林常同孩子们结伴郊游,有时爬山跑步,有时歇息下来,倚靠一棵古松,静静地练上一会倒立,或者借用一根枝干,拉上几个引体向上。这些都在孩子们的心灵留下深刻的印象。

可是,三年前,在陈林的生活道路上,发生了一件极其意外和不幸的事情:在一次训练中,他的眼睛因为受到剧烈震动而受伤,被诊断为视网膜脱落。组织和同志们都非常关心他,他曾两次去上海治疗,但医治无效,结果两只眼合起来,一共只剩下0.15的微弱视力。医生一再嘱咐,不能继续做教练工作了,若再干下去,就有双目失明的危险。

"文革"期间,陈林横遭迫害,甚至要被逐出体委。即使在这种处境十分艰难的情况下,他也没有动摇过决心。他坚信,他会走进体校。

现在,体校大门打开了,能够因为眼睛不好,让理想付诸东流吗?他想,有的人患上了不治之症,明知道生命不长了,还坚持战斗,甚至加倍地工作,而自己一点眼伤,又算得了什么呢?最多不过一瞎吧,就是瞎了,也还可以继续工作嘛。他就是怀着这样的信念,结束了休养生活,走出房间,利用仅有的一点微弱视力,将孩子们领到体校,把体操班又办起来了。

可是,有眼睛看不清啊。体操房里,不仅运动员的动作观察不清楚,提高不了训练质量,就连训练过程中,也没办法准确无误地保护,确保运动员的安全。有心劲,使不出来,怎么不急坏了人呢!他那对近乎不能摄取影像的眼球更加突出了,好像就要跳出来似的。

困难,没有动摇他的信念,也没有挫伤他的高昂士气,反而更加磨炼了他的意志。他仍然坚持教学工作。

起初,陈林只做点组织工作,坐在边上讲解,由大同学做示范。后来,训练水平提高了,动作难度增大了,特别是指导那些大同学尚未掌握的新的高难度动作时,不到场上亲身实践,不亲自保护不行了。他利用自己双目的一线光明,勇敢地走上了地毯,来到了器械边上。虽然他有多年教练工作经验,熟悉体操业务,但是,眼睛看不清不行呀。由于判断上有失误,手指往往在孩子们身上碰撞。体操动作速度是飞快的,力量也很大。所以,一个手指与飞快运动着的身体相碰,当然是一碰即伤,常常是上一个指伤未好,下一个手指又伤了,这使陈林很痛苦。他刻苦地锻炼着,慢慢地摸到了规律,掌握了主动。训练中,看不清孩子面孔,陈林就将所有参加训练的孩子编排出严格的顺序,依次练习,以此来判定是谁;看不清孩子们做的动作,就用仅看到的一点不清晰的影子和听到的声音,来判断孩子们做的动作质量如何。陈林不仅一般动作可以讲解、保护,而且像空翻转体720度、单杠和高低杠的空翻下等难度比较大的动作也能训练。

为了提高训练水平,他还坚持学习体育理论和体操技术资料,眼睛看不见,就特地买了一只放大镜。有时看得时间长了,两行字重叠到一起,虚映成一行还在看。他还虚心向各地教练员请教,把学到的东西在训练中反复实践,总结提高,摸索出男孩山羊训练的分段教学法,并在别人"吊痰盂"旋的启发下,摸索出用双手帮助孩子全旋的好办法,提高了动作质量,缩短了训练时间。本来,从不会到会做十个山羊全旋,一般需要将近半年时间,可陈林只要三个月就可完成。有的孩子仅用一个月时间就学会了,并且能做全旋加转体。

困难克服了,训练水平也提高了,可是,新的困难又出现了。这些困难,有的是预想中的,有的却是他并未想到过的。

有个骄横的孩子,动不动就寻衅打架,在体校不好好训练,回到学校去也不认真读书。一次,还没离开体操房,这个孩子就欺凌一个比他小得多的同学。对于这样一个为人们所厌弃甚至憎恨的孩子,采取简单的办法,甚至把他逐出体校,这都是很容易的事,但这不正说明,体校的思想工作无能吗?今后又怎样得到学校和家长对体校的支持呢?

陈林找孩子一次次谈话,并利用晚上时间,到学校去找老师,了解这些天孩子在校的情况,请学校配合。他又数次到孩子的家里去,给孩子补习文化课。孩子发现,陈老师无论是到学校还是家里,都不是告状,而是一片热心地帮助。一周回体校了,陈林又在体操班开了一个欢迎会,既让这个孩子谈谈体会,又让大家发言,对这个孩子的进步给予了热情的鼓励。就这样,经过一番悉心的工作,孩子的精神面貌慢慢地变了,学习努力了,训练也刻苦了,特别是遵守纪律了。在今年全省比赛中,这个孩子在陈林的指导下,临时改学一个新动作,仅用半小时,做了两次辅助练习,跳了五次,就勇敢地完成了,不仅获得单项个人第一,而且为获得团体冠军立了一大功。孩子的训练成绩提高了,文化课也上去了,各科成绩达到了八十分以上。

在体校工作中,在同学们身上,陈林倾注了自己的智慧和力量。他不仅关怀他们的思想、训练和文化学习,而且还无微不至地关心他们的生活和健康。有一次,一个小女孩没到体校来训练,为了搞清楚原因,陈林就及时去进行家访。原来这孩子得了病在家里躺着。孩子的爸爸妈妈都在工作,家中缺少人照料。为了让孩子早点痊愈,解除家长的困难,陈林同自己爱人商量后,第二天俩人一同又到孩子家去,把孩子背到自己家中治疗和调养。陈林的精力用到体校孩子们的身上去了,却很少顾到自己的孩子。常有这样的情况,该下班的时候了,他只知道带体校孩子们训练,而忘记到幼儿园去接自己的孩子回来,许多家长说:陈老师只知道培养别人孩子,却把自己的孩子忘了哟!

体操班的孩子们,有的被中央电视台摄进了名为《初露锋芒》的电视片,有的胸前佩上耀眼的国徽,随中国体育团队外访……总之,在新的长征中登程了。

为了培养这些孩子,辛勤耕耘的园丁——陈林虽然左眼已经完全失明,右眼仅剩下0.1的视力,但仍在顽强地战斗着,用心血灌溉体操事业的接班人。

(原载于《体育报》1978年11月29日,转载于《新观察》1982年第18期)

神户见闻

一、移山填海的壮举

来神户前,就见报纸上介绍,作为本届世界大学生运动会赛场之一的神户体育馆和游泳馆,就坐落在漂浮于海面的人工岛上,被日本人民视为骄傲。刚抵神户,我们便迫不及待地想一睹它的风采。

神户是日本最重要的港口之一,位于濑户内海大港湾的西侧,与大阪隔海相望。这里依山傍水,不大的一块土地上,聚集着6000多家工厂,其中包括日本最重要的川崎重工、三菱重工、神户制钢、川崎制铁等大企业。由于陆地奇缺,神户人民便向碧波万顷的大海要地,以精卫填海般的精神,在海上建起了堪称人间奇迹的人工岛。

人工岛始建于1966年,1981年竣工。陆地面积4.36平方公里,相当于我国鼓浪屿的2.5倍。据说,建造这块陆地,耗资达26亿多美元,其中40%用于填海,60%用于地面建设。工人们从神户西郊高窗山上采下8000万立方米的石头,通过高架传送带,装到岸边的驳船上,然后再运到3公里以外的海域,在10米深的大阪湾堆成这座人工岛屿。如今,被削平的高窗山,已是楼房林立,成为新的住宅区。

游泳馆与体育馆相毗邻,与人工岛同年建成。这座现代化、多用途的体育馆,造价62亿日元,被称为"世界纪念亭"。馆顶设计独特,宛如海浪波纹,后馆外观更特别,由下而上逐渐隆起,似一座小山。这"一山一海"别具一格,恰恰象征了神户人民移山填海的气概。

在我国,有的地方在大兴土木,搞民用建设时,常忽视体育设施的兴建。而神户,在土地面积如此紧缺的条件下不惜花巨资搞好体育设施建设。望着坐落在人工岛一隅的宏伟气派的体育馆,我不由得感慨万千。

1985年8月2日至9月4日,于神户世界大学生运动会新闻中心

二、日本观众的观风

日本观众的观风,给人留下深刻印象。

别的不说,就说8月28日晚,中日柔道无差别级那场交锋,牵动着日本观众的心。因为在这之前,日本队只在71公斤级比赛中赢得一枚金牌。比赛开始后,日本选手正木用一个"大外刈"将中国选手徐国清摔倒。而徐趁机将正木压在地上,迫使正木改为守势。此时,记者看了一下看台,观众在自己的座位上,没有失态的表现。后来,正木一个"夹腰"将徐国清摔了个背部大部着地,获得绝对胜利。观众席上欢呼跳跃,狂而不乱。

足球赛场上,观众极少有串台现象。记者所到之处几乎听不到日本观众喝倒彩,更看不到向场内乱扔东西。在游泳馆里我们遇到一个叫大塚的日本观众,他们一家三口利用星期天乘车来观看比赛,全家热得一个劲地摇扇子,不断地用毛巾擦汗,可是他们坐在那里规规矩矩,连八九岁的孩子都不随意走动。观众中几乎人人都带有吃的、喝的,可是食品包装纸、汽水瓶、水果皮,都是装在自己带来的废物袋里。日本人对穿着很注意,在这么热的天气里看不见赤膊的。在散场时,也没有人冲进场内去围观体育明星。

关于赛场秩序问题，我们走访了大会组委会安全部，石桥英三先生告诉我们，到目前为止，发生过一两起个别人不听指挥，在足球场外放鞭炮的事情。石桥英三还说，这次运动会投入了两万名警察和五千七百名守卫人员。警察负责场外，守卫人员负责场内。据记者所见，各个赛场的警察身穿深灰色警服，而场内守卫人员身穿海蓝色制服，都是两手背在腰后，端正、严肃地立在自己的岗位上。但对观众，他们彬彬有礼，耐心解答观众提出的问题，进场时向观众致意表示欢迎，散场时，守卫人员整齐地排在出口处向观众鞠躬，欢送观众离场。

三、盛情的主人

在神户的采访活动大体结束了，明日我们就将取道东京回国。在这半个月时间里，我们观赏了神户的绮丽风光，也看到了船只如梭、铁臂如林的码头。但是，我们在向神户道别的时候，首先想到的却是神户人。

这届大学生运动会的18个比赛场地十分分散，而且很不好找。8月23日，我去采访中国对墨西哥的一场足球比赛，地点是王子陆上竞技场。我们乍到神户，路线不熟，比赛开始前一小时还不知道场地究竟在哪儿。向旅馆服务人员打听，谁知，这个神户人也不知道去场地的路线。但是，他热情帮助我找来另一位旅馆人员，一起看地图，辨方位，弄了好一阵子，结果也是茫然。他俩看我有点着急，不约而同地打手势安慰我，叫我不要着急。可是，先前的那位服务员他自己的额头上已沁满了汗珠。

他们找到第三个人，叽叽喳喳地说了几句，三个人几乎同时笑了，先前的那个服务员立即掏出一张白纸，写下91、92两个两位数，不用再问，是叫我乘91路，再转乘92路巴士。

我拿着纸条，匆忙跑出门去，没走多远，那位服务员和一位为大会做服务的自愿支援者追出门来，告诉我走偏了方向，一直将我送到了车站，并叮嘱我说："汽车和站台都是绿色的，记住这个，不要搭错车。"这时我想，服务员也好，那位自愿支援者也好，我与他们萍水相逢，他们能做到这样，实在热情感人。

另有一次，我听说中国柔道队将在第二天上午9时开始在学园大学训练，我想抓住机会去采访。第二天我赶去了，可是学园大学体育馆里却不见中国柔道队的身影，想向守门人打听，语言又不通。

正在无可奈何之际，一位日本姑娘翩翩而至，非常温和地问："China？""Yes。"除这两句英语之外，我们俩便没有对话能力了。

谁知这个姑娘拿出了一个小白纸本,写出了两行工整娟秀的繁体字。她不会说中国话,但会写汉字。于是我们用汉字对话,写了整整四页纸。可是,这位姑娘掌握的汉字毕竟有限,当问到中国柔道队究竟在哪里时,又卡壳了。我看得出,她是感到抱歉的。一会儿她去请教别人,一会儿去给中国代表团打电话。最后,她执意领着我离开学园大学。

神户的室内一般备有冷气,可一出门就像进了蒸笼一样。我觉得实在太难为这位姑娘了,一再用手势劝她止步,可是她执意不肯。到了学园车站,我方才明白她是要带我到选手村去。到了目的地,她帮我找到了翻译人员,问题解决了。这时,她乳白色的衣衫已被汗水浸透了,但脸上却洋溢着高兴的微笑,最后向我鞠躬道别而去。过后打听,那姑娘名叫衣笠治子,是位大学教师,是自愿来支援大会工作的。

神户是世界著名的海港,也是日本重要的工业基地之一,但是给我印象最深的是热情感人的神户人。

(注:因身在国外而未能及时收集简报,故遗失其中的第3、4、5稿。)

(原载于《中国体育报》1988年8月—9月)

陈珍,眷眷情深

有人说,妈妈最希望孩子成为数学家、物理学家或者文学家,可陈珍的妈妈王翠萍,却盼着女儿是个有出息的运动员。不是吗?在千里之外,当五星红旗在高亢雄壮的国歌声中冉冉升起时,身在煤都淮南的妈妈,哪一次不为女儿闪着激动的泪花!

陈珍自小喜爱体育,跑步、跳高、打球,无所不好。一次中学生越野长跑比赛,才跑了几百米,她就冒汗了,边跑边脱长裤。可是,那裤脚却拉掉了一只鞋子。此时耽误一分钟就会被人落下一截子,哪有时间停下来穿鞋!无可奈何中,她索性边跑边拽下另一只鞋子,扔了。

那天,呼号的北风卷着鹅毛大雪,一双充血的光脚,在那布满冰碴的雪地上,留下一个又一个足迹……

回家后,陈珍体温摄氏39度7,高烧不退。妈妈看着昏睡中的女儿,心里一酸,差点流出泪来。

陈珍9岁那年,在矿上当工人的爸爸不幸去世,留下五个孩子,最大的才上中学。精神的孤独与生活的艰难,都没有压垮妈妈。

孩子们喜欢体育活动,妈妈从一开始就很支持,现在就更不会拦阻了,因为孩子们玩乐时是会忘记流泪的。头天晚上,孩子们因学习而熬夜,早晨忘了起床,她轻声地将他们喊醒。他们去跑步时,她又总是叮咛,换好鞋,别扭伤了脚。若是下大雨了,地烂,不能到户外活动,她就让孩子们挤在那除了床、灶和饭桌之外,就再也没有多少空地方的半间屋里锻炼。地上无处插足,床铺上不也可以做仰卧起坐和俯卧撑吗?

陈珍是最小的一个,12岁身高就长到1.67米,在兄弟姐妹中出类拔萃。为了满足小女儿的要求,妈妈亲自去买了根竹竿,又在小院子里用砖头垒起两个跳高支架,跳一阵子,加一块砖。功夫不负有心人,在班里,陈珍是跳得最高的一个,其他各项体育成绩也都名列前茅。有人说:"这大个儿千金,今后准是个体育人才。"

这一天终于来了,体校向中小学生敞开了大门。陈珍带着妈妈和全家人的希望前去应考。速度、力量、耐力、弹跳各项测验顺利完成,她的成绩在考生中是最好的一个。陈珍高兴地回到家中,如痴如梦地等待着录取通知。谁会料到,成绩比她差的考生录取了,而她却榜上无名。这孩子一头钻到妈妈怀里,呜呜地哭了。妈妈搂着陈珍,边流泪边安慰女儿说:"这次没录取,不碍事。还有下一次,早着呢!"

陈珍越野长跑比赛后为何生病高烧,妈妈心里最明白。别人家孩子喝牛奶、喝麦乳精,可陈珍她连馒头、大米粥也难得吃饱。一个身体单薄的女孩子,在极度劳累的情况下,能抗拒这风雪严寒吗!

爸爸去世后,作为一个家庭妇女的妈妈,拖着五个嚷着要饭吃的孩子,生活是何等艰难啊!

为了支持陈珍锻炼,妈妈曾想过,从菜金里挤出两三角钱来,好给孩子每天买两只鸡蛋。可是,菜金本来就少得可怜,六口之家,总不能连下市落价的菜也不吃吧!无可奈何,妈妈决意养鸡,用鸡下的蛋来为陈珍增加一点营养。可是,上有妈妈,还有哥哥和姐姐,陈珍哪里吃得下呢!就说玲姐吧,比陈珍也只大几岁,可她是市篮球队队员,比陈珍辛苦。有时,陈珍实在咽不下这只鸡蛋,硬是往玲姐的碗里塞。每每看到这种情景,妈妈就说:"你们俩谁吃都好,要不就分着吃。"而玲姐则对妈妈说:"小妹今后比我有出息,应补补她的身体。"妈妈还有什么好说的呢?每听这话,泪珠就在眼角里转。

报考基层体校,陈珍又一次落选。玲姐恼了,问自己:"小妹这般年轻,身高出众,速度和弹跳又好,就凭这几条,怎么会不行?"玲姐同妈妈商量,决定趁全国手球比赛在合肥举行的机会,专程跑一趟省城,并冒昧地找到了省女子手球队教练张玉林。

张教练问:"是你想打球,还是有苗子向我们推荐?"

"不,我有个小妹……"

"啊,是那个曾经在越野长跑比赛中跑掉了鞋子的小姑娘?"张教练打断了陈玲的话。因为在此之前,省手球队已经在淮南得到关于陈珍的信息,没想到现在陈玲亲自找上门来,张教练满口答应:"带她来看看吧!"

经过测验,各项条件符合标准,省体委便很快寄发了录取通知。看着这张盖有大红印章的公文,妈妈激动地说:"这不是做梦吧?"说着说着,眼泪就止不住地往下流。她一手拿着通知,一手拽着陈珍,从东到西,从南到北,亲自为女儿办好了各种手续。

到了省队,陈珍付出两倍于别人的辛苦。因为她没进过业余体校,理所当然地要补上这一课。酷暑天,她穿30斤重的沙衣,冒着火辣辣的太阳,冲百米,跑三千(米)。训练后,别人上床休息了,她累得睡不着,到楼下睁着眼一个人呆坐着。球场上,教练给的刁球、困难球,看来已无法救活,可她从来不放弃这种机会。因为救球,身上被摔得青一块紫一块。倒地,一滑就被拉掉一块皮,汗水和着泥土,覆盖在伤口上,血从中渗出。就这样,陈珍迅速成长起来,不仅成为安徽队的主力队员,而且入选国家队。在洛杉矶奥运会上,她一人独自射进19个球,为我国女手夺得第三名立下了战功。

(原载于《体育报》1996年7月18日)

陈道云,想起飞虹剑

陈道云的"飞虹剑",曾被新闻媒体描述为"凤飞于天,摄人心魄","飞虹剑"的高超技艺来自陈道云对于她那把剑的痴迷与执着。

笔者曾经采访过陈道云,二十多年过去了,每当想起又如发生在昨天一般,陈道云对技艺的精益求精和顽强拼搏精神给我留下了深刻的印象。

陈道云的剑,一招一式,无不是她刻意雕琢的结果。为了一个小小的动作,乃至一个很容易让人忽略的眼神,她都会几十次、几百次,甚至上千次去练,练得乏味,练得全身散了架,她都不会轻易松懈的。有一次只因为动作上的一点小瑕疵,从白天练到晚上,她总是很不满意。第二天休假,大家找她上街,却四处觅不到,待路过包河公园时,大家这才发现她原来躲到湖畔的绿荫里补课来了。

讲起练功夫,陈道云还有个动听的故事:

山西有个叫张玲妹的名家,其剑术潇洒英武,演练得极好,因而也就被陈道云看成是偶像。这天比赛归来,陈道云累了,早早地躺到了床上。可是,却又久久不眠,张玲妹的场上形象涨满了她的脑子。夜深了,人也困极了,刚刚进入蒙蒙眬眬中,张玲妹却蓦地跳到了她面前。这姑娘手持银剑,忽而横剑端立,忽而斜剑击刺……她再也按捺不住了,便跃然而起,一招一式,学着张玲妹的样子练了起来。同屋的人惊醒了,陈道云这才如梦初醒,不觉大笑。陈道云刻苦训练令人感动的小故事还很多,这些小故事,也教育和激励着我。于是,我一次又一次与陈道云交谈,经常看她训练。时间长了,"飞虹剑"似乎就在笔者的眼里练出来了。每采访一次都会有新感受,都会从一个个小故事中,看到她的不平凡和与众不同之处。当我提起笔写陈道云时,也就顺理成章了。

陈道云的那套剑术是以"八仙剑"为蓝本的。然而,她又不拘泥于古人的章法,不搞照葫芦画瓢。既继承和发扬传统剑法与风格,又力求赋予这套剑术以新的生命,使其具有时代特征与个性,这才是陈道云的初衷。"八仙剑"中有个动作叫"马裆步横抱剑",因为是形容大仙人吕洞宾骑马吹箫之态的,因此也就过于轻飘闲逸而缺少力感。而武术属于体育而非纯粹舞蹈,健与美兼有才会练出它的韵味,所以陈道云经过反复琢磨试验,大胆地将其改为"弓步横抱剑",并以提膝下击剑、震脚上步左右挽花剑、跳起背剑、探海平衡等串联衔接,使其有急有缓,有张有弛,既跳荡起伏,又舒展大方,使人看起来,真可谓是银剑飞处,艳艳缨穗化出了道道彩虹("飞虹剑"也由此得名)。退役后的陈道云担任武术队的教练,最近她应邀率八一武术队备战八运会,依然兢兢业业地为武术事业做出贡献。

陈道云的事迹告诉我们,一个人要想在事业上获得成功,顽强拼搏,勇敢创新是必不可少的。我想,她的剑曾让多少人为之动情,而这剑折射出的一个选手对事业的执着追求,就是在今天,仍然如彩虹那般明丽。

(原载于《中国体育报》1997年5月22日)

胡星刚，从挫折中奋起

参加第 4 届世界杯技巧比赛的中国运动员，到达美国塞达拉皮兹之后，当地报纸便争相抢发胡星刚的新闻。敏感的美国新闻记者在看了中国队的训练之后强烈意识到，在技巧单人项目中美国最有希望夺魁的史蒂夫，面临着胡星刚的挑战。

荣誉，似乎在等待着胡星刚……

他，"翅膀"折断过

胡星刚今年 22 岁，生在南京。他的爸爸从事过举重教练工作，妈妈又曾是体操、技巧队的钢琴师，生活在杠铃铿锵有力的轰鸣与优美动听的琴声中，使得他自幼就受到力量和美的熏陶。胡星刚 10 岁踏上技坛，13 岁获得全国亚军，到 1980 年 19 岁时，已经 6 次荣膺全能冠军。

可是，就在他满怀喜悦，向世界高峰冲击的时候，创伤——像一个无形的恶魔，扯断了他已经练得很坚硬的"翅膀"。

当今技巧界，名手辈出，技术难度越来越高，运动员在脚下表演用的那块地毯，似乎变成了迤逦的群山。而这山越来越高，路越来越险，等待英雄好汉们奋力攀登。

1981 年冬和 1982 年春的冬训中，胡星刚在攻下团身后空翻两周转体 720 度、720 度直体旋等之后，勇敢地向直体两周接团身后空翻 3 周冲击，以此来迎接第五届世界技巧锦标赛。然而，长期的高强度大负荷训练，使胡星刚的跟腱出现了隐痛，而且越来越重。1982 年 5 月，在上海举行的全国比赛，是我国参加第 5 届世界技巧锦标赛的大演习。可是，胡星刚踏上弹性板，只是勉强腾入空中，身体未曾达到预想的高度就急剧下落，人成不规则运动而坠落地上。毋庸置疑，失败！8 月，在北京举行第 5 届世界技巧锦标赛选拔赛，也是因为他带伤比赛，动作完成不好，失去了参加世界锦标赛的机会。

怎么也不会忘记……

十一年的奋斗一旦不能如愿，其痛苦、悔恨、委屈可想而知。那些催人泪下的往事，一齐涌现在他的面前。

1980年的秋天，胡星刚飞赴波兰波兹南市，他作为中国技巧代表团的一员，参加第4届世界技巧锦标赛。那时，我国加入国际技巧联合会还不到一年，胡星刚也是第一次在世界舞台上亮相。他带去的高、难、尖动作，全世界还没人观赏过。这套动作难度大，腾空高，既轻又飘。有了这样的技巧，他是能够开通胜利之路，在第4届世界技巧锦标赛上，成为领衔主演的。

可是，他一踏上弹性板，就觉情况不妙，脚下弹性板过度柔软，使得他提不起劲来，造成腾空高度不够，以至于在落地时控制不了重心，连前三名也未进入。

激烈的竞争结束了，他木然地站在自己的席位上，看到别国的国旗冉冉升起，心就像被揉碎一样地难受。他摔伤时，肌骨受过苦，关节错过位，脖子被撞得不能动弹，像个木偶似的，就是这样，他也未曾落过一滴泪。可是，此时此地，这个刚强的小伙子，却怎么也抑制不住自己的感情，眼窝里泪珠直打转儿。他从上学的时候起，就认识了庄严鲜艳的五星红旗，学唱了雄壮高亢的国歌，但真正懂得其意义，是在这时啊！

但是，胡星刚毕竟不是个弱者。他抛开了懊恼和沮丧，振作起精神，一回到祖国，便钻进了火热的体操房。1981年9月，在花园之国——瑞士的阿尔卑斯山山麓的小镇维德诺举行的第8届世界杯技巧比赛，胡星刚夺得了全能和2个单套共3块铜牌，使长期被欧洲人垄断的男子单人前三名的名单中，第一次出现了中国运动员的名字。

第5届世界技巧锦标赛落选，对胡星刚来说是一次打击。但是，炽热的生活告诉他，挫折几乎是每一个运动员都回避不了的，中国体育健儿应该坚定地在坎坷的路上走下去！

祖国需要，我就要豁出去干

第5届世界技巧锦标赛落选，他回到南京后几乎一天也未曾离开过他为之抛洒了汗水的弹性板和海绵坑。跟腱尚未痊愈，为了不让机能下降，他就练起了跳绳、蛙跳、负重站人肩上练小腿。踝关节还疼痛，扎上绷带，不是可以继续练吗？痛得实在支持不住了，那就溜到体操房外慢跑一圈，这样可以减轻点痛苦呢！

然而，这样的训练毕竟是很平常的，上高难度动作，那才真叫考验人哪！就说直体两周1080度"旋"吧，人弹入空中，要完成横纵轴复合的复杂技术，翻腾和转体5周，而所有这些，又只允许在1到1.1秒时间内完成。胡星刚是我国技巧单人跳跃最好的队员，他被抛入空中后，人体重心移动的抛物线轨迹最高点，与地面的垂直距离是3.03米(我国另1名男子单跳优秀选手邵春华是2.65米),因此弹跳时的冲击力量更大。据测定,胡星刚腿子小翻起跳瞬间,弹性板给了他脚步的反作用力,高达一千公斤。可想而知,人在空中做动作,若是有丝毫偏差或是头脑略有点不冷静的话,摔倒地上,那将会造成什么样的后果?

可是,这并没有将胡星刚吓到,就是经历过跟腱受伤这样的打击,在身体并不是那么完好的情况下,他仍然雄心勃勃,敢于去冒那种风险!这是一次很平常的训练,助跑,紧接着便是腱子小翻,人们尚未看清楚,他已蓦地弹入空中,一切都似乎令人满意。可是,就在此刻,一种超出常规的无形的力量,使得他极难用意志去驾驭自己。重心顶前了,造成身体过早地前卷,无法修正。所以,转体刚过1周半,头已带着极大的惯性,猛烈地向下急冲,头与地将要相撞,在场观看训练的人,吓得惊叫起来。

顾洪星教练站在一旁,眼见险情出现,不顾自己被打伤的危险,一个箭步上去,使出浑身解数,双手将他往上一托……危险解脱了,可是人们的心还在剧烈地跳动。胡星刚化险为夷,可他的右肘关节打在顾教练的右眼上。顾教练捂着有淤血的眼睛,悄悄问胡星刚:"怎么样,还敢练吗?"他点了点头,问了问教练的伤势,然后倏地转过身,又跑到了弹性板的起点处。教练是好样的,队员也不逊色。

胡星刚就是这样一个人,只要他认准了的目标,就非达到不可。1973年,在南京中山东路体育馆表演,那时他还是个13岁的娃娃。那天他的动作是腱子小翻接团身空翻再接后手翻劈叉。按照要求,最后应该是双手触地,推手成劈叉。可是,由于年龄太小,又缺少经验,身体翻折,头撞在地上,吓得全场观众顷刻全部站了起来。他晕倒了,被教练抱起,送到了后场……人们猜测,胡星刚自此不会再练技巧了。谁知,这年10月在昆明举行的全国技巧锦标赛,他又出现在观众面前,而且咄咄逼人,一跃成为全国亚军。

过去是这样,现在年龄大了,对待事业的感情也更深了,当然就更要奋斗了。落选后这一年,开始他曾降下过难度,但这并不说明他胆怯,一时的降,正是为了现在的上呀!所以,一旦身体机能许可,他不是又在弹性板上翻腾了吗?

塞达拉皮兹的冲击波

1983年10月,美国中部小城塞达拉皮兹,凉风习习,一派秋天景色。但在这个市的体育馆里,参加第4届世界杯技巧比赛的各国选手,争夺得异常激烈。整个大厅里的气氛,紧张、炽热!

一个英俊标致的小伙子出场了。他往弹性板的起端一站，全场立刻安静下来。这个小伙子胸部肌肉隆起，神采飞扬。他那敏锐的目光，搜掠了一下笔直而高出地面的弹性板之后，蕴积胸中的力和热仿佛就要爆发了。这位小伙子不是别人，正是中国的胡星刚，他全神贯注，正准备在单套比赛第二套动作中，再显身手。

北京和塞达拉皮兹时差16个小时，8天前离开祖国在飞越浩渺太平洋的"空中客车"上。胡星刚便调节睡眠，使得自己一到目的地，就适应了当地的时差。单人跳跃比赛，选手们都爱靠前出场，轮到最后露面，那是最大的不幸。可是，国际技联抽签的结果，胡星刚的比赛顺序是第20位。这就是说，从做完赛前准备活动到上场比赛，这中间至少有半个小时的间隙，必然给体力和精神上带来极不利的影响。然而，这一点并未被疏忽和遗漏的，他们早在出国前就做针对性的模拟训练。所以，一踏上弹性板，胡星刚就觉得浑身轻松舒坦。全能比赛中，他的第1套向后屈体3周得分9.73，落后于美国的史蒂夫和保加利亚的帕莱门。但是，第2套和第3套，一套比一套好。就是在异国他乡的塞达拉皮兹，千千万万的观众也不能不为他热情叫好。胡星刚令人叫绝的精彩表演，使裁判员不能再吝啬分数了，他终于登上了全能冠军宝座。

全能成功了，单套第二套动作直体1080度旋能否在塞达拉皮兹掀起又一个冲击波？未待人们来得及多想，裁判员绿色小旗已经挥动。只见胡星刚深深吸了口气，提起脚来，一阵急骤的小跑，步伐有力，节奏明快。接着，一个快速敏捷的腱子小翻，噌地腾入空中，身体直着绕横轴翻腾，同时按纵轴旋转1周、2周、3周，未曾落地，接着又是1个直体空翻。落地了，稳稳的，站在弹性板的尽头，就像一座塑像。大厅沸腾了，掌声如暴风雨。胡星刚获得9.83分，以本届比赛的最高分，荣膺第2块金牌。

胡星刚，这个22岁的中国小伙子，终于战胜了上届世界冠军以及美国的史蒂夫和保加利亚的帕莱门，创造了我国技巧男子单人在世界大赛中荣获冠军的历史。

赞誉你，胡星刚——世界高峰的征服者！

（原载于《体育报》1983年12月26日）

姚洪昌,为了更多的孩子

假如一个人突然间失去了亲生儿子,那么这个时候,他还会有心思去关注别人的孩子吗？这里,就来讲一位摔跤老教练的故事。

一

今年的7月5日,安徽省著名摔跤教练姚洪昌被组织接到上海。到了那里,一个他绝对想不到的残酷现实,无情地摆在他的面前。

两天前,上海体院几位同学在学院不远处一家餐馆小聚,为一位即将毕业离校的同窗送行。因为店家宰得太狠,他们要求对方做出解释。可是,这几名学生却无端受到教训。更想不到的是一个歹徒居然手握两只啤酒瓶,用其砸碎了底部的锋利断面,突然袭击,扎进那位行将毕业离校的同学的脖子。这位同学因流血过多,在送往医院的途中死去。他名叫姚刚,正是姚洪昌教练的亲生骨肉。

就在这事发生的前两天,老姚曾接到儿子从上海打来的电话,告诉他毕业手续已经办妥,车票也已买好,只待行李打点托运后,便可回家了。儿子那熟悉的声音还在耳边回响,眼前却发生了这么大的意外。面对着突如其来的打击,老姚心如刀绞,老泪纵横。他撕心裂肺地说:"小刚,你还有几十年的大好前途,爸老了,难道我换你还不成吗？"

老姚有充分的理由留在上海等待儿子的事情妥善解决,同时他也可以提出些合情合理的要求,待有答复后再走。然而,他是一名教练,心被分成了两半,一半在儿子身上,一半则在他的20多名队员那里。他记挂着他的队员,他们有的即将奔赴亚特兰大奥运会,有的面临着下半年的比赛,有的正值打基础期。他这次被紧急接到上海,就是从位于砀山县农村的训练基地直接动身的。

为了队里的那拨队员,姚洪昌没有在上海过多停留。他说:"我人在不在上海都一样,凡事仰仗组织,一切由法律公断。"他就在殡仪馆同儿子见了最后一面。

二

姚洪昌已是50多岁的人了,原本就患有严重的糖尿病,失去儿子后,由于伤心过度,他夜不能眠,病情更加重了。他的老伴是一位善良的家庭妇女,苦累一生,身患肾炎等多种慢性病,常常晕倒,身体较老姚更差。儿子惨遭不幸后,这对老夫妻的状况可想而知。老姚自己且不用说,就是为了整天默默流泪、不思茶饭的老伴,他也不忍心就这样走了。省训练中心的领导、同事也都劝老姚在家多待些日子,一来陪陪老伴,二来治治病。可是,已经失去一个孩子的老姚,却怎么也不愿再因此而耽误更多的孩子。医院让他立刻住院,他却将住院条揣在自己口袋里,瞒过了领导,也瞒过了老伴。为了让老伴放心,他每天吃饭时硬是强挣着多吃几口,好让老伴觉得他身体还行。在家没待上几天,姚洪昌便替老伴抹去脸上的泪水,道一声"珍重",拖着疲惫的身体,挤上了北去的火车,奔向距合肥400公里以外的训练基地去了。

到砀山县训练基地时,已经是深夜12点多。当他第二天一早出现在训练场地上时,队员感动得热泪盈眶。见到队员,姚洪昌忍不住触景生情。为了不影响队员的情绪,他努力保持镇定,而且还反过来安慰队员:"我的儿子虽然没有了,可是你们不都是我的儿子吗?"

一个叫王道理的队员,因为年龄小,离家久了总想回家。在姚洪昌去上海前,他就曾以检查腰伤为由,几次提出回合肥休整的要求。现在,见到失去了儿子的教练依然关心着大家,他被深深地感动了。在后来的训练中,他不仅不再提回家的事,而且训练比以前更加刻苦。在短短的夏训中,他不仅学会了"抱起过桥"等高难度动作,而且还将"滚桥后抱"等绝招练了出来。在9月份的省八运会上,他一路过关斩将,夺得金牌。

三

老来丧子是人生之大悲,姚洪昌心中的痛苦难以言状。但他没有长久地沉湎于悲哀中,而是悲痛化为力量,把对儿子的无尽的爱转移到他的队员身上。在训练基地,姚洪昌每天起得最早,睡得最晚。在平时生活中,他就如一位慈爱的父亲,给予队员无微不至的关怀。心底的剧痛、长期的操劳,使姚洪昌面容憔悴,身心俱疲,但只要站在训练场上,他永远精神抖擞。

姚洪昌将大量的心血倾注在队员身上,队员们也以出色的成绩报答了这位可敬的教练。在奥运会上,他的得意高徒盛泽田为祖国夺得了一枚难得的摔跤铜牌;在10月于上海举行的全国比赛中,盛泽田、胡国宏、李大新等又夺得了57公斤、62公斤、90公斤级三个级别的冠军。队员们的表现让姚洪昌感到莫大的欣慰。

随着冬天的到来,摔跤队又开始了年复一年的冬训。姚洪昌再一次带领他的队员,奔赴安徽省的训练基地。

(原载于《中国体育报》1996年12月16日)

王笳,不寻常的摇篮

领几个陌生的孩子住进自己家,显然是麻烦事。可是,安徽省萧县乒乓球教练王笳,却执意收养了10名残疾儿童,并为他们办起了残儿乒乓球班。

"残儿乒乓摇篮"的诞生

四年前,王笳在从农村寻觅苗子的归途中,忽然听到身后一个小女孩在喊他。他回头一看,停在路边的一辆农用汽车上,探出一张俊俏稚嫩的小脸。王笳认出来了,她叫刘美丽,四岁的时候,因为一次车祸不幸失去了左腿。见王笳回头,这孩子羞涩却又很勇敢地说:"我特别想打乒乓球。"王笳听了,不觉一愣,这孩子虽聪明精灵,却是个残疾儿童,只不过七八岁,孩子那恳求的目光,使他的心灵受到了撞击。

他自己有两个孩子,爱人做着小生意,太阳升时走,落时归,很难顾家。可以想象,这样一个四口之家,哪能再增添分外的压力?"就算我们多生一个孩子,就算是我们的孩子遇上了那种不幸吧……"他终于说服了他的爱人——一个善良的农村妇女。

刘美丽被接来了。紧跟着,本县张庄寨民政干部又给他领来了一心想打球的任桂香。任桂香比刘美丽大两岁,是得了小儿麻痹症而致残的。就这样,王笳在他爱人的理解与支持下,先后共收养了10名残疾儿童。于是,一块"残儿乒乓摇篮"的横匾,在1994年的儿童节前,挂在了他家的大门上。

就在家里吃、住、练

王笳夫妇用600元买来一张球台。一张球台不够孩子们练,他又从别处借来了一张旧台子。为不影响业余体校乒乓球正常训练,残疾儿童的吃、住、练全在只有两间房子的他的家里。球拍人手一只,连同球在内,又花去了 1000 多元。这些残疾儿童全来自农村,家境都贫寒,除个别孩子的家长偶尔背点山芋类的粗粮来之外,这 10 张嘴几乎都吃在他家的一口大锅里。他同爱人和孩子吃什么,残疾儿童也吃什么。他没有算过这笔开支,但他知道,他爱人辛辛苦苦挣来的血汗钱,差不多都搭进去了。

刘美丽左腿截肢,离不开拐杖。为使这孩子在乒乓球台前潇洒起来,王箊专程去了一趟北京,当面向曾多次在残奥会上打破世界纪录的孙长亭请教。在决定给刘美丽安装假肢之后,他又先后三次到合肥,在省残联的帮助下,只用 900 元(不及正常价格的六分之一),便给这个不幸的小女孩装上了一条称心如意的左腿。

另一个残疾儿童李娟,家住郊区,是 10 个孩子中住得最远的。可是,小姑娘家里无人随行照顾,接送也就只有王箊了。体委那一边的业余训练,是王箊工作的主体,雷打不动,不能有丝毫分心。所以,残疾儿童的生活管理和乒乓球训练,只好挤在业余训练以外。他自己孩子的学习要抓,他爱人的小生意也要照顾,公的、私的,都集中在他一个人身上。今年春节后的一个晚上,王箊同往日一样,骑自行车送李娟回家。为躲一辆汽车,他一头栽在路边的雪窝里。李娟平安无事,他却好一会儿才醒过来。

不是妈妈,胜似妈妈

在王箊看来,所有付出都算不了什么,最让他头疼的是孩子们的入学问题。为了让刘美丽几个孩子进县实验中学,他是从校长、班主任直到任课老师一家家地去跑,一个个去做工作。当这几个残疾儿童头一次走进教室的时候,班上同学居然全体起立,以热烈的掌声欢迎。班主任还代表学校宣布,免除这几位新同学的全部学费。

王箊的爱人袁桂英,在这一群残疾儿童身上也倾注了不寻常的爱心。孩子们夜间上厕所,她特地给他们买来了痰盂和塑料桶。第二天一早,当孩子们尚在熟睡中,又是她悄悄地将痰盂(桶)端走,冲洗得干干净净。白天的生意忙完了,回到家来,她又赶紧为大家做饭,为孩子们烧洗澡水。像刘美丽那样生活难以自理的,她还得将他们抱上抱下,帮他们洗澡。乡邻们深为感动,说袁桂英"不是妈妈,胜似妈妈"。

现在,生活在这个大家庭里的孩子们,不仅都学会了骑自行车,而且球也打得很有长进。在今年 4 月在合肥举行的省残疾人乒乓球比赛中,他们共夺得三个冠军和两个亚军。即将在上海举行的全国残疾人乒乓球比赛,安徽参赛的五名队员中就有他们中的三个。

王笳说,他办的残儿乒乓球班只是一种助残行为,目的是使这些不幸的孩子快活起来,增强他们的生活信心与能力。他期望有一天,这些娃娃当中也有人能登上残奥会的赛场。

(原载于《中国体育报》1995年6月10日)

马凤阁,在体育科研的征途上
——记安徽医学院副教授马凤阁

安徽省政协委员、安徽医学院副教授、体育教研室负责人马凤阁,是位有四十年体育实践的老教育工作者。粉碎"四人帮"后,砸烂了精神枷锁,解放了思想,他怀着"党把笔又交给了我"的激情,大搞体育研究并著书立说。出版了《八段锦锻炼要领》《五禽戏》。除此之外,马凤阁同志还为体育科研搜集、整理、校核了一些译述。3月初,他还出席了安徽省科学大会。最近,我走访了他,他热情洋溢地讲述了自己近年的工作。

在教研组,马教授有许多行政业务工作要做,自己还得和其他教师一样备课、讲课,哪来时间和精力搞科研和著述?

谜底是马凤阁同志的小孙女解开的。那天,她当我的面向爷爷提意见:"爷爷,你半夜还念什么'捣杵舂粮'啦,'开弓射雕'呀,闹得我和奶奶都睡不好觉。"马教授就是这样向漫漫的黑夜要时间,加早班从事科研和写作的。为了方便,无形中把卧室变成了书房。他每天凌晨3点多钟起床,尽管轻手轻脚,但总免不了会影响老伴和小孙女的睡眠。可他老伴儿却担心了:天长地久,老头子的身体顶得住吗?为这事,老两口坐到一起谈起心来了。马教授感慨地说:"耽误一点自己的休息,换来的是许许多多人的健康呀!"老伴儿被他感动了,赶快地和孙女搬出卧房,让他放开手脚地去做自己的事情。

除了加早班,无论寒暑假或其他节假日,甚至茶前饭后,马教授都抓紧时间工作。据推算,他每天平均要增加四个多小时的工作量,相当于两天干三天的事情。到目前,他用不到一年半的时间,多干了二百多个工作日了。

科研工作是来不得半点马虎、轻率的,马教授从事科研的严肃认真态度,受到了大家的赞扬。《易筋经》的整理和论著就是一例。

《易筋经》，"易"是改变的意思，"筋"是筋骨，"经"是方法，整个意思就是把虚弱筋骨改变成壮实筋骨的一种健身方法。《易筋经》具有悠久的历史，一直流传在民间，是我国宝贵的文化遗产之一。可《易筋经》据说出自公元5世纪河南少林的一个和尚的遗物中。为了查清这个问题，马教授不仅查阅了安徽医学院图书馆几乎全部有关的古书，而且到省图书馆查阅古籍，从中获得了极其宝贵的资料。他又到上海和北京进行多方调查研究。

为了整理这一文化遗产，马教授对流传下来的《易筋经》的全套动作，一个一个解剖，细心加以研究，然后融会贯通，从艰难烦琐的实践中逐步意识到，《易筋经》原是劳动人民仿效舂米、载运、进仓等各种农活体态融化而成的一套象形的锻炼动作，能起灵活四肢关节、畅通全身血脉、增强肌肉力量的作用。于是，他遵照毛主席"清理古代文化的发展过程，剔除其封建性的糟粕，吸收其民主性的精华"和"古为今用"的教导，根据自己的切身体会，整理出《第二套易筋经》。虽然这一著作出版时仅有两千字，但为了对人民负责，他再一次易稿，用去的稿纸甚至多达定稿时的二十倍！

马凤阁教授将继续跋涉、攀登着。为了使古代医疗体操能为今天的大众健康服务，他正刻苦细致地从事发掘整理工作。

（原载于《体育报》1978年4月3日）

关咏梅，落英缤纷的路

两年多前，张嘉民教练应召到广东石龙为亚运会"磨刀"，家中二十多名女力士，就交给了当时尚未满20岁的关咏梅了。就这样，她成了我国第一个女性举重教练员。

关咏梅出身于一个高级知识分子家庭，而且本人是沈阳市有名的重点中学三十一中德、智、体全面发展的优秀生。就在她全力以赴准备迎接高考的时候，正在为沈阳市体育场女子举重队"搭台唱戏"的张嘉民教练选中了她。张教练认定，关咏梅是举重的一块好料，稍微训练一下，便可以打破辽宁省纪录。事实上，进队后不久，她便在省运会上一连刷新了三项省纪录。

在世人眼里，上大学与练举重，尤其女孩，这天平该落哪一头？这是毋须置疑的。

教语文的班主任这样评价关咏梅："她作文写得很好，很内秀，就该到高校去深造。"

体育老师也说："我希望她进举重队，但我更希望她上大学。"

然而，最不理解她的，也是给她阻力最大的，还是最疼她、最爱她的妈妈。

她的妈妈，真是太苦了。那时日，由于说不清楚的原因，关咏梅的爸爸和妈妈山南海北天各一方。爸爸被调到贵州山区工作，妈妈拖着关咏梅的哥哥留在沈阳。关咏梅是在北京出生的，落地才一百天，她妈妈便将她抛下，留给了她的舅妈，匆匆忙忙地赶回沈阳上班了。就这样，母女俩一别，就是整整十年。

重逢之际，妈妈不认识她，她就更不认识妈妈了。可是母女连心啊，妈妈一把将她搂在怀里，泪像断了线的珠子，直往下掉。

从此，关咏梅得到了双倍的母爱。她妈妈想，无论如何也要培养她上大学。

现在，重点名牌大学的门已经向她招手了，她妈妈能放她去练举重，进一个无学籍、无"饭票"，对今后出路毫无把握，又是在破破烂烂旧看台里办的业余体校吗？再说，女儿又长得挺拔、标致，做母亲的，就舍得让她被那钢铁墩儿压？

可是，关咏梅却认准了。她决心到这陌生的世界里，去夺取金灿灿的奖牌！

当教练，这是差不多每一个运动员都奢望的最好的归宿。可是，关咏梅到举重队来，为的是要实现她夺冠军的绚丽的梦。然而，从此后她只能和张教练一样，用自己默默无闻而且又是保姆式的劳动，去扶持别人走上世界冠军的路。

正是因为这个，引起了关咏梅和家人之间一场更大的误会。

事情是这样的：当队员时，有的节假日她还回家看看，有时是索要伙食费，有时则回家吃顿好的……可是，自她当了教练起，就连星期天也极少回家了。她妈妈以为，母女分离十年，最终还是生分了。想到这，泪水就暗暗地往肚里流；爸爸也想，女儿越是长大，为什么越是不通情理？常气得闷闷不乐。全家人都觉得，她同家拉开了距离。

可是，家人又哪里知道，那二十几个倔强、淘气、有的甚至像刺枣一般扎手的黄毛丫头，却占满了她的天地。她的家离体校并不是很远，家中又有她单独的一间卧房，尤其是家里充满着妈妈和爸爸的慈爱，令她幸福无比。可是，她宁愿和一帮姑娘汗一把、泪一把地整天厮守在一起。在体校，她和从前当运动员时一样，九个人挤在举重房更衣室的一张通铺上。这屋子钻风漏雨，冬天没有暖气，屋里比屋外还冷，冰结得老厚。夏季则又闷又热又潮，屋里永远湿漉漉的。

那个被人说成是"林妹妹"的刑丽威，吃不了控制体重的苦，关咏梅就顶着烈日，挥汗陪着这"林妹妹"越野跑上一个多小时。刑丽威体质较差，她一连跑三个药铺，给买来了鹿茸精。马娜脚摔伤了，住院治疗。关咏梅汗水淋漓地背着体重同她差不多的这个"铁秤砣"，从门诊部到病房，再从病房到门诊部，一天两个来回，不知爬了多少个五楼。为了照顾马娜，她心爱的自行车不翼而飞也毫无怨言。再说那个淘气的夏艳，平时精力特别旺盛，可一到了举重房，不是说腿酸就是叫腰疼，总是完不成训练任务。关咏梅同夏艳谈心，到夏艳家家访，终于感动了上帝。那次冲击挺举，夏艳不仅超越一百大关，而且举105公斤竟一次完成。1990年底在铜陵举行的全国锦标赛，这个曾被人说成是患了"心不思练"顽症的"野妹子"，抓挺举分别提高到102.5和127.5公斤，进入总排名前七名。关咏梅同这帮小姐妹都是同一批运动员，眼下她也不过22岁，所以大家都同她沟通，把她当作知心朋友，当然也像尊重教练那样听她的。

1988年，关咏梅第一次单独带兵，出征有二十多个队参加角逐的"辽轮杯"全国女子举重比赛，一举夺得了团体冠军。当小姑娘李萍在获得56公斤级金牌，从而闯过决定团体名次最难一关之后走下举重台时，师生俩情不自禁地紧紧抱在一起，全队也为之哭成一团。

此事传到了沈阳，传进关咏梅的家，她妈妈和爸爸对她的误会便烟消云散了，他们为有这样一个女儿而由衷地欣慰。哥哥和弟弟高兴地跑到举重队，为她送去了苹果和香蕉。这年春节，张教练是在石龙过的，留在沈阳的一大群姑娘，就随关咏梅一道回家去团聚。别看关咏梅的老爸是高级电子工程师，为了姑娘们的到来，他穿上围裙，卷起袖子，亲自掌勺，整整忙了一天。姑娘们吃呀、喝呀、唱呀，放爆竹和烟花，一直乐到了半夜。关咏梅的爸爸和妈妈看女儿和姑娘们那般兴高采烈，也无比欣喜。

由张嘉民教练领导、关咏梅为助手的这支女子举重队，如今已先后在世界、亚洲和全国比赛中获得了60块金牌。1990年亚运会，中国队囊括女子举重全部9块金牌，其中沈阳市体育场业余体校队就有两块，占将近四分之一。1998年，这个队还被国家体委授予体育系统思想政治工作先进集体称号。虽然关咏梅没有拿到世界冠军那熠熠生辉的金牌，但是与她共呼吸的姐妹们中，却升起了一颗又一颗举坛新星，她们筑起的正是一条落英缤纷的路。

（原载于《中国体育报》1991年8月15日）

王义夫、张秋萍，鸳鸯戏枪

讲起年轻男女的情爱，人们总喜欢使用"鸳鸯戏水"这样一个很美的词汇。可是，若问王义夫和张秋萍这对伉俪的爱情生活，那么人们便会说，他们是"鸳鸯戏枪"。枪与水只是一字之别，可它却包含了这对选手对于事业追求的更深邃的内涵。

王义夫和张秋萍，一个是东北大汉，爽直开朗，爱耍好动，连打枪都是快节奏的；另一个沉默寡言，文静内向，是典型的南方姑娘。这对年轻人性格特征反差之大，使许多人都觉得这是个谜。其实，这也没什么秘密，一切都只因为那把枪——在长期以枪为伴的岁月里，他们彼此间建立了最大的信任，并进而升华为纯真的爱情。有情人终成眷属，这大概就是他们的秘密所在了。

结婚，这是爱情发展的必然结果。可是，却也有人把结婚比作是运动生涯的结束。不是吗？出大力流大汗的日子过去了，世界上有魅力的地方也领略过了，今后就该是编织温暖甜蜜的小家庭了。可是，王义夫和张秋萍却不这么看，他们认为自己都很年轻，都应该在事业上有更多的追求。所以，婚后不久，他们便又开始了和婚前一样的半军事化生活。虽然他们俩同在国家队，住在同一座选手楼里，可是却各住各的集体宿舍。每天他们数次见面，可却很少有时间卿卿我我，他们的时间几乎都是在硝烟弥漫的靶场上度过的。十一届亚运会召开前的一天，记者碰巧同张秋萍在运动员餐厅同桌吃饭。一会儿，王义夫端着饭菜过来了，同张秋萍挨肩坐下。平时很少有时间，利用吃饭时间叙叙，也是交流感情、互致问候的一种方式。可是，他们俩也不过是悄悄地说上一两句话，张秋萍吃完了饭，瞧了瞧他，也就起身走了。为了创造好成绩，连吃饭这会工夫，她也不去同他好好地聚上一会儿。

张秋萍的妈妈曾经透露这样一件事，说她女儿和女婿有默契，待二十四届奥运会后，再考虑生个娃娃。可是，奥运会过去快两年了，他们仍然未能如愿。是因为他们年轻，怕有了小宝贝拖累自己吗？看来不是。据熟悉王义夫的人说，王的父亲已是上了年纪的人，一心就想抱孙子，并且一再带着不满的情绪对儿子说："你什么也不用给我，我只要你们给我抱个孙子回来！"可是，他们俩却是一推再推，如今王义夫已是 30 岁的人了，张秋萍也已 26 岁，他们能够奉献给长辈的，却只能是一枚枚金光灿灿的金牌。结婚当年的秋天，他们俩在第六届亚洲锦标赛上，破一项世界纪录，获 7 块金牌（中国队共获 24 块金牌）。1989 年，张秋萍又破一项世界纪录。

在最近结束的亚运会上,他们俩又为祖国赢得了好几块金牌。也许不会很久,老人家便可以尽情享受到祖孙三代的天伦之乐了。到时,他准会开心地笑着说:"孙子和金牌,我统统要!"

(原载于《北京法制报》1990年11月10日)

黎少文和胡富芬的故事

谁都知道,体育项目很多是靠默契的配合,若配合不好,就休想获得成功。配合不好,免不了使彼此间发生误会、埋怨,甚至闹意见、搞摩擦。世界冠军、广东技巧男子双人黎少文和胡富芬,就曾有过这么一段经历。

那是1982年全国比赛前的事了。黎少文和胡富芬这天在场上一上一下练倒立,两人汗都出了不少,可不知为什么,上下就是配合不好。上面的黎少文怨下面的胡富芬不体谅他,而胡富芬则怪黎少文偷懒不愿出力气。锤头来,棒子去,几句话不对味,胡富芬便气得咬牙切齿,啪地一巴掌打在黎少文的脸上。这一年,胡富芬24岁,黎少文20岁,两人都不是小孩子了,看来裂痕将越来越大,无法弥补了。

一巴掌甩出去了,这是收不回来的,胡富芬何曾想到后果!当他将手缩回来的时候,后悔已经迟了,他从激动中逐渐冷静下来,带着一种无法表述的羞愧心情,走向自己的住处。

胡富芬和黎少文,一个生在海南岛,一个长在广州,虽然两人的家并不住在一起,但技巧把他们的心早就系在一起了。两人搭档配合七八年,同呼吸、共命运,一起从布满荆棘的路上走过来。一年前,为了迎接一次重要的国际比赛,黎少文的脚不慎骨折,只有13天就要比赛了。这种精神、这种意志,在胡富芬的眼里,是多么顽强啊!正是因为黎少文的奋发和配合,才使得他们俩的双人项目,在全国比赛中6次卫冕。可是,一时的冲动,竟做出了对不起黎少文的事,在叶汉中教练面前,胡富芬沉痛地承担了责任,而且诚恳表示,一定当面向黎少文道歉,接受这位小弟弟的批评。

两人坐到一起了,这是胡富芬找黎少文的。可是,胡富芬一句接一句地检讨,黎少文仍不吭上一声,脸拉得老长。就这样,两个人默默地坐着,一直坐到深夜。胡富芬的诚挚检讨,就真的一点也不叫黎少文动情吗?不,他们在汗水中凝聚起来的友情重得很!

1981年9月,第3届世界杯技巧比赛,要在花园之国——瑞士的阿尔卑斯山山麓小镇维德诺举行,这是技巧健儿报效祖国的一次难得机会。可是,就在比赛前10天,胡富芬的右胸部位突然起了一个肿瘤,来势很猛,一两天就红肿到肩部,大若碗口。到了瑞士,肿瘤还未成熟,医生决然不敢开刀。胡富芬眼看影响比赛,咬一咬牙,竟亲自执起刀来。幸好被医生发现,这才免了一场更大的祸患。后来,请来了侨居瑞士的老中医,施行不麻醉的引流术。疼,还用说吗?豆大的汗珠从胡富芬的额上直往下掉。医师手软了,实在不忍心将手术再做下去。可胡富芬却让医师继续挤压。就这样,脓血挤了满满一大碗,人却昏迷了。也怪,就这么样将脓血挤尽,醒过来的胡富芬也就顿觉舒服了。这天晚上他睡了个好觉,第二天正赶上比赛。上场了,胡富芬将包扎在伤口上的纱布一扯,同黎少文一前一后地走上了地毯。可是,胡富芬究竟没有痊愈,经不起动作的冲击。所以,比赛一完,差点摔倒在垫子上。这次比赛,他们俩赢得了银牌,可胡富芬的体重,较手术前却下降了整整8斤。

想到这里,黎少文还能说什么,对于胡富芬的一时冲动还有什么理由不予谅解,何况在训练中自己确有不到之处!第二天,这一对已经配合了七八年的朋友,又言归于好,一起走进了体操房。

去年,在美国塞达拉皮兹举行的第四届世界杯赛中,黎少文和胡富芬,以动人心魄的精彩表演,技惊四座,为祖国赢得了灿烂夺目的金牌。

(原载于《体育报》1984年8月27日)

老外学技巧

在单跳板的起点处,克雷格·劳瑟尔双手搓了搓镁粉,又深深地吸了口气后,便冲了出去,像是一团耀眼的火,在单跳板上变幻着奇妙的图形。在单跳板的一侧,另一个穿着裤衩和背心的叫马休斯·伊尔的,端着小型录像机,在机器运转的细咝咝声中,录下了克雷格成功的表演动作。这一幕,发生在今年5月全国技巧锦标赛上。这两位年轻的英国人,是不远千山万水,自费来合肥求师的。

技巧,在英国具有悠久历史,英国曾一度称强于世界技坛。可是,他们为什么要到中国来,而且非得要拜安徽单跳教练武念义为师呢?这话就得从去年12月在比利时安特卫普举行的第8届世界技巧锦标赛说起。

那次大赛,中国队单跳运动员冯涛,可以说是做了一次令人意想不到的精彩表演。他第三套动作做了前空翻屈体两周接小翻360度直体旋,赢得4个10分,3个9.9分,最后得分9.96分。冯涛在这次比赛中,一举夺得3块金牌,这是世界技巧比赛中少见的。

21岁的克雷格,就在那次比赛中结识了中国的冯涛。他说,他最为敬慕和佩服的人是冯涛,他最为激动的时刻,是冯涛那成串的令人目不暇接的跟头出现在他眼前的瞬间。他说,当时他和爸爸、妈妈,都异口同声地为冯涛的跟头惊呼:"冯,了不起!"就是因为这个缘故,他滋生了到中国去,拜冯涛的教练为师的念头。他的爸爸妈妈说:"你想的,就去做吧!"

再说马休斯·伊尔,25岁的一个出租店的经理,练技巧已经8年了。1986年在巴黎举行的第七届世界锦标赛上,他以漂亮的转体和空翻动作,拿下了第一、二套动作的第二、三名。成绩不错,但是他并不满意,他总想有朝一日,也能像中国和苏联运动员一样,痛痛快快地登上冠军宝座。

马休斯同克雷格,一个家住英国南部伦敦,一个家住英国北方朴次茅斯,正是技巧使得这两个素不相识的年轻人成了好朋友。克雷格打算到中国来的想法,当然不会瞒过马休斯的,他认为他俩同行相伴是必不可少的。但是,他又担心,马休斯经营一个商店,若是离开得太久了,会不会在经济上造成太大的损失?可是,克雷格哪里晓得,早在1985年的世界杯赛上,马休斯就已经被冯涛的跟头征服了,只愁没有去中国的机会。他俩大着胆子找到了中国技巧队,并同冯涛的教练武念义见了面。武教练慷慨表示:"非常欢迎!"

为了来中国训练,马休斯将自己的商店委托给了别人。克雷格还把自己漂亮的小汽车卖了凑旅费。他们4月21日到达北京,立即转机飞赴合肥,一天未歇,便钻进技巧房里,同安徽技巧队的队员们一起,投入了紧张的训练。他们还同冯涛等一起,到琅琊山下的滁县技巧训练基地,参加了全国单跳集训。接着,又参加了全国技巧锦标赛。最近在安徽技巧房里,他俩汗水漉漉地争着向记者介绍说,这里的训练条件和设施远比英国的好,训练强度大,练的动作中有好多是他们未曾见过的。克雷格说:"教练非常好,他家的烤(烧)鸡特别好吃。"马休斯说:"两个月训练,我们取得了前所未有的进步。"他们将于近日飞赴保加利亚参加国际比赛。马休斯和克雷格在与记者临别时高兴地说:"为了在世界比赛中夺得好成绩,我们明年一定再来!"

(原载于《中国体育报》1989年6月30日)

访安徽省武术队

第四届全国运动会前夕，我们访问了安徽省武术队。

安徽省武术队成立于 1958 年，在历次全国运动会上，曾夺得团体总分第一名和第二名。有五十多人次到二十多个国家和地区做过访问表演。1978 年，他们以中国武术团的名义出国访问。他们的精湛表演，受到国外的高度评价。有人说，他们的武术是一种舞蹈、一种艺术，美妙极了。

在武术队训练房的红色地毯上，一个身材健美、眉目清秀的武术队员在练功，只见他腾空跳起，掌击双脚，发出噼啪两声，在五尺多高的空中，急转身，平爬铺地，形成飞越墙垣的造型。他动作舒展大方，轻灵利索，大有古典小说中飞檐走壁的姿态。

这个武术队员名叫沙孝奎，他在做的是长拳中的腾空连环飞脚，这是个难度较大的动作。原来的腾空道环飞脚，人腾空后，只是直接落地。

沙孝奎是 1971 年选进省武术队的，他以弹跳力强而受人赞叹，他曾到过不少国家做武术表训。他的枪术、拳术、刀术、九节鞭等都给国内外观众留下深刻印象，尤以枪术、拳术出众。他的枪术还曾在 1974 年全国比赛中夺得第一名哩！

训练房地的另一角，一个俊俏的女孩，手持根长棍，像风一样在空中舞动。

她叫朱多娟，是安徽武术队的后起之秀。她现在练的棍术，是即将参加第四届全运会的比赛项目之一，也是第三届全运会上荣获全国第六名的项目。

朱多娟娇小纤瘦，但动作快速勇猛。她的刀术、棍术、双九节鞭等在国外表演时深得好评。现在练的棍术又有新发展，套路中增加了难度大的动作，即在空中一刹那间做完各种复杂动作后，忽地摔下，体呈侧卧式摔棍。她做得干净利索，快如闪电，势如排山倒海。

在室外绿树掩映的草地上，也有人在训练。只见几个年轻的武术运动员，正目光炯炯，仔细听着陈道云讲手、眼、身、法、步和精、气、神。

30 岁的陈道云是这里的教练员，也是建队时的第一批老队员。她自幼跟父亲习武，武术一专多能。在 1964 年的第二次全运会上，15 岁的陈道云夺得了女子组全能冠军。第三届全运会上，她又以优异成绩蝉联冠军。她以"小花攀"为主的拳术，打起来如深云行空，柔韧悠长，轻灵沉稳，手、眼、身、法、步紧密配合。她在八仙剑基础上发展的飞虹剑,其熟练的动作,加上她那柔美的身段,英武潇洒的气概,受到国内外观众高度评价。1974年访美归国经香港,在一次酒会上,香港电影演员石慧、傅奇还和她谈到飞虹剑。现在,陈道云又进一步从事武术理论的学习研究。

安徽省武术队对全省武术运动的开展起到了很大推动作用。这个队曾为群众表演四百五十多场,观众达一百三十万人,并对民间武术活动进行了大量指导。目前,安徽省各地、市以及一些县建立了业余武术体校,许多工厂、农村、机关、学校成立了业余武术队和武术辅导站,安徽省武术队青少年队员,有近一半是从中选拔上来的,朱多娟就是其中的一个。

(原载于《中国新闻》1979年9月6日)

吴铭,再勇敢些!

去年10月27日,新华社引自塔斯社的一条电讯中说,在苏联里加举行的第7届世界杯技巧比赛中,中国男子单跳运动员吴铭,第一、二套动作累积19.66分,居所有参赛队员之首。看了这条电讯,大家就像吃了定心丸似的,在冯涛因伤未能参加的情况下,由吴铭来拿这块金牌看来是没什么大问题了。可是,事过3天,当大家都翘首以待的时候,新华社从莫斯科发回的比赛结束消息说,中国队获得的7块金牌中并无吴铭的。到手的金牌丢了,大家无不惋惜。

吴铭是作为中国单跳的一张王牌参加世界比赛的,可他在安徽单跳选手中却只能算个老二。去年春天在合肥举行的全国技巧比赛,是因为"跟头王"冯涛临阵前在做3周旋时不慎跟腱断裂而退出,吴铭才有机会成为一号种子的。

在里加举行的世界杯比赛中,吴铭第1套动作做的是快速后空翻接团身后空翻3周,得分9.9分,暂列第一;第2套动作做的是,快速小翻1080度旋,得分9.76分。两套动作的积分,较在他之后最好的成绩还多0.24分,占有的优势是很明显的。

去年在合肥举行的全国比赛,前两套动作角逐下来,吴铭的处境却和里加的世界比赛很不一样,形势艰难得很。那时,江西新秀彭继斌以屈体3周和1080度旋积19.39分、浙江老将邵春华的战绩是19.30分,而吴铭则只获得19.23分。另外,云南的孙晖、浙江的陈波和江苏的洪伟等,也都咄咄逼人,吴铭要有所突破,很不容易。第三套动作比赛开始后，彭继斌的挺 2 周转体 180 度和 360 度旋有点失误，只获 9.46 分，邵春华也不尽如人意，而吴铭则敢于去力争，以漂亮的团身旋获得了 9.8 分的高分。结果，吴铭以 29.03 分超彭继斌 0.18 分而第一次夺得了全能冠军。很显然，吴铭的成功，关键是第三套动作。

恰恰相反，在里加的世界杯比赛上，吴铭反胜为败的问题就出在第三套动作上，这是连当时在场的中国教练员怎么也没想到的。论技术，他的 3 周旋在练习中亮相引起了轰动。论状态与精神，他的第一、二套比赛称心如意。应该说，从技术到精神，其状态都是极佳的。可是，结果却令人失望，他非但没有在比赛中使技术得到很好的发挥，而且失常到不能自如地控制自己，终因放腿过迟而在落地时滚出了线外，仅此一点就扣除了他 0.5 分。应该指出的是，他为了争取以稳取胜，袭用了他在合肥比赛中的那套动作，即小翻屈体前空翻 2 周接腱子小翻快速团身 360 度旋，应该说保险系数是很大的。可是，比赛结果却只得 9.36 分，不仅失去了冠军，甚至连亚军也未得到。

两次比赛中，做的是同一个动作，为什么结果却截然不同呢？有的说吴铭生来比赛就好紧张，没有拿世界冠军的命。可是，仔细地思忖一番，又该怎样去解释他在全国比赛中的成功和里加世界杯比赛第一、二套动作角逐中的超水平发挥呢？难道他就不紧张？所以，仅凭心理素质、精神作用不可以给一个运动员简单地定性，要作具体分析，否则容易使人丧失信心。前一次比赛，吴铭是在劣势下，在逆境中进行第三套动作比赛的。而后一次比赛，吴铭则是在眼看冠军就要到手的处于优势的情形下上场。虽然比赛的内容和竞争的形式是相同的，但处境的优劣在他思想上引起的反应却是不同的。从表面现象上看，他的技术和精神状态都不同，可是其内心活动却是看不见的。精力分散了，思想不是很专一，甚至连运动员自己都无所察觉。常听一些队员讲，他一点儿也不紧张，但细心的旁观者却发现，其实他紧张得很。"逆风球好打，顺风球难对付"。因此这就提出了一个问题，既要经得起失败的考验，又要经得起成功的考验，越是在优越的情形下越是要看到自己的不足，越是要兢兢业业。如果吴铭在领先的境遇下，也能像在逆境中那样，将心和技术紧紧地胶在一起，一拼到底，那么他的第三套动作是能够创造出 9.8 或者 9.9 这样的高分的。

所以，吴铭未能如愿以偿，这只是前进路上的一个小小挫折，绝非命中所定。为争取未来，吴铭，再勇敢些吧！

（原载于《中国体育报》1990 年 3 月 6 日）

街头寻觅大力士

在举坛原本无名的刘卫国,1992年12月一跃成为世界杯总决赛冠军。那么,这匹举坛黑马,是被谁牵进这个大力士的王国里来的呢?

提起这事,就要说说安徽省马鞍山市举重教练杨本富。此人其貌不扬,可是,作为一名基层教练员,他倒颇有一番见地:就业余体校这一级来说,"选材甚至比训练更重要"。现在的安徽省举重队主教练吴怀炳,是他当年从业余体校田径队要到手的。经过自上而下几次"接力",这位牛高马大的壮小伙子,不仅多次夺得全国冠军,而且还一次又一次刷新了全国纪录。再说姜银刚,是杨本富先在街头盯上了身高仅1米55的姜父,然后跟踪追击,顺藤摸瓜,才将姜银刚弄到举重队来的。功夫也没白花,训练两年多,这孩子便也成了运动健将。

当然,事情并非都是那么称心如意。有一次,他在街上看到有一位身为父辈的人,肩宽胸厚,好身材。可是,追到他家,他的儿子却是一根"豆芽菜"。孩子的发育有先天的因素,也有后天的因素,看走眼也是常有的事情。

天下哪有百分之百的成功呢!有时在大庭广众之下碰个"钉子",弄得不尴不尬。就说那一次吧,他领一名学生在街上侦察,眼见一位30多岁的"大块头"走来。半天遇上这么一个"好爸爸",心里一阵欢喜!他心想,这把年纪的人,说不定家里就有一个适合练举重的宝贝疙瘩。想着想着,他满面笑容地凑了上去。对方听明白了他的来意,瞪大了眼睛嚷了起来:"让我儿子练举重,我疯啦!"说罢连头也不回,气哼哼而去。

体校公开招生,是通常的招生办法。但是,由于人们对从事竞技体育的看法不同以及别的什么原因,真正好的人才不一定都主动上门。所以,碰着不愉快的事,杨教练尽管一时心里疙疙瘩瘩的,但每每又总是很快将它们忘在脑后。因此,训练课后的闲暇时间,他又照样到街头巷尾去侦察。

这一天早操后,他来到农贸市场买菜,正好和一个卖完了菜往回走的农村青年碰了个对面。此人个子不高,虎背熊腰的,颇有点大力士的模样。好人才,他又顿生兴趣。于是,杨本富停下了脚步,找个话题,主动与对方答话。他说:"你这个小伙子,体型很不错,看来也有力气,是个好人才啊!"此话不说还好,一说出去,对方便发牢骚了:"什么人才,你看我还不是挑着副菜筐子!"这青年虽然有些情绪,但杨教练觉得还可深谈,此时买不买菜倒也不重要了,于是掉转头来,与其肩挨着肩地走出菜场。杨教练说:"只可惜你年龄大了点,不然跟我练举重准行。"听了这话,这青年乐了,说道:"我有个13岁的弟弟,同我长得差不多,你收不收?"乃兄乃弟,一母同胞,想必也差不了。杨教练说:"那好,你带他来让我看看再说。"

这个13岁的孩子不是别人,正是文前所说的刘卫国。

刘卫国家住和县城南乡南滩村,同马鞍山市隔着长江,归巢湖地区管辖,而巢湖地区的业余体校又未设举重项目。为了不使人才被埋没,并及时予以培养,杨教练先后几次过江,为刘卫国办理户口转移手续。刘的户口因为政策问题在马鞍山市一时无法落户(因为是农村户口),杨本富又几次奔波,使刘在杨的原籍马鞍山市当涂县护河乡定居。这来来去去,少不了人情来往,什么糖果呀、香烟呀、请喝酒呀,财务上不能报销的,也就只有杨教练自己掏了。所幸从体委主任到市长,都十分爱惜人才,不久,刘卫国也就实现了农转非。

刘卫国进业余体校当年,便在全国少年比赛中,获总成绩第3名。两年后即1988年6月,他进入省队,不久便连破抓、挺、总3项省纪录。1992年9月的安徽省七运会,他又以121公斤的成绩,力超120.5公斤52公斤级抓举世界纪录。刘卫国进入业余体校后,他的姐姐刘晓霞又被杨教练相中,现在,刘晓霞是湖北队队员,成绩居全国前3名。在杨教练这几年输送的队员中,还有另外几名健将,其中有的已进入全国前6名。

(原载于《中国体育报》1992年1月27日)

亲情依依,马娜和她的家人

马娜从亚运会举重台上走下来,两眼噙满了泪花。在那激动人心的掌声中,她抑制不住自己感情的潮水:"爹,妈,姐,我没有辜负你们啊!"

三四年前的一个初冬,马娜爹接到来自沈阳市的一份通知,说他13岁的女儿马娜被市体育场业余体校女子举重队录取,每月交伙食费30元。虽然这事让全家人无比欢喜,可这笔费用却又叫爹妈犯愁。你想,一家六口,除了她爹每月挣七八十元工资外,就靠她妈一个人种地了,更何况她爹还是个老病号呢!不过,她爹是个文化人,看得开。他说:"一是国家需要,二是为孩子前途,只要人家看中,怎么也得让她去。"

马娜就要走了,她妈特地为她赶做了一双崭新的"千层底"大布鞋,又将她姐身上的"蓝棉猴"脱下来让她穿上。家里最好的一床棉被,也从她爹的床上换下来,让她带走。马娜姐妹四人,都是吃红高粱长大的。这回孩子要出远门了,怎么能亏待她呢?她妈悄悄地背了一袋玉米去卖了钱,从农贸市场买回一小兜高价大米,煮一顿白米饭,就算全家人为马娜送行了。临走时,她爹一再叮咛说:"一定要听老师的话,好好练,练出好成绩来。"她妈和姐又一路送她,一直送到了车站。火车快开了,她妈没有流泪,只是不转眼珠地看着女儿,马娜哇的一声哭了:"妈、姐,你们可别忘了我,要常来看我呀!"她边哭边说。

她妈真的来看望马娜了。

那是一个阴冷的傍晚,下着淅淅沥沥的雨。马娜训练结束,正趴在宿舍床上看书。忽然,门"吱——"的一声被推开了,她妈疲惫不堪,浑身上下水淋淋的,从雨里走进屋来。

马娜家住新民县大民屯乡,距沈阳市八九十里。她妈是头天晚上从家动身,拉一车土豆,第二天早晨到沈阳的,在农贸市场卖了土豆后,已经是下午三四点钟了,这才顾得上急急忙忙地往体育场赶。看了她妈的情形,马娜一切都明白了,不觉一阵心酸。她劝她妈,无论如何,一定要住一宿。可是,她妈却说:"你爹身体不好,我怎么放得下心呢?"临行时,她妈从怀里掏出已被雨水渗湿的卖土豆的钱,边往女儿手里塞边说:"好好训练,别让你爹惦记!"说着,便抽身冲出门去。她看着妈在雨中远去,眼泪就像断了线的珠子,直往下掉。

使马娜深为动情的,是比自己大不了多少的姐姐,默默地支持奉献着。

她正在上高中的姐,时不时给她汇来十元八元的,说这是妈给的零花钱。姐考虑马娜训练太累,消耗得太多,是让她买点奶粉之类的东西补补身体的。可是,马娜想,按家境,妈是不可能给姐那些零花钱的。后来,她姐在高考中晕倒,并因此而落榜,她这才明白过来。她姐上高中时,因校远而不得不早出晚归,妈每天给姐三四角钱吃午饭,而姐却把这钱全都寄给了马娜,姐是学校的学习尖子,论成绩高考被录取是没问题的。可是,为了妹妹的训练,她毁了自己的身体,也耽误了自己的前途。

依依亲情,使马娜更加忘我地发奋苦练。进队第二年,她便在江苏泰州的全国锦标赛上一举夺得了56公斤级三项第一名。之后在印尼和英国曼彻斯特举行的第二、三届世界锦标赛上,她又囊括了这个级别的全部冠军。北京第十一届亚运会,她参加60公斤级角逐,不但夺得了金牌,而且还以92.5公斤和207.5公斤的好成绩,打破了由苏园红保持的 90 公斤的抓举和 205 公斤总成绩的亚洲纪录,她的总成绩还超过了由卡·尼柯洛娃保持的 202.5 公斤的世界纪录。

(原载于《中国体育报》1991 年 2 月 7 日)

棋战烽烟

聂卫平两次燃战火,陈嘉锐煞住"聂旋风"

比赛进行到中盘,黑龙江名将聂卫平调兵杀入广东陈嘉锐的营寨。陈嘉锐奋起反击。寥寥几手,双方便缠到一起,短兵搏杀。陈嘉锐棋风顽强,聂卫平深有图谋。经过上面一战,大局明显地对陈嘉锐不利。

聂卫平得势之后,不肯松手,在另一地又点燃烽火。可是,他哪里晓得,陈嘉锐早已审度全局,埋下了伏兵。当聂卫平先得便宜,再获成功之时,陈嘉锐出其不意地使出一支回马枪,使聂卫平损兵折将。此后,虽然一再努力,聂卫平终未能挽回逆转的局面,终以一个子负于陈嘉锐。

大刀阔斧置敌于死地,孤注一掷名将死里逃生

正当上海陈祖德居于优势的时候,江苏李钢调整力量,派奇兵飞夺陈的阵营。陈见机准备吃掉李的飞兵,可李抖擞精神,强攻破坏了陈设防严密的营垒。这样,李钢的兵将不仅得以生存,而且还得了八亩地。为了扭转局势,陈祖德骚扰进犯。而李钢以攻为守,杀得陈祖德下了一步错棋,导致一盘棋全部被歼。面对此景,这位赫赫有名的猛勇,只好连连摇头。

看来,李钢胜局已定。可是,陈祖德毕竟久经沙场,他当机立断,在另一个地方跃马横刀。其目的是要制造混乱,让对方在混乱中铸成大错。果然不出所料,李钢由于经验不足,立时慌了手脚,连走了两步错棋。老将陈祖德终于死里逃生,夺得最后胜利。

名棋手施计设陷阱，女稚童落子高一招

战火未起，福建女棋手张璇，用二间夹高和大斜定式，布局清楚、准当。从棋盘上看，这位棋手颇为老练成熟。其实，她满脸稚气，尚不足 12 周岁。对弈的另一方，是第四届全运会的第六名，20 岁的安徽女选手黄丽萍。去年 6 月，黄同日本最佳女棋手小林千寿一战，勇敢冲杀，夺得胜利。

张璇同黄丽萍初次交手，张执白子，黄执黑子。棋进中盘，黄欲逼张璇下边做活，以声东击西战术治理好上边的一块孤棋，并扩大和加强外势。张璇虽然人小，胸中却有全局。只见她举棋在手，利索地施以三十六飞靠。落子之后，她神气地看了看对方。这种锐利的反击姿态，对黄丽萍来说太突然，太意想不到了。

面对这种困境，黄丽萍还想重新部署兵力，再举进击，可是，偏又一步走错，被张璇死死咬住。棋至此时，战局已定，张璇举旗凯旋。

（原载于《体育报》1980 年 6 月 13 日）

盛泽田，即便腿断，也要……
——摔跤选手盛泽田的故事

由安徽团省委和青联联合会举办的"江淮十大杰出青年"评选，于 11 月 24 日在合肥揭晓。摔跤运动员盛泽田，名列其中。

今年 7 月 21 日，盛泽田在亚特兰大奥运会古典式摔跤比赛中，同希腊名将叶尔蒂兹争夺 57 公斤级铜牌。在人们的眼里，铜牌价值远不及金牌，可盛泽田却是我国摔跤选手中唯一一个打进前 3 名的人。

儿时，一个漫天飞雪的傍晚，盛泽田由学校去少体校，为赶时间而跑得太快，再加上路滑，先后跑掉了两只鞋子却一无所知。待教练发现，他的两只脚已经冻得像红柿子似的。

在上海体院。一次 5000 米跑测验，他正好拉肚子，很厉害。老师叫他免考，他却执意不肯。待跑完了最后 1 圈，他因为虚脱而一头栽倒在地。

1995 年浙江萧山全国比赛。在一次赛前训练中，他不慎被对方撞上了鼻子。看来事小，可伤得很重，因而医生给他亮了红牌。可是，既然是练兵，就不能白来一

趟。他打完全部比赛不说,而且最终还争得了冠军。就当大局定夺,他转身退出垫子的时候,往脸上一抹。哪知,鲜血却将他的手掌染红……

养兵千日,用兵一时,到了奥运会上决一胜负的时候,他哪肯让人一步?

他的这个对手希腊名将叶尔蒂兹,身材高他一头,且在前几轮比赛中,已先后淘汰了两个世界冠军,其势正甚。这天同盛泽田交手,一上来便以凶狠的突袭,试图先声夺人。他抓住盛泽田的双臂,用其密集且刁钻的动作,就想把对方摔倒。盛泽田虽有足够的思想准备,可对于叶尔蒂兹的"狂轰滥炸",终究还是防不胜防。未到一分钟,盛泽田的左腿便被他捉住,左腿因此而被拧成了"180度麻花"。

"骨折!"场外医生和教练几乎同时惊呼。

队医不忍心再让盛泽田比赛下去,因伤弃权是常有的事。可是,这个23岁的小伙子,却同现场为他的伤做紧急处理的医生说:"就是腿断了,我也要把这块牌子拿来!"

本来,他的腿剧痛,痛得冷汗直掉。现在到了这分上,他也不知道是痛还是不痛,只晓得一个字,"拼"!比赛重新开始,抖擞起精神的他,就像猛虎扑食般地窜了过去,一双手臂犹如一把钳子,一下便将叶尔蒂兹的腰死死地抱住。未待对手来得及喘息,盛泽田便又卷起一阵"飓风",将那个希腊人给掼倒在地上。这一招太突然了,也太狠了,这是叶尔蒂兹怎么也想不到的。叶尔蒂兹用十倍的疯狂进行反扑,将盛泽田扳到了他的身下。摔跤垫上的攻防转换,各有各的招数。盛泽田心里明白,这瞬息万变的变化,并未对他构成威胁。万万想不到,他被包扎了纱布的那条被对手拧伤的左腿,又被对手瞅准。伤得越是重,这人就越是无情地在那地方下手,非置盛泽田于死地不可。这个时候,盛泽田的伤再也不饶恕他了,痛得他几乎昏厥过去。然而,越是艰难与困苦,越是拦不住摔跤垫上的这根傲骨。在这千钧一发的危急时刻,盛泽田不知哪来的力量,一个闪电般的反击,便将他的对手摔得侧着身体倒下。至此,比赛时间已到,盛泽田终以4∶0的悬殊比分,大胜叶尔蒂兹。

可是,未曾退场,这个来自安徽省淮北市的年轻人,便不由自主地瘫在垫子上,想站也站不起来了。奥运会摔跤铜牌,一个中国运动员,顽强而悲壮的战利品!

(原载于《中国体育报》1996年12月9日)

当大水袭来的时候

1991年七八月间,连续的大暴雨,使这块绿色的江淮大地变成汪洋混沌的泽国,这是安徽历史上一次罕见的洪水浩劫。在这场人与大自然的搏斗中,置身于抗洪前线的体育工作者们表现如何呢?

1991年安徽大水,国家体委副主任刘吉(右一)亲临现场视察灾情,中立者为安徽省体委主任郑牧民。

虎口拔牙

洪水天灾,使安徽省体委总占地面积七百亩中的五百亩受淹,将近八万平方米的室内外训练场地和四个食堂、两个车队及职工住宅被淹在1.5到2米深的洪水中。面对这场百年不遇的大水,运动员、教练员和省体委全体党员干部、工人挺身而出,不畏艰险,顽强地战斗在抗洪第一线。

淝河水的倒灌,使坐落在二里河畔的体操、技巧房,成了汪洋中的一叶孤岛。

正在坚持训练的体操教练武念义,多了一个心眼,在绿荫倒垂的河边插上一根竹竿,竿上有警戒标记。按他的经验,河水若达到这个高度,训练房就要开始进水了。

巢湖通往长江的闸关了(长江水位高)。

巢湖满了。

淝河满了。

淝河上游水库又因暴雨的压力而被迫大流量泄洪。

武教练看了看那根令人揪心的竹竿,不觉大声吼道:"不好了!"大水吞掉标记,必须立即停止训练! 他动员全队,投入抢救器材的战斗之中。此时,大水已经隔断了武教练同他家人的联系。家里情形如何? 家属是否安全? 领队甄连雄请他务必涉水回家看看。可他说:"这个时候,哪里还顾得上家!"是的,这里有几大块全毛地毯、海绵垫、自由体操板和单跳板,合起来不下几十万元,谁忍心让它遭受损失呢? 武教练身体力行,不顾劳累,和大家一起抢在洪水的前面,将所有可以移动的器材设备抬到临时搭起来的高架上。器材设备很笨重,而他手中的队员又多是年幼的孩子,在一两个小时内干那样多的事情……待安置好一切回家时,武教练已经累得拖不动步子,爬不上床了。

像武念义教练这样,虎口拔牙从洪水中抢救国家财产的,又何止是一个两个呢! 那天深夜,涨水的警铃一响,训练一天的摔跤和柔道队员们,没有哪一个不是一骨碌儿爬起来的。他们最先到达自己的训练场地,不用动员,便投入战斗,在短短的时间内,几百块摔跤垫和榻榻米便被架到了空中。武术队小队员较多,搬不动饭桌(架地毯用),就4个人抬一张,摸黑涉水,跌跌撞撞地从几百米外的饭厅抬到训练房。医务室被淹,游泳队领队陈遐寿在没膝深的水中,带领大家抢救医疗器械和药品。摔跤队员房新和孙勇为打开医务所大门,全身潜入污黑的水中操作。为抢救国家财产,训练中心主任程法荫连续5天未入家门,而他家中的水深已经齐胸。

　　为防不测,指挥部派出的省体校、运动队和省体委机关的几支抢险队,划着小船,直驶向田径看台。那里地势最低,特别是看台内部通道狭窄,出口又少,加上电路陈旧,随时都有触电的可能。因此,救援难度大,很危险。为了将里面的人抢救出来,他们奋不顾身地跳下水去,钻进了黑咕隆咚的看台深处,挨门逐户地检查。因为水深,有的已不可能从门进入,他们就只好砸开窗户,爬进去,再将人从窗户送出来,手扎伤了,腿划破了,甚至还要喝几口脏水。尽管难度很大,可他们没有一个后退,直至清理完毕,救出了全部的人。仅省体委办公室副主任、年轻干部许光群就救出9人,其中3个小孩。救出来的人得到了安置,这几支抢险队又消失在黑夜的滂沱雨幕里。

　　因为水势来得猛,而且受淹户又分散,因此个别未被及时发现的也在所难免。老干部体育俱乐部副主任张振东夫妻俩,是在家里看着水涨而脱不开身的。起先他们站在床上,水漫过了床,他们又将桌子抬到床上,桌子再加上凳子。如果水再往上涨,那么就顶天花板了。抢救了一夜未曾合眼的训练中心副主任、技巧老教练杨学全,率领一支抢险队,划小船于10日晨7时搜索到此,体委机关团委书记甄国栋(原田径队员)从船上一脚登上露在水面上的围墙墙头向里喊话。当他发现屋里还有人时,便不顾一切地跳下没顶的水里,扑向张振东的家。钻进屋,张泡在水里,脸和上身冻得发紫,直打哆嗦。张的妻子站在桌上,也已木然。因为水深而且又隔着围墙,小船接近不了房子,无法将老张夫妻俩用船接走。在无可奈何的情形下,甄国栋急中生智,用背、托、顶的办法,将他们俩送往二楼。接着,甄又同训练中心另一位副主任傅乐恒用头顶,将张家的彩电、收录机等贵重电器抢救出来。事后,张振东感激地同甄国栋说:"那天若不是你们,我们夫妻俩就是不死也差不多了。"在这次抢险中,甄国栋三天四夜未归家,他的家不仅处在深水区,而且仅有的两间房子还挤着楼下遭受水淹的3家住户。

　　体育场一位体操教练的十来岁儿子,冒险回家捞彩电,而不幸被玻璃台板砸伤造成大出血。此时是凌晨2时半,他家中水深1.5米以上(房外更深),屋里只有他一个人,呼叫声被手球教练谢继勇听到了,谢不顾安危,蹿入水中,朝呼叫声处游去。因为这个孩子的腿受重伤,既不能游泳,又不能走动,谢只好使尽全身解数,将他托出水面。外面是漆黑一片,不见人影,雨又劈头盖脑地下。水下又是一条条尚未填土的煤气管道的深沟,冷不防一脚踩空,就会栽进沟里。所有这一切都顾不上了,救人要紧。谢教练托着这个小伤号,钻出"老五栋"的门,折向已淹了半截子的行道树才可以辨认出来的南北大道,直奔灯光明亮的地处高坡上的体委办公大楼。

孩子被及时送往医院抢救，司机吴同又连夜在市里帮孩子找到妈妈（避洪水而转移走的）。待安排好这一切，谢教练才放心地回到了体委。

在抗击这场特大洪水灾害中，省体委领导和一大批党员干部始终战斗在第一线。有些关心体育，常到体委来看比赛的同志说："这场大水，虽不说毁了体委，但大伤了体委的元气。未想到，体委的同志们在灾害面前，居然能干得这么好！"有一位老人看到队员们挤在未淹到的弹丸之地上坚持训练，连连点头，赞叹不已地说："淹成这个样子，还不忘练习，真是好样的！"

任务虽然只有9米

巢湖地区400多个圩口溃（漫）破，50多万人民群众被洪水围困，巢县城赖以生存的23公里长的大堤危在旦夕。地委决定：无论如何也要抢在洪水的前头，再垒起第二道防线。

地区体委主任张仁睦在体委的紧急动员会上第一个表态："我是体委主任，是理所当然的抢险队队长。"张仁睦43岁，年龄虽不算大，却患肾盂肾炎，既不能苦，更不能累，平时经常处在低烧中。危难中，体委一帮人都举起手来争先恐后地报名。地区体委只有20余人，其中还有2名住院的病号和2名孕妇。这个时候，大水又涌进了体委，田径场水深过腰，体委自身的抗灾任务也很重。张仁睦咬牙点了12人，这12人也就算是精兵强将了。其他同志留在家中，抢救乒乓球房和体操、技巧房里的器材，由体委副主任叶大均负责。

一支12人的抢险队，在张仁睦的带领下，穿着雨衣，带着铁锹，骑着自行车，在风雨交加中，连夜赶到工地。

这是一条1150米长、6米宽、13米高的大堤，投入人力7000余人，体委（含卫校）的任务是9米。因为这一段堤正在弧面上，受水的压力大，因此堤的宽度必须增加到8米。

到了工地后，卸土、装包、扛袋、压堤，那就是玩命了。水随堤长，哪一段的进度跟不上，水就将在哪里冲出。所以，全线1000多米的战线上，无论哪一个承包单位，都在进行激烈的抢救。土是从远方用载重10多吨的翻斗汽车运来的，土里尽是石块和碎屑，很难用锹去铲。为争取时间，体委的同志索性将铁锹扔掉，用双手去扒土，任凭石块磨、碎屑扎，将装好的泥袋子往肩上一搭，小跑着再送到堤上去。头顶上瓢泼大雨，脚底下稀泥烂滑。别人怎么干，张仁睦也怎么干。第一次出征，是从头一天晚上6点多钟开始的，一直干到第二天凌晨2点。因为泥土运不来，张仁睦这才和大家一道回家稍作休息。可是,张任睦躺在床上就是睡不着,脑子里一会儿大堤,一会儿是水位陡长的巢湖,一会儿又是积水越来越深的田径场……直到天亮,他那大脑的屏幕上,就未曾消失过那些恼人且又揪心的画面。

早晨爬起来,他昏昏沉沉的。有人看见他的眼肿着,腿也肿着,便关切地劝他说:"你是主任,指挥指挥就行了,就不必再去工地了。"可是,既是指挥官,又哪有不到前线指挥的道理呢?在筑堤抢险期间,张仁睦除了领导体委抢险队之外,还管地区宣教口的抢险工作,自始自终忙得团团转。

那一阵子,巢湖涨满了水不说,而且每天还有4000多个流量的洪水,从四面八方日夜不停地向它扑来。巢湖在超警戒水位12.7米危险情形下,每天还以20多厘米的速度继续往上涨。虽然千军万马在抢筑大堤,可终究还是有一处被洪水冲开了一个4米宽的口子。2尺多高的浪头,向城区扑去。如果不斩断这股洪水,确保新堤安全,那么巢湖20多亿立方米的洪水将从这里将大堤撕开,呼啸而下。不仅巢城和周围数县182万亩良田被水吞没,而且华东电网、淮南铁路以及两淮煤炭的重要出口长江裕溪港也被摧毁。

第二道防线——7000人为之奋斗的新堤,已经到了十万火急的时刻!

就在这个时候,工地上的草包用完了。没有草包或是替代品,垒堤就等于是一句空话。这消息传到体委已经是深夜,从熟睡中惊醒来的同志们,翻箱倒柜,纷纷送来了粮袋、杂物袋和农用的蛇皮袋。56岁的办公室主任高大德,一时找不到粮袋,急着减掉几件衣服,临时缝制成一个大袋子送上。在体委住的不过20户人家,顷刻间一下送来了50条袋子。54岁的体委副主任、技巧老教练叶大均和轮休在家的大堤抢险队副队长叶劲,冒着大雨,连夜涉水将袋子送到了设在市府广场的抗洪指挥部。

为了大堤,后方是这样,前方就更是拼了。年轻司机林宗祥,将他刚刚1岁又正在生病的孩子锁在家里上了工地。当他第三次上阵时,突然腹痛。他想回家弄点吃的,到了家里却又不想吃,一心只惦记着那正在垒起但岌岌可危的大堤,那风声、雨声和涛声,就像重锤敲在他的心上。他看了看躺在床上的孩子,悄悄地为孩子盖上被子,又再次将门锁上……

到了工地上,林宗祥没有多说什么,只是拼命地干活,从晚上6点多钟起,一口气又干到10点,把腹痛早给忘了。一车土装完了,他将最后一袋土掼到了大堤上,哪知道,这一刹那,就像一锅滚开的油泼进了他的胸腹部。他蹲在地上,用颤抖的手顶住疼痛处,豆大的汗珠从脸上往下掉。他咬紧牙关,强忍着,默不作声,想再次把它扛过去。可是,还是被张仁睦发现了,"不行,赶快送医院!"吊了一瓶营养液之后，医生让林宗祥回家休息。医生还再三嘱咐他，若是再撑着干，就有可能酿成大病。凌晨1时在回家的路上，他又听说一会儿要放水，他立刻想到体校还有一位副校长家住低洼处。他折回头，约请了教练员梁光和胡民水等4人，将那位副校长家的家具和贵重电器全部转移到三楼。待他忙完这些回到了家，已经是早晨5时了。

二道防线垒起来了，它傲然屹立，蔚为壮观，将奔腾咆哮的洪水阻止在巢湖内。

救粮就是救人

一连几天的瓢泼大雨，使地处大别山腹地的梅山水库，10天内水位陡长10.55米，水深达135.76米。为确保大堤及其下游安全，水库被迫开闸，以每秒3000立方米的流量泄洪。水从泄洪道上飞滚而下，轰鸣声震动着山谷，大堤下的金寨县党政机关所在地梅山镇被困在一片汪洋之中。

大粮站前、中、后三个粮仓全部进水，下面四层麻袋淹没，水湿至第六层麻袋，5000吨粮食眼看要遭毁！

县体委副主任吕绍裘应县政府紧急电召，蹚着齐腰深的水赶去，县委陶书记和曾县长对他说："粮食必须以最快速度抢运出去，中仓由你负责。"

吕绍裘手中能够支配的只有3个人。没有人，即使是三头六臂，也摇撼不动这山一般的粮仓。

动用农村民兵，远水解不了近渴。

他建议，动员县城的人来抢运粮食，用有线广播喊话召唤，这是最快的好办法！

人民是很可爱的，尽管他们的单位和家都遭淹了，有的家具、杂物和大米还泡在水里，可他们听到广播后，却都不约而同地来到了大粮站，请求参加战斗。

人从四面八方拥来了，由于来不及统筹安排，一时出现了"窝工"现象。吕绍裘凭借他组织体育比赛的经验，将壮劳力和体弱者（包括妇女）分开，前者干扛包的重活，每20人一组，20分钟轮换一次；后者干缝包等一类轻活，不分组，不轮休。这样一来，犹如快刀斩乱麻，使抢运工作很快进入了高效且有秩序的轨道。

当时，室外气温38摄氏度，太阳灼得他满面通红。室内粮食受潮而发烫，加上密集人口的体温，使室温高达40摄氏度以上，简直像个蒸笼。别人可以轮换休息，吕绍裘是组织者和指挥者，一步也走不开。连续一天一夜，他头没挨过枕头，臀没落过凳子，饿了啃几口凉馒头，渴了甚至连生水也很难顾得上喝。连续高强度的工作，使得他的喉咙嘶哑了，心脏早搏也加剧了。这一切他都未注意，使得他无可奈何的却是另一桩事:粮仓积水中的油腻、飞扬的稻谷上的纤毛和尘埃,同他身上的汗水搅和黏连在皮肤上,使得皮肤过敏,奇痒难忍。这个时候,他什么都不想,只想赶紧烧一锅热水,痛痛快快地洗个澡。

凌晨4点半,运粮的人稀少了,一天一夜中出现了个低潮。他这才喘口气,腾出身子,拖着一双像灌了铅似的双腿,往自己家走去。

中仓的问题解决了,但整个粮站的抢运工作却又出现了混乱,外面的车进不去,里面的车出不来。为了解决粮站抢运工作的全局问题,副县长曹能球当机立断,让吕绍裘担任总调度,授予全权。当时的车辆很多,有拉储备粮的(上层未受淹的干粮),也有区、乡拉救济粮的(下层受潮的粮食)。为了加快车辆周转,解决交通阻塞,吕绍裘妥善安排,巧妙调度,终于使运粮秩序好了起来。

7月15日凌晨4点,在转移粮食即将全面告捷的时候,吕绍裘已经累得顶不住了。常务副县长郭希铨关切地对吕绍裘说:"无论怎么样,明天你就别来了。"然而,3个小时过后,吕绍裘却又出现在粮仓里。就这样,他带领着大家,从洪水的"老虎口"里,为国家夺回了5000吨粮食。在夺粮大战的四天四夜里,他一共只休息10个小时。县体委9人中有7人参加了这场战斗,个个也都是好样的。

(原载于《中国体育报》1997年8月8日和8月31日)

在灿烂的阳光下

前些时候,山西、宁夏两个手球队,分别接到了内容相同的一封信。写信的是安徽省马鞍山市的一位女工,她以十分感激的心情,热情赞扬了两个队的队员不顾生命危险,奋勇抢救她孩子的动人事迹。

孩子名叫钱卫,去年4岁,是马鞍山市第一招待所服务员刘晓凤的孩子,他的父亲在外地一个部队工作。

去年4月,全国手球比赛在安徽省马鞍山市举行,一部分代表队住在市第一招待所。一天上午,钱卫和几个孩子在招待所的储水池边玩耍,不慎失足落水。几个孩子见同伴掉进了水里,便高声呼救,不巧,四周都没有人。孩子的妈妈刘晓凤闻讯赶来,正在万分焦急的时刻,一辆大轿车从山下开来——山西和宁夏手球队比赛结束回来了。汽车还没有到达停车坪,就听见远处传来呼救声,运动员们请司机紧急刹车，一个个跳下汽车，向出事地点跑去……

　　大家来到现场一看，这个大储水池面积约有 30 平方米，水深足有 2 米多；池子的上面盖了一层厚厚的水泥板，只留了一个很小的吸水口，池内储满了水，黑漆漆的。当时正是江南暮春时节，池子里的水比较冷，但运动员们都顾不上这些。时间就是命令！山西队运动员、团支部书记、太钢工人常伟，掀掉披在身上的棉大衣，一个箭步第一个冲到洞口。两位女服务员上前阻拦说："水深口小，下去了上不来。等把绳子拿来，系在身上再下！""抢救孩子要紧，时间不能拖延。"常伟不顾自己的安危，毅然跳进了水中。

　　水面距池盖仅有几厘米的间隔，除了那个小小的吸水口以外，人的头部在其他任何地方都不能露出水面换气，稍不小心，还可能碰到水泥盖造成危险。常伟为了尽快地找到孩子，他憋着气，忍受着极大的困难，坚持在冰冷的水底游动、探索。

　　宁夏队的三个同志也先后跳入水中，轮番抢救。一次又一次地扑了空，队员们一次又一次地潜入水底。大家都只有一个心愿：不管有多大困难，一定要把孩子救上来！

　　此时，孩子落水已有八九分钟了。随着时间一分一秒地流逝，人们的心情更加焦急。就在这危急的瞬间，山西队教练员、共产党员赵子平赶到。老赵水性较好，个子又大，一把将被凉水冻得失去控制的常伟托出水面，自己迅速地钻进水底。他探索了每一个方位，摸遍了整个池底，终于在一个角落找到孩子，把孩子抢救上来。

　　山西队另一名运动员、共青团员游宝恒，急忙抱着已停止呼吸的孩子，飞速向停在场上等候的汽车跑去。他赤着脚，跑在山坡的碎石上，脚扎破了，血流出来了，全没有感觉到。

　　汽车风驰电掣般地在山道上疾驶，向着马钢医院驰去……

　　钱卫住在医院里，运动员们的心时刻和他拴在一起。山西队常伟和宁夏队的一个同志，由于在抢救中受冻着凉，回去后发起高烧来，但他们心中惦念的仍是：孩子的情况怎样？能得救吗？两个队的同志们都要求当晚到医院去看望和护理孩子。他们还坚决表示：为了使孩子能够得救，无论需要做什么，一定尽我们能尽的一切！这种崇高的思想感情，使医务人员们得到很大的支持和鼓励。他们想：运动员们为了抢救溺水儿童，把自己的生命置之度外，我们还害怕困难吗？只要还有一分希望，我们就要尽到一百分努力！

　　中共马鞍山市委和体委、医院等各有关部门党组织，都对孩子的安危非常关心。当钱卫的生命处于最危急的时刻，马鞍山市委和省、市体委的负责同志都没有离开过病房，有的人通宵未曾合眼。在上级党委的领导下，以马钢医院为主的一个中西医结合的抢救小组很快成立起来了。南京部队总医院也专门派了有经验的大夫前来参加抢救工作。

医务人员通力协作,打破常规,采用了许多积极有效的措施,终于使这个心跳停止已达半小时之久的小钱卫获救了。经过十五天的紧张抢救,这个超过所谓复活极限、通常是很难得救的孩子,顺利闯过了一道道险关。又经过半个月的治疗,孩子的身体状况日渐好转。人们都为孩子的新生欢欣庆贺,他的家长更是闪着感激的泪花。

最近,我们在马鞍山市采访,又一次见到了孩子。嗬,这个小家伙,比去年这个时候长得更高、更壮了。他和小同伴们一起,沐浴着灿烂的阳光,在鲜花盛开的庭院里,正玩得满头是汗哩!他的妈妈刘晓凤还告诉我们,在钱卫出院以后,有一次,他非常认真地表示:"长大了,我也像叔叔们一样,当一名运动员,为祖国争光!"应他的要求,妈妈特地为他买了乒乓球,爸爸又从部队为他捎来了乒乓球拍。现在,这孩子已成为一个小小乒乓球爱好者了。

(原载于《体育报》1975 年 6 月 24 日)

大火,出现在面前的时候

有人曾经认为,我们的体育健儿,大多是些"四肢发达,头脑简单"的人。他们出了运动场,力量就没处好用,瞪起眼睛来,可令人生畏了。其实,这是误解,是个极大的误解。如果把我们的祖国比喻为一个姹紫嫣红的百花园,那么运动员就是这百花园中的牡丹、玫瑰、蔷薇……他们叱咤体坛,不畏辛劳与牺牲,奉献出的是自己最为宝贵、最为绚丽的青春。然而,他们的活动舞台,又岂止是那狭小的球场或者田径场?偌大的世界,哪里不留下他们的身影?留下他们迸发着青春火花的足迹?

这里,我们就来讲一个故事——安徽田径队一群普普通通运动员救火抢险的事。

无须动员,也不用命令

故事,发生在合肥——

"失火啦！"

"火里有个姑娘，出不来了！"

撕裂肺腑的呼救声和凄惨至极的啼哭声交织在一起，使立新巷这个住户稠密的居民区一下子变成紧张、恐慌和可怕的世界。

火势，并没有因为人们的呐喊而减缓，相反，越演越烈。这里是一片旧式民房，木桁条、木隔墙、木地板，一旦起火，势必在转眼之间成为一片火海。

人拥来了，从四面八方。有的站在上风，有的躲在矮墙后面，有的怜悯和同情，有的索性看热闹。不下上千人，却不见一个人挺身而出。

就在这时，一列队伍穿过繁华的淮河路，伴着歌声，向逍遥津公园而来。这就是安徽田径队的一群姑娘和小伙子，他们正打算在景色绮丽的逍遥湖畔，举行联欢，欢度五四运动六十五周年。一个冬春，他们战严寒、冒风雪，顽强地训练，有人竟为之掉下了五公斤体重。这些田径场上的勇士，早在两个月前就盼望这么一次精神调节了。今天，他们脱掉与自己朝夕做伴的运动衫，穿上剪裁合体、色彩绚丽的礼服，把皮鞋擦了擦。有的拿着球拍，有的提上魔术道具……像是一支小小的演出队，一路说笑，一路飞歌，可高兴了。

然而，这二十六个人，一到立新巷口，几乎是同时收住了脚步，那笑声、歌声如同断了弦一样，突然间全部停止。

浓烟，带着刺鼻的焦糊味，从距离他们三十米外的民房里向空中翻卷，敏感的田径队员们发觉事情不好。

立新巷地处逍遥津公园的入口处，与素有合肥的王府井之称的淮河路并行。这里有上百家商店，国家重点文物保护单位——当年曹操的点将台明教寺近在咫尺。大火蔓延，后果不堪设想！

火！就是警号！无须动员，也不用命令，省体育集训大队团委书记赵子亭等二十多人，谁也没有和谁说什么，便一一冲进火场，钻进了火海。漂亮的礼服来不及脱，价值两三百元的贵重金表也顾不上抹下而带进了火里。在运动员们的带动下，土产公司的孙志发等也相继冲进了燃烧着的民房里。

此时，呼叫声、哭声很难听到，全被劈里啪啦、呼呼啦啦的燃烧声所淹没，这就越发使人害怕。火，从门窗里蹿出来，像一条条凶猛的火舌。房顶上一行行覆盖着的旧式青瓦，被烧红、炸崩，如同一片片通红的烙铁，疯狂地飞窜，四处溅落……

没有梯子有人梯

要切断火的蔓延，最好的办法就是爬上房顶，揭掉瓦片，向室内浇水。可是，哪来的梯子？如何登上房顶？一分钟的耽误，就是一分钟的损失！时间允许等吗？

田径队员们急得眼冒火，牙咬得咯咯响。若有十分劲，他们巴不得用上十二分。没练过技巧项目的队员们，他们却可以像男子双人那样，一人高举另一个人，让上面人跃然上屋；有的并不懂得体操，几步助跑，却可以抓住屋檐，来个倒翻身；还有的并未受过消防队的训练，但却能够互相踩着肩膀，搭起一道人梯。看来，这些只会跑跳的田径运动员，一时间竟都成了飞檐走壁的传奇侠士了。在毫无办法的时候，忽然有了窍门，这大概就是人遇紧急时，脑细胞特别活跃的缘故了。

不在现场不知道，登上烧红了的屋顶，就会发现，自己原来是立身在熊熊燃烧的火盆之中。宋信亮，是去年才入队的四百米栏的愣小伙子。运动队有一条规定，无论是谁，中午都得休息，这是纪律，是不可抗违的。可是，他却瞒过教练，躲过大家的眼睛，一个人钻到了电影院。他的家住在蚌埠，常常一个人于星期六摸上免费列车，回家逛逛。等星期日晚上赶回队里，已经全队点名结束。为此，他被训过，甚至被罚款。然而，在这紧急关头，他却能挺身而出，俨然成为另一个人。没有工具，他就用两只手去扒瓦。烧红了的瓦片，一旦手指挨上，便是一股呛人难闻的焦烟。裤子烤焦了，皮鞋的硫化底烧化了，手上烫成了血泡，他却没有手软，也没有犹豫，一直坚持战斗到大火被控制的时候。

在房顶上，最危险的莫过于屋顶倒塌。因为一旦从屋顶上掉下，等于落入通红的火炉中。中长跑运动员尹思玉，和宋信亮一样，忘我地在房顶上扒瓦，扒了一小片又是一小片。谁知，他脚下的两根木桁条已经燃着，而且向下弯曲，只不过因为尹思玉注意力全集中在扒瓦上而没有发现而已。人们担心的是塌顶，可塌顶就是发生了。咯喳喳一阵木料断裂声之后，紧接着就是轰隆一声闷响。随着扬起的灰尘与翻卷着的烟雾，这位在跑道上不曾被艰难困苦所征服的年轻人，却从五米高的房顶上，一下栽到了火里。

别说这种特定场面了，就是在平常情况下，从五米高的地方摔下来，又会栽成什么样子呢？奇迹，尹思玉没有被火吞没。他定了定神，发现自己还活着。浓烟弥漫满屋，伸手不见五指，哪儿是门？是窗？无奈，他只好乱摸，像是一个瞎子。说来也巧，大多数的家具都着火生烟了，唯有一条被子还没烧着。尹思玉摸到这条被子，将身体裹住，终于借一丝火光，找到了门洞，并从烟火中冲了出去。

可是，未曾站稳，只听一位妇女又在啼哭，而且指着已经烧起来的阁楼直跺脚。尹思玉知道，这小楼上准有贵重东西。他用手抹了抹沾满黑灰的脸，倏地转过身，一个箭步又飞身上楼。原来，这里有一台四喇叭高级收录机尚未抢救出来。尹思玉寻找着，用手四处摸着。而天花板在燃烧，断碎的木屑和竹片如同一个个大小不同的火球在坠落,严重地威胁着他的生命。可是,这并没吓退尹思玉,他忍受呛人的浓烟,摸遍各个角落,终于将这台收录机找到。收录机到手了,这才又去寻找下楼的出口。楼梯摸到了,但由于视线不清,一脚踩空,唰地栽到楼下。手伤了,嘴跌破了,脸上身上血迹斑斑。可是,收录机完好无损,还被紧紧地抱在他的怀中。

姑娘,你不能上去

奇迹往往在最危急的时候出现,事后甚至连当事者自己也不可思议。不是吗? 14 岁的撑杆跳高运动员盛旺,居然从烈火中救出了 23 岁的唐姑娘。

这位姑娘叫唐爱萍,在市体育场附近的春风早点店工作。她的父亲唐光友,在金陵水饺馆掌勺。母亲朱其英,是合肥饭店的服务员。这天,父母均已早去上班,家中唯有她一个人。因为下午去店值班,所以她中午痛痛快快地睡了一觉,而且还做了一个美梦。醒来之后,唐爱萍梳洗完毕,穿上自己最心爱的花衣衫,轻快地跨出了大门,一切都是那样闲逸宁静,和平时没有两样。谁知,当她回过头来推自行车的时候,异常的烟雾已从隔壁刘姓邻居家的门窗和小庭院往外窜。事不可迟疑,姑娘赶快搁下自行车,火速折回家中。

等唐爱萍奔回家中,屋子里已经弥漫烟雾,缝隙处时时钻出火苗。然而,这姑娘并没被吓退,拖走沙发,踢开大衣柜和被橱,抱走了贵重的衣物。可是,火势来得太猛,她的速度远远地落在火速的后面,电视机来不及搬走,她掀翻了一大缸水,将其倒扣在缸里……

火灼、烟呛、极度疲劳,一个体质并不算好的女孩子,能有多少劲? 她挣扎着冲出去,再钻进来,一次、两次……已经不知多少次了。放好电视机之后,姑娘又艰难地摸上用两根细木料扎成的简便梯子,往她家的小阁楼上爬。

"姑娘,你不能上去!"

出现在唐爱萍面前的,是一个模糊不清、遍体鳞伤而又浑身水淋淋的人。这就是盛旺,是一个还未脱掉奶气的稚嫩的孩子。其实,盛旺并不是现在才来到这里的,唐爱萍家的大柜子、大箱子,正是这孩子背出去,或者扛出去的。

不知道这姑娘是没有听到盛旺的话,还是执拗地不听盛旺的警告,挣开了他的手,奋不顾身地冲到阁楼上去。这时,姑娘的左腿已经骨折,浓烟熏得人喘不过气来,姑娘终于忍受不住而倒在地上,再也爬不起来了。

房梁在吱吱作响,陷顶就在眼前,盛旺哪顾上自己的安危? 救人要紧! 他使出撑竿跳的本领,蓦地跃到楼上,将姑娘摸到了,他一只手臂将她夹在胸翼,另一只手夺过姑娘手中的电扇,仓皇地下了楼。可是,这么一个小木梯,别说挟着一个人,就是平常单身一人也够艰难的了。盛旺登了几步,不知什么绊住了脚,一个趔趄,连同那姑娘一起翻下楼梯。姑娘没有摔着,可盛旺的裤子撕开了一尺长的口子,膝关节伤了。腿不觉疼痛,但麻木没有知觉,拖不动了。将唐爱萍救出之后,他在嘴里塞上毛巾,头上不知顶着什么,也许是钢精锅吧,又迅速地钻到了火里。

原来是一罐大米

火,终未能吓退田径健儿们,即使到了最危急时刻,二十六个人中也没有任何一个人离开过火场。十项全能运动员翟迎建,在田径场上是棵"不倒的白桦"。在这生命攸关的大火中,他唯有一个小窗口可以爬出去,但窗户上的沉重横木已经起火。一旦横木被烧断,那将导致墙倒屋塌,不仅砖头会砸伤人,而且连最后的出口也将被堵死。

翟迎建来不及想,便一跃而跳上窗台,用肩顶住了燃烧着的横木,并声嘶力竭地喊:"快抢东西!"一抱抱衣服被褥,一件件家居用品,通过这个小小的窗口传出去,安然地堆在火场之外。火在燎着翟迎建,眼看横木就要折断,可屋子里还剩下最后一个人万春全。小万也太劳累了,到了窗口怎么也爬不上去。翟迎建观此情形,毅然决然地跳下窗台,用双手将小万举到窗台上,再狠劲一推,将战友送出窗外。在这关键时刻,翟迎建首先想到的是别人,而不是他自己。

万春全得救了,可就在他跌落到窗外的同时,哗啦一声,横木拆断,屋子塌了一个角,正好将翟迎建围困在当中。

屋外在呼叫,在营救。屋内孤军奋战,在拼命,在千方百计寻找出口。谁知,就在这个时候,屋顶上偏又传来声音:"有个队员掉到屋里去了!"翟迎建只听呼隆一声,但未见是谁。他猜想,事情准是发生在他跟前。摸呀,满屋子地摸,在这种情形下,这是唯一寻找战友的办法。

几个来回,烟熏得他泪水直掉,憋得几乎窒息。在这燃烧的闷罐子里,氧气能有几多?人的生存已经失去了最起码的条件。但是,他仍然在摸索,在寻找。人不倒下,他就绝不会放弃这一线希望,让战友遭受不幸。

啊,是的,他终于摸到了,在一个墙角。翟迎建顾不上探个究竟,也想不起问上两句话,双手一拢,将其紧紧地抱在怀里。时间就是生命,不能有一分一秒的迟疑。他拼了命,狠劲地蹬墙。墙塌了,露出一个明亮的洞口。他这才一步一步,摇摇晃晃,裹一身烟雾,逃出了火海。

心静了，眼也明了，他这才发现，抱出来的并不是人而是一大罐子大米。据房主说，这是刚买来的一百四十斤大米，一点也没吃啊！这时，他才猛然感觉到，两臂内侧和胸口，疼得异常难受。原来，米罐子被火烤得温度已经很高了。

战友未救出来，岂能休矣？翟迎建放下米罐子，拔腿就要走。这时，不知谁忽然一声大喊："掉火里的队员出来了！"翟迎建抬头一看，这个队员拖着受伤的脚，怀抱被褥，正向他走来……

后果谁曾想过？

事后，我在采访中问团支部书记甄国栋："当时你们想过危险吗？"他笑了笑答："哪有时间想这个？当时只有一个想法，冲进去，救人！"

是的，这是田径队员们朴实无华的回答。如果说，他们当时要是只想到个人安危与得失，那他们就不可能有那样的忘我精神了。

四百米短跑运动员刘明强，远离家乡，一个人从烟台来到安徽，目的是要摘取田径场上的皇冠。若是火场上发生什么意外，那不就等于断送了自己的青春吗？

韩宁是名中长跑运动员，他年轻奋发，运动成绩蒸蒸日上。一个月后的金陵大赛正在向他招手，难道他就不需要完好的体质和充沛的精力吗？

再说甄国栋，这是位老队员，已经到了可以享受爱情的年龄。救火的头一天，他同他心爱的女友在一起，度过了欢乐的五一之夜。这迟来的爱情，难道他就不知道百倍地珍惜吗？

运动员是人，是普普通通的人。他们并非不知道爱惜自己的身体与青春，但是他们又是有思想、有感情、有爱人之心的人。正是因为这样，所以一旦需要，他们就可以慷慨地献出一切，正如他们在运动场上那样。也许，这就叫运动员之心、运动员之灵魂吧！

（原载于《江淮文艺》1984年11月2日）

耿蛮子传奇

20世纪20年代,在芜湖举行的一场足球比赛中,中国人打破了外国人不可战胜的神话,是谁在这场比赛中立下了赫赫战功?

少帅张学良曾主持过旧中国的第14届华北(含东北三省)运动会,并亲自为一名运动员授奖,这人又是谁?

刘长春是我国第一个参加奥运会的人,他创造的10秒7的百米全国纪录一直保持了25年,谁是"伯乐",将刘长春一次次送上领奖台?

半个多世纪过去了,1992年的一天,一位年高90的老人,在独自一人"泡澡"中沉入水底。可是,大难不死,逢险呈祥,他又是谁?

运交上海滩

1921年,安徽省怀远县含美中学的国文教员张先生问耿伯威:"毕业后,你有什么打算?"

"哪里有球,我就到哪里去!"这个17岁的孩子不假思索地回答。

还是在他刚到这个学校的时候,就发生了这样一件事:一天,耿伯威在操场边的小树下看同学们踢球,看得如痴如醉。突然,那只球在争抢中被人开出了界外,直向他飞来。耿伯威未等球落地,就来了个"冲天炮"。这球正好打在对面教室的窗户上,玻璃哗啦一声,窗被砸飞了。校长赖惠民正好走过,将这一切全看在眼里。耿伯威出了一身冷汗,知道自己闯了祸,没料到,赖校长却和蔼地对他说:"你要是爱踢球,明天就到球队来吧!"自此,耿伯威就同足球结下了不解之缘。

不久,他由他那个农民父亲领着,揣上一兜煮熟的山芋和大饼,闯上海去了。"你喜欢球吗?"东亚体专校长庞星耀问。耿伯威在张先生的引荐下,来到了上海东亚体专。"喜欢!"耿伯威口气坚定地说。

庞校长打量着这个身高约有1米8的壮小伙子,高兴地说:"那好,就随我来吧!"

到了操场上,庞校长拿过一只篮球,指着篮圈说:"投进了,我就收你。"庞校长的话还没有落音,耿伯威意识到事情不妙。篮球与足球,差之大矣!可是,又没有办法,他只好硬着头皮,从校长手中接过球来。不知道是因为他踢惯了足球自有一种灵巧,还是因为他心太诚碰上了好运,那球由他一投,没有碰着篮板,也未擦及铁环,竟不偏不倚投了个"空心球"。

球落地了,耿伯威的心也踏实下来。庞校长高兴地说:"你被录取了。"

太古之战

旧中国,外国军舰在长江里到处游弋,作为"四大米市"之一的芜湖,自然也成了外舰停泊的一个重要港口。

由于外国水兵的拥入,芜湖的足球运动也随之兴起。萃文、育才等教会学校以及中国人自己办的广益中学等相继成立了足球队。但是,由于各队缺少联合以及体力、技术等方面原因,这些由中国青年学生组织起来的足球队在同外国水兵的较量中,总是屡遭败绩,那些不可一世的外国人耻笑中国人不堪一击,是"东亚病夫"。回乡任教的耿伯威是位热血男儿,哪容得这种侮辱?他谢绝了月俸40块大洋的美差,只身一人到了芜湖。

当时的芜湖,有一个爱打篮球的少年叫刘明志。

球场上两个年轻人熟识了。接着,一个以耿伯威为教练的青年足球联队在江城芜湖诞生。

经过三个月的艰苦磨炼,这支由中国人组成、中国人指挥的足球队开始成熟了,他们决定在芜湖江边的太古码头足球场,同英国水兵队决一雌雄。大概是爱国之心的驱使吧,这一天居然来了万余名父老乡亲助威,将足球场四周围得水泄不通。在掌声、呐喊声中,队员们个个奋勇,发起了一次又一次冲击。在水兵的强大攻势下,联队虽一度陷入困境,但他们防守严密,终以2:1战胜了英国水兵队,打破外国人不可战胜的神话。这个开天辟地的胜利,使江城沸腾了,成千上万的人久久不愿离去,尾随着联队,直至将他们送回驻地。

少帅授奖

耿伯威的足球队打败了洋人,一时间传遍中国。于是,有请他去打球的,也有请他到大学教体育的。

当时,张学良任东北边防司令长官,他酷爱体育。为发展东北的教育事业,造就人才,他还兼任东北大学校长。他一方面扩建校舍,一方面在全国各地聘请有专长和有声望的专家学者,耿伯威便是其中之一。

东北大学分为南(大南关)、北(北陵)两部分,设施简陋,教学条件差。那块小河沿体育场,因年久失修而坎坷不平。耿伯威多次向上级反映,均无结果。于是他同另一位教篮球的老师孟玉昆商量,找少帅张学良解决困难。

见少帅前,两人气壮如牛。可到了少帅府,却不好意思开口了。张学良见他们这样,便问:"你们找我有什么事?"

少帅这么一问,他俩的顾虑打消了,耿伯威就说:"学校没有一个像样的田径场和足球场,没办法上课。"孟玉昆说:"咱们东北大学,这等运动场,定会叫人笑话,您是一校之长,也该管一管吧!"

少帅听了,稍停片刻说:"这件事,学良责无旁贷。"接着,少帅就场地规模、选址等问题,征求了他俩的意见。

从少帅府出来,两个人像是大喜临门般的高兴,一个说少帅真痛快,另一个则说今后怎么也不能愧对少帅。说着说着,他俩走到一家酒馆门前,耿伯威一把将孟玉昆拉住:"咱们喝酒去!"

此后,张学良还为新体育场建设捐款30万元。1929年,一座罗马式的椭圆形运动场(含足球场)便在沈阳北陵建成,成为当时中国体育设施史上最气派壮观的一个。体育场建成后,举行了第14届华北运动会。当时26岁的耿伯威,还以11秒5的成绩,甩掉了所有中外选手,夺得特别组百米赛冠军,因而荣获由张学良亲自授予(唯一亲授)的一枚银盾。

发现刘长春

1932年7月30日,第10届奥运会在美国洛杉矶举行。因为得到张学良将军资助的8000美元作为旅费,刘长春才于7月8日在上海码头登上"威尔逊总统号"邮轮。经过20多天的海上漂泊,终于在开幕前一天赶到了洛杉矶,成为我国历史上第一个参加奥运会的选手。1978年刘长春在忆及往事时给耿伯威的亲笔信中称:"老师之当年厚爱,长春至此不忘。无先生之教诲,我何以有今天。"

耿伯威初到东北大学,遇着这样一件事:一年级上体育课,项目是100米跑测验。发令枪响后,同学们争先恐后地向前冲去。可起跑线上唯独有一个人没挪步,他就是刘长春。只见他在那儿蹲着,好像什么事也没发生。不知是因为有人喊他,还是他自己真的如梦初醒,这才赶忙将腿猛地往后一蹬,似离弦的箭,"嗖——"地冲了出去。刘长春跑起来步幅大,频率快,转眼间逼近了前面的同学,在后30米的冲刺中,竟将对手全部甩到了他的后面,第一个冲到终点。时间是12秒3。

下课后,耿伯威喊住刘长春:"你愿不愿意练短跑?"

"愿意!"刘长春信心十足地回答。刘长春在耿伯威的指导下,进入正规训练。

在学校里,耿伯威既有课,课余又要领着一帮学生练球,教学任务和课余辅导十分忙碌。即使这样,他也从来没有在培养刘长春上分过神,每天天色微明,师生俩便奔跑在运动场上。有时两人竞相冲刺,有时耿伯威领跑,耿伯威循循善诱,言传身教。师生俩年龄相差不大,但耿伯威却并没有放松对刘长春的严格要求。有一天,滂沱大雨下了一夜,刘长春以为早晨耿先生不会到运动场上去了,就偷懒多睡一会。没想到,当刘长春起床后却发现耿先生还站在雨里等他。自此后,师生俩的训练也就更加刻苦,风雨无阻了。

有一天,师生俩进行一万米长距离"远征"。突然间,刘长春一个踉跄,栽倒在跑道上。陪跑的耿伯威赶忙收住脚步,将刘长春搀起。摸摸刘长春发烫的额角,大为惊讶。

刘长春出生于大连市小平岛的一个农家,家境贫寒。他很能吃苦,即使是严寒的冬天也坚持在冰冻的硬跑道上练习,致使两腿骨膜发炎。为此,耿先生劝他训练不要操之过急。

刘长春生病后,耿伯威亲自端水送药,还在经济上给以资助,时常买一些补品给刘长春吃。

在耿伯威的悉心培养下,刘长春于1929年5月的华北运动会上,100米跑成绩提高到10秒8,获100米、200米、400米三项冠军。1933年10月他的100米、200米成绩分别为10秒7和22秒1,他的百米全国纪录,一直到1958年才被梁建勋以10秒6打破,他保持了25年之久。

东瀛远征

20世纪20年代末,张学良四弟张学铭一手操办的包括足球、篮球两个项目的中国"体育远征队",东渡日本,与东洋人进行较量。耿伯威去向女友辞行,恰在车站碰上一群日本兵在光天化日之下侮辱一个中国姑娘,一气之下决定不去日本打球。他的女友知道后,却激励他一定要去东洋一搏,为中国父老姐妹们争口气。耿伯威被说服了。他白天在足球场上拼搏,晚上在篮球场上鏖战,表现异常活跃和勇猛。

在日本,给人印象最深的是对战高等师范队的那场足球赛。中国东北大学队

(即远征队)一开始便以猛虎下山之势占了上风。20多分钟后,中方左边锋周子彬将球带到边线,被日方的3名队员围住。周虚晃一枪,又巧妙地将球传出。此时,中锋耿伯威已从后面包抄上来,当日方后卫奋起拦截时,为时已晚,耿飞起一脚,球冲进了日方大门。

下半场开始后,日方试图扭转局势,将比分打成2:2平。这时中方获得罚点球权,由耿主罚。谁都清楚,这个球有多关键。耿伯威是一名速度型球员,射门又惯用"重炮",这一点日本人心里很明白。这时,耿伯威却不以力量强攻,而是在出脚之时来了个"急转弯",用隐蔽的手法打对方的"死角"。球进了!对方目瞪口呆。在场观看比赛的华侨,报以震耳欲聋的掌声,为胜利而振臂喝彩。访问期间,远征队共打了四场足球赛,三胜一负,四场篮球赛,也是三胜一负。

中国体育远征队的战绩,张学良知道后,非常高兴,当即拍电报予以祝贺。张学铭还按照张学良的意思,在东京著名的中国菜馆宴请了全体远征队成员。

大难不死

半个多世纪过去了。耿伯威现在担任着安徽省足球协会副主席、蚌埠市政协体育组副组长,1985年被评为全国健康老人。

他高高兴兴地过了90大寿之后,却遇上了一次危险。

这年的5月20日,他吃罢了午饭,自个儿往市体委去洗澡。虽然两地尚有一段不近的距离,但他从来就独来独往的,无需别人照顾,这次亦不例外。

这一天,他的身体并无异常表现,精神也颇好,他压根儿就没想到别的。可是,泡着泡着,他竟不知不觉、不声不响地滑坠到水底,而且落入水底后,连一点挣扎也没有。此时是下午1时左右,浴池里只有他一个人。

事情却又巧得很,财贸学院副教授范永年,抽饭后空子到泳池来潇洒潇洒。待他穿好了衣服将要离去的时候,无意中瞥见了耿老脱在座椅上的衣服。就这样,大家把耿老从水里捞起,掐了脉搏,仍然有心跳。

耿老逢凶化吉,遇难呈祥,市体委领导以及他的家人心里这才一块石头落了地。

(《中国体育报》1993年2月6次连载,《中国群众体育》杂志转载)

王晓东,她是这样走上榻榻米的……

看了王晓东的比赛,觉得采访并未结束。于是,趁她走出比赛大厅的机会,赶忙把她叫住。

哟,我这才发现,那件不合中国人眼光的又长又厚的白色柔道服,原来裹着一个修长、俊美、汗涔涔的姑娘。

"看你的样子,应该去唱歌、跳舞或者练体操,怎么——"

她比赛后显得白皙的脸上,忽然染上害羞的红晕,"谁知道?"她边说边吐了吐舌尖。

她家住四川省甘孜丹巴县金川乡小巴旺村,那里四面环山,层峦叠嶂,流泉潺潺,是藏胞聚居的地方。从前,她家祖孙三代共八口人,全靠耕种过日子,生活清苦得很。党的三中全会后,国家对藏胞生活给予了更多的照顾。少年的王晓东这才有机会背起书包,跨进了学校的门槛。她高兴地告诉我说,从那个时候,她一放下书本就唱歌,做梦都想当个歌唱家。

谁知一天课间玩篮球,偶然被甘孜州体校田径教练杨秀珍(藏族)发现。本以为看看就了事,哪知杨教练默默不语蹲在一边,眼神却"咬"住她不放,弄得她惴惴不安。一会,杨教练居然走来了,而且一步一步地逼近她。她的心跳得也就更凶了。"真不争气呀!"她悄悄地但却是狠狠地扭了一下大腿。

"来,立定跳,再跑30米。"杨教练一面比画,一面告诉她。

呵,杨教练是来干什么的,她一下子全明白了。她将裤脚一卷,头一摆,冲出去了。

跳——她像只轻捷的春燕。

跑——她如同下山的猛虎。

不到一个月,喜讯翻山越岭,来到这偏僻的小山村,王晓东,要飞了!

她以为,杨教练的信是通知她进州体校的。这一点,对他们全家人来说,已经是大喜了。祖祖辈辈,有几个人出过山?有谁看过体校?她哪里晓得,杨教练想的岂是这个,而是要将她送到最高体育学府,进北京体育学院运动技术学校深造。

在去首都的列车上,她唯一做的事就是笑,睡着了在梦中也在笑。似乎就是这样,笑呀笑呀,一直笑到了北京。

谁知,进了北京体院,既不叫她练体操,又不许她学篮球,而是让她练柔道。

"妈呀,哪有女子打架的?"她惊呆了。

看王晓东这个样子,总教练王德英笑着走来:"这就为难了?还要和男同学一起摔呢!"

"啊……"她吓得倒退一步,双手捂起了滚烫的脸。

那时候,练柔道的男同学不少,可女同学就她一个,这个头太难开了。

第一次和杨延庆对练,脸红、心跳,还不知道怎么回事,就被对方摔倒在垫上,头昏眼花,骨头也疼。

第二次同王毅配对,心想怎么也要对这个调皮的男同学报复一下。谁知,未曾抱住对方,反被对方提起,在空中绕了个半圈,然后唰地从肩上甩过去,摔了个"倒背口袋"。显然,这个亏吃得不小,但她哪里服输,从垫子上爬起来,抹了抹嘴角,倏地又猛扑过去。这时还顾得了什么男的与女的,瞅准对方大腿,抱!别看一个窈窕淑女,可拼起命来,也真的厉害!你看她,一个腾拉,像块活的石碑,沉沉地压在王毅身上,而且施用固技,令对方只好拍手就范。

成功了,她一骨碌儿爬起来,以一个胜利者的姿态,又是拍手,又是跳,笑得泪水哗哗直掉。

她是不知道的,只有王毅最清楚,为不伤害她的自尊心,他是有意给了她这个机会的。

后来,女同学们陆续来了,王晓东也干得更欢了。1985年,她在亚洲锦标赛中,过关斩将,夺得第三名,闯进了扑朔迷离的国际柔坛。

(《柔道与摔跤》杂志1988年第2期转《中国体育报》)

刘寿斌,"弃儿"梦

世界举坛,历来被苏联和保加利亚等国垄断。中国的陈镜开和何灼强等虽也曾"跃马横刀"地多次冲击,但终未能从根本上动摇苏、保等强国的地位。1989年10月,在葡萄牙洛雷斯举行的第10届世界杯比赛,是仅有15名选手参加的超级大赛。报名者是当年国际比赛中10个级别的成绩最优秀者。比赛不分级别,每个级别的选手都有达标标准,超标准者加分,根据得分排出名次。从某种意义上说,荣获该比赛的冠军者,即全世界举重界的强中之强。比赛结果,中国运动员破天荒获此殊荣,他就是 21 岁的刘寿斌。

初会刘寿斌,他腼腆地涨红了脸。不知是习惯,还是真的头发丝儿妨碍了他的视线,他蓦地将头往后一甩,那一缕乌黑而又微微卷曲的"吊兰发"陡然扬起,但很快又反弹回原处,在他那方方的脸膛上留下一道隔开了黑与白的诱人的弧线。一对水晶球般的眼睛,就藏在这蓬松的发卷下,闪闪烁烁……

有人说,这小子聪明,又走好运,要不然怎么会从一个"弃儿"登上赫赫有名的世界冠军宝座?

8 岁那一年,他带着童年的梦幻和追求,背负一只小包裹,告别了父母,告别了 5 口之家,来到成都四川省体校学武术。尽管他还稚嫩,可在那刀光剑影中,一把汗一把泪地孜孜练习,什么长拳、醉拳、猴拳、地躺拳……就说他的旋子吧,一动腿就是几十个,那可真叫人看了痛快。他翻的跟头,又高又飘,好似在空中留下一串串闪光耀眼的小圆环。按说,运动是增进人体发育的,可是这理论在他的身上,邪门了,练了 4 年,还是那么个小不点,身高 1 米 26,体重 26 公斤。就是这个原因,他成了武术队的"弃儿"。

说他交好运,就是正当他将"夭折"的时候,却又有人重新为他点燃了希望之火。在同一个大院里的举重老教练李白玉,悄悄地跟他说:"小子,跟我来练练这铁墩墩怎么样?"李老教练这话一说,在这聚居着千军万马的大院里陡然掀起一场风波,大家都嚷嚷:"哪有 12 岁的娃子练举重的?压也把他压趴下了。"领队刘长明黑夜跑到李白玉的家,劝老教练别闹出纰漏来。岂知,李教练是我国最早一批经苏联专家训练的举重选手,与陈镜开、黄强辉和赵庆奎一起,曾被称为当时中国举坛四大支柱。体育竞技是一个多项目的园地,有的需要空中优势,有的则谋求瘦小体型。这个项目的弃儿,也许正是另一个项目的宠儿。李教练有他的经验,也自有他的看法。所以,尽管面前一片异议,他还是很自信地对领队说:"人是小点,可我的训练是活的。"

就这样,刘寿斌经历了他最有意义的一次转折——迫不得已的跳槽。

然而,路却仍然是漫长而坎坷的。

从成都到北京,从省队进了国家队。刘寿斌在举重台上如同挂满帆的小船,顺风疾驶。当李白玉教练将他交给黄强辉教练的时候,他已达到抓举 95 公斤,挺举 115 公斤,总成绩 210 公斤。两年后,他训练中的最好成绩又长到抓举 117.5 公斤,挺举 140 公斤,总成绩 257.5 公斤。在这期间,他参加了第一届青运会,以 240 公斤的好成绩,跨进了 52 公斤级优秀者的行列。

刘寿斌的面前已呈现一个鲜花盛开,缤纷绚丽的世界。可是,谁能预料,就在他春风得意的时候,1986年4月在常州全国锦标赛上,一走上举重台便连续抽筋,抓举吃了3个"大鸭蛋"。虽然挺举130公斤,排名第5,可抓举翻了船,一切也就如梦一样烟消云散。如果说他平时不卖力,没那份儿力量,这怨他自个儿。可是,他抓举的训练成绩已达到了高于世界纪录的117.5公斤啊!正欲展翅高翔时,迎头挨了一记闷雷,这对于已经受到一次霜打的他,又遭到二次打击!

在武术队,他盼长而不长。可是,到了举重队,"练缩"了的他,却像得到了春风拂润的小草,拔节上长。1985年第一届青运会,他的成绩被列入优秀者之列,他参加的是52公斤级的角逐。可是到了1986年,他的个儿猛长到1米6,体重57公斤。人生的第二次发育高峰,使他变得英俊潇洒,但在竞技场上,却给他增添了烦恼。从52公斤级升入57公斤级,他的成绩理所当然地黯然失色。若想继续留在52公斤级角逐,势必要降5公斤体重。这却是他总体重的十分之一。在常州的全国锦标赛上,他之所以"砸锅"就砸在临赛"掉肉"掉得太多。

在举重台上谋求突破,除技术上的突破外,体重这个因素同样不可忽视。如果一个举重运动员不能成功地驾驭自己的体重,那么也就很难设想他会有所作为。

1989年2月的最后一天,他作为中国举重队的一员,飞到莫斯科参加"友谊杯"国际举重赛。等到了赛地克麦罗沃时,他才知道他的比赛应在3月1日进行。称了称体重,58.5公斤,较参赛级别的标准冒了2.5公斤。节食一天,多者也不过下降0.5公斤。余下的2公斤,就得要从肌肉里挤掉水分。3月1日上午,他钻进了蒸汽浴室,那高温、憋闷,若不是久经锻炼的,就休想走得出来。好在自打常州失败后,他已变得聪明起来。1987年9月,参加在捷克俄斯特拉发举行的世界锦标赛,他就进过这种大蒸笼,并以130公斤的成绩夺得抓举冠军,打破了由何英强保持的129公斤的亚洲纪录。有了这种经验,也就能够比较从容地利用那种令一般人难以忍受的大蒸笼来挤掉体内的水分了。当他从蒸汽浴室里出来随即上了磅秤,这才一块石头落地,过关了。随着"绿灯"放行,食禁解除了,他喝了水,嚼了巧克力,而且还服了一小瓶蜂王浆。也许是这些水分、糖和氨基酸在瞬间的神奇妙用,也许还有精神因素,使他兴奋但又镇静,一种潜在的却又是他自己能够驾驭的力量在刹那间爆发。铿锵一声,那沉重的杠铃被举起,凝在他坚挺的双臂上。"哗——"猛烈的掌声在看台间滚动,体育馆显得太小了。这次比赛,刘寿斌不仅垄断了56公斤级总成绩(284.5公斤)和抓挺举3块金牌,而且还以134.5公斤的成绩刷新了由何英强创造的134公斤的抓举世界纪录。

1989年9月,也就是在葡萄牙洛雷斯举行的世界杯比赛的前一个月,刘寿斌在希腊雅典还参加了第 59 届世界举重锦标赛,又夺得了抓举金牌和总成绩银牌。

(原载于《中国体育报》,《安徽体育报》1990 年 3 月 4 日转载)

拳星蒋浩泉

20 世纪 40 年代,当我国在国际体育比赛中被描绘为"中国等于零"的时候,蒋浩泉叱咤拳台,挫败了国际名手。这位有名的中国拳星,现任安徽大学体育教研室主任、安徽省大学体育工作委员会教学科研组组长、合肥市武术协会主席。

车下余生

1937 年,蒋浩泉从当时的南京国立体育专科学校毕业。接着,灾难深重的"八年离乱"便开始了。当硝烟在可爱的国土上弥漫开来的时候,他不得不随校向重庆迁移。

这天,蒋浩泉等人搭乘一辆运棉花卡车,颠簸于云贵公路之上。云贵公路,盘绕回环于崇山峻岭之中,上面青石压顶,路面坎坷不平。左边是直立石壁,右边是令人毛骨悚然的悬崖。突然,一辆汽车迎面开来,使运棉车司机慌了手脚,造成了翻车事故。当余生者尚未从惊愕中镇静下来的时候,只听得车下有人呼叫。一看,是蒋浩泉被压在车下。当"天翻地覆"的事情发生之时,蒋浩泉以为一切都完了,可是,揉了揉眼,这又才发现自己还活着。是汽车对这位年轻人客气吗?不!他自小喜爱拳击、武术和摔跤,练就了钢铁一般的身体。当他发觉汽车将发生事端的瞬间,练功运气,爆发出一种叫人难以置信的拒车之力,这才免于一死。蒋浩泉在众人帮助下从汽车底下钻出来后,发觉小腿出血疼痛,但两胯未曾伤及,这才高兴地一笑:"今后仍然能够练拳击!"

为民雪耻

雾都重庆,生活艰辛,环境也很污浊。但是,蒋浩泉没有灰心,作为中华民族的一个青年,是忍受不了外国人对自己祖国的凌辱的。1942 年,中、美、英国际拳击比赛在重庆举行，蒋浩泉首战美国职业拳手白克拉。第一场，令对方败在他的手下。第二场三个回合，尽管对方十分顽强，但他一拼到底，连赢三盘，获得全胜。之后，与英国久文更生交锋，这是一场实力悬殊的激烈搏杀。久文更生是全英冠军，个子比蒋浩泉高出半头，块头也大，可谓彪形大汉了，而且出拳快，动作活，技术全面。蒋浩泉深知，单凭实力，是敌不过久文更生的，于是便暗施巧计。第一场，他佯装成不堪一击的样子，有意露出破绽，诱使对方左路进攻。第二场，一开始蒋浩泉虚虚实实，继续挑逗对方。他见久文更生已经上当，便出其不意地猛出右勾拳。这一拳又狠又妙，不偏不倚地击中对方左腮。久文更生没有戒备，猛挨这一拳，身体唰地一个翻转，摔倒在台子上，等口令数到十，还不能够爬起来。

在 20 世纪 40 年代，有谁见过，一个普普通通的中国人，居然将一位大名鼎鼎的世界强手击败？这在外国人中引起多大的震动？为中国人又带来了多大的喜悦？蒋浩泉的成功，令全场轰动，人们流着泪，狂跳着，向空中掷帽子，抛衣服……

丹凤献花

著名电影员演员王丹凤，为拳击明星蒋浩泉献花，这在上海曾经一度传为佳话。

抗战胜利后，为救济苦难的孤儿，上海体育界和福利界人士，联合发起募捐拳击表演，并且邀请英、法、葡萄牙选手参加。

在当时的上海，拳击是个热门，一旦比赛，便会轰动全城。加上蒋浩泉和国外名手登台献技，又是义演，当然要出现购票高潮。票价每张约合现在的人民币一块多钱，据说还有倒卖黑市票的，票价高达两倍以至三倍。

表演这天，当蒋浩泉走进现在的山西路体育馆的时候，全场已经座无虚席。他一面向三千多名观众致意，一面走上一米多高拉有绳圈的拳击台，令他意外的是，就在他招手之间，一位窈窕姑娘，穿着绚丽，手捧一束鲜花，向他婀娜走来。啊，这不是王丹凤吗！他伸出手来接过鲜花，又一个箭步，跳下拳击台，径直地朝后场跑去，然后戴上拳击手套，叮咚啪啦地练习起来。

这次表演，共有八对选手，蒋浩泉同法国一名拳星配对，安排在最后，唱一台压轴戏。双方一交手，蒋浩泉便上下左右全面进攻——直拳、勾拳。声东击西，令对方难以招架，以至于倒在绳圈上。比赛结束了，蒋浩泉重新捧起王丹凤献的花束，满身汗水地走出了体育馆……

满堂喝彩

在那时，由于经费短缺和其他许许多多的原因，蒋浩泉的努力和天赋，没有办法得到很好的发挥。中华人民共和国成立了，他虽然已经年过三十，但青春的泉水，却又在他的心底流动起来。中华人民共和国成立后的第一次全国跳水比赛，他兴致勃勃地登上跳台，夺得了第二名。不久，又相继在华东和全国体操比赛中，赢得了全能和自由体操的第二、第五名。20世纪70年代后半期，我国首次举行全国拳击比赛，他平生第一次被任命为总裁判长。

就在这次比赛的颁奖仪式上，人们要求他同东北的一位拳击教练卜恩富做摔跤表演。卜恩富是中华人民共和国成立以前的全国摔跤冠军，拳击和摔跤两项，与蒋浩泉势均力敌。此时，蒋浩泉虽年近四十，但功夫不减当年。第一跤蒋输了，第二跤蒋扳了回来，第三跤决定胜负，争夺可就更激烈了。卜恩富一个劲地强攻置蒋浩泉于被动挨打的地位。在卜恩富的眼里，胜利即将到手。可是，哪知蒋浩泉使出绝招，再次将卜摔倒在地上。这精彩的表演，惊动四座，赢得了满堂喝彩。

老骥伏枥

蒋浩泉虽然担任教学领导工作，但他坚持每周上四节体育课。教研组在蒋教授的主持下，工作卓有成效。在合肥地区越野赛跑中，安徽大学连续四次蝉联成年女子组冠军。1980年，又获得合肥地区高校乒乓球赛女子团体冠军和田径运动会总分第二名。

1980年暑假，安徽大学举办美国留学生汉语学习班，蒋教授宁愿少休息，也要亲自为学习班开体育课，每周三节，每节课两小时。为了帮助学员学习中国武术，他还经常利用晚上的时间，到远在10多里外的留学生驻地辅导。在学习班结业的时候，学生们学会了八式太极拳、简化太极拳和青年长拳，青年长拳是蒋教授为适合大学生的身体特点和兴趣创编的，结构新颖，易学好记，既能单练，又可对打。考古学家伦吉尔·阿方兹博士高兴地说："你们中国武术这么好，应该列入奥运会竞赛项目，我去建议。"

近年来，蒋教授经常担任大中型体育比赛的裁判工作，被授予游泳和跳水两个项目的国家级裁判员称号。他和张登奎等，联合著有《拳击》一书。1979年，还完成教育部交给他约四万字的任务,即一百六十个图解的体育教学大纲教材的编写任务。

(原载于《中国体育报》,《体育世界》杂志1982年第2期转载)

这世界,是你的,也是我的

沙丽的家距举重房百把米,她每天必须好几趟打那儿经过。可是,她却从未探过头往里边看看,那沉甸甸的世界里,对她好像一丝儿诱惑也没有。

然而,事情总是多变的,变得往往叫人捉摸不透。

一个很偶然的机会,她同有事回省的国家举重队的马建平邂逅了。她那时正在合肥外语专科学校上学,而他也说得一口虽不算很漂亮,却也较为流利的英语。多少年来,她只认为运动员四肢发达,头脑简单,从未知道体育健儿中也不乏可爱的内秀者。说来挺逗,她对他这短暂的第一印象,竟不可动摇地改变了她的初衷。他们一见钟情,且爱得越来越深。

不知道是这爱缩短了她同他事业之间的距离,还是她被他已10次夺得全国冠军,并在奥运会上拼出第8名的那种无畏精神所感动,她暗暗地下了个决心:要在他为之奋斗的事业里扮演一个角色。当然,当运动员是晚了,她有自知之明。但是,在那扑朔迷离的举重舞台上,她是能够找到一个合适的位置的,她对此非常自信。

1988年4月,安徽省举行首届女子举重比赛,这可是千载难逢的好机会。她壮着胆子去找有关同志,来个毛遂自荐,还真获准出任裁判呢!虽然这是她开天辟地第一回,但在同他的交往中,那个一向对她封闭的举重王国的大门向她开启了。什么叫抓举,什么叫挺举?怎么算试举成功,哪样又算失败……这一切,就像英文的26个字母一般,她已是熟悉得很。所以,当个计时员什么的,她是大可以胜任的。

说来她也真是走运,这次比赛,竟有两名姑娘力超世界纪录。虽然这杠铃是别人举的,可因之而轰动的场面,却使她激动不已。忽然之间,她想起一件事:写信给他,让远在北京的他也来分享她的喜悦。她在信中说:"这迷人的铿锵世界,是你的,也是我的。"向他吐露这样的真言,对亭亭玉立的她来说还是第一次。

他能够用英语同她对话,他的英语程度在那些个肌肉隆起的大力士们中间,也算是个佼佼者。但是，说实在的，若要让英语来为他的事业服务，使他能够博采世界举重技术的精华，那么，他英语的差距就大了。有心的她向他发起挑战："别看你是个举重冠军，如果在英语上追不上我，就不能算是个好样的。"为此，她利用假期专程去了一趟北京，用将近一个月的时间为他辅导。这年暑假，他参加了高考，并被北京第二外国语学院录取，他是二外录取的唯一的一名运动员。自此，他每天早饭后骑车到东单，再从东单搭班车到学校去听课。下课了，再匆匆忙忙地赶回体育馆，准时参加下午的训练。在上学与训练交叉的这段日子里，应该说，他承受的是两倍于人的重负。但是，他既没有因训练而放弃学习，更没有因学习而影响训练。他依旧和过去一样，在举重房里忘我地拼搏。六届全运会对他来说虽是一次告别赛，但他却勇敢地冲击，并以 312.5 公斤的总成绩，同姚景远并驾齐驱。应该说，他给自己做的这总结是挺漂亮的。

他的奋斗给予她撞击，她成了他事业上的知音。她岂会满足于只当一两次比赛的裁判员，她自己有更多的追求。而他对于这一切，总是给予充分的理解和鼓励。1989 年 4 月，她提出担任在铜陵举行的全国举重锦标赛的裁判工作，可是，这时的她却已经身孕快 5 个月了。可以想象得到，他能放得下心让她去吗？就连她的爸爸、妈妈也是一个劲地劝阻。可是，他还是站到了她的一边，说服了岳父母，让她愉快出行。这次比赛，她不仅圆满地完成了裁判任务，而且在一级裁判员考试中考了个"女状元"。比赛期间，她还抽出许多宝贵时间，为正在准备参加国际一级裁判员考试的赵庆奎等老师辅导英语，并使得他们在后来的考试中，顺利过关。她去扬州参加国家级裁判员考试时，她的小千金仅两个月。可是，他仍然开放绿灯，果断地给孩子提前断奶，并将孩子送往芜湖老家，委托奶奶照顾，解脱她的后顾之忧。这次考试，她又进入前 3 名，从而成为了安徽省第一个女性国家级举重裁判员。

近些年，安徽举重很不景气，百废待兴的重担落在了马建平等两名年轻教练身上。沙丽是省体校的英语教师，教学任务本来就不轻。可是，为了举重，她承担了他教练工作以外的一切事务，包括买菜、做饭和带孩子等。令她欣慰的是，马建平带领的举重队，已经不再是过去那般沉寂，健将涌现了，全国前 6 名也不再是安徽人的禁区了。她看到了，那块贫瘠的荒原上，正在出现一块小小的绿洲。

（原载于《中国体育报》1990 年 7 月 22 日）

凌晨4点，刘贵伦的天亮了

有一个专利名叫"VI.O"。它已于1995年1月经中国软件登记中心批准，获得了知识产权保护。"VI.O"，即田径、游泳等项目比赛计算机最佳编排及成绩管理系统（简称多项目编排管理系统）。其著作权人为合肥工业大学体育部副教授刘贵伦。

30多年前，刘贵伦在成都体院上学。那时，他在一次体操比赛中，因为第一个出场而失败。作为一名运动员，是应该有能力应付场上一切局面的，可是，在出场顺序上逢上了"第一个"，不仅容易因为气氛紧张而在技术发挥上出意外，而且还会在裁判的给分上吃亏。"枪打出头鸟"，一般情形下第一名是受压制，得分也会较低。巧得很，若干年后刘贵伦当了技巧裁判员，曾亲眼看到江苏队在一次全国比赛抽签中，居然抽成了全部七个个人出场中的五个第一！虽然说抽签是公允的，大家都有机会。可是，抽签抽出的结果，却并不是均等的。因此人们常说，抽签抽到了第一，那就只好认倒霉了。

为此，他度过了无数个不眠之夜。可是，回报于他的不是成功，而是数学的排列与组合上的一个又一个死循环。他有一位热心钻研这道难题的好朋友，就为此而用去了几十麻袋的稿纸，比陈景润攻哥德巴赫猜想时所用的纸还多，可最终却也没搞出结果来。这位朋友劝他说："这个'方程'没解，别再白费力气了！"

刘贵伦并没有灰心。谁能想得到，就在他一次次"碰壁"，一次次遭受挫折之后，奇迹真的出现了。这一天，他像往日一样，在数学这个"魔力"上倾注自己的心力。从早到晚，人也弄得很疲惫。哪知，当他在做一个自然数循环的整列置换时，却神奇般地在偶数上出现了前所未有的最佳编排顺序。这一发现，就像是一盏闪烁的航标灯，突然出现在一个迷航的水手面前。他兴奋不已，将这一方法再拿到奇数上试验。果然有效。又有二分之一整数重复出现。他把重复出现的各列次序置换，而再次重复的只有一次，且唯有一个数字。这就是说，各队出场顺序最大限度均等，相连各队的顺序最大限度地不重复出现的规律被寻找出来了。苦苦钻研了十几年，经历了几十万次的失败，刘贵伦终于在这一天的凌晨4点，成了一个成功者。

体育比赛编排方法，无论是淘汰制或是循环制，都是出自外国人之手。近年来,瑞士人和德国人又为棋类和排球发明了"瑞士编排法"与"本格尔编排法",而这一些又都是用于直接对抗性比赛项目的。刘贵伦研究出来的最佳编排法,则是用于非直接对抗性比赛项目,如田径、游泳、体操等。国际奥委会称之为"中国编排法"的这套具有人工智能的最佳编排系统,经中国情报研究所检索,属世界首创。

(原载于《中国体育报》1995年4月6日)

小洲情

  我是体育记者,成天与体育结缘的人打交道。在安徽繁昌县长江之滨的一个偏僻的小沙洲上,有个身影却使我难以忘怀。要说起他,得先从大堤上的小屋说起——

  天刚蒙蒙亮,田径队员便都到齐了,奇怪的是唯一没有来的是校队教练钟明老师。大家心急如焚,若是再耽搁,就赶不上比赛了。同学们踮起脚尖,眺望着绵延几里的堤坝尽头,连一个人影也没有。大家只好朝着大堤钟老师家的那间小茅屋走去⋯⋯

  刚过杨树林,呵⋯⋯同学们全惊呆了。昨天还是好好的钟老师的家,现在怎么成了一片灰烬?被烟火熏黑了的钟老师和师母,半裸着身子,蜷缩在废墟旁⋯⋯

  年轻时,钟老师酷爱体育,并曾享有过"祖国的骄子"的美誉。万没有想到20世纪50年代那场"反右运动",他莫名其妙地受到牵连,被遣送到安徽郎溪白茅岭劳教。二十四年后的1982年,钟老师的冤案彻底平反了。乡亲们高兴地说:"钟老师的苦日子结束了,该回上海去了!"

  他妻子姚燕瑾的泪水簌簌地不停往下掉,对钟明说:"为了咱孩子们的将来,我们也该回上海去!"

  按政策规定,钟老师可以回上海工作。可是这个有主动权的抉择,在钟老师的心里却掀起了波澜:能够就这么离开小洲上多年朝夕相处的父老兄弟吗?到上海,就能挽回失去了的运动青春吗?

  1955年,钟明作为上海队的一员,参加了京、津、沪三大城市自行车比赛,在5000米和10000米角逐中受到人们注意。从那时起,他便立下宏愿:为新中国争荣誉!可是动荡的年代,使他壮志难酬。如今,他已两鬓染霜了。当他看到这小洲上唯一的中学从来没有体育教师的时候,他深深地感到小洲需要他去做个献身体育事业的园丁!

对于去留得失,他心里明白:回上海,他可以成为国家干部,还可以为子女安排工作,合家团聚,过城市生活;留在小洲,当一个民办体育教师,无名无利,子女也难以就业。

然而他有他的选择,他有他的追求。当原单位来人征求意见时,他除了要求留下来当小洲中学体育教师,没有别的什么要求。

在农村,人们对体育好像还有些陌生。多少年来,人们只要忙到有饭吃,弄到屋住,手头上再有几个钱花,不搞体育也并不觉得缺少什么。为了改变这种状态,扩大体育影响,争取更多的人来支持体育工作,他在当了体育教师后不久,就干了一件轰动县城的事。

那是1984年冬天的一个早晨,天刚蒙蒙亮,在清水河那巍峨的大堤上,便传出了一片"沙、沙、沙"有节奏的跑步声。钟老师领头,后面跟着一百多个训练有素的学生,最后还有自行车队压阵。

这支浩荡的队伍,经过壮观的三山大桥,登上芜(湖)黄(黄山)公路,向县城繁昌进发。

数九寒冬,滴水成冰,钟老师呼出的热气,将眉毛上染上了一层白霜。他脱去毛衣,拽下长裤,汗流浃背。毕竟是过50岁的人了,长距离远征,对他不是件容易的事!

朝阳初升,队伍进入了正值早市的县城。师生们在跑,围观者跟着跑,数以千计的人像潮水似的涌进了新建的体育场。一时间这个小县城鞭炮齐鸣,掌声雷动,好不热闹!这就是后来人们所说的,繁昌千百年来最受人瞩目的一大体育新闻。

钟老师领着队伍这么一跑,就像在宁静的夜空燃放了一支礼花,使人们眼界大开。从此,小洲的情况也变了,不仅体育课正规地上起来了,家长们也都争先恐后地将孩子托给钟老师,期盼能将他们培养成材。

可是谁曾想到,正当钟老师作为一个自豪的公民,伸直腰杆,报效祖国体育事业的时候,一场可怕的火灾意外地发生了。

1985年7月26日晚,钟老师一一落实了第二天去县城比赛的各项准备工作,回到家里躺倒床上,已经是深夜12点了。谁知就在他发出轻微鼾声的时候,他那唯一的邻居家着火了,他这间稻草房顶、竹竿桁架的小屋很快受到了株连。等钟老师惊醒时,眼前已是一片火海。

白茅岭解除劳教后,钟老师自愿到小洲落户,除了和妻子一起种地,拉黄沙,上山开石，为了填饱肚子，他还到公路上用自行车带客。三中全会以后，妻子积攒了20多元钱摆个小摊子卖茶，他又凭借自行车运动员的一技之长，在大堤为过路人修理自行车。就这样，日积月累，节衣缩食，才添置了被褥、家具，并攒了几千元现金准备盖房子。这一把火，不仅钱和家具全都烧光，就连遮身蔽体的汗衫衣裤，也都一齐化为灰烬了。

同学们看到这凄惨情景，都哭了，队员朱玉萍一把抱住钟老师烧伤的腿，眼泪哗哗直淌："老师，疼吗？"就是这个女同学曾因为钟老师太严而在背后骂过他"不人道"。练中长跑的周信根，英语课成绩太差，多亏钟老师耐心帮助，学习成绩才从40多分提高到80分左右。他看到钟老师的家烧成这个样子，便脱下自己的长裤，硬是塞到老师手里。曾经得到过钟老师经济上的资助才避免失学的女同学李明香，将口袋里仅有的两块钱放到了钟老师的脚下，在场所有的同学，也都不约而同地掏起了口袋，1元、5角……一共24元7角8分。同学们说："老师，您买一套衣服吧！若不收下，我们就不去比赛了！"

困难年月，妻子姚燕瑾背着25公斤重的食品从上海到白茅岭去看他，他没有掉过泪，可是面对此情景他眼睛红了。这一群可爱的孩子，不问炎夏与寒冬，在大堤上日复一日地奔跑苦练，为的是有朝一日能参加地区、省、全国比赛……现在，难道能因为他个人的不幸，牵连这一群孩子吗？不能！他对妻子说："比赛一完，我就回来。"妻子抑制不住的泪水直往外涌。她同他是因为体育结为伉俪的，又因为搞体育吃够了人间的苦果。现在当他走完了曲曲弯弯的路，站到了体育教师这个光荣的岗位上，她又为他由衷地感到宽慰，此刻正是他追求与奉献的时候，怎么能忍心去阻拦、违拗他呢？她噙着泪说："去吧……"

"集合！"钟明擦去脸上的泪水，噢地站起来，坚定地说。

同学们列队出发了，没有一个人的眼睛不是红的。

清水河在他们身旁潺潺流淌，队伍倒映在河里，钟老师那高挑的身影，一跛一跛地走着……

钟老师家里遭火灾过去快两年了，小洲中学在钟老师的耕耘下，体育活动在体育教学的基础上搞出了成绩，在全县中学生运动会上，他们已从第17名晋升到第8名，这支"圩埂田径队"正在稳步向前。

小小的沙洲是寂静的，然而钟明老师心里的那团火，在炽热地燃烧。

（《新体育》杂志1987年第7期）

体坛园丁的天平

（"园丁"系列）

这里讲的是几个体育园丁的故事。虽然故事里的主人公都是平凡的,但他们的事迹却感人至深。中国体坛,不正需要千千万万闪光而且默默无闻的耕耘者么?

向太阳微笑

向校长汇报完一天的工作,他这才匆匆忙忙踏上了归家的路……

在这天的体育测验中,学生伍公权百米跑出12.4秒,王庆跳高达1.58米,刘素英(女)铁饼掷出34.35米。在城里人看来,这成绩并非很出色,但是,这却是孙为勤自从聘任为刘暗楼初中民办体育教师以来前所未有的。一个体育教师的欣慰和快乐,莫过于他的学生们创造了好成绩!

他骑着自行车,看着远处那时隐时现的灯光,哼着流行曲子,心里乐开了花。他想,待会回到家里,将学生们的成绩,一五一十地告诉妻子,她也一定会为他高兴的。

不觉间,他已兴冲冲地撞开了家门。

"啊?"屋里的情形,陡然间把他给惊呆了。

昏暗的煤油灯下,妻子半躺着,满脸血痕。那个才3岁的宝贝儿子已经睡去,左半脸上包着纱布,纱布上透出了殷红殷红的血迹。

"怎么啦,这是怎么回事?"他迫不及待地问。

"你还有家吗?还有老婆和孩子吗?"他这一问,妻子便像火山爆发似的嚷开了,而且大把大把眼泪往下掉。

妻子声泪俱下,一反常态。他忽然想起,早晨离家去学校时,儿子发烧,他答应她,上完课就提前回来,送儿子到医院去看病。

"糟糕!"他不顾一切地扑向儿子。

原来,他早晨去学校后,尽管妻子按他的叮咛给孩子吃了药,可高烧仍然不退。在万般无奈的情形下,她只好将5岁的女儿托付给邻居老奶奶照护,然后央求另一户邻居的一个15岁小儿子骑车送她娘儿俩到好几里外的卫生院看病。哪里知道,途中与一辆汽车相撞,他们三人连带车子全摔到了路边的深沟里。儿子摔得休克,她也摔伤了脚,被吓得不省人事。

得知情形后,孙为勤只感到一阵酸楚,痛感太对不起妻子和小儿子。

其实,欠妻子和孩子,又何止是这一次呢?自从他当上体育教师,就没有很好地照顾过家。1987年农忙假,为迎接县中学运动会,他连一天也未休过。家里缺少人手,妻子一个人忙不过来,两亩多黄豆无人收割,眼看着地里的黄豆被雨水糟蹋霉变了。他不当体育教师家里生活还过得去,当了体育教师反使家里连温饱也成了问题。女儿见人家孩子穿花衣裳,嚷着要。儿子嘴馋要吃肉,可十天半月也捞不着一次。他每月工资34元,连买粮食都很紧张啊!他对于他的家庭、他的妻儿亏欠得实在太多了。

孙为勤也是个人,夫妻爱、父子(女)情,别人有的,他都有啊!他抱着儿子,瞅了又瞅,看着那纱布上的血迹,心疼得直跺脚。

妻子看他疼儿子疯了似的,再大的恨与愤也在这一瞬间烟消云散了。她跑过去,趴在他的身上,一家人抱在一起,哭成一团。

她怨他,可在她的心里,却又很爱他,很疼他。她知道,他虽然很少顾及家里,可他却是全家最辛苦的。早上太阳未曾露面,他就要赶到学校去,领学生们早上锻炼。晚上漆黑一片才回来,那是因为在学校带队训练弄晚了。且不论早饭是怎么对付的,就是午饭和晚饭每每总是因为工作而晚别人两个小时才吃。儿子很难吃到点肉,他就更是同肉无缘了。他要上体育课,又要带训练,既费体力,又要伤脑筋,长年累月这么着,谁能受得了,人不是铁打的啊!她为疼儿子哭,同样她也为疼丈夫流泪。千般怨万般恨,都在这理解中消融、化解。

天亮了,当孙为勤妻子打开家门的时候,她怎么也想不到,几十个同学正向她家走来,有的手中还拎着给她儿子买来的慰问品。她曾经捎过信给校长,说她怎么也不会让她丈夫再去当体育教师了,即使让他种地也乐意。可是,当她看着他的那些可爱的孩子们一道走出家门渐渐远去的时候,她的心里却又将昨天所发生的一切全给忘了,她为她有这样一个丈夫而宽慰。

辛苦换来了收获。他担任了民办体育教师,学校修起田径场,开了体育课,组织了运动队,在乡、县、地区三级运动会上先后有200多人次进入前3名。在这个乡旮旯里,从无人想到过还会出什么体育人才,可如今刘素英和伍公权等,已被地区和邻省山东菏泽体校选走,还有的被县师范体育班破格录取,孙为勤本人也被列入县《教育英雄谱》。

娘，儿对不起你

阚利民走向拳击台，是吴信常为他铺垫了最初的一段路。

阚利民上初中时，就身高力大。作为体育教师的吴信常，哪肯让这样一株苗子抛荒。他教阚利民练篮球，学武术，进行田径的全面身体素质训练。利民身体瘦，吴老师告诉他每天加个鸡蛋，再喝点糖水。利民不语，只是悄悄地流泪。吴老师通过家访，这才知道利民他家人均仅半亩地，生活不宽裕。于是，他给孩子买来了鸡蛋、奶粉和白糖，甚至在节假日还让孩子上他家去练，请他妻子给孩子开个小灶。起初，孩子100米成绩是12.42秒，铅球10.36米，立定跳远2.61米。经过他的一段雕琢，这三项成绩分别提高到11秒27、12.3米和2.81米。

吴信常教的不只是阚利民一个人，他是个体育教师，他和另一名兼职体育教师面对的是全校13个班级的521名学生以及在这"汪洋大海"里挑选出来的校运动队队员。

有一天，他正在给校篮球队开准备会，突然他弟弟冲进门来，一把将他拽出门去了，说："咱娘得了肺癌，已是晚期，明天就得送徐州医院，得想办法从学校借1500元医药费。"

弟弟的话如五雷轰顶，他立时就像掉进冰窟里一样，全身木然而哆嗦。然而，他还是镇定了下来。开完准备会，待将第一天的比赛安排妥当之后，这才连夜赶往县医院。10多天前，他娘就住进了县医院，只是老人家不愿因为她而分散儿子的精力，所以才没让告诉她生病的事。

他走上工作岗位之后，他娘曾经语重心长地说："常儿呀，你是咱乡第一个教育人的人，你可不能让娘的脸上无光噢！"他的确也是好样的，从来就没有辜负过他娘和乡亲们的希望。程庄初中没有运动场，他就带领学生们从二里多外的南河边拉来土，硬是将一个方圆七八十米，深1.5米的大水坑填平，建起一个在全乡引以自豪的田径场。劳动中，一个学生连同平板车一起栽进了污水坑里。他不顾一切地跳下水去。孩子得救了，车子也被拖上来了，他却被坑里的芦苇和杂刺扎得遍体鳞伤，鲜血淋淋。阚利民在雨后的烂泥地上做跳跃练习时摔伤了腿，他就背着这个身高1.8米，体重140多斤的大块头，一步一滑地走两三里路。待进了区医院，办好挂号、住院等手续后，他却晕倒在手术室外，直到晚上9点经抢救方才清醒过来。砀山是安徽省的边缘县，程庄又是偏僻的山窝窝，体育工作基础可想而知了。可是，就是因为有了个吴信常，才使得这个学校的"两课两操一活动"生动活泼地开展了起来,而且"达标"率达到95%,这是多么不容易的事啊!

吴信常赶到县医院,他娘躺在病榻上,原来那张熟悉而慈祥的脸,已被疾病折磨得变了形。他看得出,老人家正忍受着阵阵病痛的煎熬,他的心里像扎进了一把刀。

吴信常之所以能走上操场和讲台,成为一名人民教师,这其中没少了他娘的一片苦心。他5岁那年,家里缺少劳力,又遇天旱,娘靠挖野菜来养活着他们兄弟俩。后来日子好过些了,可一个农村妇女要负担起两个孩子上学,实属艰难。为了让他兄弟俩学文化,母亲起早摸黑,节衣缩食,苦累苦熬。他当了体育教师,家里少一个壮劳力,生活更难过。可是,为了支持儿子培养好下一代,老人家慷慨地让吴信常用自己的工资买煤球,烧水给学校体育队的孩子们喝。有些孩子喝开水还需要加点白糖,老人家笑着说:"那你就买吧,没有钱给家里娘不怪你。"在他的成长及其事业中,他娘奉献了太多太多。

往日他娘身体不好,但他怎么也没想到,娘得的竟是不治之症。如果留心一点,早些发现,或许还有救啊!他捶胸顿足,一头扑到床前,双膝跪在母亲身边……

"我的病怕是不行了,你们别再为我多花钱了。"老人家睁开疲惫的双眼,伸出一只骨瘦如柴的颤抖的手,为儿子抹泪,"听说你们明天要打球,你可不能因为我误了大事。这里有你媳妇和你兄弟在也是一样的。"

母亲病危,即或有天大的事,按理,吴信常也不能走开呀!但是,当他想到,为了明天的这场比赛,上至校长,下至苦学苦练的孩子们和他们的家长,个个鼓足了劲儿,作为体育教师的他,怎么能在比赛的时候不到场呢?在母亲的再三督促下,他抹去眼泪走出了医院。临行前,他娘还让他将带来的奶粉、蜂王浆等带走,分给打球的孩子们吃,说这对孩子们身体有好处。

第二天,他娘在他妻子和弟弟的护送下去徐州治疗。虽然母亲的病曾使他六神无主,可一旦到了赛场,他就全身心地投入了。经过十多天的拉锯战,他们终于夺得了冠军,在全校引起了从未有过的轰动。

比赛结束了,当晚,校长和他一同前往徐州,探望他娘。行前,老师和同学们自发捐款400多元,还送来麦乳精之类的营养品,愿他娘早日康复。

然而,当他和校长风风火火上路时,在村口迎头碰上的却是从徐州回来的他娘的灵车。他傻了,木木地站在那儿,好大一会儿说不出话来。

"信常,你哭吧,这样也许会痛快一些。"校长赶忙将他挽扶住。

他挣开了,扑向灵车:"娘,儿对不住您……"

事后,他弟弟告诉他,娘在弥留之际,还断断续续地喊着他的名字,并交代,希望他多教出几个大学生和打球的。

第二年春季全县中学生篮球赛上,吴信常带的队又捧回了冠军杯。至今,吴信常已向宿县地区体校输送了12名田径、篮球、举重运动员,另有好几名学生被输送到北京、上海体院和安徽师大体育系。其中阚利民已成为全国71公斤级拳击冠军,去年在泰国举行的亚洲地区比赛中还进入前四名。吴信常也因此获得了宿县地区输送人才奖和地区、省、全国"优秀体育教师"称号。乡政府破例奖励他一辆"永久"牌自行车。

跳荡的烛光

一个体育教师是很平凡的,可是,在这些孩子王身上,却又藏着许多感人肺腑的故事。在教师节即将到来之际,这里给大家介绍一个人物——合肥五十五中体育教师张博文。

1

张博文钻进家里,脸没有洗,水没有喝,便一头倒在了床上。

他家那个小饭桌上,属于他的那碗饭,还冒着袅袅热气。孩子们早就吃完饭走了,他这碗饭是妻子热了又热的。

这位从农村来的家庭妇女,见张博文这般情形,便没好气地跟到了屋里。岂知,一转眼,这汉子却横躺在床上睡着了。她心疼地细瞅了瞅他,给他盖好了被子,听着他的鼾声,蹑手蹑脚地自个儿走了。

下了一天的雪,操场上白雪皑皑的,如果听其自然,那么明天的体育课和校田径队的早锻炼就只好泡汤了。不必问,她知道他干什么去了。

因为要领学生们早锻炼,他是他们家起得最早的一个。放学了,带田径队训练,一练就是两个小时,他又是全校老师中最后一个回家的。这且不去说他,迟总归是迟,但这大多是有规律的。让她摸不着头脑的,倒是像前面说到的,饭热了又热的那种无规律。为动员一个学生出来练中长跑,做家长的工作,一直到夜里快12点钟了才回来;另一个学生训练缺席,他担心这孩子在路上碰上意外,饭也没吃,便骑上自行车,顶风冒雨沿途去找。还有一个孩子上学途中,不幸被自行车撞伤。他买了营养品去慰问,见这孩子的腿伤未治疗,他又亲自将这孩子送往医院,打上石膏……这类事是太多了,他数也数不过来。在她的印象里,自从她获准农转非的照顾,从农村来到合肥,实现夫妻团聚之后,他是很少同全家人聚在一起吃顿饭的。

2

那是他们夫妻俩分居两地时候的事了。那时,他每月工资35元,还带着个10岁的孩子在身边读书。她在乡里领着其余两个小孩过日子。两地生活艰辛,是不用细说的。

苦就苦吧,可偏偏伤口上再添一把盐。她带的那两个孩子,一前一后都病倒了。看病没有钱,里里外外就她这一把手。在万般无奈的情形下,她只好托人顺便带信给他。若是一般小事,她是不会去打扰他的。孩子的病,不寻常啊!

他回来了,接信后一刻也没耽误。

他闯进家门,屋里没有一丝声音,只见两个孩子一个躺在罗窝里(简易的农村用小摇床),另一个躺在床上。看得出,两个孩子都在高烧中,显得虚弱而不安。她坐在两个孩子之间,垂着个头,眼见这一切,他只觉得一阵心酸,也差点掉下泪来。

他问了问孩子病情,便又奔了出去。她以为,他会领位医生来的。哪里知道,他带回来的却是两小袋感冒和退烧类的药片,外加两斤猪肉。他没想到请医生,也没想到将孩子送到医院去。他买回来的药是否可以治孩子的病,心里也没个底。可是,他却明白,就是这样,他口袋也已经掏空了,而且返校的车费也给搭上了。

不知是药到病除,还是自身抵抗力的缘故,一个夜里两个孩子的高烧全都退了。这个时候,他的心仿佛从树尖落到了地上。于是,学校与家的"拔河"开始了。他知道,他若不在田径场上,体育课等于"放羊"。因此,连头带尾两天,他便咬了咬牙走了。

当她眼看着他走出了家门,委屈与苦楚,爱与恨一起涌上心头,眼泪哗哗地流着骂道:"以后,我就是死了,你也别再进这个家。"

3

骂他,是因为不了解他。自从她同他实现了团聚,经历了从前不曾有过的那无数个朝朝暮暮,她这才深深地感悟到:他,绝不是该挨骂的人。

有一次,他病了,浑身哆嗦,直冒冷汗,呕吐不止,倒在了田径场上。这时,学生已经离开,校领导和同事们也早回家去了。他身体早已不适,只因为坚持训练而弄到了这一步。

幸好,一位学生家长路过,借来一辆三轮车,才将他送往了医院。诊断结果,他是肺炎、气管炎和皮炎三症并发。只因为他一直瞒着,病才拖得这么久,来得这么厉害。

因为工作,他废寝忘食。因为工作,他咳了好几个月而不愿到医院去花半天时间检查。只有当他再也支撑不住了的时候,他这才无可奈何地被人送去了医院。可是,病并未好,他又迫不及待地溜回了学校。在田径场上,他因为体质虚弱而不能久立,就坐在凳子上给同学讲课或指导训练。校领导劝他休息,他却把真情隐藏着,将病情说得轻轻的。

人常说,妻子对丈夫的爱,是有私心的。可是,经历过这样刻骨铭心的事,她还能像从前那样骂他、拦他而心里不受到撞击吗?且看她后来是怎样成了他的同情者和支持者的吧。

队员夏传芳的腿,上学途中不幸被车撞成骨折。为使孩子不落下功课,是她将这个女同学接到家里来,而且特地为这孩子做好吃的。第二年,该生在省比赛中,以13秒8夺得80米栏亚军。

队员黄荣保,因家远而住校,由自己做饭。是她给这孩子送去了炉子和200斤煤球。当时,燃煤是定量的,她家并不富裕。后来,这孩子在省和全国分龄比赛中,获全能、铁饼和标枪的三个第一名。现在,该生已进贵池体校。

校田径队训练,尚未结束,便有两大锅凉开水出现在孩子们面前,天天如此。这,便是她,她用自己家的灶,烧开了,凉透了,再送到场上去的。

张博文在她的眼里是个什么样子,她说不好。不过,她也有一句话——"不骂了,爱还爱不够呢!"

五十五中是所郊区学校,仅有一个由张博文领着学生们劈草开荒修建起来的200米跑道田径场,全年体育经费不足1000元,专职体育教师也只有张博文一人,条件与设备是很差的。可是,这个学校学生的达标率却有90%以上。校田径队在市田径运动会中,至今已连续15年居初中组前三名,并在全国、省、市比赛中获得96个冠军,10人14次打破省市少年纪录,3次荣获全国"雏鹰起飞"奖,25人被选招或考取省队和北京体育大学。其中一名学生进省队还超一项亚洲纪录。张博文除了被合肥市郊区授予"功勋教师"称号外,还先后被授予全国群体先进个人,全国优秀体育教师、安徽省劳动模范等光荣称号。

母子情

春节休假期满,张兆明已定如期归队。可是,就在他动身的前一天,医生告诉他,他娘在世的日子不多了。

张兆明原本是繁昌县体委副主任,省体校毕业,很年轻。他的那个县于20世纪90年代初便成了全国体育先进县。当县组织部门正打算把他扶正的时候,省体委说让他到合肥经营省自行车队。这一官一民，一上一下，哪个工作起来难度更大，更有风险，付出的更多？张兆明比谁都更明白。可是，曾经为两个轮子付出了许多的他，还是执意选择了后者。因为他知道，如果不是需要，省体委就不会下这个决心了。

说来让人笑话，当张兆明带领他的队员，第一次参加全国山地车比赛的时候，他们居然连一辆山地车也没有。全队家当，就是他刚到队时，用2000元从青海队换来凑合着训练的8辆公路车。到比赛地张兆明用3000元买来两辆山地车，当然是便宜货了，这才勉强参加了比赛。谁料，正是这经不起折腾的车子，给了张兆明一个惊喜，使他的队如鱼得水。

山地车比赛，全程落差100米左右，有的陡坡连徒步都很艰难。比赛这天，天又下着雨，道路十分泥泞。安徽队员汪秀峰在上了陡坡之后，面临的便是下坡了。哪知，他的那辆车到此已经不再听使唤了，再加之速度快，惯性大，路又滑，一个不留神，便引来了一场猝不及防的翻车事故。人伤了，车垮了，唯一的出路便是弃权。岂料，这个17岁的姑娘却艰难地爬起来，抹一把脸上的泥水，再扛起那辆已经摔得变了形的车，沿着既定车道，像只泥猴子似的，一跛一跛地往前跋涉，直至走完了余下的两公里。这次比赛，汪秀峰是最后一名，可大会却授予了她本次比赛唯一一个"敢斗奖"。

比赛结束后，国家体委有关部门宣布，为安徽队调拨5辆高品质赛车，以示对他们的鼓励和支援。

张兆明到自行车队后，面临的艰难是可想而知的。可是，他就是凭借自己对事业的一种专注和吃苦精神，将这支年轻队伍带上路了。比如，他要求队员不酗酒，他自己首先不随意端杯。他不准队员抽烟，他先将自己的烟戒掉……正是这样，在短短两年时间里，他便从零开始，带领安徽队挤进全国（山地车）三强，并夺得个人第一、二、三名，队员蔡玉仁还被选进了国家队。

张兆明离开繁昌后，他的老娘渐觉身体不好，而且日渐严重，茶饭难进。虽然张兆明也因为队伍拉练偶尔走进家门，可老人家总是把病情说得轻轻的。可是，儿子走了，她又在心里念叨着："哪天等兆明有空回来，带我到医院去看看就好了。"实在是因为他对他的这个队投入得太多，费的神太多了，所以他对他娘的病始终没有认真对待，一次次地失去了机会。

直到八运会后，他老娘的病情再也隐瞒不住了。张兆明这才请了假，带他老娘到芜湖市某医院检查。医生说，老人患的是食道癌，如果两个月前发现，还可以手术。现在已经转移，为时太晚了。立时，两颗泪珠从张兆明的眼里掉下来。

儿时,张兆明家境十分贫寒,父亲每月工资30多元。为了生活,老娘开过荒,抬过矿石,烧过石英,拉过板车。即便这样,也很难养得了这个七口之家。张兆明是他娘唯一的男孩,宠爱有加。可是,她却无法在一周里让他尝一次荤。每晚业余训练归来,他娘总是为他冲一杯热糖水,这是连他老子也没有的待遇。在省中学生运动会上获得铅球冠军之后,为给他常有点荤吃,他娘又常常在晚上捏着手电,陪他到池塘里、稻田里去捉泥鳅、逮黄鳝……

今年春节放了一周假,这是自备战八运会至今的唯一一次,张兆明哪儿也没去,回家陪伴他的娘。可是,就当他将要动身回合肥的时候,医生告诉他,他娘危在旦夕了。

可是,队员们现在已经都归队了,而且存放自行车的车库钥匙又在他手中。他不回去,全队不是群龙无首么?他安排好他娘的事后,含着泪水走了。

这一别,也就是他同娘的永别。第二天一早,繁昌的电话挂过来了,是他老父亲打的。老人家知道儿子的感情,不忍心将真相告诉他,只是说:"你还是回来一趟吧!"他妹妹急了,夺过老人手中的电话,哭着说:"哥,娘已经走了。"听了妹妹的话,张兆明就像五雷轰顶,撕心裂肺,眼泪哗哗地掉。"娘啊,是我耽误你的病了。"他娘生前,就想他陪她到北京走走,同儿子在天安门前照张相。可是,他终究没有办到。他明知道他娘的时间不多了,可是,他却未能留在他娘身边,为他娘送终……

有人说,忠孝难以两全。张兆明,这一个普普通通的教练员,不正是这样的么?

(《安徽体育报》第5期转载)

报效中华

祖国啊,你快快富强起来吧!千千万万海外游子,愿意把自己的智慧和心血献给您。这里,就给大家介绍合肥工业大学名誉教授、学术委员会顾问、旅美侨胞——赵鉴芳博士报效中华的感人事迹。

游子之心

赵鉴芳教授,今年47岁,对微型电子计算机深有研究和造诣,在美国获得博士学位,现为华盛顿哥伦比亚特区大学电机及电子计算机工程系教授。去年8月,他利用七年一度的年休假期,携带夫人和两个孩子,自费回国,无报酬地来到合肥工业大学讲学和工作。

赵教授祖籍青岛,出身于一个贫寒家庭。12岁的时候,抗日烽火连天,他到我省阜阳一个中学求学。那时,内忧外患,民不聊生,很多人连做梦也想吃一块馍。他目睹了日寇的侵略和祖国被凌辱、人民惨遭痛苦的情景,自幼就下定了报国之决心。可是,他找不到一条路来,只得在苦难的现实中,像浮萍一样的随波逐流。1949年,他随校迁去台湾,1951年考取台南工学院,1956年在一位朋友的资助下去了美国。

有一件事,使得赵教授感受最深。20世纪50年代后期,苏联卫星上天,在美国(华人)知识分子中爆发了极大的进取热潮。作为中华民族的子孙,一种强烈的荣辱感,使赵教授坐卧不安。他懂得:"我们的事业在中国,我们的前途在中国"。所以,他巴不得一下子飞回祖国,献上自己一份微薄的力量。可是,祖国又在哪儿呀?还是当中国在联合国的合法席位恢复之后,这才终于可行了。然而,"四人帮"在祖国大地上肆虐,使这位游子心灰意冷。"四害"扫除了,明媚的春天回到了祖国大地,赵教授报效祖国的夙愿才得以实现。现在,对于一个中国人来说,还有什么能够比得上,为了祖国的富强倾心尽力更光荣呢?

在美国,赵教授的待遇是比较优厚的,又有自己温暖的家庭。夫人赵玛莉是美国人,为华盛顿天主教大学图书馆学系的硕士。可是赵教授说得好:"美国的生活好,但再好那不是我的祖国。我们是人,是有理想的人啦!"

如愿以偿

一接手工作,赵教授便像一团火,在自己的岗位上,发出炙热的能量。

在美国,每周是五日工作制。可回到祖国后,赵教授既授课,又要抓研究所的建设和具体的科研任务。按照他自己的规定,每周工作六十个小时。实际上他早上班,晚下班,连星期天也不愿意休息,哪止六十个小时呢。就说讲课吧,计算机是新设课目,大家对技术上的问题总喜欢多问,赵教授非常耐心,不厌其烦,有问必答。按规定,一节课两个小时,可为了解答清楚大家提出的疑问,往往四个小时才能下课。

去年12月25日,赵教授夫人第一次在中国过圣诞节。头天晚上,校、系、所领导同志前去看望,并动员赵教授,明天一定要休息,和夫人、孩子一起过个愉快的节日。可是,第二天早上 7 点半还未到,赵教授已经来到了教学大楼。他说:"今天,全国人民都在工作,我能安心休息么?"有一次,学校安排赵教授全家和其他外籍教师去黄山游览。黄山,以其秀丽的景色,吸引着无数的游人。对于赵教授来说,饱览祖国的锦绣山水,又何尝不是梦寐以求的事呢?可是,在他看来,现在还不是游山玩水的时候,他宁愿放弃这次机会,也要把工作抓在手里。去年寒假,按照国家规定,赵教授和他的夫人,均可由学校组织到外地旅游。赵夫人初来中国,也很希望赵教授陪着她和孩子们一起,去杭州、苏州和上海玩玩。可是,赵教授让他的夫人和孩子,同其他外籍教师一同去度假,而自己却留在学校,为教师、技术人员和工人,举办了一个训练班。

就这样,赵教授不仅不断地为自己增加工作量,承受高负荷,而且把他的爱人和孩子也调动起来了。他见学校教师的英语比较弱,就请他的夫人,在正常任课之外,为计算机专业教师再增加几节口语课。赵夫人还说,只要各位愿意,她中午也来为大家辅导。他的两个孩子,作为口语教学的助手,也走上了讲台。

同甘共苦

初来合肥工业大学,学校考虑到赵教授在国外生活时间较久,又想到赵教授的工作,需要有一个较好的工作和生活条件,所以打算安排赵教授一家住宾馆。但是赵教授坚决不同意,硬是要求在校和其他教师们住在一起。

去年年底,北京来电话,请赵教授去上海,帮助上海机械学院解决一个技术难题。赵教授当即表示,听从指挥,但有一个要求,就是坚决不住高级旅馆。若不答应,就不能从命了。结果就是在上海机院办公室里,住了几宿。

为了支援祖国"四化",赵教授不仅自己不拿工资,就连他夫人的工资也不要国家支付,甚至来回的飞机票,也自己付。方毅副总理知道此事后,指示有关部门,一定要将飞机票钱付给赵教授。

赵教授的助理,38 岁青年教师杜玉桥,谈起对赵教授的印象时说,过去一听说专家,就肃然起敬。初见赵教授时,也小心翼翼,就怕说错了话,做错了事。可是,几次一接触,这些顾虑全然没有了,只觉得赵教授平易近人,热情可亲。上课时,助理教师为他擦黑板,而别的教师讲课时,赵教授也忙着去为别人擦黑板。电子系一位教师结婚,赵教授和大家一起,帮助搬运家具,布置新房,就像为自己的弟妹办喜事一样。大家称赞赵教授是没有一点专家的架子。

只要心齐就不愁"四化"上不去

回国时，赵教授带回最先进的微机元件、设备和近千斤重的图书资料，全部赠送给了国家。

电子计算机的出现，是科学技术的一场革命。而微机在计算机技术发展中，又越来越显示出它的独特的地位。赵教授懂得，他所从事的这项工作，对于祖国国民经济和工农业生产的发展，关系实在是太大了，搞"四化"是不能不搞微机的。

赵教授从美国带回来一台机子，去年11月6日到达合肥，当天下午，他就带领工人开箱，一个月就安装、调试完毕，立即投入使用。有时在具体工作中，因为种种人为的原因，进度不快，效率不高，赵教授打心眼里有意见，并坦率地说："我不是共产党员，但我急。你们是共产党员，难道你们就不急吗？"

一年来，在赵教授的主持和直接指导下，举办了"微型计算机及其应用"进修班，开设了"数字逻辑"和"微型机系统设计"两门课程，成立了微型计算机应用研究所，建立了两个实验室，并为全国三十多个高校和二十多个科研单位培训了骨干。三个科研项目，也陆续上马，现在已见成果。从今年4月中旬开始，仅用三个月时间，就成功地分析了一个相当完整的微机系统软件，这在国内外，都是一件了不起的事情。参加这项工作的，是与赵教授志同道合的另一位侨胞和合肥工业大学的六七名年轻教师。所以赵教授说，我们中国并不是没有人才，如果像研究所建立以来这样，大家心齐，没有"内耗"，恢复50年代的那种干劲，就不愁"四化"上不去。

近日，赵教授暂时离开祖国，去美国一趟。9月份，赵夫人将从华盛顿再次来到中国，回合肥工业大学任教。赵教授也将于年底再次回国，继续他在工业大学的工作。为祖国的"四化"出力，这是千千万万游子的共同夙愿。

（原载于《合肥晚报》1980年8月27日）

"土疙瘩"闯天下

说他们"土",也许并不为过。当年,别人的训练是在全天候的房子里进行的,而他们能够拥有的则是手球场外那块冰冷而坚硬的水泥地。如今,他们鸟枪换炮了,有了自己的训练房,可是几十个大汉子,却只有为数很少的几个沙袋、哑铃和杠铃。要说是"洋",在那偌大但却又简陋的房子里,唯一的就是那只报废了的汽车轮胎。有了它,大家可以操起12磅的"大锤",如同铁匠锻铁一般,轮番去向它投下一枚又一枚"重磅炸弹"。这轮胎是国货,可利用橡胶的弹力来增强肋臂力量和迅速收拳能力,这种手段却是引进的。

谁会知道,就是这群来自希望的田野上的"土疙瘩",进了北京,飞赴莫斯科、雅加达。他们有的在国际重大比赛中夺得了银杯,有的则被苏联专家说成是"很有希望的"。

就说那个刘新军吧,来自广袤的淮北平原,操一口道地的阜阳话,以前他练的是中国式摔跤。一个是农村的土家伙,一个则是道道地地的洋玩意儿,两者风马牛不相及。所以,要在拳击台上逞强,谈何容易!就说对付那只吊着的大沙袋吧,别人练习三轮,他则要打四轮,一次就得淌1斤多汗水。对练中,刘奇斌教练为他挑实力强的对手,让他在难度大的情形下磨炼。可是,对方的拳是不客气的,哪地一记重炮扣在鼻梁上,痛得他跳了起来。进队不久,他的鼻骨就刻下了终身不消的伤痕。就这样,他练就严密的防守,又雕琢出这一种出拳迅猛的闪电拳。今年2月在印尼的"总统杯"赛中,他不仅在预赛连下数城,而且在决赛开始后,又接连战胜了东道主印尼队的强手和美国黑人拳击手斯坦尼,夺得75公斤级亚军。这是30年来我国在国际拳击比赛中创造的最好成绩之一。

再说那个魏金平,小伙子虽来自秀丽的江南,可长到十几岁,也没看见过什么是拳击。在他的视野里,五彩缤纷的不过就是那块坎坷不平的田径场,因为县体校教练吴立把他招到了田径队里。也许就是因为他100米跑了12秒,铁饼掷出40多米,而且有个1.87米的个子,所以刘教练才对他产生了兴趣。别看这小伙子嫩得很,也挺土的,可一旦拿起那肥大的海绵手套,心一下也就扎进去了。翘颏,是拳击运动员的习惯性毛病,为了收起下巴,避免在比赛中挨打,刘教练让他在练习中用颏夹住乒乓球。他一方面要用力斗智战胜对手,另一方面又要顾及那只乒乓球,怎么也不能让它掉下来。就这样,通过千百次的练习,他的颏收住了。去年第一次举办全国锦标赛,他获81公斤级第二名。今年出征泰国,他又在"泰王杯"国际拳击邀请赛中夺得第三名。

我国是1986年恢复拳击运动的,可刘教练他们那一伙人,却从1984年起就连续举办了好几期拳击骨干训练班。没有经费大伙儿拿,缺少手套自己买。1985年他们又自筹资金,在芜湖举办了"黄山杯"拳击邀请赛,搞得早,也搞得挺热闹。1987年省队建立,没有住地,几十个人挤在一间大屋子里。周士峰住进看台里那间黑暗的小屋,那算是尖子的特殊待遇。尽管这样,安徽拳击队还是进步很快。1987年武汉邀请赛,他们4人参加,得1个亚军,1个第三名。1988年全国锦标赛,他们参赛人数增至12人,得1个冠军,2个亚军,3个第三名,进入前3名的队员占全队参赛人数的一半。

(原载于《中国体育报》1989年9月5日)

走过曾经的梦

"咔嚓"一声,无意中留下了个镜头。近40年过去了,这几个小球员如今也都步入中年了。那么,他们后来去向如何,又怎样走过了人生中这段绚丽时光的呢?

那个两眼硕大、笑得甜而开心的小胖墩29号,虽在这四个孩子中年龄最小,个儿也最矮,可只要抱起球来,他比谁都疯。看他的奔跑和抢夺,当时就有人说,这孩子未来兴许就是个绿茵场上的人才。这话果然言中,他从幼儿园起,就将球玩到了小学、中学,又由校队走到省队,再到八一(足球)队。有个戏剧化的传言,说他的球踢到哪里,便常有位漂亮的女孩跟到哪里。一个在球场上的激烈争夺中展示脚的技巧,一个在看台上默默地守着,为他的每一个精彩瞬间鼓掌呐喊,以至喊哑了嗓子,她是奔着他的球去的。若干年后,我应邀参加他的婚礼,这才明白那位陌生的铁杆观众,还真的成了他的新娘。

人们或许还记得,八九十年代的我国泳坛,跃升起一颗新星——"小蛙王"陈剑虹。图片中那个最高个儿的40号,就是4岁时的他。也就在这一年,陈剑虹的爸爸将他从球场上抱到游泳池里,拉着仰卧于水面上的他猛跑。突然间爸爸将手松开。这一"急刹车",使陈剑虹立时成了只"断线风筝"。这一出人意料的冒险,吓得在场的人惊叫。哪知,陈剑虹非但没成为栽到水里的"铁秤砣",反而凭借惯性,像条飞鱼,背贴水面滑行了好几秒钟。爸爸问他害不害怕,瞧他怎么说——"太快活了。"陈剑虹自学步时起便爱玩球,进了幼儿园后,又有了那几个同龄人做伴,就更是来劲了。他穿的这一身球衣,两臂紧贴裤子的两侧,简直就是学着站在领奖台上大球星的模样。可是,爸爸的一次水上"脱钩",却改变了他未来的人生走向,学起游泳来了。

那次练 1000 米蛙泳,不知道是他的淘气还是偷懒,只游了半程便抓着池边的槽逍遥起来了。爸爸说,如果歇一次罚 100 米,歇两次罚 200 米。儿子还像在家里一样不把爸爸的话当真,不仅不买账,反而纵身一跃要走,且出水后还有意向爸爸扬了扬头,心想"看你又能怎么样?"哪知爸爸抓起一根胶皮管,往儿子大腿上就抽。尽管这只是假戏真做,却成为陈剑虹永远的记忆。后来进入省队再到国家队,无论哪次训练,只要接近极限,他从不轻易放弃最后的冲刺。

北京亚运会的 100 米蛙泳预赛,陈剑虹的成绩并不理想,因为日本著名老将渡边和后起之秀川口都抢在了他的前面。决赛一开始,他便被日本这一老一少紧紧咬住。哪知,到了 40 米处,陈剑虹居然出其不意地猛然一个发力,第一个抢在 50 米处转身。最后,陈剑虹不仅夺得冠军,而且以一分零二秒六十刷新一分零二秒九十四的世界纪录。

图片中的四个小主人,其中有对亲兄弟。那个白皙文静臂夹足球的队长 25 号和前面说到的小胖墩 29 号来自同一个家庭,两人相差两岁。后来,哥哥虽未像弟弟那样活跃在足球场上,却成为一名肩负着育苗重任的体育教师。

再说 28 号那孩子,后来虽然因为课业压力,很少有机会再到足球场上,可他却在课余时间里不声不响地钻进围棋这个黑白世界。他没有人指导,他的启蒙全凭家中一本闲着的棋书。他的练兵不是两人对弈,而是自己同自己厮杀。就这样,他还真的在省、市"庐阳杯"赛中夺得亚军。如今,他已是高级工程师,大校军衔,是在上大学之后从军的。

几个四五岁的孩子,都曾做过同一个足球梦。可是,他们的人生轨迹却又不可能是在同一个模子里铸成的,生活之舟把他们送到了他们应该去的地方。如果当初幼儿园的老师们不给他们讲球的故事,不逗着他们去玩球,不去尽这一份心,那么他们的未来又是个什么样子呢?

(原载于《中国体育报》2014 年 3 月 29 日)

沐浴春光
——中国科学技术大学少年班同学锻炼身体的故事

春风吹绿了校园,春雨润红了桃花。二十名优秀少年,从祖国各地来到了合肥市中国科学技术大学,投身到科学的怀抱之中。他们沐浴着明丽的春光,奋发学习,刻苦锻炼身体,像一株株苗壮的幼苗,健康成长。

立 志

学术报告一结束,11岁的谢彦波顾不上换鞋,一个人抢先抱只大篮球,嗒嗒嗒地从教学大楼跑下来,喜气洋洋地运球,向运动场奔去。没有走出二十米远,一个淘气的孩子紧紧跟上,突然大喊一声:"站住!"小彦波回头一看,知道是同学来抢球,就不顾一切地往前跑去,后面的那个同学拼命追赶……

课外活动还没开始,这两个孩子一千多米已经跑下来,浑身上下是湿漉漉的了。这件事最好地说明,小彦波不仅爱上了体育,而且有一定的体育素养。

可是,刚到校时,谢彦波是什么一种样子呢?

第一节体育课,老师喊:"立正,向右看齐。"小彦波呀,真是个孩子,大家整整齐齐地站着,他却毫不在意地从队列中溜出来,绕着大家转了大半个圈子,看看这个,又瞧瞧那个,惹得老师好气又好笑。

后来,大家练习跑步,他又一个人偷偷离队,自由自在地玩开了。那个时候,在这个孩子的一切趣事和喜爱之中,唯一与体育沾得上一点边的,就是他妈妈护送他来上大学时带来的一只大铁环。

开学后不久,安徽省委第一书记万里同志专门到学校看望少年班同学。省委领导同志亲切地和孩子们谈话,要求他们好好学习,锻炼身体,鼓励他们攀登科学技术高峰。小彦波又听说,学校党委明确提出,首先要重视身体好,因为有了健康的体质,才能保证学习任务的完成。党的亲切关怀,怎能不在他小小的心窝里激起波澜?!还有,那位大家都愿意接近的班主任阿姨,不仅是模范数学教师,而且在安徽省大学生运动会上还夺得过女子一百米第五名哩。体育老师蔡叔叔,好像特别了解孩子们的心情似的,搞了许许多多体育游戏,小球活动。这样,小彦波很快变成了体育活动的积极参加者了。

谢彦波原是湖南医学院子弟小学五年级学生,去年获得了长沙市高中数学竞赛第十九名,学习自觉性是无须别人多操心的。现在,他依然和过去一样,在啃书本时,无论哪个孩子来捅他几下,也休想把他引走。

闯　关

少年班的课外体育活动生气勃勃地开展起来了,可是,体育委员江凤却犹豫不前。

江凤,今年16岁,原来是江苏省扬州市的一个高中生,不仅学习成绩优异,而且从小就爱体育活动。她体操、打球样样都行,尤以田径最擅长,在全校运动会上,曾夺得过五项全能冠军。来科技大学前测验,江凤百米成绩十四秒,八百米成绩三分钟,跳高一米四。她想,体质有基础,可以把体育活动时间用到学习上去了。因此,她锻炼不积极了。有时看到同学们去活动,她也心里痒痒,但她强制自己坐在教室里,哪怕是一点书都看不进去。

江凤的变化被细心的老师们发现了。体育教研室负责人给她和小伙伴们讲起了本校李芯和解俊民两位老教授锻炼身体的故事。这两位教授为了适应科学高峰的到来,不怕年龄带来的困难,坚持锻炼身体。解教授每天跑步两千米。李教授即使下雨天,也要打着伞,到室外疾走五华里。另外,江凤也从周围同学的实例中受到教育。班长曹晓南,同惰性斗争,克服年龄小早晨赖床的习惯,坚持每天早晨跑步一千五百米,入学四十天,几乎每天都是锻炼日。他不仅学习成绩好,而且班长工作做得很认真,很积极,并没有因为体育耽误了工作和学习。江凤搬掉了思想上的障碍,像一匹脱缰的烈马,又在运动场上驰骋开了。她在老师的指导下,除了一个小时的体育活动外,总还要再增加二三十分钟时间搞业余训练。

登　顶

一个晴朗的日子,班主任老师领着少年班同学,来到了合肥市西郊蜀山脚下,要进行一次登山活动。这次登山,班主任老师不操心别的孩子,唯独对宁铂放心不下。

宁铂原是江西省赣州市第八中学高二学生,是一个好学肯钻、智力非凡的14岁少年。入学前,科技大学教师给他出了七道数学试题,他只用二十分钟就做对了前五题,后两题因为没有学过,经提示后又做出一题。听说宁铂看过《红楼梦》,教师就提问有关贾宝玉梦游太虚幻境时先看金陵十二钗的哪本册子,以及册子上写的什么诗句,宁铂都一一作了正确的回答。教师和他谈起历史,问:"宋朝建立在哪一年?"他立即答道:"公元九百六十年,赵匡胤是'陈桥兵变,黄袍加身'"。但是,宁铂也有一个缺点,喜欢躲在室内学习和钻研,却忽视了室外的身体锻炼。对于体育这门科学,除了围棋之外,可以说宁铂基本上没有去认识。上大学后的第一节体育课,老师一没注意,他就转过脸去解数学习题。对于这样一个孩子,班主任老师的关切当然是有依据的。

登山一开始,小小的宁铂就像一只撒了野的虎犊,一个劲地在密林山道上冲。有时落到同学们的后面,他鼓一鼓劲,一狠心,又追赶上去。

原来,在紧张活泼、丰富多彩的大学生活中,宁铂渐渐改变了对体育的看法,逐渐加深了对德智体全面发展的理解。现在他已自觉自愿、高高兴兴地打起了羽毛球、篮球。学习排球时,由于实践少,他把握不住角度,鼻梁就曾被球砸着了。不过,他忍着酸疼、含着泪珠继续练,终于学会了垫球和传球。原来,他跑不完八百米,现在八百米达到了三分三十秒。这些,虽然是极其细微的收获,但在精神上却是多么可喜的进步啊!就凭这一点,宁铂难道没有把握去争先登上顶峰?

经过一番艰辛的努力,决心终于变成为现实,宁铂和三四个孩子,先后第一批登上顶峰了。

还有什么比这更开心的呢?他站在蜀山上,迎着扑面春风,吮吸着山花的芳香。山下,一边是金灿灿的菜花,一边是波光粼粼的蜀山湖,远方那峰峦叠嶂的群山还隐约可见……此时此刻,在这个少年探索者奔腾的脑海里,引起了多少美丽的遐想,那巍峨壮观的珠穆朗玛峰,那险峻瑰丽的科学技术之巅,不正出现在他的面前?!

(原载于《中国体育报》1978年6月7日)

欢乐的列宁小学

六一前夕,记者翻越崇山峻岭,来到大别山主峰金刚台南麓海拔850米以上的安徽省金寨县列宁小学。这里,现有十个班级,五百名学生。

早在1929年,鄂豫皖苏区就创办了这所学校。至今,校门的门楣上,还完好地保存了四十九年前题写的"六区一乡列宁小学校"校名。

走进校门,校园里宁静得只能听到从远处飘来的细微的松涛声。忽然一串铃声,校园顿时活跃起来。只见孩子们走出教室,"啊,啊——"地欢呼着向运动场奔去。

本来,这里是一个小山峦。后来,师生们硬是用蚂蚁啃骨头的办法,一锹一镐,一篮一筐,先后用去四年时间,挖去三四千土石方,劈掉山峦的一角,建起了这个长90米,宽25米,有沙坑,有篮球架,还有水泥乒乓球台的运动场。

你看,此时,学生们做操、跑步干啥的都有。小篮球场上甲队周武运球,乙队程东海阻拦。两人都将球抱住,谁也不肯松手。他们倒在地上,打了两个滚,还紧紧地抱在一起。体育老师给我介绍,昨天修建运动场时,他俩合抬一个筐,都偷偷将筐子拉到自己一头。今天两人在球场上又互不相让,争夺起来,一边的老师上前去,接过他们怀中的球,向空中一掷——跳球,比赛又开始了。

当篮球场上比赛正酣的时候,在另一个地方发生了意外的事情:程晋培在高高的缆绳上遇到了危险。这里进行的是攀缆过涧活动,一根拔河绳系于相距10米的两棵大梧桐树上,离地3米多高。练习时,先由垂下的绳子爬上树杈,然后手抓缆绳,两脚钩着绳子,攀到另一棵树上。以此增强上下肢和腹部力量。几十名孩子都过去几次了,唯有程晋培一次也没成功。这次是第五次了,他在横缆上爬了几步。鞋子突然碰掉一只,一不小心,两脚脱钩,眼看就要跌落下来。此时,老师已在他身下,做好了保护姿势。可是,程晋培并没有害怕和惊慌,镇定自若地做出了收腹动作,两脚又勾到横缆上。就这样,攀缆过涧在这几十个孩子中全部都通过了。

在艰苦的战争年代,列宁小学除了庭院里有点滑梯、浪桥、秋千之类的设施外,体育活动的主要内容就是爬山。今天,虽然场地有了,体育器材也多了,但孩子们仍然乐于参加爬山运动。现在,上百名学生,在一片呐喊声中,群起向山头冲去,进行一场登山攻关夺旗赛。三年级体育委员周其录一马当先,他爱玩好动,体质又好。但常常玩过了头而忘记学习。而比他小一岁的周其华则不同,不但跳远能跳出 3 米的好成绩,而且全区数学统考时还获得了全公社的第一名。这时,周其录不费多大劲,第一个登上了顶点,拿到一张试卷,可是算题越往后数字越大,他越答越吃力。而被他拉下 10 米的周其华虽然第二个登上顶点,但十道习题对答如流,夺得了红旗。就连第七个登上顶点的朱贤芳,也夺到了黄旗。周其录第一个登顶,不仅没有夺到旗子,反而落得最后一名,这对他是多么深刻的教育!他想,攀登高峰,光有体质不行,一定要努力学习文化啊!

四十五分钟过去了,夕阳给列宁小学洒下了瑰丽的光彩。泉水在潺潺地流动。花坛里播下的,半个月前日本姬路市中日协会会长福田一郎先生寄给这个学校的花籽正在萌发。山岩上的花儿,白的牡丹,红的芍药,紫的月季,都在频频点头,一朵接一朵开放。这时,列宁小学歌声四起:"鲜艳的红领巾飘扬在胸前……为着理想勇敢前进,我们是共产主义接班人。"这清脆嘹亮的歌声,掠过树梢,飞出校园,荡漾在恬静的山谷间……

(原载于《中国体育报》1979 年 6 月 1 日)

"我这个体育家是逼出来的"

最近,无意中翻阅到为陈登科写的一篇有关他健身的稿子。哪知,就在当天晚上,我在省电台当记者的儿子告诉我,大作家因脑溢血无治,不幸于 10 月 12 日乘鹤西去了。

我在上中学的时候,就听过陈翁的报告,讲他从识字不多到出生入死的战士,进而成为一名作家。讲得我们这些小小的初中生,心里都热乎乎的。后来,又读过他那部脍炙人口的《风雷》。在当时,这部作品不知打动和感染了包括我在内的多少读者!十年浩劫,江青点了他的名,诬之国民党特务,将他投入监狱。这时,我又作为他千千万万读者中的一个,为他的命运焦躁不安。可是,他却并不认识我,就像许许多多认识他而他并不认识我的人们一样。未想到,后来当我撞开了他家的门,正在埋头创作的他,却用了整整两个小时,同我讲起了创作以及他健身的故事。

战争烽火,陈翁练就了一身傲骨,他几乎不知道合肥几家大医院的门是朝哪儿开的。可是,因受"文化大革命"之害,坐了五年大牢,使得他体质的本钱赔了不说,而且弄得百病丛生,先是关节炎,接着腹膜炎、心脏病、高血压、动脉硬化,再就是糖尿病。他全身浮肿,四肢麻木,牙齿脱落,病魔缠身,这时的他已远不是从前的他了。

陈翁告诉我,以前年轻,身体也好,想不到参加体育活动的必要性。这五年大牢,才使他如酒后初醒,觉得再不救救自己的身体不行了。他相信,阴霾终将过去,春天必定到来。可是,待到百花争艳之时,他能容得了自己是个废人么?不能,绝对不能!他风趣地说:"我这个体育家是逼出来的呀!"

起始,陈翁想练而练不动,心有余而力不足。可是,他不甘命运的主宰,硬是凭借顽强的毅力,拖着病弱难支的身子,双手扶墙,原地踏步。那缓慢的动作、沉重的落脚真是太吃力,太艰难啊!一步又一步,一日复一日,他渐渐地感觉到步子较之前快了,身子也轻了。就这样,他从原地踏步,到慢步走,再到快步走。虽然这三尺牢笼是个小得不可再小的地方,远非一般体育爱好者所能享有的那宽阔平坦的跑道和运动场。可是,多转些圈子,不是同样可以收到400米、800米、1500米跑的效果么?!除了这种单一的转圈子之外,他还让人从狱外带来了《八段锦》,学着做起了"古典体操"。狱中,他还留心捡了小石子,凑成一副棋,时常自个儿对弈,也怡然自得。出狱后,他把那原始棋扔了,换成了云子,并大摇大摆地闯进了合肥地区的赛场。在"庐阳杯"传统围棋赛上,我就有好几次见陈翁同人杀得人仰马翻。

采访后,作者(左)同著名作家陈登科在合肥包河小桥上合影

"狱中炼丹"使陈翁的病不仅没有恶化,而且身体日渐好转,四肢麻木的症状也悄然消失了。本来,他因为颈椎增生,导致左臂疼痛。为制服它,老先生常将左臂甩起来,让其不断回环。日子久了,这一病痛也没了,故而他将这一运动称之为"单臂飞轮操",他还诙谐幽默地笑着同我说:"待今后国家有了专利法,你帮我去申请专利好不好?"

　　陈翁出狱后,先在安徽省六安地区医院疗养。那时,尽管身上还有病,体质也弱,可晨练的习惯却依旧坚持。那段日子,他每天早晨都要到郊外去走走,或快步,或慢步,或快慢相间。每次回病房,身上无不是汗淋淋的。当初,他被莫名其妙地投入大牢,他的那个家,也被连锅端到了偏远的青阳县。从医院回到家,那般凄凉让他久不得心安。可是,晨练却使得他在精神上得到了排解与宽慰。每天早晨,他总是要穿过市场,到公路上慢跑一段,然后再快步而返,一个单程大约四华里。后来,他的家由青阳迁回合肥的省文联大院。这儿,同历史上包拯自幼读书的香花墩近在咫尺,景色秀丽,自然也就成了他晨练的最佳去处。他受电影厂之邀,到北戴河写剧本,游泳也就成了他闲暇时的第一选择,而且风雨无阻。

　　那次去看望陈翁,他谈兴正浓时拿出一部四十万字的新著《赤龙与丹凤》来,并题词赠我。这部书是他出狱后写的,却是在狱中构思打的腹稿。在三尺牢房里,他还编了其他故事,也是在出狱后一口气成书的。陈翁的人生旅途跌宕起伏,可是,他不正是在承受许多人间磨难中,练就了他打不烂碾不碎的意志、人格与傲骨么!他一生为世人留下了六百万字的作品,仅十一届三中全会后,就出了四个长篇、一个短篇小说集和两个散文集。叶圣陶为他题诗,刘海粟为他作画,李准则视他为"千锤百炼人"。

(原载于《中国体育报》1998年11月13日)

珍惜生命之树

　　编者按:又一次看到有关知识分子英年早逝的报道,内心的感觉是沉重的。但这篇报道却重重地提出了一个新的问题:"我们的知识分子在得到外界关心的同时,也应该自己爱惜自己。"

　　身体是工作的本钱,这样一个浅显的、被人熟知的道理却往往被有些人忽视,而结果又是那么令人痛心。

个中的道理似乎不必多说。但恐怕有必要提出一点警告：如果你想最大限度地利用你的知识，就要爱惜自己的身体，爱惜自己的生命。

这是一种现实。

有的人正在努力奋斗，索取人生最高价值的时候，生命的长河却突然地枯竭了。病魔，一种暗藏的杀手，无情地将一个个生灵击倒，这种英年早逝，使多少人痛惜不已啊！

一个10天前在图书馆里苦读，一个刚刚办好了出国手续，可是……

1991年大年初一，当人们都在欢天喜地欢度新春佳节的时候，中国科学技术大学近代物理系讲师徐热平却在医院中悄然病逝。他年仅44岁，体质也还壮实，谁也想不到他这么年轻就会离去。

10天前他还是好好的，还常到校图书馆里去。有一天，宽大的阅览室里只坐着两个人，一个是黄吉虎副教授，另一个就是他。因为是寒假，而春节又即将到来，所以每天来的人极少。可是劳累了一个学期的他，却不晓得稍事休息还是依然故我，不分昼夜地在书海里苦熬。休息时，他向黄教授表示，他是科大培养的，又很年轻，因此在业务上必须拼上去。黄教授问他身体如何，能否顶得住，他抖擞了一下精神，自信地答道："挺好！"他还高兴地告诉黄教授说他外语攻关很有进展。

哪里知道，他同黄教授在图书馆里笑谈，却是最后一次。

他突然感觉到肝区不适，周身不舒坦。平时不很乐意看病的他，悄悄地从校医院要了张合同医疗单，自个儿骑着自行车到校外求医去了。他觉得病来势不同寻常，却又不愿意张扬，更不愿意麻烦别人，让领导分心。没有想到，进了医院他就再也没有回来。

壮志未酬的徐热平，就是这样仓促地离开了他的岗位，离开了他的母校，他的老师、学生和亲人。

人到中年，正是大干事业的黄金时期。可是，病魔却又往往在这个时候悄然而至，在思想上毫无准备的情形下，将人击倒。

无疑，徐热平是属于这类情况。令人尤为感慨的是，像徐热平这样的人，在中国科学技术大学并非一个。

地球和空间科学系讲师倪永生，是和徐热平一样肯奋斗而且在业务上又很有长进的人。

在他生命最后 3 年里,他竟然熟背了 3 大部外语词典。

正是因为这样超负荷运转,他对工作和学习以外的时间就十分吝啬了。他没有娱乐、没有体育运动,甚至连散散步、做做操、甩甩手之类的活动,也挤掉了,生活变得单一而缺少调节。他虽然自幼就受到"三好"的熏陶,也懂得身体好对于一个人家庭和事业的意义,但是当事业与身体都争着需要时间的时候,他毫无保留地将时间给予了前者,而宁肯身体受损。

业务上去了,出国深造的机会也得到了。可是,就当他的出国批文下来,并且办妥了出国手续,正打点行装的时候,他却被送进了医院。

他在病床上度过了 40 岁生日,他盼着过些日子他还能回到科大去。谁知,生日后仅仅几天,他就再也支持不住与世长辞了。

当他们察觉应该来关心一下自己身体的时候,可是……

时代造就的这一代知识分子是很可爱的。可是,有的人不关心自己的健康,甚至在身体已经不许可的情形下,他们还要让自己去承受重负。悲剧性的结局,家庭因之而不幸,国家也受到了损失。

1991 年 10 月,在向中国科学技术大学 50 岁的年轻教授郑兆勃的遗体告别仪式上,他的老师、老领导、70 多岁的老教授王有莘痛哭着说:"兆勃,你死得太早了,你不该死啊!"

郑兆勃自幼家境贫寒,是靠人民助学金从中学读完大学的。工作后,母亲需要他赡养,妹妹上学又要靠他接济,起始那些年每月 50 多元的工资他得一分为三。20 多年的苦熬,使得他体质本来就很弱。

也许就是因为身体上的入不敷出,身体抵抗力太弱,他在去美国学习与工作的体检中,得到的是一张"红牌"。是什么时候患上肝病的? 他自己也不知道。

经过一年的治疗与修养,身体好些了。按说他还可以继续休养,可是,他没有这样去做,他还成了美国肯塔基州路易斯维尔大学的物理系的访问学者。一年后归来,他瘦多了,本来就很糟糕的身体较前更弱了。可是,为了学到更多的知识,带回来有价值的科技资料,他再一次告别祖国,在瑞典林彻平大学物理系又苦干一年。

从瑞典归来,怎么也该喘口气了,可他紧跟着又着手创建材料科学与工程系。他知道,这一专业正是当今世界上的大热门,科大不能落后,国家也正需要它。在他的领导下,科大材料科学与工程系创建起来了,可他原来患的肝炎却已经转换为肝硬化。他撑着工作，身体虚得豆大的汗珠从脸上往下掉。

就是这样，他还照常带研究生，照常写书。只有当他察觉死神已经来敲门了的时候，他这才想到要点医书来看，他还想活。科大领导对他的病十分关心，校长亲自批了一笔20多万元的特别经费，供他治疗使用，并将他从合肥送往北京。可是，已经太晚了，再好的医院，再好的医生也救不了他了。

化学系副教授蒲国刚，同郑兆勃的情形大致相同，干起工作来可以置身体于不顾。蒲国刚是系里实际上的一把手，既要抓行政、忙教学、带研究生，又要搞科研。他常常感到背痛，有时痛得坐立不安，无可奈何，他就只好请人给他捶背，他的助手在实验室里不知为他捶过多少次背。进医院是需要花时间的，他宁可将这时间用在科研上。科研课题搞成功了，他的病却因长期积累日益严重而猛然爆发了。他明知道自己就要倒下，却还硬撑着完成了《仪器分析原理》这部六十万字的巨著。

但是，他同郑兆勃也有不同的地方，郑自幼不大参加体育活动，身体基础比较差，而他在学生时代却是运动场上的积极分子，练就了很好的身体。他的悲剧在于，当他走上工作岗位以后，不仅抹掉了自己原先的情趣爱好，而且当疾病袭来的时候，仍然没有认真对待。疾病确诊以后，他重新想到了体育，也在北京治病期间练了好一阵气功。可是，也是太晚了，仅45岁便离开了人世。

知识分子，搞尖端科学的，就该是短命的吗？

从1988年到1991年的四年中，科大有十四名教师逝世，其中教授、副教授、高级工程师九名，讲师五名。这十四人中，一人死于车祸，其他都死于肝癌、肺癌、胃癌、肝坏死、心脏病和脑溢血等。除一名73岁的老教授之外，其他13人全是在职的，其中年龄最大的57岁，最小的40岁，平均48.8岁，以平均数较我国现在的人均寿命六十九岁减少了近21岁。尤为引起人们关注的是，科大现在仍有七名癌症重病号在治疗中，今年又新发现另外四例癌患者。

英年早逝使人不免产生一种疑问，是不是知识分子，尤其是搞尖端科技的，高度脑力劳动者，就该是短命的？

有人考察过，秦汉以来三千多位著名文人的平均寿命是65.18岁，远远超过他们同期人均寿命的平均值。从1901年到1939年的诺贝尔奖获得者中，有70多人活到80岁以上。从1940年以来的诺贝尔奖获得者中，也有33人活到80岁以上。东周时期的荀况活到110岁，古希腊的梭伦活到100岁。很显然，知识分子的短命之说是不成立的。

在科大的早逝者中，尽管各人的情形不大相同，但与体育无缘，或是先前有所热衷而后来放弃了却是共同的情形。在以上所说的几个典型例子中，是不难看出的。

  18世纪法国思想家伏尔泰有过一句名言"生命在于运动"。古希腊哲学家亚里士多德也认为"最易使人衰竭,最易于损害一个人的莫过于长期不从事体力活动"。我国古代荀子也说过:"养备而动时,则天不能使之病……养略而动罕,则天不能使之全。"人的营养与运动,决定人的寿命。法国名医蒂索则认为,"运动的作用可代替药物,但所有的药物都不能代替运动"。

  随着年龄的增长,不仅人的活动器官发生变化,心脏、肺、肾、感官和身体所有其他部分的功能也都在减退。有人做过调查,患有心血管疾病的人,若是参加一些力所能及的运动,其死亡率较不参加运动的人要低65%。所以说,能否放慢身体自然衰退的速度,能否绕过疾病的暗礁,能否留得住自己的红颜,使自己在事业上有一个最灿烂的时期,为国家做出更为重要的贡献,在相当大的程度上还是取决于自己。为了你健康长寿和家庭幸福,请你还是到运动场上来吧!

(《中国体育报》1992年1月15日)
(《中国体育报》1992年9月13日一版头条)
(《合肥晚报》《中国群众体育》杂志相继转载)

体育评论

香蕉多少钱一斤？
——一个并不复杂的问题

进了餐厅，无论是运动员或教练员，都只是摇头。很显然，国家规定的标准，远远没有达到。可是，财务往来每一张进货发票，却又是天衣无缝。问题在哪儿？安徽省第一训练中心决心在抓冬训的当儿，非弄个明白不可。

前些天，食堂报告要进香蕉，说市场批发价每斤1.9元，为对体育部门支持，供方还答应让利以每斤1.7元特别优惠价供应。训练中心的头头想：说得虽然在理，但市场的真实价格却不能只根据汇报，因而头头决心亲自去走一趟。就在食堂报告的当天，他微服私访，在闹市的零售水果摊上问得每斤1.6元的价格。须知，这个价格的香蕉质量是最好的，而且买方还可以自行挑选。卖方还说了，如果买得多一些，价格还可以下调。

食堂进水果，一买就是好几千斤，要摸准真实行情，还必须进一步调查，于是他又钻进了批发市场。这一打听，最高等级的香蕉仅1.4元1斤，其余还有1.2元、1.1元1斤，卖方也说了，若是买上千斤的，价格还可以再议。

事情全明白了，食堂的报告同市场真实价格差距很大，这其中有很大的水分。可是，当跑回来追究，食堂却在他们向中心报告之前，就已经将香蕉买进了。发票手续是完备的，可在这"合理合法"中，仅此一笔就损失了1000多元。

这香蕉的弦外之音是不言而喻的，继续查个明白当不必说。但是，这件事却也告诉人们，尽管食堂已经定了规章制度，财务往来上严格把关，可这还是远远不够的。有了会经营的得力干部去抓，同时将食堂工作置于大家的监督之下，这样才有可能将食堂办好，使运动员和教练员均满意。通过买香蕉这件事，安徽第一训练中心除了调整食堂干部之外，又决定食堂进菜、粮和水果等物资，均随时公布进价，以便大家监督。同时，又废除了采购食物的中间环节，堵塞了漏洞，降低了成本。现在，食堂已有明显改进，不仅主副食花色品种增加，而且数量和质量也有提高，运动员和教练员一致赞好。

编后：运动员的伙食好坏，是直接影响运动成绩的大问题。每个省市自治区大都有个数百人的运动员食堂。如果不负责任大手大脚进货或在"中间环节"上做手脚,损害了运动员的利益,肥了个别人的私囊,则一害我国的体育事业,二害自己。

安徽省第一训练中心管食堂的"头们"通过调查研究,堵塞漏洞,严密制度的做法,实在是值得推广的。

(原载于《中国体育报》1994年1月19日)

安徽女篮,何以走到这一步

在安徽人心目中,女篮应该是久不凋谢的花朵。可是,昔日姑娘们练兵的篮球房,如今却成了省武术院的练功厅,姑娘们原在运动员大楼四层从401到404相连着的四间住房,除一间由乒乓女队"借光"之外,其余三间终日锁着。去年的这个时候,姑娘们都有说有笑地生活在这儿,现在,人走屋空。

安徽女篮,你在哪里?

也是在去年这个时候,记者参加了在这儿开的一次会议,那是一次决定女篮命运让人揪心的会议。有的说:"女篮栽在我们手里,我们无法向6000万安徽人民交代。"有的说:"待到八运会时,且不说打进决赛,就是多少有一点希望再进甲级队的话,那么我们也绝不忍心砍。"主张砍与不赞成砍的,都是很动感情,有的同志甚至抹着眼泪陈述自己的意见。

在过去40年中,安徽女篮虽与金牌无缘,但也获得过全国第九、八、六、三名。那么,安徽女篮何以走到了这一步呢?1987年的六运会,在经历过一番大换血之后开始崛起的安徽女篮,打进决赛,进入了前八名。女篮在全运会上争分,这在安徽省还是第一次,也是安徽三大球中唯一的。按当时队员的年龄、身高、体能和技术状况,这支队伍是有希望创造更好成绩的。可是,六运会结束之后,这支队伍却发生了一次令人痛心的"大换血",身高1.86米的中锋彭敏、身高1.83米的前锋李坦年和身高1.82米的吴惠玲以及后卫戴世芬、周克美、王青艳等全部到外地上学了。剩下的除了在中国女篮效力的彭萍,其余就是几个替补。第二年全国甲级联赛,安徽队出于无奈,将已经到徐州煤师院上学的姑娘们再召回来,保驾救急,这才免遭降级厄运。1989年战事再起,这支队伍在总共16个参赛队中,一下子被甩到了最后一名,自此就再也没有回到甲级队伍中。

省队垮了,就不可避免地损害了其赖以生存的业余训练——这个"金字塔"根基。从前,安徽16个地市和70余个县,很难找到几个不搞篮球训练和比赛的,后来,不肯端篮球这个"碗"的却成了绝大多数,现在全省仅有宿县、滁州和铜陵市几家女篮业余训练点,在训总人数仅五六十人,省队成了无源之水、无本之木。安徽女篮苦心经营到1994年,包括一二线在内,全队人马就8个人,而且还有3人决定要走,在竞争异常激烈的今天,这样一支队伍又能有何作为呢?

经过一番争论,安徽女篮的命运决定了——砍。队伍从训练中心(体工队)移到省体校去,进行高水平队伍的初期建设。训练中心保留女篮建制,一旦条件成熟,便可返回老家来,创造条件,等待机会,再走俱乐部之路。

一个年头过去了,如今,安徽女篮的情形如何?教练李景学说,原来的省队队员均已退役,现在全队7名队员大都是近一两年进队的,身高最高的为1.81米,最矮的只有1.76米。就是这样的条件,也是在基层选而又选的。因为女篮业余训练的严重萎缩,像彭萍那样条件优秀的坯子全部潜藏在"汪洋大海"中而没法发掘出来,为参加即将在安徽举行的全国青年分区赛,从基层体校借来4名队员,身高最高的才1.79米,最矮的只有1.68米,按国家体委规定,青年队比赛每队必须有两个以上身高过1.85米的队员,少一个扣一大分,他们最高的队员是1.81米,所以比赛未开始,便等于已经输了两场球。

安徽女篮走到今天这一步,原因是多方面的,但一刀切却是主因。当初的一刀切也许是由多种因素促成的,是无奈的。可是,这不也正说明了在运动队伍的自身建设、管理体制、学历教育(文化课)等诸多方面的文章还没有做深做透吗?现在的优秀运动员、训练部门的领导干部,大多是随全运会四年一个周期调整的。而运动队伍自身,却又是由低级到高级,在训练上需要一个相当长的过程。只搞一届的短期行为,并因此而带来的"一刀切",这在训练工作中是很可怕的。

当然,安徽女篮不是不可以起死回生,但需要一个艰苦的工作过程。现在的问题是安徽人对于女篮的那一颗爱心,是否还像从前那样执着?

(原载于《中国体育报》1995年9月6日)

关于弹弓的是是非非

弹弓,儿童们手中的玩具。因为物质生活的极大丰富,如今这玩意儿也几成老古董了。可是,却也有人曾把它捡来,且同现代竞技场上的枪画上了连线,这就让人匪夷所思了。

当实现"零的突破"的许海峰还在洛杉矶的另一场比赛中角逐时,远在合肥便出现了一个令人费解的荐才热潮。先是安徽省射击队接到一个电话,说在他们那里也有个"弹弓大王",请射击队快派人去瞧瞧。射击队没把这当真。自这之后,又接二连三接到类似电话和来信。有位母亲还牵着孩子,气喘吁吁地跑到射击队,说她这孩子的弹弓指哪打哪。孩子怕射击队的人不信,还掏出怀揣的弹弓说:"那我打给你们看!"

许海峰儿时的确玩过弹弓,可他还是抛叉捉鱼的能手,然而他执着追求的却是枪。他想去参军,因为当兵的都会有杆枪。可是,他第一次去报名,因为年龄小四个月而被刷下。第二次再去,又因为年龄大四个月被拦在了门外。知识青年上山下乡,别人愁眉苦脸,他却是欢天喜地,因为到农村落户多少可以拿到一点安置补助费,可以买来一支气枪。在农村,除了修地球,没有别的法子打发时光。于是,他便一心钻在他那支工字牌气步枪上,打土渣,打火柴盒……撞在他枪口上的小麻雀,几乎无一能够幸免。就是因为他的枪法这么玄,他才被热心人发现,将这消息送给正在和县西埠中学办射击班的体育教师王振泽。由于王老师的悉心培养,许海峰从"三点一线"学起,很快立射成绩达到85环,成为全县佼佼者。

奇怪的是,许海峰归国后的"冠军回故里",本该是众人争相听一听这位世界冠军在洛杉矶是怎样实现零的突破的,却有人夺过话题,津津乐道起许海峰与弹弓来了。说一说也就是了,何必不厌其烦地讲得那么多,却又只字不提许海峰在西埠那段学射击的艰苦跋涉?如果不是在全县出类拔萃,只经地区十天半月的赛前集训,一个弹弓爱好者怎么会在省运会夺得一金一银?所以,渲染弹弓,为的是回避西埠,否定许海峰在县里还有另一位教练。有关启蒙教练的争议,事实上早在"零的突破"消息传来时便出现了,从许海峰家乡到省城以至全省,弄得"弹弓大王"满天飞,这便是合肥有那么多人争先恐后为弹弓爱好者荐才的原因。

要打消人们对弹弓的误解,平息合肥的荐才风波,最好的办法无非是和县在为许海峰庆功时宣布王振泽为启蒙教练。县体委领导同志在同我闲叙中也谈到，授予王振泽启蒙教练称号是理所当然的，只因时间仓促而未列入议程。知道了他们的态度，我在庆功会前的座谈会上便有意作个简短的发言，即："县里要为许海峰庆功我是知道的，可我还想知道，除此之外，县里还有没有别的什么宣布？"县领导当然不知我话的意思，便将县体委主任叫到跟前"咬了咬耳朵"，这才恍然大悟，并当即研究决定，宣布王振泽为许海峰的启蒙教练，对王个人和西埠中学分别给予奖励。

第二天，远在北京的《中国体育报》刊登了发自和县的这条独家新闻。尽管只是条短消息，可在安徽却引起了相关人的强烈反应。此人不仅跑到合肥来同记者说理，甚至扬言去告。随后，记者又发了另一篇知识性稿子《'弹弓大王'就一定是射击好手吗？》。两稿先后见报以后，曾热闹了一时的荐才风波落幕了，有关弹弓的神话也再没人讲了。尽管因为人为原因，启蒙教练的争议并未了结，可最终省体委和国家体委还是确认了本报那条新闻的准确性和权威性。至此，启蒙教练的争议也就画上句号。

弹弓与射击，在一般人的眼里似乎有点共性，一个借用橡皮筋弹力射出小石子，另一个依赖火药燃烧时气体膨胀产生的推力将子弹射出去，两者均为"射"。可它们不仅器械有天壤之别，基本技术要领更是不同。试问，国内外射击高手中，有几位是靠怀揣着弹弓走进靶场的？许海峰在洛杉矶奥运会上那个最强劲的对手，鼎鼎大名的瑞典选手拉罗格纳·斯卡纳克尔是吗？

（原载于《中国体育报》2013年5月11日）

许海峰家乡怪事一桩

安徽省某县射击运动出现一种反常现象，优秀者被无情地拒之门外，而未经训练的盲童却被拉入队伍参加全省比赛。

1986年5月，某县体委向地区反映，本县15岁射手罗俊，气手枪水平达到530至540环，建议地区组队时予以考虑。但是被地区教练一口拒绝，而且没有任何商量的余地。

在其后举行的全省射击重点班比赛中，罗俊被剥夺了比赛资格，自费参加考核。结果，地区队个人成绩最好的是 519 环，而罗俊的考核成绩则是 534 环。

去年下半年，为参加省运会，某县又向地区体委领导建议进行选拔赛，挑选优秀者组成地区队。地区教练为选拔赛设置重重障碍，被体委否定后，又公然在靶纸上作假，竟以 21 个弹着算成是 20 发子弹的成绩，瞒过地区体委领导。就这样，罗俊又被排挤在队伍之外。省运会上，地区队员气手枪成绩是 521 环，手枪慢射是 462 环。如上两项，均比罗俊选拔赛成绩低，前项低 13 环，后项低 16 环。

类似如上压制人才的事并非一起。某县姑娘凌鸿哭着告别射击场又是一例。按条件和成绩，凌鸿应该成为地区队成员。可是，由于地区教练的把持，凌鸿不仅入不了队，而且连不占编制参加考核也不准。该地区个别教练的做法，在全省射击界引起强烈反响，其他队的领队、教练和裁判十多人曾联名上书，为凌鸿鸣不平。经省比赛组委会裁判，凌鸿不代表任何队（因该地区教练不准她作为队员参加比赛，又不准她代表别的地区参加比赛），只作为个人参加考核。结果，凌鸿一项第一，一项第五，按计分标准，她一人积九分。可是，该地区队却一个名次也未获得，连一分也没拿到。凌鸿进不了该地区队，而别的地区有意予以培养，又被告以"挖墙脚"，逼得凌鸿无路可走，只好哭着离开了射击场。

该地区射击教练，一方面不择手段地排斥优秀者，而另一方面则又将未经过训练的自己的孩子和另一名干部的孩子拉入地区代表队。这两名队员连起码的射击知识都不懂，还谈得上在全省比赛中创造好成绩吗？

（原载于《体育报》1987 年 8 月 12 日）

令人不安的"空中飞"

最近，本人得到一条确实无误的消息说，A 省的某县队，在本省运动会的某项比赛中，竟打遍天下无敌手，出奇地夺得了冠军。可是，这个县在这个项目上，却从未有过一支像样的队伍。据查，参加省运会的这支县队，原来是于一两天前乘飞机赶来的 B 省的高水平运动队。谜底揭穿，大家这才恍然大悟。

这支高水平队，3 个多月前是代表 B 省参加全国比赛，并进入了全国前三名。3 个多月后，却又摇身一变，成为 A 省某县的县队。过去讲，瞒报年龄、冒名顶替，是青少年比赛中赛风不正的表现。那么最近出现的"空中飞"（据知已经出现的远不止如上一例),是不是更应引起重视呢?有人讲这叫"合理的人才流动",也有人讲这是为了"锻炼队伍"。人们不禁要问,"人走楼空",你那里的体育还不仍然是个"0"吗?响当当的全国强队去同业余体校的"娃娃队"比赛,全是"一边倒",又谈何"锻炼队伍"呢?结果还不是乱了体育队伍的思想,乱了科学系统训练吗?有的地方选手置队籍、户口及其他于不顾,不告而辞,早该引起重视了。

没有规矩不成方圆,体育事业的发展必须遵循其规律、特点而制定方针、政策、法规及公认的道德标准。如果违背了这些,那就无公平合理可言,体育事业也就不可能有条不紊地发展了。

(原载于《中国体育报》1999年12月21日)

这里也有"真假包公"!

有人钻了个空子,在人才流动问题上,搞起了"真假包公"。

某省最近一届省运会上,一个地区的两名游泳运动员成绩之好,使人震惊。仔细瞧瞧,他俩都是陌生的面孔,只是有关参赛证件、籍贯、年龄等都是天衣无缝的。比赛主办者悄悄派出了使者,到那两个队员的原籍去"微服私访"。经过一番顺藤摸瓜,终于探明了真实情由:这两个队员均有其人,不仅家庭住址同表上所填没有差异,就是出生年月也一模一样,问题是这两个孩子连游泳都不会,眼下压根儿就未曾离开本土,就更不用说到外地去参加比赛了。谈何到省运会上去角逐?再作进一步调查,参赛的那两名队员,既非本地区的,也非本省的,搞的是地地道道的跨省冒名顶替。

现在的通讯比较发达,交通也很便捷,有人也就利用了社会的进步,搞起"人才流动"上的"短、频、快"。在南方某省省运会上,一个平时体育工作极一般的地区球队居然在竞争相当激烈的比赛中,过关夺隘,拿了冠军。可是有多少人知道这个队,在前三个月和后三个月,却都作为另一个省的省队参加了全国比赛。他们队员们的户籍是在另一个省的单项协会注册的,可是,"移花接木"般地被弄到了某省,原封不动地降格,为堂而皇之的市县一级的业余队,如此速来速往,真是做得让人啼笑皆非。

虽然说这种千奇百怪的事,近一两年已被许多人识破并予曝光,但怎么也不能说鱼目混珠、泥沙俱下就此休矣。有人告诉我,他们那里的一名选手(兼教练员),就是在前不久搞了一次"空中飞"。事前,这位队员请了一周的假(当然没说出去为人家打比赛的事),因为理由充分,所以也就照准了。可是,事后才获悉,他原来是受南方某省地之邀,去参加那里的省运会(预赛)去了。仅仅几天时间,两地往返,竟飞越了数千里。可见,人才流动中的这类丑陋现象,就像社会生活中的"伪劣产品"一样,是不会因为一两次的"打假",就销声匿迹的。避免人才流动中的掺假,是净化赛风的组成部分,它同打击伪劣产品一样,绝非是一朝一夕的事情。

早就被人们厌恶和唾弃的体育竞赛中的弄虚作假,随着时间、条件变化,也会千变万化,造假者正是袭用了"人才流动"这个时兴的话题,将其套上一层漂亮的外包装而已。有人做过统计,某省的省运会,居然有好几个代表团,用此类"多、快、好、省"的办法,从二十多个兄弟省、市引进了二百余名"人才"。由此可以看得出,这种造假风之盛。

(原载于《中国体育报》1994 年 12 月 12 日)

1 = 4 ?

眯起眼来,成了两条短线。他叫小 D,虽说只有 12 岁,却挺起了老大的"罗汉肚",像个少年相扑运动员。

小 D 自幼是在体育大院里成长的,因为讨人喜欢,许多运动员都爱用自己碗里的肉呀、鸡呀、奶呀等食品逗他。你一块,他一块,常吃得这小家伙肚子圆滚滚的。只有 4 岁,他的体重便已达到 55 公斤。

小 D 上学了,当爸爸的心血来潮,搞起了物质刺激。说只要儿子考 80 分,他便领儿子到街上去吃小笼包子,而且不限量。有一天,他真的领教了儿子的食量,亲眼看着小家伙狼吞虎咽地吃了整整两笼。皮薄肉多,吃得太痛快了。有了这第 1 次,便有第 2 次、第 3 次……到他不足 11 岁时,身高已达到 1.75 米,体重 115 公斤。

小 D 是独生子,爸爸妈妈是双职工。这"小皇帝"既然爱吃,当爹妈的也就信马由缰,孩子吃得越快活,他们也就越欢心。小 D 爸爸说,他们夫妻俩的工资不算少,不给孩子吃又往哪儿花呢? 1994 年端午节一顿饭,当爹的眼看着这孩子吃了 1 只鸡、1 斤酱牛肉和半斤肘。1994 年小 D12 岁,小学毕业,此时身高为 1.82 米,体重131公斤。

安徽省12岁城市男性标准身高为1.44米,体重为32.8公斤。他的体重相当标准体重约4倍!

笔者就少年儿童超常发育问题采访了老医务工作者杨承杰研究员。他说,造成超常发育主要原因是遗传和营养过剩。尤其应该注意营养过剩问题。现在城市里的孩子都是独生子女,受宠的结果,造成饮食多肉、多脂肪和多糖,不可避免造成众多小胖墩的出现。

杨承杰指出,过度肥胖使少年儿童心脏负担过重,影响其他方面的生长发育和总体健康水平,待他们到了中老年,会造成肌肉、骨骼、心肺功能的提前衰弱。

看来,胖不等于壮,"小胖墩"现象应该引起家长和全社会的注意。

(原载于《中国体育报》1995年1月27日)

人才引进与赛风净化

近一段时间,某些地方就引进人才的问题,发生争议。其焦点是,人才流动是否可以置赛风于不顾?

体育人才的流动是自20世纪50年代开始的,实践已经说明,合理的人才流动,对我国体育事业的发展是有益的。前些年,深圳通过正常的干部调动手续,从安徽引进了著名武术教练员陈道云。在去年广东省八运会上,深圳在武术的29个项目中,一下夺得了15块金牌和14块银牌。很显然,陈道云作为一名事业心和业务能力很强的园丁,对深圳武术的开拓与发展,起了显而易见的作用。人才流动之所以要提倡,道理大概就在这里。

但是,去年却也发生了这样的事:A省某地,为了在本省省运会上夺金牌,居然通过"红娘"到B省的高水平队中去活动并搞成了"空中飞"。冠军理所当然地得了,因此有人就津津乐道:"出这样好的成绩,就是因为引进人才的缘故。"也有人说:"培养一个队要花很多钱,伤很大脑筋,这么办岂不是多快好省?"也许正是这个歪理的驱使,某省省运会时,竟然有8个代表团,从全国24个省市引进了270多名运动员。

很显然,这种"移花接木"是与我国竞赛制度与纪律相违背的,因为它的实质是弄虚作假。以上面讲的"空中飞"为例，在参加 A 省省运会前和后三个月，这个队均作为 B 省省队参加全国比赛，而且队员户籍均在 B 省，这是有确凿证据的。可是，这些队员被请到了 A 省去，连头带尾还不到 10 天时间，却降格成了那地方市县一级的队员。试问，他们的户口是怎样安上的？他们的队籍又是如何获得的？这不是弄虚作假又是什么？如果用全国前三名的高水平强队去打人家业余的体育后备队伍，用成人队去打人家娃娃队，那么这竞赛又有何意义？

现在，大家已越来越感觉到强化运动队伍的管理及思想政治工作的重要性，各级体育领导部门也正在为此做艰苦的工作。可是，搞移花接木的，恰恰是避开了人家的领导，用不正常手段，以金钱诱惑，挖人家的墙角。这样做，姑且不说是不是有点缺德，就是对运动队伍的巩固与发展，也是祸害不小。试想，那样乱拉队员，岂不搞乱思想，搞乱训练，搞乱正常的管理教育工作？上面讲到的 B 省，就有队员在这种金钱的诱惑与冲击下，擅离职守，不告而辞，声言连户口和行政关系都可以不要。人走了，若是在新的地方真的成材也好，可那里压根儿就没有高水平教练，没有高水平队伍训练的条件和环境。跑了，最终还是人才上的浪费！须知，移花接木的对象，都是外省的强队或队员中的尖子，而这些强队大体又都是国家的重点布局，搞乱这些队伍的训练，从实质上讲，就是损害国家体育大厦的根基，这是尤为严重的。

体育有其自身的方针、政策、法规及公认的道德标准。遵循这些，如深圳从安徽调进武术教练那样的合理人才引进应予以积极倡导。违背了这些，像搞移花接木那样的不正赛风，就应旗帜鲜明地予以反对。对与错，任何时候都是不可以混为一谈的。

（原载于《中国体育报》1991 年 3 月 20 日）

女手，不变的"魔方"

竞技体育本该是个多变的"魔方"，从优势转换直至场上的技战术演变，时刻都在变化之中。可是，看了八运会女子手球预赛却发现，现在的和过去的差不多是一个样子。北京和上海队分享冠亚军，这是由来已久的，这次预赛他们又再次"对号入座"。决赛还有几个月时间，有人敢于拍着胸口说："未来的决赛绝不会出格，除非有预料不到的意外。"

4年前的七运会,女子手球有10个队报名参赛,应该说参与者已经是少得可怜了。可是,赛事一了,天津、甘肃等队却又散伙。虽然在手球界高层的努力下,未曾涉足的四川队举起了"义旗",于七运会前遭"砍杀"的广东也于两年前重新拉起了队伍,可是手球这块乐土终究没有热起来。到八运会预赛,报名参赛队仍然是4年前那个数——10个。据说,预赛一结束,有的队又将面临"挨刀"的命运。参与的球队寥寥无几,女手面对的必然是一个缺少竞争的大环境。在这种情况下,也就很难发生日新月异的变化了。

　　为使球类团队项目兴旺起来,八运会实行一项特殊优惠政策,即双牌双分制。一方面是加牌的诱惑,一方面新人又衔接不上,这便出现了老将的卷土重来。八运会预赛,山西队主力阵容中25岁以上的老队员多达六名,其中34、37岁各1人。这次比赛,山西队可以说是已跌到了谷底,除赢小妹妹四川队之外,其余场次无一获胜。安徽队员虽有别于山西队,水平也远较山西队高,可全队平均年龄却是十个队中最高的,为24.5岁。他们主力阵容中27岁以上的多达四人,其中29、30、38岁各一人。该队38岁老队员王明星(兼助理教练),在对山东和北京两场比赛中,一人打进11个球,这有力说明新手不济。北京队和上海队平均年龄分别是22.4岁和22.9岁,与这两个队相比,安徽队在年龄结构上当然不具优势。安徽队打不进前两名,与此不无关系。现在,解放军和黑龙江队的年轻队员整齐一些,国家队二线队伍基本上集中了这两个队队员。可是,据行家推断,今后能否涌现出像北京队石伟那样的优秀人物,却并不乐观。新人上不来,老人占领舞台,女手当然也就难以有新的变化了。

　　我国女子手球曾在1984年洛杉矶奥运会、1988年汉城奥运会和1996年亚特兰大奥运会上,相继夺得第三、第六、第五名。可是,在国内,却兴旺不起来,尤其是近些年来。加牌加分的政策有了,这也是一味兴奋剂。可是,女手却依旧是"温吞水",不冷不热的。怎样才能冲破目前这种局面,让"魔方"多变起来,我看最为重要的,还是手球界自身努力,寻找属于自己的生存与发展空间。足球热起来了,篮球也抖擞起精神来,据说就连武术散打也酝酿起搞俱乐部,主客场制赛事。不炒不热,从足、篮球等项目的改革中,手球是否可以得到点滴启示呢?

(原载于《中国体育报》1997年5月15日)

中国手球何日旌旗再扬？

在我国球类运动项目中，本来队伍就不很壮大的手球，近年来又有一些队偃旗息鼓。

七运会，男队因队数太少，已用不着预赛便直接进入了决赛。据悉，目前男队全国只剩下少得可怜的6个，女队情况虽然稍好，有10个队参加七运会预赛，可七运会结束，天津、甘肃等队解散。广东队原是一支劲旅，可压根儿就没报名参加七运会角逐。在七运会前一年，这支队伍便消失了。队数多少，是否拥有一个激烈竞争的大环境，大体可以看出这个项目的兴衰。手球，已经让人坐不住了。

手球何以走到了这一步？说法大体有两种，一种认为，实行"金牌战略"，这是集体项目萎缩滑坡的必然。因为谁都清楚，用7个人去争1块金牌和只用1个人去争几块金牌，这是再简单不过的数学。另一种认为，现在国内手球比赛，虽然队员身高、外围远射得到了重视，但内外线穿插配合、快板球、鱼跃倒地射门，以及迅雷不及掩耳之势的快速反击等，能够体现出亚洲人"小、灵、快"特点的技战术，却被大大地淡化了。正是因为这样，男女队双双被拒绝在巴塞罗那奥运会大门之外不说，女队又在后来共有16个队参加的第11届世界手球锦标赛上，以第14名的败绩使自己陷入了历史的最低谷。

手球虽非我国的"拳头"项目，但在过去却也风光一时。20世纪60年代初，安徽男队曾以14∶12战胜欧洲劲旅罗马尼亚队。1982年的第9届亚运会，中国男队又过关夺隘而荣获冠军。1984年洛杉矶奥运会和1988年汉城奥运会，中国女队则相继夺得了第3名和第6名。这说明，中国手球并非就是薄命。

亚洲人的体质、体型无法同欧洲人抗衡，这是实情，也是不会轻易改变的。但是，亚洲人的灵巧与速度，较之欧洲人来说，无疑也是一种优势。中国队在同欧洲强队较量中有过精彩的表演，韩国队又在奥运会上打破欧洲壁垒而夺得冠军，这都很说明问题。中国手球之所以走到今天这一步，归根究底，还是前面所说到的两个方面的原因。"金牌战略"的冲击，这是外因；自身战术停滞不前以至失去自己的特点风格，这是内因。在竞技体育领域，一个很兴旺的运动项目，其自身的竞争能力也是很强的。手球同三大球一样，要发展就少不了从政策上获得一定的优惠（比如在全运会上增加这些项目的金牌数），但自身也必须去努力寻找属于自己的生存空间。战术对路了,战斗力增强了,打几个漂亮的战役,就会将球迷重新召回手球场,就会赢得更多人的关心与支持。

手球是奥运会项目,中国不能也不该没有手球。如果万众一心,那么中国手球未必没有辉煌的那一天!

(原载于《中国体育报》1994年1月13日)

柳暗花明又一村
——从"中途改行"看人尽其才

有一条大家都确信无疑的做法,即从小培养,系统训练。可是,也有这样的现象:原来学篮球的,结果此路不通,中途改学射击,却成了国内外闻名的射击明星。这就给人们提出了一个很值得玩味的问题,对那些已经给予了相当投入的青少年选手们,是不是都做到了人尽其才?

亚运会女子飞碟双向冠军张山,自幼便进了业余体校打篮球。可是,六年过去了,尽管教练在她的身上没少花过心血,她自己在训练中也没少流过汗,可是她却终未能成为篮球"一枝花"。

想不到的是,就在她山穷水尽的时候,她却被一位射击教练看中,进了省队,获得了她人生道路上的一大转机。篮球与射击,是截然不同的两个项目,可是,谁曾想到,进队后仅仅四周时间,她便奇迹般地在第一届青运会上获得了亚军。1987年六届全运会,张山19岁,大胆地和那些多次打破过世界纪录、获得过世界冠军的强手们较量,挤进了前五名。其后,在平壤的中、朝友谊赛中,以193中获第一名。1989年全国射击冠军赛,她成绩又提高到195中,首次成为全国冠军。1990年5月,在汉城举行的亚洲射击锦标赛,她成绩再次提高到197中,刷新了世界纪录。四个月后的十一届亚运会,她再次创造197中的好成绩,平了由她自己创造的世界纪录。

类似张山这样的例子,远不止一个两个。"迟开的花朵"刘华金,14岁进省队专攻跳远,可她却终未能在这个项目上创造出令人鼓舞的成绩。后来,她另辟蹊径,改练100米栏,竟创造出一个令人难以置信的崭新天地来。

再说刘寿斌,也是半路杀出来的。他8岁进省体校学武术,整整练了四年,可最终还是成了武术队的弃儿。正当他体育生涯面临夭折的时候,好心的举重老教练李白玉悄悄地跟他说:"跟我来练练这铁墩墩儿吧!"就这样,这个从农村来的小青年,经历了他人生道路上一次痛苦的但却是有意义的跳槽,迎来了朝霞绚丽的黎明。

"有心栽花花不开,无心插柳柳成荫"。以上几例,初看起来似乎使人有点纳闷,可是,细细地想想,却又并不觉得奇怪。一个歌唱家是需要辛勤地吊嗓子的,但如果爹妈未给他一个好的歌喉,那么他怎么会赢得听众们那热烈的掌声呢?同样道理,一个运动员若是在选材上"对不上口径",那么即使国家和他自己均投入了许多,但最后也还是"竹篮打水一场空",在选材上,现在的科学化程度还不高,在较多情况下还是凭感觉、印象和经验,因此半路杀出个程咬金来也就不奇怪了。

张山看起来不很像许多射手那种沉默内向,可她却果断、敏捷、开朗,而这一点又正是一个优秀射击运动员所必须具备的。所以,在掂量一个运动员条件的时候,要看得深一些,远一些,要善于从一般性的规律中去发现那些独特的个性。刘华金速度快,刘寿斌力量和爆发力好,这是他们半路杀出来的"物质基础"。很显然,这种基础是既有先天的,又有后天的因素。他们未在跳远和武术上有所成就,但跳远和武术却给了他们在后来项目上的成功作了一定的铺垫。所以说,当有的运动员陷入困境而将要卸甲的时候,是否再衡量一下他的条件,尤其是要看看在训练上已经得到的积累,是不是还能让他有一个绝路逢生的机会?

诚然,选材上的百发百中是不大可能的,可是,人尽其才却是可以办得到的。所以,在运动员离队这个问题上,需要尽可能谨慎和考虑周全,否则,将可能造成人才和投入上的双重浪费。

(原载于《中国体育报》1990年12月18日)

"运动寿命"的句号画在哪儿
—— 从刘华金再破亚洲纪录想到的

在我国各地体育队伍中,凡是到了二十五六岁的人大都认为是已经老了,该退役了。可是,被人看成是"超级服役"的刘华金,却在奥运会上创造了令人羡慕的好成绩。这一意外,很自然地使人想到,一些看起来似乎是船到码头车到站的选手们,是不是真的都老了?

刘华金今年30岁,1986年左腿半月板撕裂,先后动过两次手术。今年,她的小腿又拉伤,全国锦标赛败在新秀罗彬名下。所以,尽管她列入了亚运会名单,可较多的人却在事前认为她没戏。谁知,比赛结果,她不仅战胜了小她10岁的夺魁呼声最高的罗彬,而且以12秒73的优异成绩,打破了12秒89的亚洲纪录。类似刘华金这样的例子,本次亚运会并不少见,28岁的游泳运动员沈坚强,在同年轻选手的激烈竞争中,一人夺得5块金牌。许海峰33岁,也是领衔攻坚,再创佳绩。田径选手29岁的张丽、28岁的侯雪梅和27岁的余志成,不仅荣获冠军,而且还都打破了亚运会纪录。笔者做了个统计,本届亚运会我国获金牌队员共325人,其中25到27岁的61人,28岁到30岁的17人,30岁以上的13人,三者相加,占获金牌总人数将近30%。这就说明,我国选手的"运动寿命",是不能一概在二十五六岁那儿画上句号的。

任何优异成绩的取得,都是长期训练积累的结果,在这其中谁也不能绝对地说,他能够完全避免创伤(由于训练不当所造成的创伤当另作别论,因这一点导致了人才上的浪费也必须予以重视)和比赛中的挫折。就说刘华金吧,她的成才之路就不是一帆风顺的,她经历过痛苦的"二进宫",又接连受过伤,甚至因为伤而在上届亚运会的预选赛中"砸锅"。六届全运会,她东山再起,打破了纪政保持17年之久的亚洲纪录。可是,她当时已经27岁,而且腿又受过伤。所以,自那以后,她若是"光荣引退",大概谁都不会有非议的。年龄和创伤,这是人们看得见的。可是,经过十几年艰苦训练所具有的潜力,却是人们往往估计不足的。有的专家说,一般运动员的神经系统20岁以后才开始稳定,内脏系统25岁开始成熟,肌肉和心脏30岁以后发育完全。尚不知有无具体的数据对这一说法加以科学论证,但在现实生活中,人们不是常可见到迟开的花朵、"梅开二度"、"枯木逢春"这一类事情吗!

刘华金运动生涯中的高峰出现在她超期服役期中,正说明了这个问题。"失败乃成功之母",一两次,甚至两三次的失败,也许会换来更大的成功。所以,在队员"运动寿命"这个问题上,既不要不加分析地"一刀切",又不要只因一两次成绩不好便决定了终身,重要的是要看潜力。爱惜人才,这对哪一支运动队伍来说,都是十分重要的。

(原载于《中国体育报》1990年11月17日)

心理耶？实力耶？

本届奥运会，在射击这个项目上，对国人心理上冲击最大的，无过于手枪慢射的结果。许海峰未进前八名，都觉得太意外了。

其实，这样的意外，又何止许海峰一人呢？

奥运会前，舆论界几乎都认定第一块金牌女子气步枪非保加利亚的莱切娃莫属。因为她是1986年两次世界冠军获得者，又在1987年的十几次重大国际比赛中次次夺魁，而且连续3次打破世界纪录。可是，谁也没有料到，比赛中她却大失水准，连第8名也未捞着。苏联的巴辛斯基，于1987年9月，以666环打破了许海峰在第10届亚运会上创造的男子手枪慢射660环的世界纪录。可是，本届奥运会他却只打657环，陡降9环，只得个铜牌。看来，外国人也同样难以避免意外。

射击场上，受着诸多因素的影响，从体质、精神、气候、环境直到器材，都可能影响到运动员临场的发挥。有时，因为1组或者1发子弹没有处理好，结果急转直下，酿成败局。所以，射击成绩的起伏，是一种比较普遍的现象。胜利者常有，而常胜将军难得，一两次失败，不必大惊小怪。

意外往往难以避免，可偶然却又存在于必然之中。上届奥运会，许海峰以566环夺得金牌，那并非是他的运气好。1983年3月华东地区比赛，他的成绩是554环。到1984年4月洛杉矶奥运会预选赛上，他的成绩则提高到568环。奥运会前夕，他的练习成绩，甚至有次达到了582环，较世界纪录还多1环。这种成绩上的"节节高"，才为他实现零的突破，奠定了实力基础。

本届奥运会，苏联契洛娃夺得女子气步枪冠军。契洛娃自1982年入选苏联国家队之后，成绩曾长期停滞不前，差点同靶场告别。她在奥运会夺得第一名，奇亦不奇，怪也不怪。从1986年起，她就有了转机。这年的欧洲锦标赛苏联获团体冠军，她是苏联队的一员。1988年，她成为全苏个人冠军，以398环的优异成绩，刷新了苏联国家纪录。在奥运会上，契洛娃资格赛成绩是395环，而她在全苏比赛的成绩比奥运会还多3环。这就有力地说明，实力才是取胜的法宝。

现在，对成绩不尽如人意都有一种解释，即心理素质不好所致。因此，怎样来正确看待心理这个看不见摸不着的东西，便成为训练工作中的一个实际问题。

本届奥运会，许海峰参赛两个项目，主项手枪慢射，副项气手枪。比较公认的是,他手枪慢射打得精神过于紧张(弹着点散布较大就是证明),比赛结果不理想;而在气手枪角逐中,他却沉着镇定得多,越打越好,获得铜牌。许海峰两项比赛之所以精神状态不同,可能有客观方面的原因,但关键还是在他的实力。他的气手枪成绩近年来在不断提高。今年三四月间的奥运会预选赛,他1次以590环(资格赛)平世界纪录,1次以691.2环(总成绩)超世界纪录。6月慕尼黑世界杯赛,成绩虽未有提高,但也以586和687.1环夺得第3名。他奥运会成绩是684.5环(资格赛584环)。而手枪慢射则不同,在上届奥运会上实现零的突破,继而在亚运会上创造了世界纪录,在奥运会前的选拔赛中也两次以672环和674环的成绩,超当时666环的世界纪录。但在近期一系列重大国内外比赛中,都相继失去了冠军地位。1987年的六届全运会,他手枪慢射成绩更是降到了低点,资格赛只命中556环(较上届奥运会丢了10环),总成绩653环(较亚运会的660环丢了7环)。本届奥运会又由于苏联等东欧队加入,压力大大增加,这就出现了实力与夺冠愿望的"倒挂"。如果说紧张的话,就是这样造成的。奥运会他手枪慢射的成绩是554环(较六届全运会近少2环),未进入决赛。两项比赛,两种实力,两样精神状态,得出了两种不同的结果。

射击是一个"失之毫厘,差之千里"的竞技项目,精神因素的影响是不能排除的。但是,"艺高人胆大",精神作用又是建立在实力这个物质基础上的。所以,抓心理素质,还是要从枪杆子抓起。扎扎实实地抓好训练,才算真正地抓住了"牛鼻子"。

(原载于《中国体育报》1988年12月27日)

10环、意外弹和心理

打10环,应该说是射击运动员的本分,如果没有这样一种本领,那么他就休想在亚运会这样的大赛中取胜。

可是,即使是再优秀的射手,他也不敢绝对地说,在比赛过程中,他就不会碰上个8环、7环,甚至更糟的环数。在靶纸上找不到弹着,放个"卫星",也不是不可能。9月25日,亚运会射击比赛的第一天,许海峰在手枪慢射决赛的关键时刻就打了个8环,而在资格赛中居第一的日本选手势见月文久,决赛中竟出现个5环。

射击比赛,有的项目举枪累计重量数以吨计,而且射手还要承受武器的后坐力。别看射击这个项目好似绣花,可体力消耗却是很大的。再者,又由于频繁的用眼,而造成视觉疲劳。所以,每一个队员都很难使自己在体力、视力和技术上始终如一,而没有任何一点出格。另外,射击又是受外界因素影响很大的项目,若是一阵风突然吹来,或是碰上一颗倒霉的子弹,都会立即在靶纸上表现出来。

出意外弹这样的事,对射手来说无疑是一种挫折。大家都知道,卧射60发命中满环600环的已不足为奇。手枪慢射难度大点,但60发打个570环的也不算很好。一颗意外弹一下跑掉两三环,你说这叫不叫人扫兴。正是因为这样,有的射手就经不起打击,或是泄气,或是急躁不服气,结果越打越差,造成前后截然不同的局面。这次亚运会的射击比赛,此类例子并不少见。

但是,却也有这样的射手,他在挨了意外弹这一棒子之后,冷静地思索和寻找出这种不祥之兆的原因。就说前面已经提到的25日的手枪慢射比赛吧,许海峰在十分关键的时候,突然打了个8环。10环打得少都没得冠军的希望,怎奈来个8环呢!这个时候,许海峰并不因此而气馁,也不因为这颗意外弹而急躁,而是处惊不变,冷静置之,结果一连打了6个10环,重新夺回失去了的优势,并成为本项比赛的冠军。

在重大射击比赛中,运动员能不能打好,在很大程度上是受心理素质制约的。但是,心理素质的好坏,却不能以一两次比赛来定论。能够到高层次运动队伍中来的队员,更重要的还是要学会怎样能从容地应付赛前和赛中,经常会碰到的诸如接连打10环和打坏弹这样一些很复杂的局面。能经得起成功与挫折的考验,那么心理素质训练也就落到实处了。

(原载于《中国体育报》1999年9月29日)

呼唤"三周旋"

最近在合肥举行的全国技巧锦标赛,男子单跳全能冠军安徽吴铭做的是快速接720度旋,而亚军江西彭纪彬做的则是1080度旋。两年前,冯涛做的"三周旋"就在我国技坛出现了,可时至今日,却还没有第二个人将它攻克,这就很自然的使笔者想到,单跳的难度发展,仍然是一个很尖锐的课题。

70年代中期,广东吴新华首开纪录,攻下了1080度旋。1983年10月,江苏胡星刚在美国塞达拉皮兹的第四届世界技巧比赛中,第一次用直体1080度旋夺得冠军。1985年在北京举行的第五届世界杯技巧比赛中,安徽冯涛又以1080度旋再次夺来了金牌。到这时,中国的1080度旋,在世界舞台的竞争中已经站稳了脚跟,这是看得出来的。

岂知,苏联拉沙宁却悄悄地练起了三周旋,试图以出人意料的创新和难度,来挫败中国的1080度旋,从而维持苏联单跳的垄断地位。

冯涛在以1080度旋夺得世界冠军之后,他和他的教练武念义均敏感到要在未来的竞争中继续保持不败,唯一的出路那便是发展新的难度,练"三周旋"。就这样,一个在中国合肥,另一个在苏联莫斯科,几乎同一时期,向同一个目标——"三周旋",发起了冲击。

1987年六运会技巧预赛,冯涛出人意料地拿出"核弹头",成功地完成了"三周旋",这使国内外技巧界都为之震惊。大会组委会,当即为他设立了"特等难度创新奖"。1988年2月,冯涛三周旋录像带传到了伦敦,参加国际技巧高级教练员训练班学习的葡萄牙等国教练们争先恐后地求购。据技巧界人士说,到目前为止,在正式比赛中使用三周旋的,除了冯涛之外,唯有苏联和保加利亚各一名队员,但是他们的质量远不如冯涛的好,运用得没有冯涛那么成功。

"三周旋"之所以令人震惊与喝彩,是因为它区别于1080度旋,是重新设计的一套难度空前的新颖动作。1080度旋,人在空中运行的最高垂直高度大约是3.34到3.36米,留空时间1秒27左右;"三周旋"最高垂直高度则是3.8米,留空时间1秒34到1秒36。人在空中能否完成复杂的动作,取决于高度和留空时间,而高度和时间又是速度、爆发力和弹跳力决定的。据测算,从1080度旋到"三周旋",冯涛的肌肉承受力约增加一倍。

说起来单跳皆为翻跟头,可跟头的难度却有大有小,甚至有天壤之别,所以,如果失去了难度和创新,那么单跳也就没有了生命。人们注意到,自1987年技巧界为冯涛设立了"特等难度创新奖"以来,时间已过去了两年多,却还没有第二个人站出来,勇敢地去向冯涛的三周旋挑战。尽管近年来单跳仍在持续不断地变化,难度也有新发展,但是,技巧竞争舞台上,再现像冯涛三周旋那样令人震慑的惊人一跳,正是人们所殷切期待的。

(原载于《中国体育报》1989年6月7日)

小议"立柱"与"灯笼"

最近在杭州举行的全国技巧冠军赛,首次较量,竟出现了"立柱"集体塌架(无一成功)的现象。后几次比赛,"立柱"成功者有,但"下汤圆"者更多。可在同一个比赛场上,江苏队做的"灯笼"却全都成功,预赛 9.66 分,决赛 9.56 分。因此,"立柱"与"灯笼"哪一个好?便成了个有争议的问题。

何谓"立柱"?即四个人一人踩在一人的肩上,往上层层叠架。而"灯笼"却不同,第三人踩在第二人的膝上,第二人挽住第三人的腿。前者高 6 米多,三层人支点两个;后者高 5 米,三层人支点四个。显然,前者难度大。

物理学家做过证明,重心越高,稳定性越差。根据这个原理,"立柱"的稳定性要比"灯笼"差得多。稳定性差,受各种因素(包括主客观)的影响也就大。我国和东欧人又不同,体型偏小,体重偏轻,重型"底座"是不太好挑选的。苏联"底座"身高 1.80 米,体重 100 公斤。而我国"底座"身高一般只有 1.07 米,体重 70 公斤左右。"底座"小,力量不够,就很难承受他肩上三个人的体重。"尖子"年岁小时,"立柱"尚可维持,但当其到了 16 岁上下,进入人生第一个发育高峰之后,这"立柱"的存亡就成问题了。近年来,"四人"淘汰率甚高,一些有名的队员过早退出舞台,就有力地说明这个问题的严重性。

"立柱"与"灯笼"相比,在难度价值上占有 0.5 的优势。但据江苏队的经验,这一点,可以由加大上层人的难度动作,来弥补"灯笼"的不足。他们把"立柱"上做的窄直臂俯水平,拿到"灯笼"上后,改成了宽直臂俯水平,难度价值由 0.6 分增加到 1 分。江苏队这样做,正是发扬了自己的长处,今年 4 月的莫斯科举行的第十四届"沃尔科夫"国际邀请赛上,江苏队曾以"灯笼"战胜苏联队的"立柱"。这一事实,使江苏队对自己的选择更加充满信心。

这里为"灯笼"说了点好话,但并不是说"灯笼"就是唯一的出路。如果队员条件好,"底座"大,"立柱"那 0.5 分又为什么不去争取呢!江西、安徽等队,在世界比赛或全国比赛中,以"立柱"取胜的例子也为数不少。

所以,"立柱"与"灯笼"到底谁好,作者并不想作个评断,而只是想提起人们注意,遇事不可一哄而起,不要一见"立柱"有成功的,就都去追求"立柱";一见"灯笼"有所抬头,又都去赶"灯笼"的时髦。一概肯定,一概否定,都是不足取的。运动训练是一门科学,切忌盲目,切忌遇事不加分析。

(原载于《中国体育报》1985年7月17日)

安徽手球能走出"怪圈"吗?

最近,安徽手球队进行了一次非同寻常的身体素质测验,结果是"几家欢乐几家愁"。纵然过关的人是大多数,但"闯红灯"的恰恰是那些场上少不了的人物。练的队员不上场比赛,而上场比赛的队员不练或练得不够、不严。

比赛是训练的积累与反映,没有高水平的训练便不可能在比赛中表现出高水平来。去年11月在合肥举行的全国男子手球锦标赛,省体委副主任、原省和国家女子手球队教练张玉林,在看比赛时说:"若是责怪队员在场上不努力,那是冤枉了。可是,该快的快不起来,本是一个很好的机会却失误了,自知是外围重要却又构成不了威胁……上场打球的平常不狠狠地练,不尝这苦果那才怪呢!"

去年夏天,安徽队同日本队有过一次较量。在27∶28的关键时刻,该队却因为连续两次失误而败走麦城。这两次失误,一次是守门员一传快攻,因为接应者力不从心所致。另一次是行进间配合由第三者切入,也是因为大致相同的原因而被对方打了反击。下半时安徽队的速度便已明显减了下来,同时失误增多。待到场上还剩10分钟时,队员就更是疲惫而松弛。相差一两分的剧烈争夺,同队员们的自身体能,形成了强烈的反差。最后那两次极为关键的失误,就是在这一背景下发生的。在激烈的对抗中,失误往往是难以避免的,但如果训练有素,把握得很严谨,那么技战术运用起来也就会得心应手。有的失误,尤其是像安徽队那种接连发生的连珠炮式的失误,并非就不可以避免。

之所以说安徽队场上队员训练欠火候,还有一个很突出的例子,那便是在比赛场上对于像"快板球"、倒地射门等一类难度大的技战术运用得太少。看了去年秋季全国比赛后,省体委竞赛处处长、原省男子手球队教练程法荫,便颇为感慨地说,倒地射门是苦一些的,因为苦就不去练或练得不够,当然也就在比赛中拿不出来了。即或在比赛中偶然使用一两次,可又因为练得不过关而成了一门"哑炮"。

自今年开始,全国手球比赛将实现严格的身体素质考核制度,不过关者将被取消参赛资格。很显然,此举是为了"赶鸭子上架",不练也得练,无一能够特殊。对此,安徽立了一条规矩,即参加比赛与否,同队员个人待遇挂钩,而且是拉开档次的。这样一来,队内的凝聚力增强了,原先想练就练,不想练就不练的状况改观了。原先担心有的骨干队员在 3200 米这一项上过不了关,可测验结果却较国家体委规定的标准缩短了 40 多秒。训练,真正地投入了,也就必然会有成效。

(原载于《中国体育报》1995 年 3 月 24 日)

安徽"男四"何以优势长存?
——答案:力避短期行为

冬训开始时,安徽技巧队出人意外地决定,砍大"男四"(一线),让小"男四"(二线)唱主角。去年全国比赛,在 7 个项目的全能赛中,安徽未获 1 枚金牌,能够在全能赛中夺冠的,唯大"男四"和"男单"有望。大"男四"下马,当然叫人大惑不解。

由高级教练聂先继训练的大"男四",获 1989 年全国冠军,并在当年的世界比赛中获第一、二套的第一、第二名。1990 年全国比赛,他们又获第一、第二套冠、亚军,并在世界比赛中获第一、第二套金、铜牌和全能银牌。大"男四"动作质量较高,编排也较新颖。但是,"尖子"因为自然生长,训练上无法解决"底座"的超负荷问题。"头重脚轻",很难再上新的难度,而创新与难度恰恰又是技巧的生命。砍大"男四",眼前可能会有所损失。但如果不让小"男四"到"风口浪尖"上"真枪实弹"去锻炼,那么势必在可以看得着的某一天"断档"。同时,要去攻克更尖端的难新动作,也只有小"男四"。

安徽"男四"虽然先后 7 次夺得全能全国冠军,长期占有优势,但在优势中却有时也处于劣势,其中就有好几年时间,金牌同他们无缘。何以如此,也就是"超期服役",该交替时没交替。

为了避免可以避免的"低潮",他们在大"男四"上马不久,就以省体校"少年班"的形式,拉起二线(即小"男四")投入训练。1989 年大"男四"进入"高峰"时,而由年轻教练罗志辉训练的小"男四",则也犹如一支蓓蕾,含苞待放了。就在这一时期,小"男四"以当时国内外绝无仅有的立柱高单臂系列过渡到并腿侧水平和屈三周站轿,在世界青年比赛中夺得第一、第二套的冠、亚军。去年全国比赛,他们虽因个别动作失误而使全能成绩受到"株连",但实力却已居全国三强之列。所以,小"男四"替代大"男四"是在情理之中的。

有人可能会说,安徽"男四"看得是够远的,不仅有一线,还有二线,而且衔接得又是那样的紧密和自然,可是谁会想得到,当他们的二线替补了一线之后,由少年班输送的儿童团又进入了原先的二线的"舞台"。现在,由经验丰富的聂先继和张国任训练的这支娃娃队,虽还稚嫩得很,但在严格要求下,却也得到了相当的雕琢。他们下3节(即下面三个人)的"立柱","定格"时间已达1分20秒。上3节"立柱","尖子"倒立也可持续30秒钟,而且稳定性好。虽然这4个可爱的孩子,现在都还是像孙猴子一样,着力在翻那些难度并不大的跟头,可却全都攻下了直体360度空翻。据说,儿童团替补了省队现在的二线之后,少年班新的"男四",又提到议事日程上了。一茬接一茬,使安徽"男四"如同缓缓春水,长流不息。

长期以来,在体育队伍中就存在这样一种情况,只想在今天的比赛中夺金牌,而对明天和后天的事都不很精心。虽然嘴里也讲"后备"重要,可搞的却还是"短期行为"。安徽"男四"之所以优势长在,不也值得人们思索一番吗?

(原载于《中国体育报》1991年4月5日)

"跳槽"的启示

张山夺得奥运会射击双向飞碟冠军,被世人称为是"空前绝后"的壮举。我想,她的成功不仅给祖国争得了荣誉,更重要的是给人们提供了一条年轻运动员"跳槽"的新鲜经验。

张山自幼学的是篮球,业余体校的胡仲梅教练给予了她许多栽培与关爱,但她终未能成材。就在张山想告别运动生涯之时,射击教练江泽详有意收她为徒。于是张山高兴地进了四川省射击队,做了一次人生旅途中最有意义的"跳槽"。

张山打了六年篮球未打出名堂,可进射击队仅四周,就夺得了第一届青运会亚军,她反应敏捷,在经过正规训练之后成绩节节上升。1990年5月在汉城举行的亚洲锦标赛上,她的双向飞碟成绩提高到197中,刷新了世界纪录;而这次奥运会,她的总成绩(223中)打破了奥运会纪录。

由此给我们的启迪是,就当前我国科学化选材程度还不高的现状而言,选材上的"百发百中"几乎不大可能,但人尽其才却可能办到。每年我国有大批参加业余训练的少年运动员被淘汰,有的进了省市优秀运动队仍会陷入被淘汰的困境。对于这些年轻人,能不能权衡他们的条件,看其是否还有绝处逢生的可能。所以从某种意义上说,年轻运动员的"跳槽"可能会发掘一些人才。

(原载于《中国体育报》1992年8月20日)

降体重与"大锅饭"

降体重,摔跤有这个问题,柔道运动员与之也有切身关系。这两个项目的各个级别,均有严格的体重限制,若是超过了规定体重,那就失去比赛资格了。

在呼和浩特举行的全国自由式摔跤比赛上,我见到了新疆22岁的选手阿斯哈尔。这个小伙子个儿不高,看上去瘦,其实肌肉结实得很。他来这里前后十天,体重竟由65公斤降至57公斤,降了整整8公斤!

去年全运会决赛,阿斯哈尔也曾由65公斤,降下3公斤后参加62公斤级决战。像阿斯哈尔这样,出于战略战术的考虑而改打级别的,在摔跤和柔道这两个项目中均是常事,所以降体重也就应该成为这两项运动员特有的本领。

降体重有诸多措施和办法,如蒸气浴、大运动量训练等。但仅仅依靠这些手段还不行,运动员饮食的数量和质量与此有极大的关系。降体重无疑是要缩食少喝(水)的,但营养不够,能量短缺,肌体又必然会失去力量。一个技术再好的运动员,如果没有力量作为基础,他就休想在场上得到发挥,战胜对方,道理简单得很。在第五届全运会上,我就见到过远非一两个队员,他们都是因为对自己饮食过分"克扣",得不到起码的营养,结果体重降了,却提不起精神,弄得像条"眠蚕"。其中有一个队员,全运会预赛时进入了前三名,决赛时体重降了8公斤,可未曾出线就被逐出擂台。

食物与营养,对摔跤和柔道运动员来说是太重要了,它实际就是降体重的前提。但我们现行的一些制度是有悖于这一点的,那就是人人不例外,必吃大锅饭!

全国比赛,任何一个项目,差不多都有300名左右的队员,加上裁判员、工作人员,不下500人入伙。运动员虽受优待,也只不过在工作人员灶的基础上,多加一两个菜。餐桌上多是大肥肉,重油荤,我到过许多地方采访,从来就没听说过,还有哪里开过降体重小灶。

如果说限于条件一时开不了小灶的话,那可不可以在规定标准的范围内,让运动员自己管理自己,来个分别对待呢?不行,制度又卡死了。按照现行规定,到一地比赛,伙食费得全交到大会,凭大会给的收据回家报销。没有收据的,或者钱数不符的不给报销。另外,凡是在大会入伙的,十处大概有九处不让运动员中途退伙。这样,需要降体重的队员们只好入席同享大灶,稍微解解馋,就摇头起座离去。如此办法,谈何比赛,谈何赶超世界水平?办法有没有?有!阿斯哈尔的做法就是一例。他降了8公斤体重,失去了肌肉里的水分,力量未减。呼和浩特比赛,他力挫众强,夺得了全国冠军。阿斯哈尔告诉我,他降体重,保持力量,做到两全其美,除了科学训练之外,就是营养帮了个大忙。比赛开始前,他就受到例外的照顾,将伙食费退给他个人。他用规定的伙食费买了大青豆、鲜羊肉、麦乳精、蜂蜜、巧克力等。早晨,他煮杯咖啡,冲小半杯麦乳精,加点蜂乳当早点。中午,吃的一般,半碗羊肉,外加一小盘青菜。他说,别以为价格越昂贵的东西就越好,其实青豆、豆制品、青菜是个宝。他还说,粮食要尽量地少吃,那是增体重而又不太增力量的食物。

除少数情况外,阿斯哈尔的办法,在目前是行得通的。小灶一时没办法得到照顾,经领导批准,可以将伙食费领出来,在教练的指导与检查下,根据个人计划支配使用。如果条件成熟,在大灶中另开降体重小灶,那当然就更好了。其实,开"阿斯哈尔"式的小灶,也是很方便的。总归,伙食是运动训练中极其重要的一个方面,需要精心办好。同时,制度应适应比赛和训练需要、灵活一点,切忌不切实际情况的"死卡"。

(原载于《体育爱好者》杂志1986年第1期)

有金牌的和没金牌的……

胡星刚和顾洪星,一个是世界冠军,一个是世界冠军的教练。当胡星刚在美国塞达拉皮兹,挫败强手,开创了我国技巧男子单人跳跃在世界大赛中夺得冠军的历史之后,很多人说:"两颗中国星闪亮了。"

1981年冬和1982年春的冬训中,胡星刚在攻下了团身后空翻两周转体720度、720度直体旋之后,勇敢地冲击举世无双的向后直体两周接团身后空翻三周,以此来迎接第五届世界锦标赛。1982年5月在上海举行的全国比赛,是我国参加第五届世界锦标赛的大演习。可是,胡星刚从弹性板腾入空中,身体运动的抛物线尚未达到预想的高度就急剧下落,以人体不规则运动坠地而告失败。

又一次,到波兰波兹南市首次参加世界比赛,胡星刚带去了"稀世珍宝"。这套"秘密武器"曾在英国"亮相",当时就令人目眩口呆,国际技巧联合会技术委员会主席休士说:"胡的难度能同苏联相比。"

可是,大赛开始,他一踏上弹性板,感到柔软得提不起劲来。结果不仅没有问鼎,连前三名也未捞着。

一次次的失败,使有的人觉得胡星刚是个软的,一到大比赛就不灵光了,是颗不闪亮的星。然而,顾洪星却另有见地,他不仅没有将自己的队员逐出技巧队,而决心领着胡星刚登攀上男子单人跳跃的世界顶峰。

简单的跑跳都很容易,可上起高难度动作来,那才真叫考验人哪,队员是这样,教练也不例外。

就说明胡星刚攻直体两周 1080 度旋吧!做这套动作,人先得弹入空中,完成横、纵轴复合的复杂技术,翻腾和转体五周。所有这一些,又只允许在 1 到 1.1 秒时间内完成。胡星刚是我国技巧单人跳跃最好的一个队员,他抛入空中后,人体重心移动的抛物线最高点与地毯的垂直距离是 3.03 米,弹跳高冲击力就大。据测定,胡星刚蹬子小翻起跳瞬间,弹性板给予他脚部的反作用力,高达 1000 公斤。可想而知,人在空中动作若有丝毫偏差的话,那将会造成什么样的后果?

可是,这既没有吓倒胡星刚,也没有吓倒同样要冒险的顾洪星。这是一次很平常的训练,胡星刚站在单跳弹性板的起点,顾洪星立在弹性板三分之二以外处的一边,两人精力高度集中,只见胡星刚双手一撒,嗒嗒嗒一串小跑,紧接着就是蹬子小翻。未待人们看清楚,又蓦地弹入空中,一切都令人满意。可是,唯有他自己知道,一种无形的力量,使得他极难凭借自己的意志去驾驭空中的自我。身体重心顶前了,身体过早地前卷,刚过一周半,头已带着极大的惯性向下急冲,跟着脑袋与地就要猛烈相撞……在场观看训练的人,无不吓得脸色煞白,惊得尖叫。

顾洪星把这一切全看在眼里,浑身毛发瞬息间全竖了起来。顾洪星来不及思考,冒着相撞的危险,一个箭步冲上去,伸出双手,将胡星刚往上一托,解脱了危险。于是,旁观的人们却又是"啊!"的一阵惊呼。

顾洪星不只是位不畏艰险的教练,在胡星刚的身上,他也是倾注了心力的。就说第四届全运会,预赛时胡以 720 度旋求得出线权。预赛决冠军时,对手是广东的吴华新,两人打的牌都是 1080 度旋。可胡星刚脚步拉伤。按照常规,这时是一定要让胡星刚使出浑身解数,去夺取冠军的。可出乎人意料,顾洪星让他的队员降难度,不去盲目硬拼。虽然预赛时的冠军丢了,但留得青山在。到决赛时,胡星刚的伤好了,第一场以 0.05 分压着吴华新,第二场又是众杰之魁。第三场完毕,终于击败了所有对手,从而将金牌重新夺回手中。

1983 年 10 月,美国中部小城塞达拉皮兹,参加第四届世界技巧比赛的各国选手,争夺得异常激烈。这天,胡星刚一出场,往弹性板起端一站,全场立时安静下来。顾洪星看了,心里坦然,挺舒服的。

北京和塞达拉皮兹时差十六个小时,三天前在飞越太平洋的"空中客车"上,顾洪星就为胡星刚作了精心安排,调节睡眠,使胡星刚一到目的地,就适应了当地的时差。单人跳跃比赛,选手们都爱靠前出场,轮到最后露面,那是不幸的。可是抽签,胡星刚的比赛顺序却是第二十位。这就是说,从做完赛前准备活动到上场比赛,这中间至少有半个小时的间隙,必然给体力和精神上带来很不利的影响。然而顾洪星早在出国前就作了针对性的模拟训练。所以,胡星刚一踏上弹性板,就觉得浑身轻松舒坦。全能比赛中,他的第一套向后屈体三周得分 9.73,落后于美国的史蒂夫和保加利亚的帕莱门。但是,第二套和第三套,一套比一套好。令人叫绝的精彩表演,使裁判员不能再吝啬分数,他终于登上了全能冠军宝座。

全能成功了,单套第二套动作直体 1080 度旋能否在塞达拉皮兹卷起又一个冲击波?未待人们来得及多想,裁判员绿色小旗已经挥动。只见胡星刚深深吸了一口气,提起脚来,一阵急骤的小跑,步伐有力,节奏明快。接着,一个快速敏捷的踺子小翻,"蹭"地腾入空中,身子直着绕横轴翻腾,同时按纵轴旋体一周、二周、三周,未曾落地接着又是一个直体空翻。落地了,稳稳地站在弹性板的尽头,就像一座塑像。大厅里沸腾了,掌声、喝彩声排山倒海,顾洪星教练紧捏得出汗的手这才松开了。结果胡星刚获得 9.83 分,以本届比赛最高分,荣膺了第二块金牌。

冠军是有金牌的,冠军的教练却没有金牌,但冠军金牌却都是由没有金牌的那些幕后英雄给雕琢成的。

(原载于《体育爱好者》杂志 1986 年第 1 期)

三板斧砍跑了老大难

由于历史上的长期贫困,安徽省凤阳县的学校体育是相当薄弱的。1990年,他们自上而下狠抓一把,面貌发生了很大变化。那么,他们是怎样解决大家都很棘手的教师、场地和经费这些"老大难"问题的呢?

凤阳县有中小学校412所,但专职体育教师原先只有91名。若等待国家分配,30年也难补满缺额。不得已,他们便在具有体育专长,年纪较轻,基本上能够胜任工作的高考落选高中生、机关人员、企业职工、退伍军人和本校各学科教师中物色体育教师。加上从大、中专毕业分配来的人员,一年内便安排到位396名专职体育教师,连同原先的在内,他们做到了校均1.18名专职体育教师(兼职不在其内)。从去年开始,凤阳县又开始对新老体育教师进行轮训,提高这支队伍的素质。此举虽属"逼上梁山",但也大见实效。

体育场地是凤阳县的又一大难题。他们采取3个办法解决,也颇见成效。一是要求占用学校体育场地的单位限期归还;二是填塘垫坑,充分利用学校一切可以利用的地方增建场地。如楼店和欢塘小学移土1万多方,填平了1口水塘和10多个大坑,修起了运动场;三是对实在找不出空地的学校,由政府拨土地给学校建体育场地。如城北乡党委为其小学划了5000多平方米的土地,县政府为县二中划了17000多平方米土地。由于实行了这3条措施,使得全县体育场地总面积达到45万多平方米,较前净增32万多平方米。现在全县学生人均占有体育场地4.5平方米。同时,县里又统一部署,由各校自制或购买体操垫子、"山羊"、跳高架、篮球架或乒乓球台,学生个人自备跳绳、沙包、毽子、橡皮筋或小皮球。仅去年一年,全县增加大件体育器材7800多件,小件近27万件。

面对体育经费不足的难题,凤阳县调动学校、社会和学生个人多方面的积极性来共同解决。县里规定,学校必须从教育事业费中列支不少于5%、杂费总收入中列支20%的体育经费,勤工俭学收入也要列支一部分。为了多方筹集学校体育经费,设立了全县体育基金会。去年初基金会成立,仅学生自愿拿出的零用钱就有了10余万元。按照章程,每年以基金利息,逐一为贫困地区的中小学添置或更新体育设施。同时,也可用利息中的一部分,举办县中小学生体育比赛。

1990年狠抓一年,凤阳县的学校体育面貌大变。此前,全县能按国家教委规定正常开展体育教学的学校只占20%,能够坚持做广播操的学校也只占55%,村级小学基本上没开体育课和课外体育活动。经过这番努力,1990年下半年全县中小学陆续开了体育课,广播操和课外体育活动也正常开展起来。去年10月举行的全县中小学生田径运动会,有45人次打破18项县纪录,其中农村学生成绩之好,前所未有。

为了彻底改变学校体育的落后面貌,凤阳县成立了由副县长许邦惠为组长的学校体育教育工作领导小组,区、乡(镇)也成立了相应的指导与协调机构。县教委设了体卫科,配备了3名专职干部,区、乡、镇也配备了专职或兼职体育辅导员。在工作方法上,他们选择有一定基础但却又有相当难度的武店乡试点,树立样板,然后通过现场观摩等形式推向全县。对于某些政策性强的问题,由县里拍板。各地该办而又能办得到的,县里一律咬死不松口。按计划,凤阳县学校体育才走了第一步,下一步的课题将转向提高质量。

(原载于《中国体育报》1991年7月10日)

苏州人的"借鸡下蛋"

对于射击,苏州人起先并没很关注。可是,1990年第十二届江苏省运会,以往与他们平起平坐的无锡人仅射击一项就拿了270多分,他们却连人家的零头也不如,只得到2分。这种判若霄壤的大反差,逼着他们回过头来重新认识射击。它虽然不会有足球那么轰动的社会效应,但它是奥运会项目,是金牌大项。

抓射击,就必须要有人才。没有过得硬的教练,再多投入也是白搭。就苏州而言,缺少的、最为困难的也就是这个。怎么办?是像往日那样,眼睛只盯着自家窝里,"矮子里拔将军";还是解放思想,从外地引进人才,搞"借鸡下蛋"?苏州人最终明白过来,选择了后者。

就这样,曾将邱波送上亚运会冠军领奖台的高级教练盛国成,卷起铺盖,从武汉来到了苏州。为此,苏州市体委又用一笔很可观的经费,在三元新村特地为盛教练买了一套三室一厅的住房,目的是不能让人家受委屈,因为盛教练在武汉的居住条件,就与此不相上下。

盛教练到任后,一是抓设备买枪弹,再就是深入各个学校为集训"摸底排队"。

经过目测、考核、体检等好几道关口,最后从几批集训学生中筛选出 20 多人,苏州历史上第一支像样子的射击队就这样诞生了。1992 年春节,是盛教练迁来苏州后的第一个春节,除年三十和大年初一之外,他同夫人赵医生,全是在靶场度过的。平时训练,一周七次。到苏州后,盛教练就没歇过星期天,越是休假,训练任务就越是重。

经过一年多时间的努力,苏州射击队现在已经拥有 30 多名队员。1992 年省里的比赛,他们有资格参加角逐的人数增至 10 多人,不仅首次夺得了两块金牌,而且总积分也由一年前的 2 分增长到 40 多分,并开始向省集训队输送人才。虽然苏州市的射击项目尚不算是个"暴发户",但仅一年多时间的变化,却足以让人刮目相看了。

(原载于《中国体育报》1993 年 2 月 2 日)

365 元游一年是赔?是赚?

此前,《中国体育报》在头版报道了合肥市游泳馆推出的 365 元游一年的事。这条只不过 500 字的消息,却在安徽省内外引起了强烈反响。有的说,这是一项利民措施。但也有的说,体育场馆因此将造成亏损,以致被迫关门。

合肥市原先有一个 50 米室外游泳池,考虑到全民健身,提高人民生活质量,他们又投入 700 多万元,兴建了一个包括冲浪、桑拿、气泡等休闲设施在内的高等级室内温水池。这样,即或在三九严冬,游泳爱好者们也会有去处了。

可是,合肥人却有个令人不可思议的习惯,夏季游泳形同"煮饺子",可到了冬季却都"冬眠"起来。原因是多方面的,但有一点是公认的,即温水游泳池的门票,相当于夏季室外池价格的好几倍。就绝大多数平民百姓而言,眼下还消费不起。有鉴于此,合肥市游泳馆推出了 365 元游一年(即一人一天一元钱)这一举措。对此,市体委主任刘乃明说,把大家都关在门外,这同全民健身,同建馆宗旨是相违的。再说,让大家进来,虽收得少,但总比冷冷清清不收好。

365 元年卡的推出,等于向游泳爱好者敞开了大门。无论是工薪族、学生、军人,均不会因为钱而被拒在游泳馆的门外。中国科技大学的一位女研究生就高兴地同笔者说,爸爸妈妈给她的钱是有限的,如果不是优惠,她是绝对不可能经常来游泳的。

一位城建学校的高级讲师张亚林,和她在合肥工业大学任教的爱人陈永志,两个人工资单上的收入,加到一块还不足1200元。可是,张亚林居然掏出了相当于全家一个月工资收入的1200余元买了三张年卡(其中为儿子买的是500元一张的长训年卡)。对于他们这样一个上有老下有小的家庭来说,没有这优惠价格,他们是根本消费不起的。

本来,张亚林的儿子陈挺是不会游泳的,而且也不乐意到游泳池去。直到1月9日"365卡"推出的第一天,张亚林将他领到游泳馆门口,他还扭着个头。此情被游泳馆工作人员看见了,便送给陈挺一张赠券,让这孩子进去瞧瞧再说。游泳池里,正好有一大群娃娃,游得正开心。陈挺因此而被打动,当即表示:"妈妈,你得教我呀!"就这样,他成为第一个购买长训年卡(包括教练培训员费用)的人。

张亚林说,她同她爱人之所以爱好游泳,是因为他们感觉到那是青春的勃发,体现出"生命的能量"。他们让孩子来接受游泳训练,就是让他自小就在一种强烈的竞争环境中锻炼与塑造自己。她还说:"如果我的孩子,在游泳上被发现是块可以造就的料,那么,我又为什么不来发掘他的人生价值呢?"

如果说,在商品价格上有什么"天价"的话,那么,365元游一年这种游泳价格,就是令人不可思议的"地价"了。

合肥商业性沐浴门票,有的价高48元,且并非最高消费。一张电影票10元,甚至20元。连一只廉价的冰棍,也卖两元。所以,一天一元可以游(沐)遍全部项目的合肥市游泳馆年卡的推出,难免让人大感不解。

那么,是亏?是赚?这条路能否走得长久,走得活?对此,馆长徐世和、经营部主任翟燕,显得颇为自信。

合肥市游泳馆仅燃油(水加温和暖气)、水电等自身消耗,一天就是2000多元。所以,从现象上看,"365卡"所造成的亏损是必然的,且是游泳馆所绝对承受不了的。

可是,人不能在一棵树上吊死。靠山吃山,靠水吃水,游泳馆的设备和资源,就是他们"招财进宝"的本钱。即使"365"卡亏了,可门票销售是有潜力的。为适应不同层次消费,他们所搞的配套设施,如合肥人传统的泡浴,以及时兴的冲浪、桑拿,男女包厢等,则又让人家心甘情愿从口袋里掏钱。再加上四季不断的长、短期青少年游泳培训,夏季室外池的高利用率。这就使得他们做到了以丰补歉,在积累上"滴水成海"。去年因为二期工程施工,开放日数减少,可经营收入却还达到了70万元。此前《中国体育报》报道"365元游一年"那条消息时,合肥游泳馆售出的年卡,是上年度通用卡(类似365年卡)的两倍。到现在这篇稿落笔时,他们售出的年卡,较上年度再次翻了一番。现在,营业收入每天稳定在3000元,而双休日则可达到4000多元。温水游泳池这一项,历来是亏损的,去年每天亏损1000元。现在不仅不亏,而且每天都有盈余。因为游泳人数增加,游泳池利用率提高,反而增加了收入。

(原载于《中国体育报》1998年5月6日)

让人才有块广阔天空

八运会,安徽获金牌5.5枚,只相当于上届全运会的一半。成绩大打折扣,固然是多种因素决定的,但也使人想到,运动队伍结构和人才合理使用这样一个不容忽视的问题。

自1979年到1993年的连续四届全运会,安徽获金牌27枚,其中被视为"拳头"项目的柔道、拳击等21枚,占金牌总数的77.8%。"花钱少,见效快"的思维,使安徽体育逐渐走上了"三个'打架'(柔道、摔跤、拳击)的,外加一条枪(射击)"的"独木桥"上。

甜头是尝到了,可是,安徽另一部分本来是不错的项目(且是影响大的奥运会项目)或是被打入冷宫,或是坐了"冷板凳"。这样,在全国影响很大的女篮被"割爱"了,打进过甲级队并曾进入过全运会决赛的足球队砍了。曾获得过全运会冠、亚军的男女手球队以及在全运会上拿过9.5枚金牌且破过全国和亚洲纪录的田径、游泳和体操,虽未从序列中消失,可却几乎无一成得了"气候",有的甚至形同虚设。田径的命运稍好些,又是拥有几十枚金牌的大项,可他们的总体兵力也不过就50人上下,还不及摔跤一个项目人多。

这样一来,安徽便出现了这样一个结果:五运会,田径、游泳、手球所获金牌数,占其金牌总数近一半。而到了七运会,该省所获的11枚金牌中,包括田径、球类、体操、举重等一大批奥运会项目在内,唯有游泳拿1枚金牌,占金牌总数的10%还不到。即便到了八运会,在如上所说的这一大部分项目中,金牌数也只有1.5枚,其中还包括上海和安徽共享的陈剑虹在游泳接力赛中所获的那枚金牌(属安徽队员,在上海训练,双方各得一半奖牌)。

安徽已经涌现的优秀选手中,既有江涛(拳击)、盛泽田(摔跤)、吴蔚凤(柔道），又有许海峰（射击）、彭萍（篮球）、陈剑虹（游泳）、蔡维艳（田径）以及过去的丁照芳（体操）、刁文元（乒乓球）等，这说明6000余万的安徽人民，其身高、力量、灵巧是兼有的，体育人才资源丰厚。没有投入大的力量培养与发掘，这些"毛坯子"也就只能荒废了，任其无声无息地淹没在千千万万人的汪洋大海中。安徽抓摔跤、拳击类的力量活，不能算错。可是，因此而将"炮口"从田径、游泳、体操等项目上移开，就难免有点失策了。

人们还注意到，安徽一些优秀选手在其成才过程中，还有一种训练上的改行现象。比如，著名拳击运动员江涛，是从田径改行的。女子撑杆跳高一枝花蔡维艳，原来练的是体操。而手球运动员中的不少人，本来则是打篮球的……所以，田径、游泳等大项目的萎缩与衰落，失去的不仅仅是它们自身，而且还使柔道、摔跤等项目受到株连。一只拳头挥出去要有力，就少不了一定的身体素质。鲜艳的红花，若是没有绿叶扶持，那则是不可思议的。

因此，这便有个不可回避的问题——运动队伍规模的大小。"底盘"（安徽人对规模的俗称）过小，对于人才筛选与开发，对于最大限度地发挥人才效益，显然是不利的。当然，战线拉得过长，眉毛胡子一把抓，也不是办法。搞人海战术不是良策。"底盘"究竟该有多大？应该是同省情，同经济承受能力相一致。有了相应的规模，又根据本省人才资源和几十年实践，将战略重点移到最佳方位，那么就会事半功倍。由国家体委颁布的"贡献奖"，安徽曾名列全国第7位。在全运会的金牌排列中，安徽又连续两次位居第14（八运会为第20位）。所以，对安徽竞技体育的前景，有理由乐观。八运会后，积极谋划九运会，这是理所当然的，也是完全可以理解的。可是，人才自有它的周期，这对于安徽来说，搞个"八年抗战"，或许更有意义。

（原载于《中国体育报》1997年12月4日）

运动场、"堆积木"与"热岛效应"

前些日子去了趟农村，城市公寓的闷热和乡村农舍的风凉，使我顿然想到了报端常提到的"热岛效应"。气象部门对气温的测定，市区内的温度一般都比郊区高一至二度。如果是自个儿拿个温度计去比较，无论是室内或室外，这种差别就会更大。有人担心，随着城市建设的发展，房屋和人口密度的增加，城乡之间的温差将还会进一步拉开。炎热的夏季,且不说温度差多少,就是高那么一两度,也无异于"火上加油"了。

过去,城市的体育场地,其中的大部虽算不上是现代化的,但却是"星罗棋布"的。你想想,除了部分大企业拥有体育场地之外,哪一所学校,无论大中小学或是各级各类职业学校、技术学校,不都拥有一块或好几块体育场地吗?那些场地虽植的不是进口草皮,但却也绿草如茵。场地四周虽没有设置凉棚,但却绿树成行成片。这样一来,整个市区大环境,也就因此变得谐和、优美、干净而十分宜人了。

可是,城市发展了,过去供人们练其筋骨,休闲潇洒的体育场地、绿地上,像堆积木似的盖起了密密麻麻的房子,垒起了一座连一座的高楼大厦。好像越是热闹的市区中心,越是人口密集的地方越是这样。基层体育场地是这样一窝蜂地变小了,甚至变没了,有的本就不该脱离群众的公共体育场地,最终也逃不掉灭顶之灾。时下不是就有地方的人民体育场,无可奈何地摘下了已经挂了几十年的大牌子,被建起了招待所(宾馆)。是答应给重新划一块地方,可那是远离开市区的"西伯利亚"。将体育场地逐出人口密集的市区,这就是结果。类似这样的事并非一起两起,在有的地方已经成了连锁反应。就市区而言,除了密集的房子和大楼之外,算得上是大块的平地,而大体上没被高楼大厦染指,又绿化得好的,也就唯有为数很少的公园和大大小小分散在楼群之中的运动场了。现在毁场建楼,就等于在本已很密集的市区里,又加上一个又一个楔子。平地少了,绿地萎缩了,树木也因之而砍伐了,那广袤的天空也变窄了。虽说"热岛效应"是多种因素形成的较为复杂的物理现象,同体育场地没有直接的因果关系。但是,体育场地的萎缩,等于造成城市必不可少的平地、绿地和树木的减少。从这个意义上说,体育场地同"热岛效应"就不无关系了。

体育场地的功能,是供比赛、训练(上体育课)和大众锻炼身体用的,优化环境,调节气候,这只不过是它在客观上所起的作用而已。一些经济比较发达的国家,在建设与发展城市的时候,非但没去挖空心思地吞噬体育场地这块大肥肉,恰恰相反,还将体育场地的增加与建设,列入城市建设的总体规划中。并且明确规定,一定数量的人口,就必须拥有相应面积的体育场地。若是没有足够的体育场地,这个城市就不能算是现代化的。

建设城市,是社会发展的必然。但是,人类在丰富自己的时候,切莫毁了自己赖以生存的空间和环境。纽约密集的摩天大楼,是没办法再搬走了,因此美国人爱到远郊去住,因为那里的环境、空气和阳光远比市区内的好。咱们中国的城市建设才起步,用不着犯美国人曾经犯过的错误,是不是在一开始的时候就该意识到这一点呢?

(原载于《中国体育报》1994年9月12日)

体育师资流失不容忽视

安徽一些调查表明,在体育教师的培养与使用上,没有"种瓜得瓜"。

自恢复高考制度以来,安徽师大体育系的本科毕业生,每年按80名计算,至今应有1000人以上补充到高中体育教师队伍中来。可是,连同初中在内,安徽中学体育教师中,具有本科学历的总共才368名,仅占现有教师的9.46%。这还不包括北京体育大学、上海体院等省外院校每年分配来的和现有教师中"文化大革命"前毕业的。这就说明,国家花钱培养的人才,有相当大一部分学非所用,没有进入体育教师队伍中来。

据调查提供的数据,安徽现有4343所中学,在校学生245.63万人。按每400名学生配备1名体育老师,全省应有体育教师6141名。可是,现在实际只有专职体育教师3921名,尚缺2220名,缺额率高达36.15%,按国家教委规定,高中教师应是专科毕业。可是,在现任高、初中教师中,本科、专科及其以上学历的只有212人和827人,仅占其教师数的17%左右。这说明,体育教师数量严重不足,且素质也不尽如人意。

之所以造成这种状况,原因当然是多方面的。但是,有一点却是大家都明白的,即总体上对体育教师的需求量不小,可体育院(校)、系(科)毕业生事实上难以被各方接受,分配很难的原因是许多中、小学自身总体超编。一方面体育教师严重不足且整体素质不高,另一方面经过严格培养的合格人才却又找不到施展才能的地方。这就不可避免地出现了体育师资资源的流失。

人多超编,这是普遍存在着的一个社会问题,这也是可以寻求别的出路来解决的。而体育教育正如同文化教育一样,都是学校整体教育工作中不可缺少的组成部分。因为超编,宁肯牺牲体育,这显然是下策,是不可取的。

(原载于《中国体育报》1995年6月8日)

"游泳难"为何越来越难

每当炎夏来临,"游泳难"的问题在合肥又凸显出来。这问题呼吁了多少年,非但没有解决,而且似乎起来越难。何以如此,有关部门应当反思。

二十世纪五六十年代,合肥市建有六七个游泳池,除了省、市体委各有一个之外,连逍遥津公园也建有公共游泳池。可是,随着时间的推移,有的游泳池另做他用,有的闲置日久而报废。二三十年过去了,合肥市的人口增加了一倍以上,可对外开放的游泳池如按水面积计算,不仅没有增加,反而大大地减少了。现在中、小学生和其他市民能够进入的游泳池只有省、市体委的那两个。而目前又有一座大厦正从省游泳池的正门处拔地而起,占去了它原来的更衣、淋浴室和看台。虽然泳池面积没有变化,但陆地活动场所大大缩小,简易的更衣室几乎挨着池边,入口处拥挤,泳池里的人更如煮汤圆一般。在活动高峰时,纵然有一身游泳技巧,也只能在这饱和了的池子里泡汤,休想痛痛快快地游上一个来回。

没有办法,略识一点水性的人只好涌向河塘。而这些天然水域水质早已受到工业废水和生活废水的污染,不宜游泳了。最近持续高温,合肥出现了异于往年的新情况,许许多多游泳爱好者,或骑着自行车或开着小汽车到十几里外的董铺水库去游泳。仅7月19日一个晚上,同时在水库一号码头附近游泳的就达1000人以上,开去的小汽车有几十辆。董铺水库水域辽阔,水质明净,可那里却是三分之二的合肥市民生活用水之源。游泳的人多了,会造成水质污染,威胁几十万人的健康。

不顾大众利益,只图自己痛快,当然有悖于现代文明;但反过来一想,我们的工作确有需要反思的地方。从前,对于天然水域,体育和卫生部门也还做些调查,将适合游泳的地方划为天然泳场,设置必要的安全标志和简易更衣室,还常做些水质化验。每到夏季,举办各种形式的游泳骨干和安全救生训练班,开设游泳讲座,为大家服务。可是近些年来,忙于抓钱的多了,把这些关系到人民群众切身利益的事给淡忘了。尽管他们也知道游泳难,可是却很少有人为此做上一两件实事。就说市区的"游泳之角"雨花塘吧,一年四季从没断过游泳的人,可是没有深浅水标志,连最简易的更衣棚也没有。游泳完上岸之后,找不到一个自来水龙头,大家只好在来时带上一小塑料壶清水供游泳后冲洗身体。新建游泳池,耗费多,大不易,可是为游泳爱好者做点实事,并不一定得花多少钱!合肥有不少单位拥有游泳池利用不充分,但也不对外开放,如果有关部门做点协调工作,使其最大限度地发挥效益,不仅可以缓解人们的游泳难,游泳池也可获得一定的经济收益。此事两利,非不可为,只是需要我们的有关部门出面做做工作而已。

(原载于《中国体育报》1989年8月9日)

磁　力

运动队伍青黄不接的断层问题,使大家都感到棘手。然而,安徽工学院男子手球队却兵源充足,越办越兴旺。

一

省、市运动队选拔人才,下面有个业余训练网。而高校则没有这块土壤,即使招生的触角可以伸向八方,但"摘桃子"不行,"挖墙脚"更不应该,唯一的办法,就是自己来开凿一条培养人才的渠道。

手球是安徽的重点项目,开展较为普及。安工根据这一有利条件,选择部分中小学,搞了一个系统工程。按他们的话来说,就是以安工为"龙头",以合肥七中、淮南七中、马鞍山十一中为脊梁,每个中学再挂三所小学作为龙尾的训练"一条龙"。

为了加强联系,促进训练,考察与选拔人才,安徽工学院每年还举办一届"安工杯"手球赛,不仅挂钩的队参加,而且邀请省二队和省体校队上阵。他们还设想,今后将"安工杯"同每年一届的全省中学生调赛合并举行,使自己的小渠道,同全省的大渠道沟通,获得更多后备人才。

二

人才基地有了,但是专长手球的学生文化成绩不一定过关。如果不解决这个问题,在从小培养上付出的代价将是无效的。

为了使那些他们看准了的尖子都能在高考中过线，安工采取了短期培训的办法，给应考的手球队员补习文化课。1988 年，他们初选 10 人先后两次集中，由他们花钱委托合肥三中培训。这些学生原来的成绩距录取分数线差距较大，经过补习，明显提高，其中 9 人录取预科，另 1 人以 464 分录取本科，进了本校的汽车工程系。

进校后，学生的训练十分刻苦，比赛活动也不算少，可学习也抓得紧，有的还成了学习尖子。打底线的叶翠金，是场上的绝对主力，他的学习也是好样的，在全国各地报考安工的研究生中，他的得分最高。

三

运动员离队后的就业问题，也是一个难题。为了解除手球队员们的后顾之忧。安徽工学院拟定了一条政策，即进入全国前 6 名的毕业生，均作为优秀生分配，每人可选择三个志愿。有人说，这样太悬殊了。可安工的领导却认为，一般学生只读自己的专业，而手球队员们却多了一重任务，既要读书，又要训练。1985 年，男子手球队在第三届全国大学手球联赛中夺得亚军，第二年和第三年又连续夺得冠军。在学校引起了强烈的反响。所以，按照手球队员们的贡献，给他们较多的照顾，是应该的。

对于毕业离队学生的实际困难和个人要求，只要是合理的而学校又办得到的，总是想方设法去解决。原手球队主力队员郭德应原分配在南京工作，因他在上海有女朋友，学校根据他的实际情况和要求，改分他去上海市工作。第二年，学校知道他们男女双方工作地点相距很远，生活十分不便，于是又通过努力，将他俩调到相近的单位工作。此事，不仅使郭德应夫妻深受感动，而且也在手球队以至全校引起了震动。

（原载于《中国体育报》1989 年 2 月 15 日）

合肥的"两球"冲动

从1993年元旦开始,台球和康乐球热在合肥再度升腾,而且铺天盖地,无所不至。从闹市到住宅区,随处可见三五张台子的小股"游击战"和二十余张连成片的大规模"阵地战"。闹得整个合肥城沸沸扬扬。当地人说,它就像1991年发大水,人们尚未反应过来,便已漫过了城区的大街小巷。外地人说,桌球和康乐球玩得这样火,简直成了合肥的一大奇观。

热衷于这项活动的一位小哥儿说,他原先不会捣台球。起先厂宿舍大院门外出现了两个康乐球台,他并未在意。而且觉得在人行道上捣这玩意儿有点掉价,不想去凑热闹。可是,没过几日,这儿的球台陡增,玩主由一个群体发展到三个群体。虽然年初室外还相当冷,可玩的、看的熙熙攘攘,好不热闹。我怎么也顶不住它的诱惑,卷起袖子终于走向了桌球台。

"更深层的原因是什么?"这位青年说,电视节目不精彩,没看头;去舞厅门票少说也要3元,还得跑路,业余时间怎么打发?大早便钻被窝还不得把人憋死?桌球送到了家门口,不用跑路,花的钱也是能够拿得出来的。若是球艺好,甚至还可以不花钱,由输家给摊主付租费。再说,球摊边就是卖小吃的,玩一会球,再花几角钱到一元多钱,下碗馄饨或是煮碗牛肉面,玩得尽兴,吃得开心,再不紧不慢地往宿舍走,是何等的痛快啊!

这哥儿还说了,现在玩麻将的人很多,几个人窝在一个屋子里,乌烟瘴气,有的一玩就是好几个小时,搞通宵的也有。既熬精神,又伤身体,有害无益。捣几杆桌球,活动活动身体,又调节了精神,比起围"方城"总该好得多吧!

数年前,合肥曾经有过一次吸引了成千上万人的"两球热"。一位曹姓读者作为过来人,在当地一家报纸上谈了他的感受。他说,他曾是个康乐球迷,常在球台边流连忘返。若是打进了一个高难度的球,会得意好几天。可惜,那次"两球热",随着公安局的大卡车驶过街头,装走了成百上千个球台而告终。他好一阵子不开心。他怎么也没想到今年这玩意儿又"东山再起",而且声势还超过了上次。虽然中断了多年,但当他再次拿起了球杆的时候,很快便找到了以前那种着迷的感觉。再瞧瞧面前那些正玩得如痴如醉的人,大都跟他那时的年纪差不多,看到他们那股兴奋劲儿,真有时光倒流之感。大冷的天,呛着西北风,他们为把几个木制圆球捅进几个小洞而那样地专心致志,其中的原因真该由社会学家和体育专家研究一番。

人们,尤其是青少年们的喜爱与需要,这便是合肥"两球"热的起因。它是那样顽强,以至于在受了冷处理后又以强大的生命力复苏过来,而且迅速遍及大街小巷和居民区。

当然,一个巴掌拍不响的,若是没有随着市场经济发展出现,星罗棋布的"两球"摊点,"两球"也就成不了气候。

球摊是个体经营的,虽说对丰富青少年们的工余课余生活,普及群众性体育活动有积极意义,但他们总是以盈利为目的,为了多挣钱就得将球台搬到屋外,置于宿舍区大院、学校门口以至于闹市,以招来更多的玩主。于是摊点越来越多,规模越来越大,这就不可避免地冲击正常的城市生活和秩序,给城市管理和各个方面带来不便。学校和居家百姓对此不满,当可理解。

合肥旧城区有个闹市中的"闹市",在十分狭窄的一块地方,密集着四大百货、食品商店,数家饭店以及银行和电影院。行人密度超过上海南京路和北京王府井。今年,两球"阵地战"在这里摆开,十多张康乐球台排在人行道甚至马路上,人行道不成为人行道,车行道不成为车行道,每当电影院散场,人流涌动,行人不便,车辆堵塞,交警犯愁。

再说安徽纺织厂,它远离闹市,也受到"两球"的冲击。该厂是个万人大厂,宿舍区住的人多,"两球"也就渗透得更厉害。球台摆到了大院不说,而且还蔓延到了楼下。一到晚上,精力过剩的小青年们挑灯夜战,击球声、喝彩声、发生争执时的吵闹声,搅得四邻不安。人们忍无可忍,只好投书报社,希望舆论界干预。

影响交通,影响休息,影响观瞻,个别搞赌博或变相赌博的更影响社会风气,这是可以看得见的负效应。

"两球"热告诉人们,流行的既不一定都是好的,也不一定全是坏的,不加分析地"大扫荡"是不足取的。道理很简单,改革开放深入了,经济发展了,人们的生活水平提高了,对文化体育生活的需求也就更加迫切了。孩子们已不满足于玩泥巴、甩纸牌、弹玻璃球了;青年人兴趣更广泛,要求更高,他们需要足球、乒乓球、篮球,同时也需要康乐球、桌球和其他娱乐方式。让生活过得丰富多彩,缤纷绚丽,是正当的要求。"两球"也就不应简单处理,一砍了之。合肥有关部门对前一次"两球"热作了冷处理。这一次的对策与上一次大同小异,即进行全面整顿。政策上虽未明令禁止,但实际上是全线摧垮。表面看,市区是"风平浪静"了,可据4月30日《合肥晚报》"闹市桌球大逃亡"的报道中透露,在市区是收兵了,可却都撤退至较为隐蔽的宿舍区的二线,并正向郊县、乡的三线转移。家伙还在,玩球的人随时都在准备找回自己的"阵地"。因此，人们不能不想，这"两球"还会不会在合肥市区再来个第三次冲击？

"两球"在合肥市区过热以致呈现畸形状态，一个很重要的原因，就是当时没有任何一个部门负责管理。在很长一段时间里，谁都可以任意在街上设摊，无执照也照样营业。无拘无束的自由发展造成了混乱局面，本应是健康的群众性文体活动却成了社会的"公害"。人们怨声载道，公安部门只好采取"扫荡"行动。其实，在第一次"两球"热出现时，有关部门只要认真研究，采取一些引导和管理措施，完全可以将它引向健康发展的轨道。譬如，合肥各区体委、市场管理和公安部门共同研究制定一个管理办法，限定市区的"两球"活动必须进入室内，只要具备条件，经过审查发给执照并又遵规守法的，允许开门营业。体育部门应为民办实事，有计划地举办包括"两球"在内的多种多样群众性小型竞赛活动，引导此类活动健康发展，并在普及基础上不断提高。体委所属的体育场馆也不妨随俗引进"两球"，既满足群众需要，又为自己"造血"，岂不两全其美？

（原载于《中国体育报》1993年6月10日）

面对涌来的潮流

在安徽体育界采访时，无论熟悉的人或是陌生人，总是少不了这样一个话题：第二职业。有的说，他决心去试一试，为自己创造又一片蓝天；有的讲，多干一份事，虽然忙一点，累一点，但却比过去活得更潇洒。看得出来，第二职业的一股热流，正在体育界涌动。

中华人民共和国成立后的很长一段时间，我国就没有"第二职业"这一说，体育界当然也不例外。在那个年代，体育干部和教练员们只能捧着那只并不很丰盛的"铁饭碗"过活，若是再去找个路，赚点辛苦钱，领导和社会也会要干预、要议论纷纷，大家宁愿生活拮据点，也绝不去干那份事儿。

据有关方面提供的材料，我国现在约有56%的中小学教师（其中也包括体育教师）有较多的空闲时间可以干别的事。全国青年职工中至少一半以上的人有一定的精力和体力从事工余活动。专业技术人员中有300多万人处于休闲状态。体育界又何尝不是如此！远的不说，就是记者生活在这个并不算大的院子里，就聚集着一大批体育干部和教练员。从前优秀运动队和机关的干部总共就几个人到十几个人,现在吃机关饭的已超过了 100 人。这就不可避免地造成人才大量积压,许多人实际上处于休闲或半休闲状态。

可是,国家投入的体育经费和工资总数不可能同人数同步增加,机关干部和教练员(尤其是前者)经济收入提高的幅度,远远达不到他们对现在生活的期望值。一个大学毕业生分配到体委来工作,若是在省队当教练员还好一点,每月除工资外还可以拿 80 元上下的伙食和驻队补贴,每月总收入大致有 200 元之谱。就是这样,按现在的消费水平,也只够一个人花。要是当机关干部,少了那 80 元的收入,不要说养老养小,恋爱、结婚都十分困难。这里就有这样一位大学毕业生,恋爱了好多年,就因缺钱而使终身大事一再搁浅。他不图奢华,但几千元总得花。最后不得不掏空了父母几十年来积累了一点辛苦钱,又向朋友借了债才勉强成了家。所以说,第二职业热的兴起是事出有因的。

这就不难理解,在这个大院里,有那么多人,对第二职业是那样的热衷。有的受聘到外单位当体育、舞蹈兼课教师;有的业余时间到酒店健美娱乐中心工作;有的破墙开店、办酒楼,拉起架子大干;有的搞"短兵相接"的服装生意;有的甚至借繁殖良种狗赚钱。

有两位曾多次获全国冠军或优胜名次的现任省队教练,利用省队训练外的空余时间创办了少年儿童体育训练班。该班向社会开放,实行有偿服务,不仅给训练中心和省队上交了收入的大部分,而且个人所得也相当于他们月工资 130 元的两倍。这样,一个人干两份事,打两份工,倒是充分发挥了个人潜力。当今中国,不仅中小学体育教师严重不足,而且随着人民生活水平的提高,社会对体育人才的需求也在增加。可是,另一方面,却又有相当数量的体育人才积压,或是没有较充分地发挥他们的作用。这部分人在完成自身工作任务之后,再去搞一些体育专业的兼课教师、家庭教师以及各式各样训练班,充分发挥其特长和能力,无疑会推进社会进步。即使有的人改行从事经济活动,参与社会竞争的,于人于己也未必就不好。体育界也出了不少优秀企业家,他们不仅自己过上了富日子,也为国家经济发展做出了贡献。

但是,在第二职业这股热流滚滚而来的时候,我们却又必须保持清醒的头脑,要看到它给予体育事业造成的负效应。因为它对体育工作,尤其是对运动队伍的训练已经产生了不利的影响,引起了人们的忧虑。

我们知道,国家和省一级集训队要培养体育尖端人才,而这种人才又必须要经受住重大比赛的考验。因此,运动队伍就必须对思想、生活和训练实行全方位管理。教练员要抓训练,同时也要关心运动员训练前和训练后的活动。为攻克一个尖端技术动作,教练员要努力学习掌握先进科学的训练手段,要及时了解运动员的身体反应和恢复情况。做不到这一点,针对性训练就无从说起,训练就难以收到良好的效果。现在的问题是,有的教练员因为忙于第二职业,放松了本职工作,有的甚至缺堂。有时虽然人来了,但却疲惫不堪,无精力再去抓好训练了。有些时候,运动员其实就是在凭自我感觉训练。长此下去,这个队(或项目)难免要垮掉。

而对这一问题,人们渴望有一个相关的政策和法规尽快出台。如果说做到这一点还要有个过程,那么先公示几条规定总是可以办到的。现在,既然第二职业在改革开放大潮中出现了,那么就让我们在接受这一现实的同时,对它的未来有所规划和引导。

(原载于《中国体育报》1992年11月4日)

大发展与大冲击

"大京九"将自北而南从广袤的阜阳大地穿过。大致与这一工作同步的华东第一大铁路枢纽华东第一大火力发电站,也在紧锣密鼓的建设与筹备之中。这表明,历来被说成是安徽省的"西伯利亚"的这块闭塞而又贫瘠的土地,已经拉近了同外部世界的距离。大门打开了,经济大潮滚滚涌来。

就是在这种新形势下,阜阳地区上上下下的"父母官",显然已强烈地意识到,搞经济不可以不搞体育,搞体育就必须得搞体育场地建设。"体育搭台,经济唱戏",这在别的地方搞得何等热闹!去年举行的省七运会,在省运会上历来是个"丑小鸭"的阜阳地区,从上届的第九名一下跃入三强,名次仅在合肥市和蚌埠市的后面。这在安徽是个爆炸性新闻,人心受到鼓舞,知名度大大提高,阜阳人认定了体育的价值和存在之必要。

且说界首市吧,这是一个很少为人所知的县级小市。可是,就是这个市的领导们,在制订《城市建设总体规划》时,执意要把兴建体育中心作为一项必不可少的内容列入,并作为政府为民办实事之一写进了"八五"计划。在选址上,领导们排除了郊区,因为那样于民不便。领导们认为越是人口密集的地方,越是要为人们留下一块可以活动和休憩的地方。若不是这样,还能叫建设现代化城市吗?再说中小学生参加体育训练,都是业余进行的,把场地搞得那么远,还有谁愿意去?即使去了,跑路将体力给消耗了,又谈何训练效果?

就这样,界首体育中心(又叫人民体育场)在城市中心腹地,在最壮观的中原路北侧动土了。中心占地九十亩,土地市价每亩至少五万元。可是,拥有土地使用权的单位,却乐意接受以每亩一万元出让。仅此一笔,在体育中心的账册上,就少付三百六十万元。说来人们可能不信,市体委原先那个"四合院"(在总共 12 亩地皮上"浓缩"了几个不标准、不规范的旧场地设施和简陋旧房),却由两个金融单位以每亩八万元买去,就那几间对他们毫无价值并且额外还要花拆除费的旧房,也全部作价照付体委。有人说体委哪来这么大的本领,土地以每亩五分之一的价格买进(新建体育中心用),却又以两倍于市价的价格出让原来那个大院,这谜底究竟在哪?其实,知情的人都知道,体委那位有功之臣、老主任杨正修(现为党组书记)既未搞过经济,这次买卖土地也更谈不上"炒"房地产。他之所以神通广大,一是市委和政府,特别是原任副市长齐国昌(现任县委副书记)不厌其烦地同有关方面协调与磋商,再就是界首人的体育意识及其对体育工作的热情支持。出让土地给体委的那个单位,起初就有个别同志对以五分之一价格出让土地所造成的巨大经济损失,有过痛心疾首的牢骚。可是,当他一旦想通之后,便同人说:"体育工作是大家的事,只有靠大家来帮,就这么办吧!"

就这样,界首体育中心建设自 1990 年 10 月提上政府工作日程之后,到 1993 年 4 月已经建成了含足球场的标准田径场一个、篮球场二个(其中一个为看台灯光场)、50 米标准游泳池一个。中心周边围墙、大门楼以及淋浴室、小卖部、停车场等附属设施,体育馆亦在计划与筹备之中。最近,记者到界首采访,于黄昏之时看到,新建体育中心里遍布市民,有踢球的,练武术的,还有许许多多老老少少坐在绿茵地上纳凉的。这里绿树浓荫,花池、花带相间,无论是挥汗锻炼的,或是纳凉休闲的,大概无一不感到,有了这体育中心,煞是一种享受。

再说行署所在地阜阳市(县级),为建设一个在全地区堪称头牌,在全省也算一流的体育中心,市政府十分慷慨地将一块令别人眼红的"风水宝地"总共 225 亩的原鱼苗场划拨给体委。别人拿高价钱买不着,出让给体委却是无偿的。此地虽地处新开发区,但同人口稠密的老城区却紧密相连,而且同计划中兴建的该市历史上第一个城市公园仅一路之隔。在此建体育中心,许多人都说是个好主意。为了让体育中心早日建成,一些单位主动承担了寻常人们很不愿意承担的义务,如因拆迁而带来的人员安置问题。当今,一般单位自身的人员职位都已膨胀了,谁还愿意再给自己增加负担呢?可是阜阳人中却不乏热心的有识之士。市建委领导说,人没地方去,就分 20 名给我们吧!在需要安置的人员中,有二十名职工已经退休,找家更难。可是,又有人提议,就到民政局来吧!并且说,民政工作是一项社会性工作,体育工作同样也是一项社会性工作,两者都需要全社会来支持。安置问题大体解决了,也就为拆迁铺平了道路。现在,推土机已经隆隆地在工地上奔跑,田径场、游泳池、综合训练以及训练附属设施,都争取在今明两年内建成。待"大京九"全线通车,淮北平原上这一颗明珠大概也就熠熠生辉了。

就这样,历史上从来没一个正规体育中心的阜阳地区,在最近三年左右的时间里,接连在亳州、太和、界首和利辛四个县市建成了体育中心(全地区十个县、市),而且其中多数在安徽省的县一级是高等级的。阜阳地区(体委系统)短短几年间,就新建了4个标准田径场,和3个50米标准游泳池(其中足球场部分全植从菲律宾进口的或其他优质草皮)。因为游泳池的相继建成,阜阳人"旱鸭子"的历史也就成为过去了。

经济大潮的涌来,无疑推动了阜阳的体育场地建设。但是,却又必须看到,经济升温,房地产热的到来,这对体育场地又是一种可怕的冲击,使有的地方经过几十年积累形成的(尽管条件与设施是比较简单的),而又被人们乐于接受的人民体育场,面临着生死存亡的紧急关头,有的甚至已经被无情地告知关门了。

最近记者在阜阳地区的另一个县采访,这个县的体委主任就无可奈何地同记者说,他们那块体育场"砸"了,尽管群众因没有地方早锻炼而很有意见。另据一位在地区搞宣传工作且又是知情者说,这个县的体委曾有意将参加业余训练的同学们拉到田径场上去跑步,争取同情,以达到保住体育场的目的。可是,这种努力最终也还是白搭,毁场建房的决定不可改变。

这个县毁场建房搞经济开发,答应的条件是将体育场迁至城外,建大的。可是,打算圈给的土地却是远离城区,位置又很闭塞,不适宜建公共体育设施。依据该县的现状和经济实力,别说最近几年,就是下一个世纪,也很难想象就能很快把它建起来。即或建起来了,在那遥远的地方,又有谁愿意去锻炼、训练、看比赛?不知道这样的体育中心,在人们生活中,有多少意义?有人说"建大的",那只是一个美好的愿望,只是"吃"现在已同人们很有感情的那块体育场的一种托词。

还有一种情况,就是地属公共体育场,在未与地区体委协商,甚至事先连个招呼也没打的情形下,所在地政府便同外商签约租赁。虽然得到的800万元人民币最后都将投入新体育中心建设,但避开了主权(使用权)一方(签约租赁的是地区所在地的市,而租赁给外商的体育场则是属于地区),这就不可避免地一度造成了某种对峙与混乱。对这个问题(包括上面说到的"另外一个县")有两种截然不同的看法,一种认为,土地国有,地方政府有权决定问题;另一种则认为,租赁的是体育场,并非闲置土地,而体育场地国家和省都是有政策和规定予以保护的。1989年7月11日,安徽省体委、教委、城乡建设环境保护厅联合颁发的《安徽省体育场地管理办法》中明确规定:"任何部门、单位或个人不得侵占体育场地,已侵占的应限期退还,恢复原来用途。造成损失的,应责令修复或赔偿,情节严重的依法惩处。"还规定,因城乡建设需要,须占用体育场地的,"应征得体育部门同意",由占用单位"按照先建后拆的原则",按原场地面积和设施建设新的。还规定因特殊情况体育场地改作他用的,"须报经上一级体育运动委员会批准"。再则,《中华人民共和国土地管理法》第十一条也明确规定:"土地的所有权和使用权受法律保护,任何单位和个人不得侵犯。"所有权不受侵犯,使用权同样不受侵犯。

值得高兴的是,在阜阳地、市两级领导的干预下,关于租赁原地区体育场问题已经得到解决。但是,类似的问题却又在安徽的其他地方不断发生,呈一种连锁反应之势。我国正在申办2000年奥运会,此一问题不得不使人关注。

体育场地,从其功能来看,它是要面向群众的,这同电影院、戏院很相似。正是因为这样,所以自20世纪50年代起,安徽各地的体育场地多建在人口较为密集的市区,其他省市如此,国外亦然。也许就是因为地处市区的缘故,所以它的价值才越来越让人羡慕。当然它的诱惑力还远不止这个,比如在体育场上盖大楼,因为体育场地是国有资产,只要有人大笔一圈,便可以省下昂贵的地皮费。再者,体育场地平坦如砥,没有土方工程,没有棘手的拆迁和人员安置问题,甚至连工程前期的"三通"也无须费劲。大概正是因为这些因素,在房地产炒得很热的今天,才使得体育场地有着那么大的"魅力"。德智皆寓于体。无论怎么样,也请勿在体育场地上打发财的主意!

(原载于《中国体育报》1993年7月25日)

弯弯的小溪博大的海

在市场经济的背景下,体育界似乎越来越被钱所困扰。长此以来,恐怕连运动队伍、业余训练,就是体育比赛也没法开展了。但是,如果大着胆子从几十年一以贯之的计划经济模式中跳出来,那么,或许会是"柳暗花明又一村"。

3月7日到9日在蚌埠市举行的全国少年儿童游泳比赛(10、11岁年龄组),就有那么两组耐人寻味的数字。一是国家体委指定参加比赛的单位为13个、运动员172人。而上了秩序册的则是26个单位、334名运动员。队数与人数,均翻了一番;二是国家体委为这次比赛拨款4.6万元,而比赛实际投入的经费为13万元,"皇粮"只占比赛总支出的三分之一。这两组数字是否说明这样两个问题,一是在市场经济冲击下,游泳活动及其业余训练,非但没有萎缩萧条,相反,参与的人更多,更活跃,更有朝气;二是"皇粮"不足,并没使游泳业余训练"断炊",也没有影响比赛的举行,相反,办得更热火,赛池边观众空前踊跃,气氛十分热烈,成绩也更为喜人。这次比赛,男子组有10项15人次,女子组有19项34人次刷新了同年龄组的全国纪录,成绩之好是往年少见的。

何以会出现这样一个可喜的局面?"坐镇"比赛的国家体委群体司业余训练处负责游泳项目的梁石泓归结了一句话:是因为搞了自费参赛办法。过去仅靠国家体委拨款搞比赛,经费很有限,路子越走越窄。这个自费口子一开,把社会方方面面的积极性全调动起来了。这次比赛吃、住、交通由各参赛队负担(即自费)的占56%,事实上成了大头。而在全部26个参赛队中,经费属于"地方体委给一点,企事业单位资助一点"的类型又是多数。这就是说,即使比赛经费享受"国拨"的队,也并非全部吃"皇粮"。所以说,在参赛的所有队中,把嘴全插在国库里的为数很少。即使像上海、辽宁这样包揽了男、女团体总分冠军被划在享受"国拨"一边的队,也都得到了社会那块丰厚土壤的滋润。如果仅仅依赖于拨款,他们也同样是"虽饿不死却也吃不饱"。东道主蚌埠队是属编外的,他们在这次比赛中以2分06秒66的成绩,打破了4×50米自由泳接力男10岁年龄组全国纪录,并夺得这个项目冠军。该队得到蚌埠信托投资公司每年2万元的支持,为参加这次比赛,该公司又另加6000元比赛经费。虽属"编外",却也自有生存的能力,而且还出成绩,出人才。

更让人高兴的,这次比赛中出现了为数不少的自费生。他们平时训练交学费,参加比赛又由家长负担全部的吃、住、差旅、服装等费用。这些自费生,在计划内(如辽宁)和计划外(如山西)的队里均有。黑龙江游泳馆队全队22人、天津和平区队全队16人,甚至是清一色的"自费生"。在训练积极性和比赛成绩这两个方面,许多"自费生"并不亚于拨款的队员。

齐齐哈尔队10岁女孩王烨,这次获得50、100米蝶泳第三名和200米混合泳第四名。他们家每月至少要花一个大人的工资在她的训练上,她的母亲认为王烨有成为一个游泳明星的潜质。也有同王烨情况不同的,参赛则是从健康与防病角度考虑。太原市的张霞,4岁生了一场病,高烧不退,把她妈妈给吓坏了。病好之后,她妈妈梁青梅领着她到游泳池去,非得让她学游泳不可。就这样,张霞从被逼开始,渐渐地喜爱上游泳了。她妈妈说,明星就那么几个,不可能人人都是明星。让孩子锻炼锻炼,少生病,把学习成绩搞上去就达到目的了。岂知,教练却说这孩子条件不错,而张霞也练得很投入。这次比赛,是外婆陪着来的。老人家笑着说:"钱现在不是个问题,只要孩子跟老师练得开心就行。"

憧憬明星也好,为增进健康也罢,让孩子参加游泳或别的体育活动,这无疑都是为培养他们兴趣多样化,使其健康成长的一种需要。也许正是因为这一点,自从自费参赛办法推出之后,每一年五个年龄组的比赛,全都在700人以上,而且报名人数还有越来越多的趋势。这次蚌埠比赛,参赛人数多,陪赛的家长也多。比赛这几天,蚌埠游泳馆门前的"黄面的"来来去去,全是接送选手和陪赛的家长。这景象是过去从未有过的。陪赛需不需要?这又是另当别论的问题了。

从少儿业余游泳训练走市场化之路,可以看出,经济发展了,社会进步了,这种消费型的体育观,势必会被越来越多的人所接受。体育,眼下还是个潜在市场,一旦发掘出来,就一定会是博大宽阔的!

(原载于《中国体育报》1995年3月24日)

武馆开办热:育人? 赚钱?

开办民间武术馆(校),已成为如今的一股热潮。这些民办馆(校)得到的社会评价几乎是毁誉参半。记者日前对安徽的几家民间武术馆(校)进行了调查采访。

千树万树梨花开

安徽武术协会提供的一份材料称,民间武术馆(校)全省约60余所。据知,这只是在武协的册子上留有名字的,实际存在的却是这个数的几倍。有知情者说,能够点出名字的,全省约在200所上下。

省会合肥,作为省、市体委的事业单位或下属,就有省武术院和省、市武术队及业余体校队,按理说民办武馆赖以生存的空间很小。可是,无论场地设备或是教学力量都远不可同公办比拟的民办武馆却多达 6 个,单位数或是在训人数,民办的都大大超过公办的。六安是个地辖市,可就在这样一个小地方,民办的却也有 3 个。经济相对不发达地区的阜阳,全地区 10 个市县几乎无县没有民办的,有的甚至一县几所。

上述这些馆(校),规模不等,办学条件差异也大。有一馆几十人的、一百多人的,也有多达七八百人的,这些民办有的落地农村,有的办在街道,也有闯进了国家机关和军营的。其中有的自筹资金自建校舍,有一定的办学条件;有的则借"他山之石",租用民房、旅社、机关招待所和闲置营房。

缘何趋之若鹜?

民办的遍地开花,原因当然是多方面的,如人们观念的变化、社会新的需求以及经济生活的改善等。同时,人们也注意到更为直接的另一个方面,即一心想进入城市谋职和升学的农村孩子及其家长,把这看成是实现愿望的"鹊桥"。公办体校少、要求高,他们自知此路不通。

蒙城县武术职业高中(县教委批准的)就有过一个家住河南永城叫徐坤的学生。该生高考落榜,是在一次去蚌埠探亲的车上听说这所学校的。他只学一年武术,第二年改报武术专业,结果以专项 38 分(满分为 40 分)的成绩,被河南大学体育系录取。一传十,十传百,这所学校也就由小渐大,被人们认可。想练体质的得到了好处,一心想升学的也有人如愿以偿,想进城谋职的一批批人穿起了经济民警制服。蒙城武术职业中学的学生中,有半数干起了厂矿企业的保安工作,3 人上了大学,还有进省武警总队的。另一所办在农村的武术学校,六年毕业 300 多名学生,其中 2 人进省队,86 人参军,56 人被企事业单位录用为保安人员。六安中华武馆等,也都有为数不少的学生,在就业上得到了实惠。

经济发展了,社会对于保安等多方面人才的需求增加了,民办馆(校)之所以一时兴旺,是因为他们把准了这个时代的脉搏。

虚张声势的武馆

很显然,民办馆(校)的出现,是适应了社会的一定需求。公办体校包括武术单项学校在内为数还是很少,除了培养运动员和体育骨干之外,眼下还不可能有更多精力为社会培养更多方面的从业人员。所以说,民办作为公办的补充,也还是有益的。

　　但是,却又必须冷静地看到,这一哄而起的民办,却又不都是报春的鲜花。由于缺少管束与规范,"民办"暴露出的问题也颇让人担忧,还是先从广告说起吧!记者一次无意中翻阅该省一张报纸,居然发现在这同一张报纸上有多达七条武术馆(校)招生广告。一些广告让人莫名其妙:有的广告中说他那个武馆规模宏大,有的则是什么由"全省冠军"传授"真功绝技",有的则说他的武馆的教练是名师中的名师,有的说他的武馆建馆才三年就已输送几千人,有的说他的武馆是全省唯一先进,有的则说他的武馆被国家体委列为全国武术馆(校)中的"百强"(没有此事),有的馆(校)名前冠以县、市、省名,有的则索性冠上"华东"(实际只是办在乡里的一个小武馆)、"中华"和"中国"字样……不用揭底,一般读者也会明白,这种宣传太离奇玄乎,太名不副实了。

是育人还是赚钱?

　　何以这么干,有一位武馆馆长道出了真情。他说,他是个个体户,曾办过豆芽、蘑菇、天麻(中药)等养殖培训班。后来,这类培训班办得多了,收入也就差了。他听说皖北地区有人办武术学校挺来钱,于是,就"转业"办起现在这个武馆来。没有校舍租民房,乡里的房租便宜,就把馆办在乡里。乡里偏僻,学生大都不愿意去。因此他又在城里的旅社租了间斗室,用的又是城里的电话,大家误以为武馆就是办在城里。他本人并不懂武术,他雇的几名教练都只是多少会点"拳打脚踢"的年轻人。他说,学生未必要练出高水平,重要的是要当他们毕业之后能帮助他们找条出路。所以,这位馆长说他办学的"学问"不是教育,不是管理,而是跑合肥,跑北京,为学生们找工作。他还说,收一名学生,一年便是两三千元的经济效益。要多收学生,便要多登广告,而每登一次豆腐干大那样的广告,一般都有三四个学生来报名,有时还多些。记者算了一笔很简单的账,一年若登四十次这样的广告,每次按3人算,那么全年的收益应为30万元。现在,这位并不懂得武术的武术馆长,买了房子,买了摩托车,还买了汽车。

　　是办学还是做买卖,是育人还是赚钱,这便成为决定民办武术馆(校)能否健康存在与发展的一个重要问题,若是把办学视为谋财的手段,这便不可能将育人看作是办学的目标。不具备办学条件的也办起学来,只具备十几个人、几十个人条件的,却收了几百人。本来只能勉强容纳下六七个孩子的宿舍,却挤进去20个人,甚至一个大通间里上上下下密密麻麻地住着六七十个孩子。这种生活条件,无论是健康与防疫,都叫人担忧!再说训练场地,绝大多数是狭小而又不平整的,每当阴雨天气,自然是"放羊",尽管馆(校)都说自己拥有高水平教练,可全省两百个左右的民办中,除极个别有点武术专长之外,其余几乎全为既未上过体育院校,又未在运动队伍中接受过训练,大多是非真才实学的一般民间爱好者。他们素质不高,技术动作不规范,走的是一条"野路子"。条件如此,又千方百计要多招揽学生,这便使虚假广告的不公平竞争越演越烈了。经济领域的虚假损害了消费者利益,而育人问题上的虚假既误人子弟,又使用人单位受害。

民办武馆需规范化管理

还有一点需要提及,即由于办学者忽略了办学过程中的教育与管理,钱字当头,而不是把育人放在第一位的,因而,思想教育与学生的品德修养和法制观念都十分淡薄。打群架造成恶劣影响的有,因为械斗而酿成人命案的有,入室抢劫杀人的也有,其后果很是让人担忧。无规矩不成方圆,不加管理、引导,而任其下去,民办武术馆(校)就不可避免地走向夭折。自生自灭事小,搞乱正常的体育教学秩序、危害社会事大。公办体校都只能在严格的轨道上运作,那么民办武术馆(校)又怎容没有"婆婆"来管!

(原载于《中国体育报》1995 年 7 月 14 日)

小说·随笔

初 恋

　　从乡下回到小镇,我这个"老三届"也已经到了"谈婚论嫁"的时候了。巧得让人犯傻,就当我在镇上供销社勉强找到个饭碗的时候,她蓦地出现了。

　　我家所在的这个小镇,虽偏僻闭塞,可每天却也有三四个小时的火热与沸腾。无论春夏秋冬,城里人或许还没有起床,小镇便已从依稀的星光中苏醒。远远近近的大伯和大婶提篮鸡、鸭、鹅、鱼、蛋,或挑上两大箩筐粮食和蔬菜,到小镇上换回他们所需要的种子、化肥、农药和日用品。从太阳刚露出笑脸,到上午九十点钟,小镇总是像炉上滚着的一锅开水。

　　我在供销社是卖种子的,活计也很简单,就是按会计开的条子发货。这一天,我照例将几袋沉重的稻子搬上地磅,然后习惯性地再核对压在秤砣下的那些货单,不觉一震,这货单上的字怎么变得这般隽秀?顾客走了,我这才走出库房,透过开票小窗口,好奇地向里瞅瞅。就更意外了,管收钱开票的大婶的座位上,怎么坐着一位陌生的姑娘?

　　虽说我是蹑手蹑脚的,不想去惊动对方,可我还是被这姑娘发现了。不过,我的冒昧并没引起人家不悦,反倒换来她的淡淡一笑。

　　我长这么大,还从来没有同哪个姑娘这样直面过。

　　就当我窘得扭头想走的时候,她索性走出屋子说:"我妈有点事,我来帮她。"

　　镇子巴掌大,我怎么不知道大婶家还有个这么漂亮的女儿?

　　"怎么,犯疑了?"她那对频频转动的眸子挑战似的在我眼前闪烁。

　　我笑笑,只觉得脸上像被烧了两把火。

　　"你下乡的时候,我还是个小丫头。这些年了,就不许人家长大吗?"她有点委屈地说。

　　"呀,你是头上曾扎着两只'朝天椒'、大婶家的小老巴子!"我恍然大悟。

　　从此以后,她就常到店里来,照例说她妈忙,是为她妈打替工来的。

　　小镇的生活单调而枯燥,白天忙活一阵子,待到了晚上便是一片空白,一片黑暗。我喜欢出去夜猎,与野兔"捉迷藏",同游鱼比智慧,为的就是打发这无聊的时光。麻雀在我气枪下无一可以幸免,游鱼只要被我发现,它就休想从我的利叉下逃走,这使我在全镇闻名。

这一天,她瞅了个没人的机会,向我提出一个我未曾想到的要求。她说:"你再去夜猎,也带上我,好不好?"

听了这话,我不由得哈哈大笑:"黑咕隆咚的荒郊野外,你就不怕遇上狐狸、毒蛇什么的?"这话真的不是吓她,因为我就多次碰到过让我后怕的事情。比如,一条足有半尺长的大蜈蚣,就曾钻到我的裤脚里。最终虽被我打死,可却咬得我痛得一夜也无法合眼。所以,我不假思索地满口拒绝:"不行,这不是闹着玩的。"

第二天晚饭碗一丢,我又照例出行,扛着我那把雪亮的鱼叉,目标是三四里外的蛙鸣河。想不到,待我走上街头小桥,她却已经依在桥栏上等我了。尽管我一再动员她回去,可她就是不依,而且还抢走我的鱼篓,跳着笑着跑到了我的前面。

嗨,今天晚上是怎么啦,鱼儿这么多? 往日是四处寻鱼,今天的鱼却摇头摆尾地游来,到了我这儿就再也不远走了。用手电一照,嗬,翘嘴白、大红鲤和乌黑脊梁的大鲫鱼,在我面前围了个大半圆,还居然有条鱼跃出水面,一跳多高,弄得哗啦啦一串水声。

她看傻了,激动地跳。哪知一脚踩空,滑进了河里,大喊救命。

我立马探过身去,一把将她的手抓住。哪知,她却猛力一拽,反倒将我也拉进了河里。她太开心了,一串银铃似的笑声,荡漾在这夜空里。

鱼被惊跑了,我们俩也都成了快乐的落汤鸡。

这玩笑是开得大了点,不过河水并不深,也没有什么。可是,让我们想不到的却是上岸后所碰上的,那可真的叫人毛骨悚然了。

河岸边有一片小竹林,过了小竹林便是一处杂草丛生的荒岗。就当我们回家路过这个荒岗的时候,一条两尺多长的花斑蛇拦住了我们的去路。在淡淡的月光下,我清楚地看见,这蛇吞吐着它那让人生畏的芯子正敌视着走在前面的她。我的戏言,竟然成真。意外,不幸被我言中了。

她生活在镇上,从未遇上这样的事情。所以,一见到这蛇,她就吓得魂飞魄散。我虽在夜间同蜈蚣、狐狸、猫头鹰这些野生动物不期而遇过,但却从未碰上过毒蛇。我曾听说毒蛇咬死人的事,自然也就知道我们这时有多危险。现在,既然遇上了,就不能首先把自己吓倒。唯有沉着和冷静,才能凭借手中的武器,同这条毒蛇周旋。我一把将她抓住,拽到我的身后,让她躲得远远的。然后,举起寒光四射的鱼叉,瞄准蛇的头部。岂料,那条蛇远比它面前的对手更胆怯,当然也更狡猾。所以,就当我正要发力抛叉的一刹那间,那家伙将头一偏,变成一条活动的曲曲弯弯的"绳子",钻入草丛深处,逃命去了。

"好害怕哦!"她贴在我的胸前。而我也仿佛听到,她受惊后那怦怦的心跳。

第二天,我还像往日一样,盼着她再来为她妈打替工。可是,她没有来。一连三天,都见不着她的影子。是病了,还是? 我真想问问大婶,可又因为那晚的事而有点胆怯,话到了舌尖上又吞了回去。这天下班后回家,我妈悄悄告诉我,说人家托人传话来了,说对于你们的婚事,对方家长并无二意。只是我至今还是个临时工,连个国家职工也不是。虽然,人家的官没有做到城里去,却也是一方的"土地爷"呀! 所以,找一个不带"铁饭碗"的女婿,岂不是连个面子也过不去吗?

听到这话,我不觉一愣,心就像是被人狠狠践踏了一脚。

我妈看我这样子,有意笑了笑,像是在安慰我。"不过,人家并没把话说死,不是还可以商量吗?"我妈说。

"怎么商量?"我不解地追问。

"让你爸提前退休,由你来顶替,她家出了这么个主意。"我妈说。

"这是要拿我爸来做交易,不行,万万不行!"我斩钉截铁地告诉了我妈。

"这又不是我们一家,不也有别人家搞顶替的嘛!"我妈心里明白,人家那样一个标致的女儿嫁过来,不仅要考虑面子问题,而且今后的日子怎么过也是个问题。所以,当父母的就不能不想得远一点了。因此,尽管对方条件苛刻,也还是可以理解的。我妈心软了,反倒过来劝我。

可是,我不让步:"我们兄弟姐妹好几个人,都要像我这样搞顶替,那么我们家还有谁能够腾出位子来顶替呢?"我还告诉我妈,既然对方不同意,那么这桩婚事也就不结了吧,别再多费心了。

命运无常,省队的一纸通知,改变了我的命运。在经历过一段不堪回首的曲折与坎坷之后,我终于走上了通向世界冠军之路。

这一天我要走了,不想惊动任何人,一切都是静悄悄的。可是,当我登上蛙鸣河上的小船,却意外地发现她坐在船舱里。她说她要到一个亲戚家去,在中途下船。可是,船到了终点,她也没再提及去她亲戚家的事。这时我才明白,看望亲戚是假,送我是真。临别时,我有一肚子话想说,可话到了嘴里又被打住。她就更是以泪洗面了,我曾送给她的那方棉质手帕,被她的泪水浸得湿漉漉的。我走了,远远地回过头去,她还站在那儿目送我,摇动着那条泪湿了的手帕。

我发誓,若不像模像样地干出点名堂,就永远不见她,不回那个让我受人歧视的地方。

所以,无论在省队,还是后来接着到了国家队,我在训练中受的苦都是一般人想象不到的。别人都是"小弟弟小妹妹",而我则是因为生不逢时而耽误了宝贵时光,进队的时候几乎到了被人当成"出土文物"的年岁,竞争中的艰难可想而知。可是,我还是披荆斩棘,登上奥运圣坛,夺得了我梦寐以求的那块金牌。这块金牌既是为中华民族夺的,也是我为她夺的。

所以,"冠军回故里",我第一想到的就是她。

可是,在欢迎我归来的人山人海中,我却怎么也找不到她。

我不知道,此时的她却在一个没人的角落里流泪。她知道我的成功震动了世界,而我越是成功就越是使她有止不住的泪水往外涌。是命中注定,还是别的什么?

她曾想过,我若能出人头地,婚姻障碍自然消失。可是,我的名誉地位提高了,这又不可避免地拉开了她同我的距离。距离越大,她的心就越是失衡。所以,当她从报纸广播中得知我在奥运会前重大比赛中获得的好成绩时,她就已经意识到,这只是我的开始,更优异的成绩或许就在眼前。她不能奢望什么,她更不会去拖累我。既然爱我,她就应该在感情上忘掉我。所以,在经历思想上一番痛苦挣扎后,她毅然绝然地告诉她妈妈,在婚姻问题上她服从家里安排,去和镇上一位中学教师结婚。

当得知她的事后,我的心里就像打翻了五味瓶,不是个滋味。我并不是爱发泄的人,可这时我是再也牵不住感情的缰绳了,我跑到我们曾经夜猎过的地方,看着那宁静的蛙鸣河呼喊:

"我写了那么多信,为什么不给我回信?"

"相距并非天涯海角,为什么不等我回来?"

"为什么把心思只藏在自己心底而不告诉我?为什么?为什么?"

"101"空翻

一

客机已快飞越过浩渺的太平洋上空了,眼看就要抵达香港。

黎君从蒙蒙眬眬中醒来,透过舷窗望去,一轮红日刚好跳出水面,把宁静和悦的大海,映得瑰丽辉煌。她的脸贴在舷窗边上,被这早晨的海深深吸引。不久,她发现海的颜色变了,由瑰丽的橘红,变成了蓝色,再变成灰黑……机翼下的海似乎成了绵延不断的山峰,在互相追逐着,奔涌着。她不明白,大海为什么要收敛起和悦的笑脸,如此任性地发起狂怒?难道是有意不让他们在预定的香港着陆,还是要吞噬这偌大的巨型客机?

正在忐忑不安的时候,黎君感到了一阵轻微的颠簸。根据经验,飞机开始降落了。她探望窗外,眼前却是一片朦胧,非但没有感到在跑道上滑行的跳荡,反而觉得飞机又翘首爬高了。

驾驶员有几十年飞行经验,沉着地驾驭着这架波音747型客机,绕一个大圈后,试图再作第二次降落。可是,气候太恶劣了,距降离地面仅一百多米时,还不见机场信号。为确保安全,飞机不得不再次拉起。

当旅客们处于惶恐之中时,空中小姐在广播里,用冷静沉着的语气说:"因突然遇到强台风,本机改航台北,请大家宽心!"黎君往舷窗外一看,乌云翻卷,从机翼下掠过。不多一会儿,飞机又钻出浓密的云层,爬回到一万米高空。在这个高度上,晴空如洗,万里碧蓝。

改飞台北的消息,在机舱里引起一阵骚动,不久平静又恢复。中国体操代表团中几个年龄小的团员,一改平时的高门大嗓,低声地嘀咕。胖虎抓住金玲的手:"想想看,给台湾小朋友带点什么礼物?"

金玲说:"我这体操服行吗?"胖虎点了点头,又说,"我有一袋糖。"还有的说:"将外国教练送我的金发洋娃娃带上。"……文静的小姑娘青青,坐在黎君团长和梅馨教练之间,一直勾着头,想着心思,这时,忽然站了起来:"带上我们的心意!"

青青的话,引起了强烈的共鸣,大家异口同声地说:"我们的心意,就是青青的

'101'空翻！"

几天前，青青在世界大赛中，高低杠以"101"空翻轰动了美国，为祖国赢得了金牌，黎君激动得垂泪。可是，现在提起"101"空翻，却像一道闪电，击在黎君的心上。她闭上双眼，躺在软座椅上，安静得就像睡熟了一般。然而，深沉的痛楚正像巨涛向她袭来，把她的思绪扰得一片纷乱。她不知道即将要发生的，究竟是喜悦还是忧伤？

三十年前的一个中秋之夜，秀丽的台北沐浴在银色的月光之中。梅华从屋里匆匆走出，对正搂着小苾的黎君说："君，既是赏月，也是为您送行啰！"

黎君斜睨着梅华，嘴角飞起微微的一笑："我们的'101'能成功吗？"

梅华一把抓住黎君又绵又柔的手："不能成功，你回大陆干什么？"

正在吃凤梨的小苾，听到爸爸妈妈的对话，好奇地抬起头，天真地问："什么叫'101'？"

黎君笑了，向梅华噘了噘嘴。梅华看了看女儿，学着孩子的腔调说："像一只小鸟，扑闪着翅膀，凌空翻个身子，竖着打个舞旋，再翻一个跟头……"

"爸爸，你说的我不懂……"

"喏，就是这样——"梅华托起女儿，用体操教练的熟练动作，让她在空中翻一个跟头，同时竖着身体旋转一周，再接着一个前空翻；然后轻轻地把她放下。

小苾还没有跳出爸爸的怀抱，便惊愕地嘘了一声："唷，可吓死我了！"

黎君捧起女儿俊俏秀丽的脸，亲着、吻着。小苾紧紧搂着黎君的颈脖，娇声娇气地说："妈妈，妈妈，你为什么一定要去大陆呢？不嘛，我不让你走！"

"乖孩子，听妈妈说：外公是位体操家呀，他会为我们的'101'出主意的。你说是吗？"黎君吻了吻女儿，又看了看丈夫梅华。当两人的目光交融在一起，都会心地笑了。

不知是什么时候，小苾在妈妈的怀里甜甜地睡了。梅华偎着黎君，月光洒在他们身上。

"你这次回大陆，几时能够回来？"

黎君听了梅华的问话，不觉有点好笑，便一下躺到他的怀里，然后微仰着头："走一趟娘家，讨教攻下'101'空翻的主意，你说要几时？真有你的，既要我去，又巴不得我当天就回来！"梅华紧紧搂住黎君。眼前一片静谧，唯有那波光粼粼的淡水河，在他们的脚下唱着歌，汩汩地奔来，又跳跃着不息地流去。

第二天，梅华牵着小苾，将黎君一直送到海边。

船开动了,梅华抱起小苾,从拥挤的人群中走出,跑到码头顶端,登上杂乱的货堆,眺望着离去的轮船,寻觅着黎君的身影。黎君从船的那边甲板上走来,伫立船尾,双手抓着栏杆,探出身子,也正在寻找他们。小苾一发现黎君,便尖着嗓子喊:"妈妈——"这声音混着带有咸味的海风,融进了黎君的心中。船渐渐地远去了,黎君掏出白色手绢,频频地向梅华和女儿挥动。这手绢,像是一个跃动着的白点,在梅华的眼里闪现。黎君也看到,梅华像是一尊塑像,屹立海边,高高地举着他的手臂……

二

从台北体育馆出来,梅华没有回家,而是和往常一样,驱车直接去了海滨。三十年了,他除了全身心扑在当年和黎君设计的"101"上,所有闲暇时间,几乎都是在海边度过的。他不明白,他为什么与这海结下了不解之缘?

八月的厦门,林木葱翳,海风习习。梅华和黎君,手牵着手,像一对并翼的小鸟,嬉笑着,轻快地小跑着。他们走过松软的沙滩,然后攀上一块突兀的巨岩,面对着大海坐下。

梅华眺望着远方,只见水天一色,茫茫一片。说来也怪,在他的眼里,在那水天连接的地方,竟渐渐地出现一座海岛。这海岛绿荫覆地,幽谷喷香,斑烂绚丽的彩蝶纷飞。

黎君知道,一股乡愁正向他袭来:"怎么,想念家乡了?"

"是的。"梅华低着头,"不,待学会了体操,再……"

没等梅华说完,便霍然打断他的话:"要是我,才不去那个荒海岛哩!"

梅华抬起头来,骄傲地说:"你不知道,台湾岛是我们中国最美最美的海岛……"

"怎么美法?用一句话说出来,好吗?"她天真地看着他。

黎君这一问,使得梅华一时语塞,故乡的山、水、人情……有说不完的美,数不完的好!怎是一句话能说得完的?梅华越是语塞,她越是执拗地用活泼的目光,在他憨厚淳朴的脸上跳来跳去:"说,快说呀!"

在这个天真开朗、咄咄逼人的少女面前,好学聪慧、性格内敛的梅华,简直不如一个开蒙的小学生。他从窘困中挣扎出来,抬起了头。当他同她的目光交集到一起的时候,他的心微微一颤,像云层里瞬间跃出了太阳,大地一片辉煌。他猛地拉住了她的手,似河水奔腾呼啸。激动亢奋中的他以一种挑战似的姿态说:"美得像你——"

"什么?"她火辣辣地盯住他。

"像你花朵般的脸。"他鼓起了勇气,脱口而出。

黎君抽出手来,两只拳头雨点般地落在他的身上:"你坏,你欺负人!你欺负人!"

黎君的脸绯红绯红的,一对动人的眸子,无比妩媚。

他走近她,连她呼吸也听得见。正当他大胆地逼近她俏丽的面庞时,她却出乎意料地鱼跃而起,擦过他的胸,在空中转体一周,然后带着一串银铃似的笑声,从岩石上"飞行"而下,跃进了海里。见此情形,他也随着她留在空中的笑声,一个空翻扎进大海。等他钻出水面,她却在他之前已经游到十米开外了。

灿烂的晚霞染红了大海,两朵跳跃欢腾的白色水花越来越接近……

梅华伫立海边,任凭浪花打湿裤脚。当他从过去的回忆中醒来的时候,彩霞没有了,那跃动欢腾的水花也不见了,唯有苍茫暮霭中的海,和凄厉呼号的风。忽然,有人喊他,梅华转身,小苡已经来到了身边。他看了看女儿,轻声提出一个问题:"苡,愿意去大陆吗?"

这个问题太突然、太意外,小苡不觉猛地一震,愣了好长一会才说:"怎么不想?妈妈在那里,从几岁都想成大人了。但是,能走得掉吗?"

梅华苦笑了笑:"先到香港,再设法随港澳体操队回大陆。"

"您也去?"小苡问。

梅华摇了摇头:"要是我去,恐怕我们都去不成了,你没见到这些年来我所受到的非难……"

"我一个人去?"

"不,领着方飞去。看看大陆的训练,探听探听妈妈的消息。"

小苡看着爸爸,这才发现爸爸两鬓斑白,脸上的皱纹也像蛛网一样。她挽起爸爸:"我们该回去了。"

三

偌大的田径场,被白雪覆盖得像是一片原野。看台入口处,残留着几行大大小小、歪歪斜斜的字迹:"打倒反动技术权威!""横扫一切牛鬼蛇神!"新近刷的标语更刺人眼睛:"打倒当代的大儒!"黎君冒着纷纷扬扬的雪花,凛冽的寒风,抱着大扫帚,在跑道上一步一步地向前扫去。前面扫干净了,后面又落上一层。突然,她一个踉跄,便摔倒在雪地上。半晌,才又挣扎着爬起来,继续向前扫去。雪,仍然在下着,落在她的身上。

第二天早晨,黎君又来到了田径场。惊奇地发现,夜里落下的雪,已被扫得干干净净的了。当天,她按捺不住激动心情,在深夜悄悄地走近了看台。

黎君看到,跑道已扫清了一半,远处影影绰绰有一个人影。走近一看,原来是体院党委书记郑小媛。郑大姐发觉身后有人,便调过头来,发现黎君在自己身后,她颤抖地握起黎君的手:"黎教练,您受委屈了。"

黎君接过郑小媛手中的扫帚,小心地搀扶着这位老大姐,一句话也没说。

"您要相信党,相信大家……"郑大姐说着,只觉得胃部一阵油煎似的疼痛,便咬紧牙。黎君感觉到郑大姐浑身都在战栗,忙掏出手帕,擦着她额角的汗珠:"郑大姐,别再说了。"

"告诉你一个消息:前几天,总理办公室给我打来了电话——"郑大姐看了看四周,艰难地接着说,"总理要我转告您,梅苡从台湾来到首都,在找妈妈。"

黎君猛地一怔,好半天才说出话来:"郑大姐,快告诉我,孩子在哪儿?"

"总理接见后的第二天,他们就回去了。黎教练,总理还招呼,小馨和青青的'101'不要中途而废,要克服困难练下去。"

黎君一下扑到郑大姐的肩上,哽咽着,断断续续地说:"他们不准我进体操房……不,就是站在室外,我也要指导小馨,指导青青,将'101'攻下来!"

提起小馨,前几天还有一段奇遇。那是在梅苡和方飞动身离开首都的头一天晚上,不知方飞用了什么办法,竟然一个人闯进了国家体操集训队。这时,体操房内,梅馨已经跳起,干净利落地完成了横、纵轴复合的空翻动作,然后落进松软的海绵坑内。方飞惊呆了——"啊?这不是梅华教授和梅苡教练,正在教我练习的'101'吗?"——往跟前走了几步,他更傻了:面前的这位姑娘,长得实在是太像梅苡教练了。若是她的年龄再大几岁,方飞一定会叫她梅教练的。梅馨看他愣着,愣得那样的天真、纯朴、可爱,不觉掩嘴想笑。正在她想笑而又没有笑出声来的时候,方飞蓦地跑开了,活动一下身子,就是"嚓、嚓、嚓"一串跟头。梅馨也愣了,心想:能翻出这样好的跟头,离"101"已经不远了,可是,他为什么这样陌生?

这天晚上,当他们走出体操房的时候,宿舍大楼的灯熄了,外面一片寂静。他俩在宽阔的人行道上走着。

在台北,有繁华热闹的夜晚,也有现代化设备的体操馆,可是,方飞觉得再好的台北之夜,怎么也不能与今晚相比。他不明白:为什么今天晚上这样美好和愉快?为什么初到这体操房来,就再也不想离去?说真的,他是多么想祈求他的教练,让他留下来,或者多留几天也好。而梅馨呢?更是不理解,为什么同这位陌生人的偶然相遇,竟像一见如故似的?为什么当他将要离去的时候,自己有怅然若失的感觉?

梅馨说:"请告诉我你的地址,好吗?"

方飞坦率地告诉她:"我是和我的教练从台北来的。为了能来,才参加了港澳体操队。"

小馨转过身来,热情地伸出手去,和方飞亲切地握在一起……就在这一刹那,她妈妈扫雪的身影,那些追查港台关系和"特嫌"的人的狰狞面孔,一下子都浮现在她的眼前,使得她不寒而栗,赶快告辞:"好,再见!"

当小馨折身回走时,这才发觉,她和方飞走得离集训队已经很远了。

四

正当黎君他们搭乘的那架客机,在一万米高空,以每小时一千公里的速度,向台湾接近的时候……

梅华伫立在台北寓所的窗前,拿着长柄放大镜,在仔仔细细地审看一张彩色照片,似乎在辨认什么,寻找什么。

这张照片,是两个姑娘的合影。年龄略大的是梅苾,上身穿一件粉红色的短袖羊毛衫,下身穿条齐膝的奶油色西装裙,肩挎一只秀气的黑色小挎包。另一个姑娘是梅馨,穿白斜条插腰湖蓝色运动服,胸佩国徽。两人头挨着头,热烈亲昵地抱在一起。看着这张彩色照片,梅华渐渐起了疑团:两人个子相仿,体型线条近似,又都是秀丽淡雅的瓜子形脸庞。特别是两对眸子,像是黑色水晶,莹亮闪光……两人都与当年的黎君太像了。梅华在心中问自己:"这难道是一母所生?难道黎君她另有……"正当梅华陷入恍惚与莫名其妙的痛苦之中时,梅苾走进房来,将美国之行的详情,向爸爸作了禀告。

几天前,在美国 A 城宏大的体育馆里,国际体操大赛如火如荼地进行着。

梅苾目不转睛地盯住赛场里的高低杠——中国运动员青青正在做扣人心弦的比赛动作。那魅人的艺术,使得梅苾忘记了一切,只觉得全场上就这么一个中国运动员在献技。在女子团体赛中,青青是中国队的最后一个项目的最后一个出场的运动员。根据梅苾的现场记录,如果这个队员获得9.9分,中国队就可夺得女子团体冠军。可是,梅苾也知道,金牌夺来不易,哪怕是一个小晃动,都可能前功尽弃,将冠军丢掉。

等不及梅苾多想,青青做了个精彩的飞行动作后,接着便像只春燕,穿梭飞舞于柳条之间。尽管成千上万双眼睛注视着她,无数照相机、摄影机的镜头,争先恐后地对准她,狂呼的浪潮猛烈地冲击着她,可在她的眼里,除了这富有弹性的高杠和低杠之外,其他一切都不存在了。当前面几个优美和惊险的动作尚未从人们的视线中完全消失的时候,她又出乎意料地用直体姿势绷杠,弹到了空中,人体一面按纵轴旋转一周,一面完成前空翻动作。

"101"的成功,惊起四座,轰动了整个比赛大厅,彩灯计分器以耀眼的光芒,显示出"9.95分"的高分。当五星红旗在庄严的国歌声中冉冉升起的时候,无线电波已经飞越山川和海洋,将这一喜讯传回了祖国,传到了全世界。

梅苾无法抑制自己的感情,忘记一切地飞跑过去,和从极度紧张中刚刚松弛下来的青青的教练梅馨,紧紧握手,热烈地拥抱。一名外国新闻记者,为这对不曾相识的亲姐妹,摄下了这动人的镜头。

梅华听着梅苾的叙述,不觉猛吃一惊:"这不是'101'吗?!"他的眼睛模糊了,彩照在他的面前,化成了种种幻影,将他带到他与黎君初次攻"101"的年代。

大榕树像一把巨大的伞,给了人们一片凉爽的树荫。地下铺了一层柔软的稻草,稻草上又垒起两块棉被絮。梅华光着脊背,打着赤脚,汗水潆潆地站在一边。黎君剪着齐耳短发,穿着白色短衫短裤,站在稍远的茵茵草地上。一根绳索,穿过树杈上的小滑轮,一头由梅华挽着,一头系在黎君的腰间。

一阵凉风吹过,黎君将两手在草地上擦了擦,耸起肩膀抹了一下脸上的汗水,然后凝望着树荫下的空间,吸一口长气——"嚓、嚓"一串跟头之后,又"嗵"地蹿入空中——梅华全神贯注,屏住呼吸,紧盯着空中的黎君,只见她一个空翻没有结束,转体又已开始。可是,两个动作没完成,人已随拉紧了的绳索倒栽下来。吓得在一旁围观的小孩,有的哭,有的叫……

初次攻"101"的往事,使梅华两眼湿润,他更想知道青青的"101"与黎君有着什么样的关系?

梅苾用自己的经历,为爸爸解答这个问题。那一天比赛场上的拥抱,梅苾确是太激动了,等回到旅馆,这才发觉忘记问那位教练的名字。第二天比赛,梅苾特地找到梅馨,两人挨肩坐在看台上。

"能把您的名字告诉我吗?"梅苾说。

"我叫梅馨,梅花的梅。"

梅苾不觉一愣,可又没有理由猜测,因为爸爸从未说过她还有一个妹妹。于是说:"我叫梅苾。我们都姓梅,还是一家呢!"

梅馨听到"梅苾"两字,不觉眉尖一挑,两只眼睛突然在梅苾的脸上凝住:"父母都健在吗?"

"爸爸和我住台北,妈妈她——"梅苾说着,有些辛酸起来。

"快告诉我,爸爸叫什么名字?"

"梅华。"

"妈妈呢?"

"黎君。"

梅馨一把将她抱住,泪水夺眶而出,落在梅苾的衣上。梅馨说不出话来,拔腿就跑,奔出体育馆,乘上小汽车,风驰电掣般地走了。

当天晚上,正当梅苾彷徨不安的时候,梅馨打来了电话,说中国体操团团长,她的妈妈黎君,请梅苾明天晚上到住地吃饭,并说老人家今天早上去 K 城考察了,明天下午将特地赶回 A 城。

本来,梅馨的举止神情,已经使梅苾产生了几分诧异,加上这么一个电话,也就明白无误地告诉她,黎君团长就是她的妈妈,梅馨是她的妹妹。这一夜,梅苾怎么也睡不着,刚合上眼,一位饱经风霜、和蔼可亲的老人,便出现在眼前……

第二天,梅苾一早就爬起来,等待着晚上的赴约。可是,好事多磨,万万没料到,也不知出于什么原因,台湾打来电报,要梅苾必须提前于今天中午离开美国回台湾地区。而且送电报的人,声称有"送"她到机场的责任。就这样,梅苾来不及向梅馨辞行,只是请人带去一封信,便匆匆离去。

梅华明白了:三十年前的她还健在,他用双手拢了拢灰白的头发,重又拿起女儿的合影,躺到了靠椅上。

五

客机已经越过海峡,飞临台湾上空。黎君习惯地整了整衣领,再用手掸一掸衣袖。就在这举止之间,巨型喷气客机已带着尖锐的啸声,在台北机场降落了。

黎君走下舷梯,迎面便是候机大楼。但是,她没有立即随大家一起走进楼去,而是留在草坪上。三十年了,她是多么想好好地瞧一瞧这熟悉的土地啊! 她一眼所能看到的一山一水,一草一木,乃至这摸不着,看不到的宝岛上的空气,都使她感到那样亲切和舒坦。

就在黎君抵达台北机场的时候……

梅华在北京首都体育馆的大厅里徜徉着,在单杠、跳马、吊环、高低杠中走着,在一群群的运动员中寻找着……绷杠,弹起,纵轴旋转,前空翻……旋转、旋转,令人目眩的旋转……音乐戛然而止,旋转的身体猝然而停——"黎君!"是的,那是她!是他日夜想念的她!他喊着,跳出座椅奔去。黎君不见了,一只五彩缤纷的蝴蝶,在他眼前振翅飞舞。他伸展双手,纵身扑了过去。蝴蝶在他的头顶画了个彩色花环,又从巨大明洁的窗口飞出去了。梅华一直追到体育馆外。适逢已经散场,到处是人山人海,黎君挤在人群中,向他大笑。可当他好不容易挤过去时,黎君已上了一辆轿车。正从车窗内探出头,挥动着彩带。梅华不顾一切地追去……他跑得太快,滑倒了……

梅华从迷离的梦境中醒来,失望地揉着苦涩的眼,痛苦地离开靠椅,站了起来。

梅苾匆匆走进房间,见梅华神情迷惘,便问:"爸爸,怎么了?"

梅华凄苦地一笑:"噢,你妈妈她——"

"爸爸,你已经知道了?"

"知道什么?"

"妈妈来了呀!"

"什么?苾!"

"妈妈和中国体操代表团都到了机场啦!"

梅华一阵大笑:"苾,你说梦话了。"

"是方飞从机场悄悄挂来的电话,因为强台风,飞机无法在香港着陆。"

"真的?!"

梅苾一把将他胳膊挽住:"爸爸,快走!"

机场过境室内,中国体操代表团的团员和台湾同胞欢聚一堂,亲切地交谈着。黎君被深深地感动。但是,她的那颗心,却早已飞越过境室——寻觅她在这块美丽土地上留下的踪迹,寻觅她的亲人,寻觅她三十年前的那个家……那景色秀丽的草山,杜鹃花还是那样漫山漫谷地盛开吗?那波光粼粼的淡水河,还是那样潺潺流动,卷着波涛奔向海峡吗?三十年前的她的那个家,还在淡水河边殷殷的花丛中吗?

一声汽车刹车,打断了黎君的遐想,一辆小轿车停在过境室外的广场上。她看见从车上跳下来的两人,正迎面向她走来。那位男同志,虽已五十开外,但步履矫健……那方脸膛,浓眉毛——啊!这是她心中的梅!然而,三十年的离别,给了她多大的苦楚?她朝思暮想,盼着团聚的一天。可是,当此刻真的到来的时候,她却又心乱如麻,不知如何是好。

他走到黎君跟前,恭敬地问:"请问,中国体操团的黎君女士在哪?"

听到"黎君"两字,她从失神中醒来,抬起了头。梅华正要将他的话重复问一遍时,突然看见黎君这熟悉的面孔,千言万语都噎在了喉间。

梅华直愣愣地看着黎君,黎君也如痴如醉地瞧着梅华,半晌,谁也说不出一句话来,只是紧紧地拥抱在一起……

梅馨和方飞从人群中奔来,大声地呼唤着:"梅苾!"

梅苾和梅馨这对亲姐妹,紧紧地抱在一起。梅馨一面为梅苾揩泪,一面哭着说:"姐姐,快,快喊妈妈!"

梅苾哽咽着,跪倒在黎君的膝下:"妈妈……"

黎君捧起女儿的脸,紧紧地贴在一起。

小馨早已跑过去,勾住梅华的脖子,亲亲热热地喊了声:"爸爸!"

黎君向梅华说:"这是我们的二女儿,你大概没有想到过吧?!"

梅华只觉得一阵昏眩……平静之后,他才发觉方飞站在对面。于是,便给黎君介绍:"他叫方飞,是台湾省的男子全能冠军。"

黎君擦了擦湿润的眼睛,向方飞投去了慈爱的目光。而这个泼辣、勇敢的年轻人,却变得腼腆和害羞起来。他悄悄地看了看小馨,她正向他努嘴哩!看着他们这些小动作,姐姐梅苾不觉笑出了声。笑声,像一把火,灼红了小馨的脸。

黎君和梅华相视而笑。不知什么时候围过来的青青、金玲、胖虎……也都莫名地笑了。

突然,广播响了:"去香港的班机就要起飞了,请旅客立即登机!"

这样的广播通知在机场里是很平常的事,但对于在场的梅华、黎君来说,无疑像炸雷劈来,劈开这一家刚刚相连的血肉,再次将他们抛向分离的苦海。

梅华一直用最大的毅力克制自己,以免引起黎君的过度忧伤。可是,在这即将分离的时候,她却看到了挂在他脸上的泪珠。她的心碎了,紧紧地贴在他的身上。梅华抓住她的手,按在胸口……

小馨和方飞,默默地相对无言……最后,小馨从提包里拿出一枚在国际比赛中夺得的金牌,悄悄地递到方飞的手中,便倏地转过身来,扑在姐姐梅苾的怀中。

女儿和方飞分别的情景,更刺伤了黎君已破碎了的心。是的,小馨的年龄,是早已到了应该得到甜蜜的、温暖的爱的时候。可是……

梅华还能说什么呢？他多想把黎君请回到三十年前的他们的那个家,可是,亲人却不能离开过境室。他宁愿毫不惋惜地抛掷自己的一切财物,携小苾和方飞,随着黎君一同重返大陆,享受团聚之乐,可是,眼前又绝无可能。但是,他坚信祖国是一定要统一的,家人也是一定要团聚的。因为,无论是大陆同胞,或是台湾同胞,只要是中国人,谁也忍受不了分离之苦……三十年来,正是这种坚强的信念,才给了他生活的勇气和希望!

他告诉她:"君,等着我,一直到祖国统一的时候。我想,这个日子是不会远的。"

黎君默默地,但却是有力地点了点头。

巨型客机在机场上空绕了一圈,远去了……但那隆隆的呼啸,还在人们心头震撼,在空中回荡……

(原载于《安徽文学》1981年第4期)

云山雪

一

云山的春夜,幽静,安谧,听不到高谈阔论,没有机器轰鸣,唯有桃花溪潺潺流水富有韵律的歌唱。欧阳小兰一躺到床上,便进入五彩缤纷的梦乡。

小兰妈妈欧阳惠走到床边。女儿一只手托着俏丽的脸,侧卧在鹅黄色素花枕上,另一只手臂,白皙细腻,裸露在蛋青色软缎被外。看着女儿,欧阳惠的心醉了。

蓦地,半掩在枕下的日记本触动了欧阳惠的视线。她轻轻地拿起日记本,尚未打开,却滑下一张彩照。照片上的人使她的记忆回到了几年前的一幕。

一个滴水成冰的冬日,欧阳惠已批阅了四十九份试卷,成绩都在80分以上,唯有这最后一份试卷使她不快。她眉头紧蹙,默默地在卷首批上了"59"。

笔刚搁下,一只白色的球穿透窗户,随着玻璃爆裂声,砸在桌上,打翻了墨水瓶,弄污了试卷,刚摘下的眼镜也被打落地上。

推开窗户,正是他,只得59分的龙俊,短衫短裤,汗水漉漉地站在寒风中。

二

欧阳小兰与龙俊相识,连她自己也觉得意外。

那天上山,好个晴朗的天气,金色的阳光洒遍山谷、云梯,爬山兴致正浓。忽然间,周围暗淡了,天低了,成片的云山松也披上了灰白的轻纱。云山奇,云山也怪,天气喜怒无常。这边太阳刚藏起脸儿,那边便扯起了雨丝,一颗颗冰凉的雨点洒在小兰身上、脸上。也巧,不远处有个天然洞穴,她冲了进去。刚奔进洞,外边已是大雨倾盆,还夹着冰粒。刚适应洞里的阴暗光线,雨雪就停了,走出洞来,啊,从远处散射出来的阳光,把峰巅镶嵌得金黄、橙红。山石玲珑透剔,玉树琼枝,真是换了人间。

进洞时没有注意,出了洞口,小兰才发现自己正在云梯半腰。小兰试了试云梯,冰粒满台阶,奇滑无比。看看脚下,幽幽深渊,她吓得连骨头都酥了。

小兰一抬头,一团"火"蓦地跳入眼帘。这艳红艳红的"火",从云端的天梯向下移动。

未待小兰多想,"火"已经跳到面前,没有招呼,便甩出了硬邦邦的一句:"你,不想活了?!"

这时候,她需要的是安慰与鼓励,可这个陌生人给她的却是苛责。

她充满敌意地看了看他,一米七左右的个头,穿一身红色运动服,挺有风度。她本想还他两句厉害的,但看他站的地方似是有意为她上了"保险"的,所以到了舌尖上的话又被咽了回去。

他脱下了红球衣,一扯两半,递给她,还甩了一句:"缠在脚上,防滑!"

她不好意思地接过半边球衣,心想:"这小伙子倒挺有意思!"

他这时才注意,她挺括素雅的西服,黑又亮的披肩长发,苗条的身材,脸上不无傲气。他桀骜地问:"尊姓大名?"

她友善地伸出了手:"欧阳小兰,刚来K城《青年文学》社工作。"

这时他显得笨拙地握住伸过来的手,突然感到一股热流冲击,有点惶恐。他坦诚而诙谐地作了自我介绍:"我是马拉松运动员,在K城集训,都管我叫马达。"

"汽车的马达?"

"对!"

"不愧是长跑运动员的名字。"小兰脱口而出。

云消雾散,太阳又悬在山谷中的蓝天上。

三

回到 K 城,欧阳小兰做的第一件事,就是到体院拜访马达。可传达室的人告诉她:"马达早在二十年前就去世了。"这意想不到的回答,使她惊诧万分。难道受骗了,还是……

马达确有其人。他是 20 世纪 60 年代中期脱颖而出的一位马拉松选手。大家都认为他是改变我国马拉松落后面貌的突破性人物。谁知,在全民族受难的那个时代,他被夺走了年轻的生命。

小兰离开体院,百思不得其解。太阳已经躲到了山后,远处的厂房和农舍渐渐隐没在暮霭中。这是条郊区便道,灯光暗淡,行人稀少,此情此景,使小兰感到有点孤单。正踽踽前行,偶然抬头发现前方十多米处有一黑影踽蹒。小兰吓坏了,赶紧收住脚步。咬牙冲过去,还是往回走? 正犹豫间,那黑影却踉踉跄跄向她走来。

"不许再向前!"小兰尖声喝叫。

"我、我不是坏人!"那黑影说着却用手按住胃部蹲了下去。

小兰以一个姑娘特有的警惕喝问道:"你是谁? 干什么的?"

"我就住附近,叫马达。"

小兰惊得毛发竖起:"你、你、你……"口齿发颤。

这下该对方惊诧了,他不知道姑娘出了什么事? 站起走了过来。一见吓得发呆的姑娘:"你不是小兰吗? 我是马达。"

见是活生生的人,是在云山相识的马达,小兰这才松了一口气:"你真叫马达?"

"我真名叫龙俊。龙虎的龙,俊杰的俊。"他边说边又捂住了腹部,"马达是我心目中的偶像,我要接过他未完成的事业,所以……"说着又蹲了下来。

"你怎么啦?"小兰的紧张,刹那间变成了关心。

龙俊咽了一口唾沫说:"今天是星期天,我想加个'全程',谁知这该死的胃病……"

小兰默默地脱下风衣,披到龙俊身上,搀扶着他向体院走去……

四

欧阳小兰正伏案写她未了的散文《云山雪》。老同学湘玉一阵风闯进来:"写什么?"话音未落就抢过稿纸。"龙俊""龙俊"爬满了小方格纸。"不害羞!不害羞!"小兰这才惊觉,面颊顿时飞上两片红晕。

"小兰,这是怎么啦?"

小兰拉湘玉在沙发上坐下,双手往颈后一拢:"唉——我妈妈不赞成呀!"

"为什么?"

"就是那个'59'和把球踢进玻璃窗给她留下的印象啊!"

"踢破窗子的又不是龙俊一个人,别的孩子跑了,人家老老实实认了错,挨了罚,反倒错了?太不公平了!"

"其实,妈妈最看不惯的是——"

"是四肢发达,头脑简单!不学无术,虚度年华!"湘玉接过话,连珠炮一般发起了牢骚。

正说得激昂时,门"吱——"地打开,欧阳惠走了进来。

湘玉赶紧"急刹车"。小兰也低下了头。

欧阳惠似乎并不在意,笑呵呵地说:"今天,我去体院家访,无意中看到这张《体院院刊》,其中有篇散文,写得真好!"说着从手提包里抽出张报纸。

湘玉眼疾手快,一把从欧阳惠手中抢过报纸:"啊!小兰,也是《云山雪》!作者——"湘玉瞟了一下欧阳惠和小兰,"作者,龙俊!"

小兰心头一震,欧阳惠也漾开了笑脸。

(原载于《安徽体育报》1989年6月25日)

蓝箭泳装

她去找他,他的门半掩着。她一只脚刚跨进去,脸便红了。他躺在床上,身上穿的是少得不可以再少了,气得她扭头就走,心里还骂着"不知羞耻的——"。瞬间,她便又反应过来,这小楼本就是个男人世界,且又正值午休,谁叫自己太莽撞了呢?所以,她的眉尖一挑,笑了笑,便又折回身去,抓住门把手,再狠狠一拽。这静谧的小屋,被这"哐当"一声给震醒了。他没好气地探了探头,不觉猛地一惊:"哟,怎么是你呀?"他觉察到了自己衣衫不整的尴尬,便边套裤子边道歉:"对不起,没想到啦!"她笑了,一把抓住他的手:"走,游泳去!"

一

她和他认识,是因为她听了他的一堂课,讲时装美学。

当时在课堂上她怎么也不相信,站在讲台上的他,居然是个刚出校门的大男孩。他虽是服装公司的年轻设计师,可她也是纺织大学的大四学生,而且她的一款泳装设计,还在市大学生"时装畅想"设计大赛中受到一致的好评。他大不了她两岁,喊他为老师,她还真的有点别扭。

她有少女的腼腆,又有男孩子的淘气。所以,课刚开始她便灵机一动,准备到课中找他点麻烦去。她想,就是他的课讲得再好,滴水不漏,可"横挑鼻子竖挑眼",总能挑点毛病出来,她相信她也会有这点办法的。

可是,她也太自信了,又太看轻了他。所以,她非但没有如愿,反被他的反问,弄得脸上火辣辣的。说来也怪,他不曾触动她的时候,她是斜着眼睛瞧他的。可当他的反问惹得她不爽了,她却又并不因为他不给面子而耿耿于怀。这究竟是因为她不得不默认自己在败下阵来之后才发现了他这个"新大侠",还是她的所谓挺身而出原来为的正是博得他的注意?这道方程,看来只有让她自己来解了。

两人一道去游泳,这是接近她的好办法。却又因为担心遭拒,伤了自尊,他才未敢向她张口。有时话在舌尖上打了几个滚,却又咽了回去。这回不同了,是她主动邀请的,他还会说不吗?

她曾是名游泳运动员,可她却并没问过他,水上能否和她比翼齐飞?运动员在赛场上斗智斗勇,精敏而心细,可在生活中却又往往粗枝大叶。她想,进不了游泳池的,还算得了是个男人吗?她的这点大意,正好被他给揪住了。所以,也就来个将计就计,看她以后会不会还像在课堂上那么自以为是?

跳下游泳池,一个如鱼得水,另一个却成了个小脚女人。连在水中走两步都怕跌倒,他这庐山真面目,使得她立时傻了。课堂上的他是那样侃侃而谈,可到了这水里怎么就连只呆头鹅也不如?她拉他和她一道游蛙泳或自由泳,他却扭扭捏捏赖着不动,偏要在浅水区这娃娃世界里跟她玩打水仗游戏。来时气壮如牛,到了这游泳池里怎么就成了个白痴,成了个胆小鬼?既然是只嘎嘎叫的旱鸭子,又何必装腔作势跳下游泳池?气得她一掌将他推成了个"断线风筝"。就当她一个鱼跃去抓这个可怜虫时,哪知晒干了的咸鱼活了。他贴着她的胸,一个金龙鱼摆尾,不见了。他骗了她,气得她扭头就往岸边走,不游了。他知道这下砸锅了,便一个猛子向她扑去。其实,她又哪舍得真的走呢,只不过做点姿态而已。所以,她虽已抓着了池边的壁挂梯,却又似走非走。撒点娇,女孩子做起来可谓是得心应手了。不过,她怎么也没想到,文质彬彬的他,居然在这"煮汤圆"的游泳池里,从她背后将她拦腰抱住,连个场合也不顾,她委屈得狠狠地将他推开,两颗晶莹的泪珠在眼里打转。可是,她的心却又是甜甜的,因为在这瞬间她感受到了他的体温,他的冲动,他从未有过的大胆,反倒歪打正着了。这天,他们游了很久,很累,也很开心。

二

可是,就当这对年轻人沉浸在爱的甜蜜中时,一场噩梦降临了。在一次身体检查中,她遭受了她永远也洗刷不了的羞辱。当她从药物作用下的无意识中醒来的时候,她才知道,这一切都无可挽回了。

三

她来自一座南方名城,同上海近在咫尺。作为引进人才,她十五岁便远离妈妈来到这个陌生的江北城市。她自幼爱好游泳,具有极好的自由泳天赋。所以,不足十七岁,她便在全运会上夺得200米自由泳金牌。次年的世界锦标赛,她虽在100米自由泳中屈居第二,可在4×100混合泳接力中却勇夺冠军。前三棒,中国队落后暂居第一的美国队一米多。她接第四棒,不仅在转身后追上对方,而且终以0.05秒击败对手而卫冕。可是,就当这颗东方新星冉冉升起的时候,在一次素质训练中,却不慎拉伤了韧带,自此不得不退出她酷爱的游泳池。一个小小的失误,使得她成为一只折翅的小鸟。对一个十几岁的孩子来说,还有什么比这更伤心、更痛苦的呢?

不过,她没有气馁。在飞溅的浪花中去同人竞争不可能了,但这并不等于说她的游泳梦也就做完了。她相信,她会走出另一条路来。

受伤后,她本可以留在体育大院里,干个不错的文职。或到国内名牌大学去读书,且免试录取。这都是退役运动员们求之不得的。特别是国家对于像她这样在世界三大赛中夺得前三名的优秀运动员,是有这样特殊政策照顾的。可是,她都放弃了。她执意通过自学,以一般考生的同等录取标准,参加这场竞争。她的志愿唯有一个——纺织大学。最终她如愿以偿,走进纺织大学。

纺织大学与游泳,这是两个完全不同的领域。那么,她为什么不求到北大这类学校去读书,而选择纺大呢?这就要说说那次世界锦标赛了。

那次比赛的100米自由泳决赛,冠军本应该是她的,她有这个实力。可是,只因为对手紧裹在身上的"鲨鱼皮"的帮助,最终她以0.03秒而败北。尽管后来国际泳联对"鲨鱼皮"下了禁令,可它却从另一面告诉人们,运动队伍的装备与比赛成绩的关系不容忽视。从这个时候起,她就决意退役后去攻读服装专业,立志设计出游泳规则允许的中国式"鲨鱼皮"。

四

暗室里的不幸遭遇,这同杀了她有什么不同?她不知道如何走出这肮脏的角落,如何去面对大家,尤其是他。一个活泼、淘气、朝气蓬勃的她,一下变成了个沉默寡言、心事重重的人。

她怕去见他,可想来想去还是要走这一步的。只有在他面前,她才可以痛痛快快地大哭一场,以倾泻自己的不幸和委屈。可是,她的腿就是不听使唤,像灌了铅一样沉重,提不起,迈不开。一个男人会接受这样一个无情的现实?

她自幼随母,是在单亲家庭中长大的。母亲年轻时也和她一样漂亮,却也曾遭受过和女儿一样的不幸。那是在她父母婚后不久的一天,爸爸到外地出席学术会议了,家中只留下妈妈孤身一人。这天夜里,常到他们家来做客的爸爸的朋友,把妈妈给强暴了。妈妈欲哭无泪,一心就想跳河。只因为她这条小生命已经甜蜜地憩睡在妈妈的肚里了,母亲这才不得不放弃死的念头。可是,爸爸又是个太看重面子的人,是无论如何接受不了这个现实的。

她不相信他也会像她爸爸一样无情,不相信她也会像她妈妈一样被一个曾深爱着的人抛弃。就当她走到了人生的十字路口,她仍然是这样。

两周前,是她的二十二岁生日。他曾神秘地同她说过,他会送她一件礼物,不是鲜花,也不是项链,是她绝对想不到的。他越是说得玄乎,她就越是好奇。可是,智商并不低于他的她,猜来猜去,终究还是输给了他这个当教师的。

早在那次游泳间隙时的闲聊中,他就曾听她说过,她家乡有一种极好吃的青团,软软的、黏黏的、甜甜的,而且还有一丝艾草的天然香味。这道小食虽登不了大雅之堂,却是这个城市的名片。因为消费者喜爱,所以凡食品加工企业无不生产。不过,全市近百家大小厂商,唯有"月光斋"的最具特色。

其实,青团也只是一种大众食品,一种带馅的年糕。原料即糯米粉、红豆或芝麻及糖。没有香精等一类添加剂,是纯天然的。就连糕体部分的青色,也是用鲜活的艾草茎叶的汁染成的。说起青团来,她是那样津津乐道,眉飞色舞。说者无心,听者有意啊！他瞒过她,于她生日的前一天夜里,登上南去的列车,往返行程一千多公里,专程为她买来了当天出厂的最新鲜的青团。

第二天生日,她问他送她什么,是一辆宝马,还是一套一百八十平方米的大房子？她边逗边笑,笑得眼泪花花地掉。

他说:"暂且不说这个,你只要闭上眼,张开嘴就可以了。"于是,一个光滑油润的食品,被悄悄地送进她嘴中。

"哟,哪来的?"她不觉一震,立刻神彩飞扬。

他笑了,笑得有点痴。不过,他还是要考考她,看她能不能分辨出,这是当地的带馅年糕还是几百公里外的青团:"说呀,这是——"

"青团啦,而且还是'月光斋'的。"她的话,使他佩服得五体投地,因而笑道,"连产自何店都吃得出来,真不愧是小馋猫啊！"

房子不可以没有,车子也会让生活锦上添花,可他的礼物却比这些都更珍贵啊！

她爱他,这是两个年轻人心音的共鸣,是刻骨铭心的。可是,越是这样,她就越是不能让他生活在她的阴影里,不能让他因为她而在人们面前抖擞不起精神来。她的委屈已经承受不了了,又怎忍心要他也来分担她的不幸呢？他不快乐,难道她会开心吗？

她动摇了,怯步了,已经没有勇气去见他了。可是,情感却又是割舍不了的呀！一天晚上,她本是去找游泳队的队友,却坐上了相反方向的公交车,鬼使神差地来到了他的楼下。他房间的灯亮着,还是那柔和的淡绿的光。她知道,这个时候他就会坐在这台灯下,不是看书就是在翻译资料。她徘徊不止,却终究没有走进楼去。她不想哭,再多的泪就让它隐藏在心里吧！当她回到学校,走进自己的屋,却发现窝在手中的纸巾,已经被泪湿得能攥出水来了。

五

为了他,她决定离开,离开这个城市,也离开他,而且不让他知道她去了哪里。她想,这对他来说,是不可思议的,是粗暴的,是不可接受的。她也明白,她这样做,或许也得不到好心人的理解与支持。可是,她还是决意这样做。她知道,也只有这样,她才有可能从他心里消失。

她走了,在同学和老师的眼里消失了。除了她的辅导员之外,没有人知道她去了哪里。大家只听说,她的毕业论文已经交了,而且写得特别好。她提前离校,也是经学校同意的。

她从他的视线里消失了,无影无踪。一个生活在经济开发区的他,怎知道发生在城市的另一边的学校里发生的事呢?就是砸扁了脑袋,他也想不到出了哪桩事啊!他倒天真得很,总是往好处去想,因为他心中的这个疯丫头,说不定又跟他玩起"猫捉老鼠"游戏来了。

一个月前的五一小长假,她和几个女同学一起,到北京去观摩国际游泳比赛。虽然走得不远,前后也就两天,可她却就是不声不响地走了,连给他打个电话也没有。这不是她的粗心,而是她刻意跟他逗着乐,让他没头没脑干着急两天。可是,时间虽短,对她来说却又很长很长。所以,在返程快登机的时候,她便也憋不住了,打开已经哑了两天的手机。她告诉他,游泳比赛结束了,可她们还要在北京再逗留一天,还要去爬八达岭什么的。搞了个人间蒸发不够,她还要跟他再淘气一回。

两个小时后,她奇迹般地出现在他面前。他傻了,她乐了。一个说这丫头是个不可救药的野孩子,另一个则只知道笑,笑得泪花纷飞。

可是,故事不会重演了,她终究没有出现。就当他焦躁不安的时候,却意外地接到了她寄自本市的信:

"课堂上的冒犯,游泳池里的突袭,还有你千里迢迢为我买来的青团……这一张张动态画,会永远萦绕在我心中。不过,这都是过去的事了,是再也追不回来了。我不再奢望着什么,也没有从前那种向往。只要留下这美好的记忆,我就足够快乐了。我相信,你会找到比你想象中要好得多的女孩,她会给你带来一辈子快乐和幸福。如果我有感知,那么,当你们走上红地毯的时候,我会在另一个地方默默地祝福你们。我这次回校,为的是办理离校手续并拿毕业证书。来去匆匆,哪儿也没去。再见了。"

"天哪,这是怎么回事?"读了她的信,他的心里像打翻了五味瓶,不是个滋味。

他怎么相信,她会遭受那样的打击和伤害?可是,那毕竟是事实啊!她的辅导员在他的恳切要求下,只好向他透露了点滴。

她还没来到这人间,便已命中注定了是一个缺少父爱的单亲孩子。她本是个优秀的游泳选手,可就当这颗新星冉冉升起,进军奥运会的时候,却因为一次偶然失误而断送了游泳前程。眼看她就要学成留校,去实现自己又一理想的时候,却一个晴天霹雳,将她打入十八层地狱。挫折一个接着一个,命运这样捉弄她,伤害她,为什么?为什么?

他为她抱屈,为她鸣不平。所以,他不仅不会在她的伤口上再撒一把盐,而是要更勇敢地去爱她,帮助她,将她从痛苦的旋涡中拉出来。可是,她却走了,而且去了一个他找不到的地方。她的同学不知道她的去处,她的辅导员又守口如瓶。他不知道自己该如何做,真的是急煞了。

六

其实,她也并没去天南地北,只是回到她妈妈的身边,回到一个他曾去过的地方。是因为她对母亲的牵挂,还是因为她离开他压根儿就是违心的?不过,这地方他倒是想不到也找不着的。他也曾问过她家的住址,可她也不知道当时为什么就没告诉他。是因为她的漫不经心,她的淘气,抑或是别的?

她练过摊,帮人卖过衣服,又在时装店当过缝纫工。一个大学生,一个前世界冠军,干起了这些,说来让人难以置信。可是,她干了,而且干哪样像哪样,样样干得都很出色。也正是因为这样,她不仅得到了实际锻炼,而且还积攒了两万多元。她就是凭借这很有限的资金,办起了集咨询、设计和加工为一体的服饰之窗。开个小店不是目的,她是要以这个小小的实体为平台,耕植她心中的泳装。

做件泳装很容易,可是,想要做出超越世界水平的,就不是想象中那么简单了。她跑过一个又一个书店和图书馆,到书的汪洋大海中去淘金。北京举办亚运会和奥运会,她又专程去观看游泳比赛,将世界名将的泳装摄入镜头。她将她曾经穿过的泳装分解开来,同世界名牌泳装进行对比。可是,做出新的样品来,再拿到水里去实际体验,却又得不到预想的效果。一次次努力,一次次失败,使得她迷惘了。

是在设计上寻求突破,还是像"鲨鱼皮"那样在面料上找出路?当她为此而苦恼的时候,忽然在图书城发现一本名为《"鲨鱼皮"的悲哀》的书。而这书的作者不是别人,正是他,是他最新出版的有关泳装的专著。

"鲨鱼皮之所以撞了红线,不是因为设计,而是因为它采用了一种所谓高科技面料。这种面料做成的泳装,不仅为运动员减少了水的阻力,而且又因为它自身优越的浮力而减少了运动员因克服重力作用所用的技巧和力量。游泳竞赛是力和技巧的较量,而非在泳装上的违规操作。'鲨鱼皮'同兴奋剂是不同的两件事,其性质却是一样的,那就是造假。其实,我国市场上的面料并不比国外的差。纺织大国,何愁没有选择?所以,问题还是设计、做工与工艺。全国乃至世界高水平游泳竞赛,冠亚军之间往往只是不到 0.1 甚至 0.01 之间的争夺。所以,设计与做工上的任何一点不足,都有可能使运动员痛失本该到手的金牌。世界各国的泳装,都是清一色出自服装设计师之手,可他们却几乎并不精通游泳技术,至多也就是个游泳爱好者。而我国就不同了,年轻服装设计师队伍中,有人就曾是优秀游泳运动员,甚至是全国和世界冠军。他们知道,哪样泳装穿在身上最舒服,能够使实力得以充分发挥。所以,人们有理由相信,世界顶级泳装会在中国年轻设计师手上诞生。"

他这么一点拨,使得她眼睛一亮,豁然开朗,从而坚定了信心。

她乐了,连跑带跳疯到她娘面前,央求道:"妈妈,做条糖醋大鲤鱼好吗?我真的太想吃了。"

这么长时间了,这孩子从来就没这么开心过,妈妈乐滋滋地在心里笑:"难道是女儿谈朋友了?"

三年了,他没有忘记她因"鲨鱼皮"而屈居第二的愤愤不平,没有忘记她心里藏着的那个泳装情结。他这书不就是写给她看的、为她写的吗?想到这儿,三年前的生日,他将她最喜爱的青团悄悄塞进她嘴的情景便浮现在面前。她拿起手机,情不自禁地给他打电话。可是,都已经拨到了七位数,指尖却在触摸屏上方定格了。她再给他写信,却窝了一张又一张纸,又终究半途而废。她的不告而别,是因为她爱他。虽然她在他的视线里消失了,可她相信,她依然在他的心中。一个曾在赛场上争分夺秒的人,在情感上,在这个时候,怎么就没有勇气迈出这一步?她同他之间,只隔着一层薄薄的窗户纸。爱,怎么就这么难啊?

一天,他意外地收到一则短信,是她大学时的辅导员从广州发来的。告诉他,国际服装节已在广州开幕,切莫错过了观摩机会。他狐疑了,难道这同她有什么联系?她的辅导员是知道他的情感历程的,知道他这几年从未放弃寻找她。可是,他很快便又否定了,因为他相信这只是他一种美好的想象罢了。不过,他还是去了,因为他原本就有这个计划,只因为身在国外考察,时间上有点冲突才不得不考虑放弃。

待他匆匆忙忙赶到广州的时候,服装节正好进入高潮,最让人期待的服饰评选揭晓暨颁证大会正在举行。没出人们预料,她的"蓝箭泳装"果然以全票赢得这次服装节最高奖项——特别金奖。就当她登台接受组委会授予的镶金证书的时候,他兴冲冲地闯进会场来。虽然他同她尚有一段距离,可他一眼便认出了她。三年了,他找她找得好辛苦啊!还有什么比这更让人兴奋、激动的呢?他顾不了全场一千多双眼睛,像个孩子一样,奔向主席台,张开双臂向她跑去……

为了让他不会因她而不快乐,她切断了同他的一切联系。就连她的"蓝箭泳装"在注册时都没用她的真名,而是借用她妈妈的名字。可是,就是这样,她最终还是没躲过他的视线。这种猝不及防的重逢,究竟是喜悦还是忧伤?

她想扭身钻进后台,冲出会场,再一溜烟消失在街上的人流中。可是,不可能了,他已经堵在她面前了。就在这时,两个天真可爱的孩子一前一后向他们飞奔而来,那个领头的小姑娘还抱着一大束鲜花。一共九十九枝红玫瑰,是有心的辅导员亲自到花店精选的,只不过是事前瞒着她和他的。

她没有退路了,只好伸出了手。她怀抱这一束红玫瑰,忍不住的泪水簌簌而下……

徒步完成的奎湖采访

下乡采访,这是如今跑现代化大城市的年轻同行们很难想象的。可是,我们这些老记者,就是从这条道上走过来的。过过电影,也还挺有意思的。

20世纪70年代,芜湖市奎湖镇(当时为南陵县奎湖人民公社)因为体育大普及,受到了全国的瞩目和称道。我是搞体育宣传的,所以少不了往那儿跑。

奎湖与芜湖,近在咫尺。可是,因为不通车,去那儿的人只好依赖于"11号"。

我初次去奎湖,穿的是一双布鞋。那时候,这布鞋就像今天皮鞋、旅游鞋、休闲鞋一样普遍。我记得,我这双并不算旧的布鞋,底子上是打了鞋掌子的。当时,许多人也都乐于这样做,为的是让这双鞋穿得更久些。哪里知道,上了奎湖那大圩堤,就像再也走不到尽头似的。待到走下圩堤,阡陌纵横,又像是掉进了汪洋大海。坎坎坷坷的,高一脚低一脚,简直就是在"扭秧歌"。这么一折腾,还真的将我鞋掌上的钉子给挤得露出了头。在这圩心里,且别说找不着个修鞋的,就连可以用来将钉子给砸下去的一块小石头也觅不着。无可奈何,只好用手指头将钉子给按进鞋底里。可是,这里按进去,没走两步,它却又钻了出来。这小东西,像是有意和我捣蛋似的。我下决心把这钉子给拔出来,结果抠掉了我一小块指甲,也终未将它制服。

终于到了目的地,我这才发现,我的袜子已经被扎得像个小马蜂窝,脚后跟黏黏糊糊的,血将鞋子后半截染红了。瞪着那颗已经磨得发亮的小钉子,我连连摇头。至今,我左脚跟上,还留有一颗抠不掉挖不完的硬的暗刺。

那时的奎湖,全镇就那么一个可供外来人投宿的破烂不堪的旅馆,且是茶馆、饭店、旅馆三位一体。前堂有几张吱吱呀呀的餐桌,后堂用芦席隔成几间客房。房间狭小、阴暗、潮湿不说,而且彼此间互通着。有人说了句笑话,或是打呼噜,那么,全部旅客也都成了听众。那时,官与民、领导与一般小干部并没多少不同,同睡一张床,同吃一样饭。有一次,省体委副主任苏竞存来此调研,就住在我的隔壁。同我们唯一不同的,就是旅馆给他配备了个暖瓶。因为他是教授,是少数民族,得体现党的政策。

那时,我是常去奎湖的,嘴就插在公社食堂里。到时领两只粗瓷大碗,一碗盛饭,另一碗装菜。饭不限量,菜是青菜、萝卜、豆角类的老三样,且很少见到油花。伙食费每天三角,同公社干部一起用餐。有一次,《体育报》华东记者站站长平原到访,来者是远方来客,这下可让公社领导发愁了,拿什么招待人家?书记把我拽到一边,悄悄地问我怎么办。我瞥了瞥面前的奎湖:"捉条鱼吧!"这第一顿饭果然上了一条大青鱼。事后平原问我:"这湖里的鱼怎么那么鲜?"我知道,这条鱼除了盐和酱油,就再也没有别的调料了,我笑着说:"咱们跑的路够远了,太饿啦!"

我许多次写过奎湖稿子,其中同平站长合作的那个长篇通讯《体育报》(现在的《中国体育报》)就曾在一版,用了近一个版的篇幅予以登载。我想,如果没有这份耕耘,也许就出不来这些稿子了。现在,假如我再去奎湖采访,我想我是不会也没必要再徒步跋涉了,因为高等级的芜(湖)黄(山)旅游公路就从奎湖经过。社会发展了,具有时代色彩的健身器械、全民健身广场,也开始出现在这片土地上,奎湖变样了。

(注:奎湖体育兴起于20世纪70年代初。无论是当时的经验总结还是反映奎湖的体育作品,都不可避免地带有那个年代的色彩。稿中提到的那个约5000字的长篇通讯《乘风破浪向前进》,未收入这个集子。)

(原载于《江淮晨报》2002年9月28日)

海峡那边来的贺卡

春节尚未到来,我便接到了从海峡那边邮来的一张精致贺卡。寄卡者为台北蔡自生和施秋瑾夫妇。

1990年北京亚运会,我了解到,中国台北队蔡自生曾于1985年在新加坡亚洲射击锦标赛上,以194中的优异成绩,刷新了飞碟亚洲纪录。一天中午,在北京射击场餐厅里,蔡先生和台北队几名年轻队员,就在我的邻桌就餐。他告诉我,他们对《中国体育报》很熟悉,在住处差不多每天都看,对我的采访,他表示由衷地欢迎。

于是,我们在靶场休息室里重逢了。

可是,外边依然是碟靶纷飞,硝烟弥漫。看样子,蔡先生还很难从中解脱。也就在采访难以深入下去的时候,我却发现有一位女士对蔡先生非同寻常地关注,因而便问:"请问这位是——"蔡先生乐了:"呵!对了,这是我的太太,你问她,我的底子全记在她的脑子里了。"于是,一个鲜为人知的度蜜月的故事,也就记到了我的采访本上:

1958年,第三届亚运会在日本东京举行,而这一年又恰逢蔡先生和施小姐新婚大喜。按中国人的习惯,结婚要么大摆宴席,要么天南地北地到世界各地"兜风"。而他们则新事新办,到东京去,到紧张激烈的比赛场上去,举行别开生面的婚礼。施小姐想都没敢想,就在这届亚运会上,蔡先生居然以一块锃亮的银牌,作为他送给她的永远也忘不了的新婚礼物。

从此,他是"唱戏"的,她则是他的一名最忠实的观众。他到新加坡比赛,她跟去了,并调兵遣将,将正在马尼拉上学的大女儿,也拉去助威。所以,这次到北京来参加亚运会,她就更是当仁不让的随员了。其实,到北京来,这也是他们全家的愿望,因为蔡先生和她都是从祖国大陆这块土地上到海峡那边去的。故乡的土、故乡的水,使得他们魂牵梦绕。他们有五个儿子和一个女儿,其中老三蔡文杰和他爸爸一样,是中国台北射击队的主力之一,眼下正在靶场上同人斗枪法呢!如果发挥正常,他有可能超过他的老子,争到前三名去。

正在这时,忽然走过来一个英俊少年。"好漂亮的小伙子哟!"哪知施女士一把将他拉过来,介绍给我说:"这是我的小六子,叫蔡京锡,现正在美国上学。"从施女士口中得知,蔡京锡的学校三天后就要开学,他明天就将从北京直飞美国。施女士说,他本该从台北去美国上学,是因为他们到北京参加亚运会才改变主意的。因为时间比较紧,大家都动员他按原计划行事。可是,他就是不肯,非得跟他们来不可。来了也就来了,早点从北京动身也赶得上。可是,来了他也就不想走了,既想看看比赛,又想到处去逛逛,结果一直挨到了不能再不动身的时候。

我的采访,也就是在这种叙家常中结束了。在我的记忆中,自打那之后的第一个春节起,每年我都会接到蔡先生和施女士夫妇从海峡那边寄来的贺卡。眼下收到的这一张,应该是第八张了。开始时,因为不知道我的地址,他们寄往的都是我服务的《中国体育报》社址所在地。当我的贺卡邮过去了,他们这才知道,我的工作地点,原来在合肥。

(原载于《中国体育报》1998年2月26日)

水漫二里河

二里河沿省城合肥的南边蜿蜒东去,注入淝河。如果淝河的水位太高了,便造成二里河倒灌。其下游常闹水灾,原因即此。我所生活的体育大院,正好地处"锅底"。

1991年7月的一天,在经历了好几天的连阴雨之后,太阳终于在云层中时隐时现。久阴乍晴,我便想去城里逛逛。走时,我同爱人都是踩着河底的踏脚石,像跳梅花桩似的过河。无意中发现,水是倒流的。因为天已晴了,我们也就没把这当回事。可是,待过了两个小时我们回来后,非但踏脚石不见了,而且河水把二里河河岸给淹了。水涨得这么快,使我们大吃一惊。

遭遇水淹,我们这地方差不多几年就会轮上一次。不过,水到了齐膝深的时候也就退去。对此,大家也都习以为常了。

未想到,这个时候的长江水位已经严重告急,而巢湖通往长江的闸门又被迫关闭。巢湖满了,淝河满了,淝河上游的董铺水库又因暴雨的压力而不得不大流量泄洪。偏偏风雨在稍事喘息之后,又于第二天黄昏卷土重来。于是,仅仅在几个小时内,大院的水便又再次猛涨。至天黑时,水深已达一米多了。于是,一场紧急动员起来的救人救物资的抢险抗灾战斗打响了。可是,我却因为被洪水困在三楼的家中而无法去和大家并肩战斗。作为一名记者,这时也只能抱着电话,去感受火线的炙热,并收集我所需要的素材。当时,为确保安全,电线被切断了,屋里屋外一片漆黑。电话看不见拨号,问到的情况无法笔录。在万般无奈下,我只有用纸捻蘸豆油照明,勉强完成了一篇九百字的新闻稿。可当拿起了电话来发稿,平常的"嗡——"声却没有了。狂风大雨,线路被切断了。我又是沮丧,又是焦急,于是想到了那部连接体委总机的内线(打不了长途电话)。直拨线路不行,就改用"内线"吧!那时,在同洪水抢时间,又是夜里,人很难找,拨了好几处电话,才将办公室副主任许广群找到。他说,他可以设法调船将我接出去发稿,或由他们将稿子取走代发,不过,在一两个小时内是调不到船的。这时已经是晚上十点半钟,报社十一点钟截稿。所以,许副主任的两个办法都不可取。能行得通的只有一条路可走,即由我来和他搞一次"接力",我用内线电话将稿子一句一句传给他,他再通过办公室的直拨电话一句一句传到北京。这篇稿子,于第二天成了《中国体育报》的头版头条新闻。

当这篇稿子见报后,合肥的雨仍在下,大院的积水越来越深,许多一楼的门已被水吞没了。楼上的人若要出去,只有从二楼窗户或凉台跳到船上。为了使楼上的人不会断炊,体委组织人力,用包河里的游船,将馒头以及照明用的蜡烛,送到每家每户。体委蒸馒头来不及供应,合工大支持,又将一筐筐馒头送来。我啃着硬馒头,送走了一天又一天。到了晚上,烛光摇曳,蛙鸣此起彼伏,我们这里成了地道的城中村了。我们的家,原来就住在水中央啊!

这场大水,是我从未遇到过的,既惊心动魄,又给了我机会。抗灾期间,我先后采写并发表了十余篇稿件,其中有两个长篇通讯和一篇报告文学(约15000字)。灾后,我还受到了省委宣传部、省体委和我所服务的中国体育报社的表彰嘉奖。

1991年大水,相去已经很远了。二里河,如今也已箱涵入地,成为一条看不见的暗河。我想,如果再有1991年那样罕见的大水,我们居住的这个大院,也不会再是一片汪洋了吧?

(原载于《江淮晨报》2007年4月12日)

得来全不费工夫

十二年前的神户世界大学生运动会,我从前方给编辑部发回一篇题为《日本能垄断柔道金牌吗?》的稿子。虽然此稿不过千字,可观点却是与当时的许多同行和媒体截然不同。这不是我的"先见之明",而全然是一次偶然机会,使我刺探到了别人煞费苦心也未得到的秘密。

那次去神户采访,我是同本报当时的群体部主任刘祁禄一道的。因为柔道由我负责,所以我比刘主任有运气。赛前的一天晚上,我得到比较可靠的消息,说中国柔道队将于第二天上午九点在学园大学训练。那时,虽然中国柔道尚在襁褓中,可小级别却并非没戏。到神户后,队员体力和精神状况怎样?赛前不能不有所了解。所以,第二天一早,我便动身了。神户是个面海背山的城市,学园大学远在山的那一边,我必须得早点走。

想不到，一到那儿，便有一种阴森的感觉。门卫一个个伫立着，双手反握腰后，严密监视着唯一可以进出的大门。这同别的训练场地，记者自由出入的气氛截然不同。

"不让进?"我不觉在心里打了个问号。正在这时，两个不知国籍的同行，在同门卫交涉之后，被拒之门外。

可是，那么远跑来了，总不能空手而归呀！何况，在赛事指南上，已经将学园大学体育馆标明为训练场地。既然不是禁地，又说中国柔道队此时正在这儿训练，所以我也就犯不着犹犹豫豫的。就这样，我像进出人工岛上的体育馆和游泳馆一样，大摇大摆地进去了。不过，我事先并没去同门卫对话，未去打扰他们，以免犯在我之前那两位同行的"错误"。因为我当时不能够回过头去看那些门卫的表情，所以至今我都不知道，站在那儿个个像根树桩子的"守门神"，为什么给我开了绿灯，是没在意，还是把我当成了他们的工作人员？

我是绝然想不到的，在那榻榻米上，总共十几名队员，无一是我熟悉的中国队队员。他们的柔道服上，全标有"太阳旗"。"好家伙，原来藏在这儿。"我不由得心里一阵喜欢。

日本是柔道鼻祖，运动会未曾开幕，东道主的这个项目便已在新闻大战中被炒得火热。据悉，有法国的、韩国的甚至连日本的记者，都在追踪日本柔道队的下落。有的还包租小车，寻遍了神户，可终究没有结果。日本柔道队之所以被封闭得严严实实，显然是为了在比赛中扔几颗"核弹"。而大家寻而不得，又越是使其神秘化。所以，有的传媒在赛前文章中就断定，这次比赛，日本柔道队将一统天下。

我何尝不想到日本柔道队探探营呢？只缘分在手上的项目六七个，顾不过来。这下好了，人家挖空心思去找也找不到，却让我无意中碰上了。就这样，他们练他们的，我看我的，相安无事。直到我离开那里，也没有人来找我的麻烦。正是因为有了这意外的收获，识破了"庐山真面目"，我才敢于写一篇同许多人观点相反的稿子。一个小时的观察使我明白，日本柔道队无论是投技还是寝技，并无许多惊人的"秘密武器"。所以，我的结论是，日本柔道队不可能一手遮天，他们必将受到中国、韩国、朝鲜和苏联的挑战。后来证明，我们的分析和预测是准确的。

本来是看中国柔道队训练的，结果却发现了"新大陆"。我想，如果没有这一发现，我是写不出这篇稿子的。

(原载于《中国体育报》1998年4月30日)

附录：

日本能垄断柔道金牌吗？
——世界大学生运动会赛前预测

近日来，日本新闻界大造柔道比赛的舆论：有的日本选手声称，除了夺金牌外，毫无其他打算；有的报纸上印着醒目的标题——《日本试图夺走全部金牌》。大有一统"天下"之势。这是有意在搞心理战，还是确实胸有成竹？现在还是个谜。

柔道舞台，长期被日本选手统治着。1982年在芬兰举行的世界大学生柔道锦标赛团体决赛中，日本以7比0的绝对优势战胜巴西获得冠军；1983年在莫斯科举行的第13届世界柔道锦标赛中，日本又夺得了71、78、95公斤级和无差别级4块金牌，继续占据霸主地位。这次大学生运动会，日本选择柔道作为唯一的自选项目，是从本国的实力和传统出发的。

但是，近年来日本柔道运动的发展并非一帆风顺，他们面临着苏联等国的严重挑战。日本人也已感到来自欧洲的巨大压力。1984年在东京举行的日本"正力杯"大学生柔道邀请赛中，日本虽获得5项冠军，但是失去了团体冠军。苏联除夺得团体第一外，还夺得65公斤级和无差别级两项冠军。另一项60公斤级冠军为法国所得。

值得一提的是，去年在洛杉矶奥运会上，韩国夺走了两块金牌、两块银牌和一块铜牌，大有异军突起之势。近年中国柔道水平已有提高。有的队员日益成熟，这次比赛可望取得好一些的成绩，但构不成对日、苏的威胁。

综上所述，可以看出，此届大赛，日本想独家垄断柔道金牌的祈望已不现实，赛中，必有一番恶战。

（原载于《体育报》1985年8月24日）

采访许海峰

在我提笔写这篇稿子的时候,举世瞩目的第二十九届奥运会正在我国首都北京举行,这是近百年来中国人翘首以待的一大盛事。二十四年前的洛杉矶第二十三届奥运会上,普拉多一声枪响,结束了我国在奥运会史上与金牌无缘的这段屈辱历史。实现这个"零的突破"的中国人,就是来自安徽农村的许海峰。

我国第一次参加的奥运会,是1928年在荷兰阿姆斯特丹举行的第九届奥运会,仅有一人自发前去。1948年即新中国成立前夕,在英国伦敦举行的第十四届奥运会,国民党政府也派出三十四人代表团,可团员们因为没有旅费回国而流落英伦街头。自第一次参加奥运会到第十四届奥运会,中国就未得过奖牌。因此某些外国人便羞辱中国人为"大鸭蛋"。为人类贡献了"四大发明"的中华民族,是多么希望在世界舞台上重新站起来!时隔半个多世纪后,梦寐以求的中国人,终于在奥运会上,实现了震动全世界的金牌"零的突破"。虽说这只是块奥运会奖牌,可它的实际意义却远远大于奖牌的本身。所以我觉得,"普拉多枪声"非同一般,而是件重大事件。作为一名记者,不仅不能放过,而且要把这题目做好。一个新闻记者,一辈子能有几个这样的机会?

我最早听到这一消息,是在从合肥开往厦门的列车上,是中央人民广播电台在早新闻节目中播报的。我曾当过一年多射击教练,许海峰的省队教练是我的队员,而我又是许海峰的国家队教练的学生。所以,当听到了许海峰"零的突破"这个消息后我比一般人还要激动。可是,我在不可抑制的兴奋后却又两难起来。我这次去福建,为的是参加一个会议,随意掉回头去抓许海峰报道显然不妥。若是待开完了会再回合肥,恐怕有关于许海峰的报道也就进入了尾声了。别人都已写过的稿子,还用得着我去"炒冷饭"吗?装点糊涂,把许海峰这题目放了吧,我的上司看来也不会怪我的,因为我去开会了。可是,那不是我乐意的。

我参加会议这几天,媒体上有关于许海峰的稿子,狂轰滥炸遍地开花。可是,仔细去读,我却又觉得有些稿子还浮在面上,深度不够。因为时效的因素,在一开始的报道中,也很难做得十全十美。这不又说明了,尽管我因开会而晚了人家一步,但有关于许海峰的报道,还是有空间的。

因为开会晚了人家几天,这是补不上的。但会后的时间,我可以抓紧。若再耽误几天,那么我就真的没有机会了。福建会后,有人力劝我同大家一道到厦门逛逛,东道主还热情邀我到武夷山附近的原始森林去休息几天。为了抓许海峰这个专题,我全婉拒了。会议一结束,我等不了到合肥的直达车,乘上最早一趟路过车经由南京改乘汽车便回合肥了。

待我匆匆忙忙赶回到家,许海峰也已从洛杉矶经北京回到省城,正准备回故乡和县以及他家后来迁居的沈巷,同乡亲们见面。有了这个机会,我当然不会放过,因为这既可以有充分时间采访许海峰,又可以亲历冠军回故里的场面,去感受那种隆重、热烈的气氛。于是,我便同当时《安徽体育报》记者郭庆华(后调新华分社)作伴,由省体委派车,随同许海峰做全程采访。就这样,我们在沈巷的一个十分简陋的小旅馆住下。当时正是炎热的夏季,斗室里连台小电扇也没有,蚊子多得随手抓。这个小旅馆乃至全镇没有个洗澡堂,无处可以洗澡。身上的汗黏黏的,只能用湿毛巾抹一把了事。白天参加活动,个别采访和写稿全在晚上。而这小屋里只吊着一个十五瓦的小灯泡,光线十分昏暗。就这样,我们一住便是五天。

起初,出头露面将许海峰拉得最紧的,是巢湖地区的射击教练,有关于许海峰的事几乎是他一个人在说,别人插不上嘴。此人给人的印象是口若悬河,夸夸其谈。他的意思很明白,许海峰的启蒙教练非他莫属,他是功臣。那时的启蒙教练吃得开,不仅会得到嘉奖,而且还会受到重用和提拔。对于他是许海峰的启蒙教练这件事,当时还真的有人相信,甚至都登到了报上。可是,却也有人告诉我,许海峰最早学射击并不是在地区,而是在和县西埠中学射击班。当时,许海峰已经从和县新桥中学毕业,随知识青年上山下乡而落户农村。是西埠中学体育教师、射击班教练王震泽独具慧眼,将许海峰从农村搞到西埠学射击的。许海峰荣归故里,当时王震泽也在场,只不过这人老实,不张扬,在荣誉和个人利益问题上不多说话,更不去同地区教练争什么。可以这么说,如果没有西埠中学射击班,没有王震泽的热心和不拘一格网罗人才,那么,许海峰就很可能永远被淹没在人的海洋里。我在同和县体委同志谈心时,表达了我的这种看法。但是,当时县领导同志却并没意识到这个问题,当然也就更没打算表彰王震泽为启蒙教练。在欢迎许海峰的会上,我做了个简短发言,意思是说,县里要给许海峰奖励,我是知道的。不过,我还想知道,除此之外,县里是不是还有别的什么宣布?我这么一说,把县领导们一下给蒙到鼓里了,他们不知道我的言下之意是什么。经向县体委同志打听,他们这才恍然大悟,于是当即决定,宣布王震泽为许海峰的启蒙教练,并对他个人和西埠中学给予表彰奖励。第二天,远在北京的《中国体育报》便披露了这条消息。启蒙教练的问题,尽管因为地区教练的因素,后来仍有争议,但最终省和国家体委还是确认了《中国体育报》那条消息的准确性,王震泽为许海峰的启蒙教练。在我看来,谁是启蒙教练并不重要,重要的是许海峰在西埠"原始靶场"跟王震泽学"三点一线",学打十环那段艰苦日子不能抹去。如果没有那段跋涉,他会有后来的机会吗?

较其他队员,许海峰走过来的路更坎坷。人家一般十几岁,多者也不过就十七八岁,便进了"体育大院",而他直到二十二岁才在省运会上露面。虽然他破了两项省纪录,得了金牌和银牌,但年龄上却已失去了优势。他的右眼视力只有0.6,眼睛不好,这就更是选拔一个射击运动员所忌讳的了。虽然王震泽和地区教练都到省队去做过工作,但都因为招生的条条框框将许海峰挡在了门外。后来他虽曾参加了一次集训,可只有十八天,便又懊丧地卷起铺盖回家了。经过几个来回之后,许海峰这才在他二十五岁的时候,走进了合肥三里街靶场,进而踏上了他梦寐以求的通向世界冠军之路。许海峰成功之后,有的媒体曾在文章中尖锐地批评,说许海峰进队之所以一再遭遇"红灯",是省队乃至省体委压制人才的结果。其实,搞训练工作,实质上就是抓人才。没有人才,再好的体育设施又有何用?没有人才,还谈何拿世界冠军?许海峰进了省队,并在进队后很快便拿到了全省唯一以重金从瑞士进口的"哈默利"手枪,这就说明了问题。许海峰进队之所以一再"卡壳",其症结是选才的条条框框可不可以去碰?事物是发展的,人的条件也是有差异的,所以,把过去的条条框框当成了紧箍咒,墨守成规,这就有可能把优秀的人才给埋没了。

通过几天的采访,我走近了许海峰的"童话世界",获得更多也更新鲜的素材,也想到了别人尚没有想到,或者虽也想到但还没有写成稿子的问题,而这些问题又是有益的。所以,在后续报道中,我觉得许海峰的稿子不是没的写,而是可以写的东西还不少,有的还能写出有个性、有深度的东西。就这样,我相继拿出长篇人物通讯《掘金人》《许海峰捉鬼》《小镇之晨》《弱视何以百步穿杨?》《世界冠军与弹弓大王》《十环》《意外弹和心理》以及《许海峰成才的启示》(获奖作品)等约六万字的稿子。无论是新闻消息、通讯、特写、言论、散文等样式,只要适合,我都用上了。题材和体裁的多样化,对稿件被采用是有好处的。我写的2万多字的报告文学"威震世界第一枪",发表在《希望》文学刊物上。后来,由《中国体育报》总编辑张振亭主编、春秋出版社出版的《中国体坛英雄谱》,又以"梦,在'哈默利'上萦回"为题,将该稿收入其中。近年,我又应约写了另一篇适合青少年阅读的许海峰故事(一万多字),以"零的突破"为题,收入由中国国际广播出版社出版的大型系列丛书《闪光的青春》中。

许海峰在洛杉矶卷起的"冲击波",已经过去二十多年了,作为一名记者,参加当年那场战役(报道工作)的战斗也早已成为过去。但是,出了个"大状元"的那个农村小镇,那个我住了五天的小旅馆以及冠军回故里那种热烈欢腾的动人场面,却留在了我的记忆里。

体育的发展,是建立在与之相适应的经济基础上的。从这个意义说,体育也就是经济的一个窗口。许海峰实现"零的突破",这就告诉人们,安徽这块沉睡了多少年的土地苏醒了,离一个经济上蓬勃发展的日子已经不远了。

(原载于《合肥晚报》2004年7月28日)

健康,取决于你自己

有消息说,著名作家路遥、邹志安和祝兴义,相继于最近几个月内,或因肝病,或因肺癌而告别于世。他们死时的年龄分别是42、46和55岁,较之现在我国人口69岁的平均寿命,短了十几岁以上。路遥等人的英年早逝,使人惋惜、震惊。

据祝兴义生前所在市某一科研机构所做的健康资料分析时发现,该机构工作人员中,心血管疾病发病率,由1983年的34.93%上升到1989年的43.43%,6年里上升将近10%。自1987年以来,因恶性肿瘤而夺去生命的,多达32人。据有关方面对我国11个省市的20余所大专院校、科研机构2万多名中高级知识分子近期死亡调查统计显示,其平均死亡年龄是58.52岁,比全国现在的人均寿命69岁短10岁还多。有消息说,武汉大学等院校近3年的死亡人口中,中年讲师占40%;中国科技大学从1988年到1991年的4年中,去世教师14名,其平均年龄48.8岁。这种因肝癌和心血管疾病而造成死亡的,国外情形亦然,因此世界卫生组织称,如果控制不了而任其发展下去,那么到2000年,仅中国一年就有1000万人死于诸如肝癌和心血管等慢性疾病。

之所以造成这种状况,当然是社会的、经济的、卫生的等多方面因素造成的。但是,却也有人这样告诫,此类不幸,大都是因为"无知"而由自己造成的。《逍遥津报》就披露了这样一件事:一位56岁的高级工程师,平时身体健康,未察觉有病。一次为了赶制科研成果鉴定材料,连续几昼夜奋战,突然猝死在办公桌边的椅子上。当人们发觉时,屋里烟雾弥漫,桌上、地上丢下许多烟头,而已经故去了的这位工程师手指间仍然夹着一支香烟。经解剖,是因为冠状动脉高度痉挛引起心脏急性缺血而致使心搏骤停。这就是说,悲剧的发生,一是身心极度疲惫,再就是连续不断吸烟。有人做过调查,我国人口死因构成诸多因素中,环境因素占27.8%,生物因素占18.2%,医疗卫生服务占9.3%,而生活行为因素则高达44.7%。吸烟、酗酒、不合理饮食、不讲卫生、劳累过度而肌体又得不到调整与恢复、精神长期处于紧张压抑状态而没有必要的松弛等,这些都属于不良的生活行为,戒除它们,并养成良性行为,健康才能有保障。在长期的社会生活中,人们越来越体验到"生命在于运动"的道理。古希腊哲学家亚里士多德说过:"最易使人衰竭,最易于损害一个人的莫过于长期不从事体力活动。"有人曾经对100名50到65岁的心脏病和癌症等重症手术后的患者作过对比调查,10年时间里坚持不懈地参加以太极拳、剑为主的体育锻炼,目前仍精力充沛地工作的占89%;未参加体育锻炼的,其存活率则只有3%。还有人调查过,患有心血管疾病的人,若是适当参加一些力所能及的运动,其死亡率较不参加运动的人要低65%。

原海军政治部文化部副部长、70岁的高文彬,于1976年因晚期肺癌动了手术。打开胸腔之后,癌已广为扩散,医生只好又将刀口缝合,并预言他仅能再活半年左右。面对死神的威胁,他坚定信念同癌魔斗争,除了药物之外,还坚持练气功。一段时间下来,癌瘤神奇般地消失了。后来,他在北京八一湖公园,向癌症患者示范,教他们练气功。1990年他和于大元等人在癌瘤专家徐光炜等支持下,成立了中国癌症康复会,使众多癌症患者走上了集体抗癌的道路。他写的《癌症康复者谈抗癌》一书,还得到钱学森的高度评价。

美国曾经用几百亿美元的代价,才逐步使一些人认识和改变了不良的生活方式和行为。现在美国至少有1亿人(相当全国人口的1/2)参与体育活动,家庭保健物品的年销售额,也在最近20年里,由5亿美元猛增到100亿美元。据资料反映,从1970年到1980年的10年间,美国人的心脏病和脑血管病,分别下降了37.7%和43.5%。

近年来,我国一些知识分子的英年早逝,尽管情形不尽相同,但在与体育无缘,或先前热衷而后来放弃了这一点上却是共同的。据悉,有一科研单位的一位42岁的副研究员,当得知自己将出国时,却发现肺癌已到晚期。另一所高校一位44岁的近代物理系讲师,在病魔(肝病)突然袭来的前10天,他还在图书馆里苦熬。再说路遥、邹志安和祝兴义,他们也是只知道匍匐于方格纸上"煎心煮血"的人。时代造就的这一代知识分子的敬业精神很让人感动。但是,人们却又痛心地看到,他们中却也有不少的人,在运用智能的时候,忽略了为自己积蓄体能,对自己太不关心了。现在,在中国科学技术大学等一些知识分子成堆的单位,虽也出现"教授体育热"这一十分可喜的现象,但就知识分子的整体而言,爱好体育活动的为数还太少。一方面,社会以至有关单位对知识分子体能上的关心与投资还不够;另一方面,有的单位已经做出了不少安排,可有的专家学者却又不很乐意走出大楼来"松松筋骨"。合肥街头九狮苑的群众性晨练活动人影如潮,多是街头老头老太太,男女青年营业员和工人,甚至连外地驻肥办事处的工作人员也常来光顾,唯独少见的是研究员、工程师和教授、讲师们。

健康,在很大程度上取决于自己。为拥有你的"灿烂晚霞",还是"潇洒地走一回"吧!

(《中国体育报》1993 年 3 月 31 日)

(《逍遥津》《安徽体育报》等转载)

拂剑舞秋月

有人说,文学同体育压根儿就是不同的两回事。可是在文苑里辛勤耕耘的,哪怕是古今中外的文学巨匠,在五光十色的社会生活里,对体育却也有自己的爱好与追求。不同的是,他们的体育情结,有的是自幼儿就结上的,有的则是无奈、偶然或"被迫"的。这里,就给大家讲几位当代著名作家的故事。

鲁彦周——自有一段不了情

一部《天云山传奇》电影,使鲁彦周的大名在全中国传遍了。其实,这位剧作家成名并不是从这儿开始的,早在 20 世纪五六十年代,他便以他的作品,赢得了千千万万的读者与观众。也正在那个时候他就成了文学艺术界的一颗明星,因此他也就与可以称之为祖国的骄子的运动员们在感情上发生了"瓜葛"。

说来就太巧了。那时,每逢五一或十一,总在合肥的省人民体育场举行群众性庆祝大会,而鲁老又作为文艺界代表应邀观礼。正是因为这样,他就很自然地听到了许多有关运动员们的激动人心的故事。比如省男子手球队员怎样以 14∶12 战胜欧洲劲旅罗马尼亚队的,而这在当时是人们不敢想象的。啃掉了这块硬骨头,这对当时的体育界乃至全国人民该是多大的鼓舞啊!再如省女篮,又是怎样在强队如林中过关斩将,而跃居全国第三名的。虽然铜牌远不等于金牌,但在20世纪60年代初,安徽人是可以引为自豪的。魏巍曾把志愿军称为最可爱的人,那么,这些体育健儿,不也可以被称为最可爱的人吗?

从事文学创作,同运动员们干的是不同的两回事,但与运动员们艰苦奋斗的奉献精神,却是共同的,同样是作家们所不可以缺少的。从鲁老在方格纸上远远延伸开去的他那一双足迹,以及他作品中的人物形象之中,都能捕捉到运动员的身影。

许海峰洛杉矶"零的突破"、彭萍从亚运会到奥运会的篮球场上的胜利,"亚洲蛙王"陈剑虹都一次又一次地使他为之激动。

1993年新春,鲁老领着几位文坛新秀,再一次到体委来,仍然在他当年观礼的地方,同大家谈"最可爱的人"。他寄希望于文学战线上的生力军,希望他们到运动队来体验生活,来刻画出一个个栩栩如生的体育健儿的形象。

陈源斌——棋给了他许多灵感

电影《秋菊打官司》出自年轻作家陈源斌之手。

陈源斌是近年文坛冲出来的一匹"黑马",接连出版了好几部力作,有《汩汩圣人血》《无梦千秋》《业绩》等几部长篇,还有《美的饥饿者》《天惊维扬》《陈源斌小说选》《一步之遥》等几个集子。可以想象得到,"爬格子"爬得这般辛苦,结出了丰硕的果实,陈源斌不会再有闲暇搞体育了,可是,生活中的陈源斌对体育却是如痴如醉。

说来话长,还是在十几年以前,当他在安徽省天长县一个小乡镇上干邮递员的时候,他便同棋结下了不解之缘。送完了报纸和信,空闲时间就到棋摊上下几回,有时一旁静观,有时捉对"厮杀",这样,棋便走进了他的生活。

从来不打篮球,也不踢足球,对体操、迪斯科类更是一窍不通的陈源斌,后来在中国作协鲁迅文学院上学的时候,在全院棋赛上打败天下无敌手而夺得冠军。

玩棋,赛棋,在那块狭小但又是偌大的"战场"上驰骋,使得他有了更多的感触与联想。棋盘虽小,但寓意无穷。他说:"棋,表面看起来是静性的,但对弈者之间都是生死存亡的决斗,是智慧的较量。"所以,在一块小小的棋盘上,哪怕是动用一兵一卒,都能充分地体现出一个人的内在精神。

正是因为这样,棋就成了陈源斌生活里不可或缺的部分。平时他不仅爱好下棋,而且每干完一天事睡到床上,又总是要默读一些名棋手的残局。长此以往,这也就成了他忘不掉、摆不脱的习惯。马年岁末,一场意想不到的火灾,使他5000卷藏书、几部长篇手稿和赖以生存的电器家私等一切家当全部毁于一旦。如此情境之下，他那个"啃"残局的习惯却仍然如同当初。

他说，他能够跻身于专业作家队伍，写出几部读者爱看的作品，虽不能说是棋的缘故，但他的创作过程、作品的构思以至文章结构，均得益于棋。棋，给了他许多灵感。

王英琦——做不完的乒乓梦

王英琦是以写散文著称的。年龄不大，却已出版了8个散文集子。因此，不少人都说，王英琦品貌不惊人，却真的是个才女。

从儿时到现在，乒乓球梦一直与她做伴。

20世纪60年代中期，容国团已骄傲地为我国赢来了第一个勃莱德杯。在第二十七届世界乒乓球锦标赛上，我国健儿更是拥有一片辉煌，在神州大地刮起了"乒乓热"，混沌未开的王英琦刻苦训练，成了她所在的那个小学的一颗乒乓小球星。进入中学后，她的书包里更是少不了一只乒乓球拍。每当上学时，她总喜欢绕道经过一所师范学校。这所学校的附属小学乒乓球队在全市名气很大，王英琦总爱趴在窗户上偷看里面的训练。小队员中，她羡慕"一号种子"陈翠玲。有一天，她终于憋不住了，握着带颗粒的球拍，红着脸，大胆闯了进去，并发誓要同陈翠玲赌一回。最终，她输了，但她不服气。

从此她夏练三伏，冬练三九，练得一条手臂粗一条手臂细。功夫不负有心人，王英琦在乒乓球台前同人较量日渐长进，并在全市少年比赛中打进三强。有人说，无论是基本功、场上应变能力还是心理素质，王英琦都是第一，她应该是一名优秀的运动员。只可惜，"我很矮"，使得她那个缤纷绚丽的乒乓球运动员之梦，终未成真。

她在散文《童年乒乓梦》中是这样说的："我后来虽说阴差阳错吃了作家这碗饭，但我老实承认，我对乒乓球的癖好，我对乒乓球的执着，仍有着一种近乎病态的沉迷。平日里我不能看墨绿色的乒乓球案，不能听那清脆悦耳的乒乓球声，一见到一听到我便心里奇痒，不插一杠子，不上去来两个回合，便是与自己过不去——那一天都会感到难过，心里空落落的。由此我想到，人在少年时代萌发的心愿和梦想，是不会轻易逝去的，是会跟定人的一生的。如果冥冥之中真有来生，我祈祷：下辈子让我长成一个高个子，实现我的乒乓梦，实现我的女子乒坛盟主的梦！"

（《中国体育报》1993年4月14日以"作家的体育情结"，《中国群众体育》杂志相继以"佛剑舞秋月"为题转载）

血战金钱豹

20世纪的"三年困难"时期,也许是因为食不果腹的缘故,宿松县山区野兽四处扰民。一会儿这里的娃被叼走了,一会儿那里的伢又不见了。有人甚至亲眼看到那家伙拽着一个半大的孩子远去。嘶喊、呼叫、追赶,却终未救下这条生命。大家都知道,其实就是一头饿急了的金钱豹干的,可是,又防不胜防,弄得当地人惊恐万状,连地里的活也不敢去干了。为此,省射击队奉安徽省委之令,开拨山区,同那条吃人的金钱豹周旋。当时我是射击队领队,也不过就是二十二三岁,而我们的教练和队员,除个别者外,均比我年龄小,几乎都是十几、二十岁的小青年。

一个滴水成冰的清晨,薄雾弥漫在大地。因夜猎而一宿没合眼的队员们,这才进入甜蜜的梦乡。"豹子进村了!"突然一声大喊,将大家惊醒。原来,一个老乡家喂的猪,被豹子拖走了,地上还溅着点点滴滴的血。为了寻找这头豹子,队员们找得好苦啊!它在某地露面,可待大家赶到,它却又窜到了另一个地方犯事。等大家火速追到新的犯事地点,它则又销声匿迹了。现在,这个不速之客居然闯到了队员们的家门口,机会太难得了。教练张明友听到老乡的喊声,一骨碌从床上爬起来,带着几名队员,沿着地上的血迹,连走带跑,向山里追去了。

未曾想到,他们刚一进山,一头金钱豹便从树丛中跃然而出,气势汹汹站在那儿。它非但不怕手中持枪的人,而且还舔着嘴边的血,充满敌意地瞪着他们,好像它伤害了一头家畜还嫌不够。同豹子近距离面对面,对于这几个年轻人来说,均是第一次。所以,他们的额头上,无不冒出冷汗来。然而,他们手中毕竟有武器,终究还是在瞬间的惊愕之后,又冷静下来。同这头豹子捉迷藏已经这么久了,即使冒点风险,也不能再让它逃掉。在这无声的相持中,大家都在思量着,寻找下手的机会。既要防止它的冒险进攻,又要将它击倒且留它一命,这才是最好的选择。

砰的一声,队员韩文启的枪响了。这一枪瞄的是豹子中腹,因为它受惊一跃,结果被命中下腹。这一枪虽没结束豹子的命,却也让它伤得不轻,一段肠子从伤口坠下,挂在体外。然而,它并没应声倒下,而是就地一滚,便消失在树丛中了。

为了争取时间,不让它逃掉,大家化整为零,分头去找。想不到,这头豹子是如此顽强,且又十分刁钻。张教练眼见它钻入树林,可寻遍了林子,却怎么也觅不见它的踪迹。其实,它并没逃走,就躲在附近一块并不引人注意的石头后面。张教练向这块石头走来,豹子潜伏不动。然而当张教练搜索无果,背起枪放松了警惕,掉头转移时,它却出其不意猛扑过来,从张教练的背后,将其上身连同枪,紧紧地抱住。遭遇这突袭,孤身一人的张教练实在太危险了。然而他又意识到,既然这是一劫,又何不同它殊死一拼!在这十分危急时刻,这个身强力壮的年轻人反倒沉着和镇定起来。他的双臂动不了了,但还有两条腿。既然豹子的腹部已经中弹受伤,那么就用脚往后蹬它的伤口。它越是疼就越是狠狠地蹬。这一招果然奏效,迫使豹子不得不松开前爪。机会来了,张教练猛然来个"狮子摆头",纵身一跃,摆脱了豹子的控制。

可是,尚未来得及举枪,豹子便又猛扑过来,用它那锐利的前爪,往张教练的脸上抓。虽然他本能地举臂来挡,可哪能抵御得了这头野兽的拼命。他的脸因此多处受伤,鲜血淋漓。它得手了,而张教练也并没有因此而丧失斗志。他见豹子贴近自己,乘机出手,使尽了全身解数,将它拦腰抱住,展开了生与死的肉搏。经过一番较量,豹子已经失去了它的威风,而张教练也因为体力消耗太大和伤痛的折磨到了筋疲力尽的时候。不过,他还清醒着,知道紧紧地抱住豹子,等待援兵的支援,这才是最好的办法。

张教练同豹子对抗时,其实他的战友们并没走远,只不过分散在不同的角落。有人甚至看到张教练血战金钱豹那惊心动魄的场面。可是,相距虽然不远,却又因为山地地形复杂,无法在很短时间内赶到地点。抑或赶去了,说不定张教练已遭豹子残害。而若是动枪,又因为两者已扭成一团,且射击距离相对较远。所以,子弹会不会误中张教练,哪有绝对把握!就在这两难之中,大家急得搓手跺脚的时候,专攻移动目标项目的队员梁克强,已经在山岩中攀缘,寻找最佳射击距离和角度,捕捉最佳射击时机。砰的一声,他别无选择地扣动了扳机。不愧是神枪手啊,那头伤害了几十人生命和无数家畜的豹子,终于应声倒下,躺在杂草丛中。

吃人的豹子被击毙,方圆几十里的父老乡亲奔走相告,拍手称快。他们成群结队来到镇上,都要亲眼看看这个"山大王"究竟是个什么样子?有的老乡还高兴地说:"从此后,我们这儿就安宁了。"

现如今,此事相去已经很远了,可是他们可爱的形象仍留在我的记忆里。

(原载于《江淮晨报》2005 年 3 月 3 日)

子弹贴头皮飞过

我做这个标题,或许有人会说,这不是在哗众取宠?其实,这是真的,确有其事。至今想到,我仍不寒而栗。

四十多年前"三年困难"时期,人没得吃的,饿殍遍野。而向来与人相安无事的野兽也跑出来添乱,或伤害人、畜,或与人争食。就说尖嘴巴野猪吧,一夜间它便可以将偌大一片庄稼糟蹋得不成样子。为此,省射击队领命开赴贵池(今池州)一带,为民保粮。

野猪虽非猛兽,可体重三四百斤,一旦发威,也可以撞你个半死不活。它那肮脏的长牙,若是咬着了你,可以叫你皮开肉绽,队员们与它遭遇,防寒的厚棉裤就常被它撕咬得白絮翻飞。野猪是家猪的祖先,看起来滞重笨拙。可是,你真的要去对付它,那家伙却也鬼点子多多。你瞧,老乡的地被它刨开了,弄得一片狼藉。可是,待队员们闻讯赶到,它却吃饱喝足,大摇大摆,悠悠自得地走了。所以,同它捉迷藏是不可取的。化整为零,多点伏击,也许是个办法。

野猪夜间出没,大家也就在它可能路过的地方埋伏,打它个突然袭击。为了防止人员误伤,各组都只能在事先划分的区域内行动。越区,是不允许的。

可是,区域却又是模糊的,不可能有明确的标志。尤其是在夜间作业,谁能搞得清自己的具体方位?伏击点不是固定不变的,将根据当时的情况随时变动。一旦发现野猪,还得跟在后面紧追不舍。所以,越区也就是很难避免的了。

问题就出在这里,一起预想不到的事发生了。

蔡忠良是名移动靶好手,不仅像野猪那样的家伙,就是跑得极快的小不点野兔,都休想从他的枪口下逃走。这天夜里,他单兵作战,充当个"流动哨兵"。经过一段艰苦搜索,他终于摸到了点蛛丝马迹。不过,这时的他已经移动到了哪里?身处何地?是不是越区了?他压根儿就没去想。忽然,有轻微的声音传来,似风吹草动,又像动物移动时摩擦植物茎叶的响声。凭他的直觉有戏了。过了大约 5 分钟时间,一条前高后低近似马鞍形的曲线果然出现了,他瞧着那条时隐时现的虚影,不由得心里一阵欢喜。野猪脊背上沿,不正是这样一个轮廓吗?于是,他警惕起来,屏住呼吸,就怕自己不小心,惊动了他的对手。

可是,他怎么也想不到,另一组的两个人,此时就出现他的视线里,只不过因为黑夜里,他看不清楚,辨别不出而已。他眼中的这两个人,发现这地方是个小土丘,而这种地形又正是野猪常出没的地方,所以也就决定在此选位伏击。这两个人中,大个子叫李道根,小个子叫甘朝政。从蔡忠良所在的角度看,因隔着一片玉米地正好挡住了他俩的身体,唯有他俩的头露在玉米丛上。这一高一低的两个头,便被蔡忠良误判为前高后低的野猪脊背了,当李道银和甘朝政正聚精会神地寻找伏击位置的时候,哪知自己已经被蔡忠良的枪锁住了。他们彼此都不知道,自己面临的是多么可怕的局面!

不过,蔡忠良并没急着下手,他要慎之又慎,选择最佳时机。许久的忍耐,终于等到了李道根和甘朝政的驻足。已经成为"死"目标了,他还会再犹豫吗?

砰的一声,蔡忠良的枪终于响了。

打野兽,一般打前夹,那儿是致命的。

而蔡忠良的枪瞄的正是那地方,看来,蒙在鼓里的李道根,纵然神通广大也躲不开这血光之灾了。

果然不错,蔡忠良的枪一响,李道根便应声倒下,倒在了甘朝政的怀里。

"这是黑枪,还是李道根的枪走火打着了自己呢?"甘朝政在经受了冲击之后自言自语道。"我没走火!"李道根从惊愕、恐怖和瞬间的无意识中清醒过来,摸了摸自己有点麻辣辣的头顶,接着问他的同伴:"我还活着?"就在这时,蔡忠良气喘吁吁地跑来,是来收获战果的。一看,便像遭了一记冲天雷击,变得目瞪口呆,两腿直打哆嗦。

第二天,大家这才发现,李道根的满头黑发被子弹"铲"出了一条沟,比用剪刀剪还整齐。失去了头发的头顶上,留下的是一条被高速高温的弹丸击破烧灼黑中见红的焦煳弹痕。如果不是夜里视觉上的偏差,子弹再低一点,哪怕只低毫厘,那么,后果将是不堪设想的。

这事发生后,我被派到射击队当领队。未曾上任,这次事件便给我上了一堂课,做事情,还得更小心,想得更周全一些才是。四十多年前的那次狩猎,同现在随意捕杀野生动物是根本不同的两回事。那一次,是为民除害的,是经上级批准的。那次狩猎,队员们与狼相持过,与豹肉搏过,最终他们也都成了胜利者。

(原载于《江淮晨报》2007年1月11日)

别惋惜　莫懊恼
——致榜上无名者

你悄悄地走了,正如你悄悄地来。没有掌声和鲜花,尽管你付出了同样的代价。

你默默地拎起湿漉漉的球衣,低着头,独自踏上那条僻静而曲折的小径,带着创痛和烦恼,把意外与惋惜留给喧闹的人群。

或许有一束冰凉的目光在搜寻着你,你不想躲开,因为它使你受到了从未有过的震撼。或许有一种失落感正在吞噬着你,你拍案而起,因为它告诉你要么是英雄要么是懦夫!

你只是不明白,为什么有的人只注重最后的结果,而不去看看为了实现共同目标而做的努力?为什么有人对金字塔的高大雄伟大为感叹,而对它赖以存在的基础却不屑一顾?为什么?为什么?

你不敢奢望有人将美丽的花环戴在你的脖子上,疯狂地将你高高抛起。你只希望能走过一个人来,道一声"辛苦!"。是的,你是多么希望人们的目光多一分热情,多一分温暖与诚挚……

人的一生中,会有多次失败,也会受到许多打击,可人生的意义不就在于不断地搏击吗?虽然失败已成为不可改变的事实,可失败之后也许就是成功。"奥林匹克之父"顾拜旦说过:"啊,体育,你就是勇气!"只要你作了最大的努力,勇敢地去同命运抗争,那么你就会从失败走向成功。即使那颗最璀灿的明珠让人摘去,你也为此作出了无私的铺垫。你的付出同样是有价值的。到那时,你扪心自问,也就不会有所缺憾。

嘲笑也好,挖苦也罢,全由他去吧!只要你昂起头,挺起胸,大踏步往前走,就一定会尝到幸福的甘泉,一定会攀上希望的山巅!

(原载于《中国体育报》,《安徽体育报》1990年6月24日转载)

登天都

来到黄山,已经是"和风吹初服,正值桃花时"。

黄山,千峰竞秀,万壑藏云,以奇松、怪石、云海、温泉"四绝"闻名于天下。

我步出温泉,过慈光阁,走十五里左右崎岖而又陡峭的登天小道,气喘吁吁地来到了玉屏峰。这被称为"天上玉屏"的地方,又被音乐家说成是黄山的"主旋律"。从玉屏峰向下,迎面便是擎天耸地的天都峰。"不登天都峰,全然一场空"。

我穿过一线天,一道天梯便竖着挂在眼前。瞧了瞧,从下至上,一级级地一直延伸,直至在云雾中消失。这段路程,大约三里有余,坡度均在七十度以上,有的地方超过了八十五度,几乎是垂直的。登攀之难,是可想而知的。古代就有人感叹:"何年白日骑鸾鹤,踏碎天都峰上云。"所以,在这"飞鸟难落脚,猿猴愁攀登"的赫然险峰面前,人们是不能不认真地估量一下自己的体力和胆量的。可是,既然来到了这里,也就想不到那么多了,只剩一个心思,那便是"上"。

不来此处不会知道,一旦立在那云梯上,你会觉得你是只身一人悬在空中。往下看,百丈深渊,一失足成千古恨。不看则罢,越看越害怕,怕得叫你骨头都酥。

虽然登上了顶点,依然觉得随时都可能滑下悬崖。站在"鲫鱼背"上,简直让我傻眼了,面前竟然是澜翻絮涌、波光浩渺的大海。不是吗,那变幻万千的海面上,隐约可见波涛中的小岛和徐徐漂动的风帆以及偶尔露面追波逐浪的巨鲸。霎时,使我想起了孩提时代老师讲过的故事,说走在沙漠上,眼前蓦地出现了一城市或是浩瀚的大海。我想,在这海拔 1800 米天都峰上见到的,难道就是海市蜃楼不成?可是,再一看,那小岛变成了露在云絮上的山峰,那风帆和巨鲸原来是沐浴在云雾中的怪石,我这才恍然大悟,著名的黄山云海,是也!

(原载于《中国体育报》,《体育信使报》2004 年 9 月 16 日转载)

夜宿玉屏看佛光

佛光,虚无缥缈,像是"天外来客",难得一见。即或见到了,却又于一瞬间无影无踪地消失了。所以,就是久居深山云雾中的人,也未必有这个好运。然而,这等极难得的事,却被我这个很少进山的人撞上。

那一次,我是随日本围棋手到黄山的,同行的还有我国围棋界明星。

我们一群人峰中行,云里走,仙人渡海似的,来到了幽邃险峻的"黄山主旋律"——玉屏。在这里,只见沟壑千丈,峭壁摩天,仿佛一举手就能够摘下天上星星似的。休说这些远道而来的年轻日本人,就是我这个土生土长的本地人,也不禁为这个集险与秀为一体的"天上玉屏"叫绝。

也许是太兴奋了吧,晚饭后大家又不约而同地再次来到宾馆前那块极难得的平台。这里不仅视野开阔,而且那株著名的迎客松就在附近。山风乍起,呜呜的松涛声不绝于耳,如同在欣赏一首小桥流水似的轻音乐。在这里,这些日本人流连忘返,久久不愿离去……晚上,宾馆里悄无人声,忽然楼外有人哇哇大叫起来,"佛光!""快来看!"日本人听不懂中国话,还以为是发生火灾了。于是一个个从床上跳下,急得向门外冲。可是,他们发现自己衣着不整,只好又返回房间了。

这时,我也从被窝里钻了出来,也不管衣服穿与没穿,便一头冲出房间。我住在一楼,"近水楼台先得月",所以我以为我会是我们这一行人中第一个幸运者。

没想到,有人比我的行动还快,未等我跑到楼前那个平台,他就已经抢到了最佳位置。还没来得及去辨认这人是谁,我就已经被眼前的虚幻景象给震煞了。晚饭后我们曾为云翻絮涌、波光浩渺的景色感叹过。现在,就是在那同一个地方,正有一位神态翩翩的人,孑然而立,脚点云朵,身体上镶嵌着一道瑰丽光环。此情此景,使我陡然觉得,自己已经走进了一座宏伟的大雄宝殿,面对的正是一尊普度众生的佛。我看得很清楚,却又因为云雾幻化成的香烟缭绕,这一切变得朦朦胧胧。

这时我才发现,抢在我之前来到这里的那个人,正是一名中国棋星。此时,他不像我一样只是一个劲地激动,而是聚精会神地同佛"对弈",领佛做操。你瞧,他晃了晃身子,佛也随之将身子动了动,他向佛举起双手,佛也照样将双手举起且向他挥了挥……看得我入迷,也看得我糊涂,难道他有"仙人指路"功不成?

佛光有点像电影,因为电影是由胶片(数字除外)借助灯光将图像投射在银幕上的。只不过电影银幕是布制的,很小。而佛光的"银幕"则是云雾,漫无边际,很大。所以,上面所说的佛光中的"佛",其实就是那位中国棋星经光线投射在轻柔如绢的雾障上的影子。所以,他晃了晃身子,"佛"欣然领会;他举起双手,"佛"也立即响应。至于"佛"周身的光环,那是光线通过云雾极微小颗粒间的空隙发生衍射分光的结果。佛光多发生在日出日落时,是因为有太阳作为光源。玉屏楼所见的这次佛光,发生在晚上9点钟,虽没太阳作为光源,可玉屏楼宾馆的"万家灯火",替代了斜阳的光照作用。

见一次佛光不易,当一次佛更难。我为见到了佛光激动得跳了起来,更为那位中国棋星的"立地成佛"而呼"万岁"!可是,日本人因受"火灾"之误,因图"穿戴整齐"而错过了机会。待他们出现在宾馆前的平台时,面前却只有那宁静的灰蒙蒙的夜空了。

(原载于《中国体育报》,《合肥晚报》2010年5月29日转载)

仙子会

峰中行,云里走,我们一群人就像仙人渡河似的,从玉屏楼出发,来到幽邃秀丽的西海。

哦,往排云亭一站,沟壑千丈,深不可测,令人望而生畏,毛骨悚然。可是,日本围棋团唯一女棋手23岁的新海洋子,却是坦然自得地踏上了生与死的边界。她伫立在一块突兀巨岩上,扶栏远眺,将自己完全融入了这绝妙的大自然里。

洋子登黄山,并不是一开始就有这胆量的。她听说,有的人慕名而来,竟中途而废。有的人虽登上险峰,但由于后怕而躺在那儿说:"我就死在这里好了!"有的人由于过分激动,栽下深渊。这些传闻,都曾使得她颇为踌躇。后来,她之所以下定了决心,随大家一道上山,是同她听到的一个故事有关。这个故事是说,清朝的时候,中国有位少女董小宛,因听说黄山秀丽而决心走一回。那时黄山没有开发,荒疏而险峻。但她还是克服了许多难以想象的困难,终于在出嫁之前成行。清朝著名诗人吴梅村,就曾这样对她予以描绘:"钿毂春郊斗画裙,卷帘都道不如君。白门移得丝丝柳,黄海归来步步云。"

黄山确是险要,但其险却又正是它的美妙。所以,越是险要,人们越是要身临其境。对于来自异国的新海洋子来说,又何尝不是如此呢?

洋子伫立西海极境。轻柔似纱的雾幕悄悄化去,只见远处有一窈窕仙子,脚点白云,微微前倾身体,欲倒还立。这尊矗立在游动白云中的妙石,隐约可见,栩栩如生,难怪被人称为"仙人踩高跷"。更有趣的是,侧翼峰巅上,另一尊巧石,亦如仙女,亭亭玉立,一株横展的黄山松,正从她的胸前伸过。阵阵风起,枝叶摇曳,恰似这仙女在拨动着琴弦,以美妙动听的旋律,为"高跷"表演者伴奏。看到这绝妙的景色,许多人取出照相机,立时"咔嚓咔嚓"声一片,而新海洋子不然,她文静地凭栏远眺,两只又大又黑的眸子,就像两台不停工作的微型摄像机,贪婪地猎取这风云变幻中的"仙女"以及在她身边发生的一切。

今天,洋子穿的是潇洒的鹅黄色连衣裙,亮而黑的长发披在肩上。微微风起,一缕云雾从她脚下飘过,举目一看,她正同远处那两位"仙女"构成了一个三角形。也许是云雾的效果使人产生了幻觉吧,看,她还正在向她们走去呢!

(《体育信使报》1993年5月30日转《中国体育报》)

白云深处篮球声

过鳌鱼峰,沿石级向黄山第二高峰光明顶登攀。在这陡峭的山梯上,忽听"嚯——"的一声哨响。猛抬头,眼前不见人影,唯闻白云弥漫处球声、奔跑声和喝彩声连成一片。一两分钟后,白云散开了,我这才看到,在耸入蓝天的顶峰上,原来用铁栅栏围成了一个篮球场。

这里,是黄山气象站所在。该站是我国国家基本测报站,又是亚洲区域的气象情报交换站之一,它每天四次向国家气象中心和亚洲气象组织发出定时绘图报以及补助绘图,并向国防、航空部门发出航空报、危险报等气象情报。

气象站的十几名工作人员,常年生活在高山上。这里,一年中约有250个雾天,大雾时能见度只有20米,雾中含水量为100%。为了适应高山气候,丰富业余生活,气象站工作人员在艰难的条件下,种植花卉、蔬菜,并开展广播操、篮球、乒乓球等体育活动。有时还摆上棋盘,在云雾之中对弈。这块篮球场,就是他们用自己的双手,硬是在海拔1840米的山崖上,劈山开石,削出来的。

这些气象工作人员,搞起的体育活动项目颇多,但他们最为喜爱的还是篮球,因为不少人在大学读书时,迷的就是这个。也许有人会担心,在险峻的山峰之上,哪里还会有球队来访呢?搞来搞去,还不是他们自己打"内战"。日子久了,也会乏味的。可是,人们哪里想得到,这里虽是云海中的"孤岛",但也是每天多达两万名登山旅游者的必经之地。这里有卖水的,有卖吃的,又有坡坡坎坎可供人休息的,所以无论是从前山爬上来的,或是从后山乘缆车上来的,到了这里,大家总爱歇歇脚。因为在"天上"打球别有一番情趣,所以游人中的年轻篮球爱好者便总是"五湖四海皆兄弟",临时组成个队来向主人挑战,眼下这场篮球比赛,就是气象站队对"百家姓"队。你瞧,在这"吊"在空中的篮球场上,队员们你来我往,风驰电掣,争夺得好不火热。主队嗖地一记长传,直逼对方篮下。哪里知道,客队伏兵猛地跳起,将球截得。反击在一瞬间展开了,可主队使用破坏术,又化险为夷。球在东道主手中,箭一般直插前沿,紧接着便是猛攻,"两分!"这场球打到什么时候,我不知道。但当我离开了气象站,登上通往北海的石阶栈道时,背后白云里还不时传来哨声、球声和喝彩声……

游少林寺

坐在车厢的座椅上,仿佛又回到了儿时摇摇晃晃的摇篮里。一旦出了城,上下眼皮便不由分说地打起架来。那种轻微的颠簸,伴着车厢内优美轻松的音乐,给人一种享受。所以,自从钻出了郑州市那鳞次栉比的楼群,一路上我都在似睡非睡之中。不知是谁喊了一声:"下雨啦!"我才如梦初醒。透过挂满雨丝的车窗,展现在我面前的正是一幅雨雾蒙蒙的山水画。青山透迤,峰如斧削,溪水环绕。真可谓是"嵩山好景几千秋,云雨自飞水自流。万里长江飘玉带,一轮明月滚绣球"。少林寺到了。

跳下汽车,第一眼便是山门,因为其上方"少林寺"三个大字赫赫醒目,特别抢眼。有人说,那是康熙的题字,我当然不信。心想,万岁会到这偏僻闭塞的山窝里来?会给一座普普通通的寺庙留下墨宝?又有人说了:"信不信由你。"并同时递给我一份导游指南。我这才明白,为了让康熙帝给寺庙题写寺名,和尚们还真的胆大包天,竟敢在大皇帝面前耍了一回聪明。

万岁大驾光临这天,山门外摆下了龙门阵。东侧和尚年幼,仅八九岁。西边和尚年长,年高八九十岁。两僧泼墨挥豪,比试"少林寺"三字。年幼者的字写得纤小,字小如蝇。而年长者的字则写得粗大,字大如牛。因此,一个怪字写得太小了,小得上不了门匾;另一个在怨字写得太大了,大得连两个门匾接在一起也容不下。两人相争,争得谁也不让谁。正在这时,康熙驾到,见老少两僧因为字的大小争得面红耳赤,觉得好笑。心想写得不大不小的,不就成了吗,何必这番计较呢?他执起羊毫,写下了这苍劲有力,又潇潇洒洒的"少林寺"三个字。眼见目的已经达到,老少两僧及全体八百和尚便"嗵、嗵、嗵……"地赶忙跪下,异口同声高呼:"谢万岁!谢万岁!"康熙傻了,不过,马上便又回过神来笑道:"上了你们的当了!"现在,木已成舟,又怎好反悔?只好拿出御印来盖上。

相传,有一日唐王遇险,情势危急。在这紧要关头,一群和尚挺身而出。他们用勤学苦练的过人功夫,化险为夷,终将唐王安全救出。康熙为少林寺题写寺名的往事,使我又联想到这则故事。此时,我已穿过天王殿,再走十多步,便是一块石碑。事情就是这么巧,想到了的,便立时出现在面前。这块石碑上,记载着的正是这件事情,即民间流传甚广的"十三棍僧救唐王"的故事。和尚们不畏艰险救唐王的果敢行为,使唐太宗深为感动,大加赞赏,因此而特地下了一道圣旨,为僧众开戒。唐太宗心想既然千千万万的臣民都可以享受美味佳肴,为什么唯有僧侣不可?自此,少林寺的和尚便可以吃肉喝酒了。这时我才知道,眼前这块石碑,看似平常,原来却是唐太宗李世民的御碑。

从御碑往西走,便是达摩和尚的形象石雕,只见他踏着一根芦苇,颠簸于波涛之上,向大江彼岸横渡。据说,闻名于天下的少林武术,就起始于这位和尚。

达摩是印度高僧,他是香玉王的第三个儿子,释迦牟尼第二十八代子孙。他来到少林寺之后,在五乳峰天然石洞中寂坐参悟,面壁九年。由于长期盘膝静坐,导致了精神和体能上的困倦和萎靡,因此不得不设法活动肢体,初创了后来被称为"易筋经""心意拳"和"达摩铲""达摩杖"的功夫。经过历代和尚长期实践,这些功夫又得到不断的充实和提高,便逐渐形成了后来的少林武术。在千佛殿,我看到青砖地面上留下了一个个深坑,数了数共计四十八个。据说,这是当年和尚们练拳习武时留下的脚窝。电影《少林寺》中的一组脚窝镜头,就是在这里实地拍摄的。可见,少林寺和尚们练功,是何等艰辛!

离开少林寺,雨已经停了,山在绸帐似的淡淡夜色中时隐时现,就像少林寺留在我记忆中的镜头不时出现在我眼前一样。

在那古战场上

　　进逍遥津南门,一边平坦如砥,芳草茵茵;一边山石嶙峋,翠竹摇曳。走在其间,几乎挨着脚面的花卉,姹紫嫣红,吐着沁人心脾的馨香;头顶上,绿叶婆娑,不时滴下晶莹的露珠,落到衣服上,透凉、透凉……不多几步,小桥流水,一个由垂柳镶成一道绿边的小湖出现面前。就在这曲折回绕的湖岸,在水榭藤架之中,已经人影绰绰,有的做操,有的打拳,有的缓缓慢步,有的又疾步如飞……眼前,是一幅多么迷人的初夏之景!

　　可是,谁又能想到,如今这个景色绚丽、当今合肥人最好的休憩之地,古代竟是一个血肉横飞的战场呢!

　　三国时期,合肥是曹操的一个重要据点,对东吴的威胁甚大。公元215年8月,孙权率兵十万来犯,中了埋伏,便将兵马撤至城东逍遥津一带。曹操手下大将张辽,夜幕下率敢死壮士八百人,与孙权大战逍遥津。张辽杀得孙权人仰马翻。孙权本人也差点被活捉,还是飞骑跃过断桥,才逃脱了性命。对于这段经历,我国古典名著《三国演义》中,就有《张辽威震逍遥津》一章对其进行了生动的描写。孙权骑马跃过的那座断桥,后来被人们叫作飞骑桥,在现今古教弩台的斜对面。逍遥津公园中有逍遥湖,湖面上有三个绿洲,大者有亭榭,叫逍遥墅;中者树木葱茂,为张辽的衣冠冢。明代,逍遥津被一窦姓官僚占有,改名窦家池。到了清代,又先后为翰林王姓和龚怀熙所夺,改名为斗鸭池和豆叶池。后来,日寇占领合肥,在此安桩养马,糟踏得不成样子。到新中国成立前夕,逍遥津已经是荆棘丛生,满目疮痍,遍野荒芜了。

　　新中国成立后,人民政府把逍遥津辟为公园,组织成千上万民众精心修整。为了给人民造福,仅近十年,国家就投放百万元以上的建设经费。现在,与新中国成立初相比,全园陆地面积扩大九倍,屋宇几十倍增长。到去年,全年进园人数达到二百三十万人次,相当于合肥市总人口的四倍。特别是国庆节这一天,入园人数达到了八万人次。

　　现在的逍遥津,一泓碧水,由溪流连接,通达全园大部。夏令时节,大雨过处,绿荷上滚动着万颗珍珠,碧波里人们逐浪嬉戏。严冬雪后,银装素裹,红梅傲寒怒放,人们从四面八方而来"冬练三九"。此时,我已走过一排大雪松,眼前是一个草坪运动场。这里,许许多多的人,正聚精会神"摸"太极拳。树荫之下,还有练"推手"、做气功的。我来到几位舞剑者之中,他们绞、撩、劈、刺,颇有功夫。据说,自从市体委在这里举办太极拳辅导站以来,每天练功的不少于六百人。至于跑步、做操的,就更多了。从前,到逍遥津来的人,多是为了得到美的享受。可这几年来大大不同了,人们不仅要在优美的环境里小憩,而且热心于运动,从运动中得到快乐和健康。为了适应人们的要求,公园不仅设有以体育活动为全部内容的儿童乐园,辟有两个大型草坪运动场,近一年来又建造了两座大型体育游艺机,一个溜冰场,而且在逍遥湖上,除了开放游船之外,还增加了水上自行车,真可谓货真价实的体育公园了。

沿玫瑰园,穿古柏,再过一小桥,便到西园。这里是 20 世纪 50 年代所建,地面丘陵起伏,溪水环绕,大有"山重水复疑无路,柳暗花明又一村"之感。如果说东园集体育场所之大成,显得有点喧闹的话,那么西园就显得幽深而恬静,是读书和下棋的好地方。我来的不是时候,如果推迟两个小时,在亭榭之中,溪水边上,能看见捋着胡须的棋迷对弈。而且,掩藏在树荫中的小块草坪上,还会有一对对恋人谈心或者打羽毛球呢!

走至西园大门,有的人同我一样出园,但更多的人进园。我发现,无论是进园的还是出园的,那沁着碎汗珠儿的脸上,都漾着一种快乐……

走访石关基地

一

经过一段蜿蜒曲折有惊无险的山路,车在河边的林荫道上停下。打开车门,一股凉风扑面而来。两个多小时前从合肥动身时气温35℃,而这里则是 27℃。相距220 公里,温差8℃。石关国家体育训练基地,就坐落于这个在中国地图上找不着的小山窝里。

走进基地大门,古树参天,花香鸟语,红瓦黄壁的各式建筑在绿树婆娑中时隐时现。有的位于涓水河畔,有的依山而筑,上下之间有别致的廊桥相连。望月楼、拂云楼、霞光阁、碧漪阁等运动员公寓就掩映在苍松翠竹之中。那幢宽敞明亮的运动员餐厅,背靠郁郁葱葱的大山,横跨于潺潺奔流的溪水之上。只要伫立窗口,便可以看到一眼山泉从脚下喷涌而出,跳荡着、歌唱着流向10米外的人工湖。湖虽不大,水却清澈见底,还常见游鱼戏水。湖岸以乔木为主,树下便是供队员们休憩、散步的环湖小道,曲径通幽。湖边那株白玉兰,树龄已300年,仍十分茂盛,高十多米,树冠直径30米,环抱它的主干需三个人,花开时,似一团团白雪撒满全树。花谢时,花瓣纷纷扬扬落在湖面。省体育总会副秘书长周晓潮说句玩笑话:"这堪比天女散花哦!"不觉,一颗小水珠落到我的额上,冰凉冰凉的。奇怪,这蓝天白云的怎么下起雨来了?同行者告诉我,这是雾在树上凝结成的水滴,让我碰上了。我这才恍然大悟,基地原来是个云雾缭绕的空中花园。

二

走进基地,理所当然要去光顾那些锤炼金牌的"熔炉"了。我原先以为,若搞一些现代化的大型场馆,似乎与这峰峦叠嶂的群山不太和谐,至多也就是搞点实用的"小鼻小眼"设施便是了。哪知,走进场馆一看,我这才知道它们的宏大和漂亮。难怪这里是"下金蛋"的地方。举重馆,48副台子、48套杠铃片有序排列在地上。这些沉甸甸的"铁疙瘩",是赶在北京奥运会前从北京运到这山里来的。行家告诉我,这样规模的举重馆、质地这样好的杠铃,在全国也是数一数二的。

石关基地虽为重竞技项目而建,却又一馆多用,以提高场地使用率,符合节约原则。因此场馆的命名也就不像公寓楼名那么富有诗意。清一色,全叫综合楼,只是在"综"字前加上序号。时下,国家男子举重、女子摔跤、女子柔道等队正在这里进行封闭训练,以备战将要到来的仁川亚运会。馆外一片宁静,馆内却杠铃铿锵,热火朝天。

基地始建于2001年。50多年前,这里曾是安徽省委招待所。1961年,时任省委书记曾希圣就曾在这里召开过全省三干会,推行"责任田"就是在这次会上决定的。其后,省委招待所撤销,移交永达机械厂。20世纪80年代中期,这里,由省教育厅接手,办起省教师疗养院。由于偏僻闭塞等多种原因,在由省体育局接收前,这里实际上成为了烫手山芋,杂草丛生,人迹寥寥,房舍简陋陈旧,年久失修。尽管这样,基地建设尚未迈开步子,国家举重队等便已进驻。为备战雅典奥运会,他们就是在一个半个世纪前建的车间里训练的。那时,田径场、篮球场、网球场和游泳馆等配套设施尚未建成,队员们的体能训练和休息唯有在坎坷不平的道路进行。当时队员们吃的,根本没有冷藏车运输,而是食堂师傅们提着竹篮子跑几里山路到镇上去采购的。经过十几年建设,基地如今是鸟枪换炮,成为高标准的运动员之家了。

三

出了基地大门,走过门前涓水河上的桥,在去下榻的农家乐途中,我又回过头来,居高临下,眺望刚才走过的地方。群山环抱,白云如絮,基地仿佛是一抹彩霞倒映在一潭绿水之中。没有扬尘,没有(汽车)尾气,也没有焚烧秸秆的烟雾,只有在大城市里难得一见的蓝天白云。据说,这里空气中的负离子含量是合肥的三倍,在这里吸一口气获得的氧,相当于在合肥吸三口气获得的。这里吃、用的水不是城市里的自来水,而是硒含量高的天然山泉水。为了避免水在流动过程中有可能带进的杂质,基地的水还是在经过过滤和沉淀后才流入管网的。据水质检测,基地的水比市场上的矿泉水和纯净水还好。在湖边环道上,我偶然遇到一位身着中国红队服的女队员,聊天中她告诉我,她到这里训练以后,连护肤霜也用不上了,而且皮肤比在北京时还好。

自雅典奥运会起,包括后来的北京奥运会和伦敦奥运会在内,举重、摔跤等队获得大量金牌。一位在基地封闭训练的教练同基地主任李吉泉说,他们四年没有破了的世界纪录,在石关训练后的当年便打破了。安徽女子手球队也是在石关训练后,在去年的全运会上重新夺回了她们于二三十年前失去的冠军。

因此,队员们总是在有意无意间说上这样一句话:"神奇的石关。"其实,队员们的汗并没少流,甚至练得更卖力。那么,神奇又何解呢?是因为这里远离大城市,少了许多大城市里现代文明的烦恼和干扰,还是石关这独特的自然生态环境给训练提供了一个与众不同的舞台?石关,什么才是解开你的密码呢?

基地先后荣获北京奥运会突出贡献集体、全国体育系统先进集体和广州亚运会、亚残运先进集体等称号。2009年10月,时任基地主任周晓潮还受到胡锦涛同志的亲切接见。

人过六十"堆积木"

　　人过六十,我也就不再想爬格子了。几乎一辈子都没离开过墨水,倦了。可是,却有好心人告诉我,人到了这份上,大脑的退化是惊人的,只不过看不见,感觉不出而已。所以,预防老年痴呆症,切不可大意。也许这说得太悲观,太吓人,可美国前总统里根不就是前车之鉴吗?朋友的忠告,吓得我又重操旧"笔",让大脑再做起"体操"来了。不过,我写的稿子并不像从前那样,把见报视为目标,因此少了太多的追求与渴望。而是像写日记那样,写给自己看的,读者只有我这一个人。虽然平淡了些,但身居一隅,自得其乐。

　　我曾写过一篇散文,叫《走进"熔炉"》,是为安徽体院五十华诞而作。这篇散文讲的是,我这个自幼就不爱好体育,就怕体育课"挂灯笼"的人,却在走出校门后,鬼使神差地走进一个陌生的体育大院。虽然在当了教练和领队后转轨搞起了新闻,但这新闻却依然是以体育明星为主要报道对象的。一个对体育一问三不知的人,居然端起了体育这个饭碗,为其付出了青春以至一辈子。社会是个大熔炉,体育也是个大熔炉。上面已经说了,稿子是写给自己看的,所以《走进"熔炉"》这篇散文原先我也没想外投。即使寄往报社,也很可能被湮没在来稿的汪洋大海中。只因为我是《江淮晨报》的读者,喜欢在副刊各个栏目中徜徉。受其影响,有了第一次吃螃蟹的冲动,因而我又像年少时初次给报纸投稿一样,怀着忐忑不安的心情,将信稿塞进了邮箱。

　　我知道,编辑部处理一篇来稿是会有相当时日的,十天半个月的"排队"不足为奇。想不到的是,稿子进了邮箱后也不过就两三天,《江淮晨报》副刊部便给我打来了电话。先没说稿子的事,开头第一句话便问我:"你还记得我吗?"因为太突然,我一时语塞。那头便又风趣幽默地提醒我:"那次采访'小红花'上蓝天活动……""哎呀,戴煌!"我脱口而出。虽然我们生活在同一个并不算很大的城市里,可自那次在骆岗机场认识之后就再也没有见过面,这一别便是四分之一个世纪。

　　退休后又从"终点"再"往回走",这同从前那种夜以继日的爬格子是不同的,没有任务,没有压力,想写就写,轻轻松松。这就像现在许许多多离退休老同志兴致勃勃地去上老年大学,练书法、唱京戏、拉二胡、吹葫芦丝一样,都是一种有益的休闲方式,是一种老年人的玩法。所以,《走进"熔炉"》那篇稿子尽管我寄走了,其实却并没把握就一定会被采用,因为编辑们手上的好稿实在是太多了。

就是在这种心态下,我看到了《江淮晨报》副刊上我的这篇稿子。一个当记者的人,在报纸上登了篇千字文,太"家常便饭"了,算不上是太大的事。可是,这篇文章对我却是很大的不同,难得的兴奋使我的心里甜甜的,就像四十多年前《合肥晚报》上刊登了我平生第一篇散文时一样。尽管那篇文章只是我的习作,粗糙得很,但我至今还把已经泛黄的剪报保存着。如果说那篇文章是我的处女作,那么,《走进"熔炉"》就是我另一种意义上的重新开始了。人们也许会有这样的体会,我第一次成功了,便有第二次的躁动。就这样,我走进了由戴煌和他同事辛勤耕耘的《江淮晨报》副刊这块春意盎然的绿地。

人是怀旧的,到了我这个年龄,总是自觉或不自觉地又将从前的事过过电影。以现在一个老人的视角,来解剖人生旅途中的点点滴滴,也许可以品味到生活中另一番酸、甜、苦、辣。正好,副刊有这样的栏目,比如"往事如烟"。别的栏目还很多,"朝花夕拾""桑榆唱晚""人间烟火"等,也都给了我机会。我写的《周岁纪事》,说日本鬼子来了逃难那段颠沛流离的经历。我写的《奶妈家的干鲜肉》,说的则是在三年困难时期奶妈给予我那种感人肺腑的爱。诸如这些我从前生活中的小故事尽管还很多,但如果把自己仅局限在对往事的回忆里,那么用不了多时,我就会弹尽粮绝而写不出东西来了。一个人的经历中,能够让读者产生共鸣,让大家感兴趣的东西毕竟太少。所以,要继续将稿子写下去,还得回到现实生活的万花筒中来。于是,我试着写了一篇以太极拳为题材的《亦痴亦迷读太极》的稿子。太极拳是大家都很熟悉的,但真正领会它的真谛的人却并不多,包括我在内。我就是作为一个不会"摸鱼"的人,用形象通俗的语言,和大家一起来读这部深奥的古典著作。从稿子寄出到见报,大概就半个月时间。见报这样快,这是副刊稿件处理中不多见的。虽然戴煌是我的朋友,但他是不会因为这层关系而给我的特殊待遇的。抓对了题目,这也许就是谜底。我又相继在晨报副刊发了《枝头鹊雀叫喳喳》《风卷雪花夜》《水漫二里河》等稿子。《合肥晚报》副刊还发了我的《爷爷的开心果》《我家有对相思鸟》等稿子。思路拓宽了,可写的东西多了,这也就使自己避免成为一部只会"开倒车"的老爷车了。

我的这些写在方格纸上的稿子,是经编辑们的精心雕琢,才变成为报纸版面上方块字的"堆积木"。在我家里,我老伴是我的第一读者。她戴着老花镜,瞧我手下这些像娃娃们的"堆积木"可津津有味了。我的小孙女琪琪就更是争着要看爷爷这别出心裁的玩意了,她虽因个别字的障碍而读起来结结巴巴,可却是全神贯注,像是读《中国通史》中的故事一样。我那小孙子涛涛尤为淘气,他非但对爷爷的稿子没有兴趣,而且一把抓走姐姐手中的报纸,要姐姐和他一起玩那些爬桌子、翻窗户、捉迷藏。什么是乐,我看这就是乐,是天伦之乐。

我几乎搞了一辈子新闻,深知报纸版面的幕后都有一群人在默默地奉献。且不说稿件的再加工,就是整天面对那一摞摞来稿,只粗略地浏览一遍,也会像跑马拉松一样累。虽说现在已经是网络时代,可是老年人却没有赶上汉语拼音这趟车。所以像我这样的"老爷车",至今仍习惯于从前的"刀耕火种",这就加重了编辑的负担,害得他们也像街上打印室的营业员一样,嘀嘀嗒嗒地成天敲键盘。我儿子搬家时将电脑留给我了,我也曾为我这个新时代的文盲而大为感叹,可是终因为在拼音上搁浅,而实现不了网络上的"空中飞"。谁接到我的来稿,也就该谁倒霉了,在这里我只能由衷地表示道歉和感谢。

戴煌曾给我打来电话,问我能不能再为二十多年前我们一起采访"上蓝天"活动写点什么。我也翻箱倒柜,却只找到一张当年报道的剪报。如果有一天我能打听到我们笔下那几个小主人翁的线索,我想我们谁都不会放弃这个题目的。一百多个红花少年于改革开放后第一次飞上蓝天,放飞理想,是太有意义了。这篇稿子即使我没写,老戴没写,我相信也会有别人来写的。

走,健康且快乐着

退休那年,因为老伴的叮叮,我去作了次体检。没想到,报告单上还真的出现个箭头,虽小,却很扎眼。我的总胆固醇6.1,心脑血管亮起了"红灯"。过些日子,我去另一家医院复查,指标比6.1还高。医生没跟我说什么,却指着我的化验单同另一个问诊者说:"他这就是高血脂症。"大半辈子都没挨着症不症的,医生这一说,还真的使我惴惴不安。

高血脂,有人说是嘴馋,吃出来的,也有人说是懒,不运动的结果。不过,我的嘴还是守规矩的,从不贪大鱼大肉。那就只有一个原因了,在运动上欠账。搞了几十年文职,身子跟椅子"粘"住了。前半辈子平安过来,是因为年轻。可是,岁月不饶人啊!不事运动的人,命运不惩罚你又惩罚谁?

我的职业使我离不开体育这个舞台,可严格地说,就连田径场上的跑和(竞)走,我也是擀面杖吹火——一窍不通。60岁的人了,怎样去健身?练个什么项目?

犯难了。

健身舞场我去过，什么慢三、快三、恰恰，我都学过。可是，不是踩舞伴的脚，就是在转身时撞得舞伴直摇头。太极拳是项舒缓绵柔、亦乐亦舞的古典健身活动，可是，即使是在老伴的督促下学习了半个月，我终究还是交了张白卷。我们大院里打网球的人不少，我也兴高采烈去了。可是，没有多久，我的右肘关节便隐隐地疼。按说应找人纠正自己的打球动作，可我却并不把这当回事。体育健儿们常"轻伤不下火线"，我就这么娇？本是不可相提并论的两回事，我却把它们扯到了一起。结果，伤是越来越重了，甚至睡到夜里都常被痛醒。无奈之下只好去医院，大夫只掐了掐我的痛处，便告诉我是"网球肘"。兴致勃勃走上球场，又是虎头蛇尾，不了了之。我儿子给我买的那只宝贝球拍，至今还闲在壁柜里，成老古董了。

这一次次碰壁，使我想到了人生的第一运动——走。这不用学，连个傻瓜都会啊！

可是，到哪儿走？田径场周而复始地转圈子，乏味；到马路上去走，与车争路，危险。想来想去唯有一个地方，环城路。儿时，我就曾想过，有朝一日，登上这巍峨神秘的古城墙，逛个偌大而古老的"环"。如今，它虽被打造成合肥人的"翡翠项链"，可却仍高耸在我心中。别人环球，我环城，也会开心一番的。就这样，我终于戴上遮阳帽，挎上饮水瓶，像模像样地做起儿时的美梦来了。

连同由家到环城路这段往返距离在内，行程至少也有12公里。这漫长的行程，难以想象啊！可是，一旦钻进那绿荫蔽天的环形林道，一切全被我抛到了脑后。头上是小鸟唧唧喳喳地跳来跳去，脚下是波光粼粼、小舟点点的护城河。所以，尽管是气喘吁吁，挥汗如雨，我却在不知不觉中走过了一座又一座古城门遗址，直至走完全程。回到家后，虽然两条小腿有些紧绷，却感到一身轻松。

就在这次环城过程中，我还有个意想不到的收获，即构思了篇散文。我曾就读过的合肥一中，就坐落在古城墙下。那时，每当黄昏，我总喜欢一个人到城墙下僻静的地方来读书，或为我栽下的小树苗松土浇水。好几十年过去了，当年栽下的小树苗已同这城市的"翡翠项链"融为了一体。触景生情，这便是这篇文章的由来。后来登在报纸副刊上的《母校那片小树林》，也就成为我退休后写的第一篇文章。

人老了，不仅体质渐弱，且大脑退化也快，这是退休那年在与报社同事道别时有人提醒我的。所以，自那文见报后，我便又成了"出土文物"，重新干起从前的活计来。不仅写散文，而且还异想天开地写起小说，那篇2万多字的《101空翻》还登在《安徽文学》上。从前的采访积累给了我不少想象空间。我写稿，其实为的不是赚稿费，而是为了健脑。

可是，人又是不能久坐的，许多病就是坐出来的。显然，这种"脑体操"，无论"爬格子"或者敲键盘，同不能久坐又成了一对矛盾。还是"母校那片小树林"启发了我，在环城时，不让大脑空转。脚在走，脑飞翔，搞了个别出心裁的"体脑二重奏"。这不仅减少了写稿时因构思所耗的时间，还避免了环城时的单调、枯燥和孤独。待走到晨舞的地方，你猜怎么着？我也去插上一杠子，同人家走上几步。边上的人笑话我是在扭秧歌。可我想，丑怕什么，只要动起来就好。浪漫不是年轻人的专利，我们这些老人又何必将自己修炼成个"苦行僧"呢？现在，别看我既健身又健脑的，似乎苦了自己，可却只有我知道，快乐着呢！

健身走，我已坚持了16年，其中几乎没有中断过。第一年练下来，总胆固醇便由原来的6.1下降到了3.7。此后，血脂的几项指标全在正常范围内。20天前所做的2013年度体检，血脂指标仍然正常。

运动有益于健康，这是从古至今由生活实践证实了的。不过，人与人有差异，情况也不尽相同，怎么参与，运动量多大，不可能千人一面。本人讲了自己的故事，无非是想说明一个问题：健康，取决于你自己。

（原载于《中国体育报》2013年8月3日）

我的第一读者

我当过教练、领队，又干过秘书和政工干事，最终定格在了新闻记者这个职业中。

从我跨进记者行列那一天起，我便把我的妻子当作第一读者，当事者迷，旁观者清，虚心请教她总让我获益匪浅。我同妻子没有漫长的罗曼蒂克，从认识到结婚也不过就三个月。偏在我们初识后，我又被派往金寨山区搞宣传队去了。妻子这个人很鬼，瞅上这个空子，还居然拉上她的女友，到我工作单位搜集有关于我的"情报"。那时正值"十年浩劫"，我出身不好，被误说是"卖国贼后代"，更为可怕的是我被划为机关主要领导人的"黑班底"。她找到的是个当时靠边站了的机关副手，妻子很直率，在简要介绍她的来意后，便开门见山询问起我的表现。我是出了校门便来到这个单位的，又是经过考试、审查后录用的。再说，到这也有十年时间，工作表现（一直是提拔的）全在他们眼皮子底下。可是，副手闭口不语，保持一种让人

四口之家

生疑的缄默。妻很敏感,觉得这不是一种让她放心的信号。于是,她便进而求问:"那么,问题有多大?"他这才不阴不阳地边吸着香烟一字一句地吐来:"很——难——说——"对于这样的答复,只要不是弱智,谁都会明白的。因此,她更进一步问:"究竟是政治问题,还是生活问题?"她想,既然他都说得那么明白了,那么他也就不会再遮掩什么。想不到,他还是那不明不暗、若有若无的三个字。

直到婚后,直到我们有了孩子,妻这才在我俩的闲叙中提及此事。如果不是缘分,不是上天的安排,那么,我们的婚姻被破坏了不说,我还将背一辈子也洗不清的黑锅,且要连累为我牵线搭桥的两位姐姐。不过,比起那些冤假错案,我这就太小儿科了。

妻子学历不高,可看得书却多,年轻时几乎就泡在《红楼梦》《茶花女》《安娜·卡列尼娜》这类小说的情节里。她的职业与"方格纸"无关,但她可以用很挑剔的眼光去挑出你所讲故事中的毛病,正如她在实际生活中去刺探我的虚实一样。有的用字、用词,有的比喻、描写,直至文章的段落、结构、立意,她都会毫无保留地说出自己的不同看法,甚至宣判一篇文章的"死刑"。

我写小说,在写到一对年轻人情感的时候,我的语言就显得粗俗而直白,与生活的真实而不相吻合。看到这里,妻子便捧腹大笑起来:"这叫什么恋爱,还不如叫蛮爱好了!"妻子还说,感情要细腻,文字要含蓄,否则那就不叫恋爱了。我们年轻时,工资十几二十年不变,夫妻俩月收入加起来就 64 元,扣去水、电、房租等剩下的也就 50 元挂零。上有双方长辈,下有两个上学的孩子,日子过得捉襟见肘可想而知。为了让正在发育中的孩子得到一定蛋白质,她在楼上那巴掌大的凉台上养上十几只鸡。孩子没有水果吃,她到河滩上去扛上一大捆甘蔗。西红柿也能当水果吃,那是从她种的菜地上摘的。贫农家庭,孩子们却过上了小康日子。这才使两个宝贝儿子的身高,高出了他们父亲 10 多厘米。她是国家职工,工作单位与家一个在合肥的西北角,一个在东南郊,骑自行车得一个多小时。加上工作和家务,她一个人干了几个人的活,再把我的稿子放在心上,实在是太难为她了。有一回,我的一篇稿子写好了,请她当第一读者。当时,她斜靠在被窝里,正给两个孩子纳鞋底,两个孩子就睡在她两边。她手在忙活,没工夫看稿子,我就读给她听。起初,她对我的稿子还偶尔说点这那,可说着说着这话音就小了,以至没有了声音。或许是我的稿子写得太精彩了吧?我越念越来劲,直至念完这才顾上回过头去听她的总评。本想讨她两句好话,哪知一个孩子窝在她的怀里,另一个孩子将腿跷在她身上,三个人全睡着了。她这个第一读者,当得是何等辛苦!

她不厌其烦地听我唠叨,在我涂鸦满满的方格纸上耗神,说不上是乐意还是不乐意。在漫长的日子里,我们一起挺过了这一生中最艰难的日子,她无怨无悔。我们却也曾有过"电闪雷鸣",只不过那都是戏剧性的。因为在这之后,还不是云淡天青,阳光明媚!不撒点"胡椒面",这还叫夫妻?

我这个半路出家的人,能走到今天这一步,虽然不排除自身的努力,但也要感谢各种命运机缘,尤其是感谢我的第一读者。

代后记

走进"熔炉"

李道节

我在上学的时候,文、理科一路绿灯,而唯独体育课成为了我脚下的"地雷"。每当期末,我最担心的,就是会不会在成绩单上挂个"红灯笼"。说实话,并不是"跑、跳、投、掷"太深奥,而是我压根儿就没兴趣。

可是,生活之舟却又偏偏把我送到了包河之滨这个我既陌生又不喜欢的安徽省体委大院。是命运在捉弄我?是我同体育前生有缘?还是因为别的什么?

我记得,二里河曾经垂柳依依,清澈明亮,游鱼穿梭,从我们这里潺潺流过。现在,这个偌大的大院,芳草如茵,花香鸟语。那种形态各异、巧夺天工的灵璧石,从遥远的大山上被移植过来,恰到好处地点缀在这万绿丛中,使我们已经很漂亮的大院,更是锦上添花。

如果是一位初来乍到的人,我想,我们这地方给他的第一印象,准是一处美不胜收,且又很宁静的公园。其实,静在其表,内中却是一般人想象不到的火热与沸腾。我亲眼见过,一个毛头小伙子,从训练场上走来、扒掉身上的防护服,就哗啦啦地从里面倒下足有一公斤的水来。不是"玩命",能从身上榨出这么多的汗来吗?

我们这个大院,是"炼人"的"熔炉",又是造星的特殊工厂。她吞进的是杂乱无章的矿石,经过几千度、上万度的高温熔炼,结果吐出来的却是一颗颗璀璨夺目的红宝石和蓝宝石。普拉多的枪声,中国实现"零的突破",震撼了全世界!由中国历史博物馆永远珍藏的许海峰那块金牌,就更是成堆成堆的宝石所换不来的。

省体院运动系(即原省体校)已经50岁了,我同这个大院同在,也已经47个春秋。别说拿到"熔炉"里去烧去炼,就是放在炉边上烤,我也会像烤山芋一样,被烤得遍体焦黄。我干过教练,当过领队,我的队员和我的教练把许海峰送上了荣耀之巅。为服从需要,我又调转"枪口",在体育报道这块耕地上爬"格子",这一爬就是20多年。

将近半个世纪,我已经融入大院,与这里的兄弟姐妹们风雨同舟。大家忧我忧,大家乐我乐,我为我成为这个群体中的一员而无比欣慰。现在,我可以这么自豪地说,我已经拆除了将我同体育隔开的那道无形的樊篱,重塑自己,改变了从前我在接受素质教育时那种漠视体育的"缺腿少胳膊"的残儿形象。在求解我的人生方程时，曾经想到过前面提到的"捉弄"和"有缘"这两个问号。可是，最终却都被我抹去了。因为，答案只有一个，就是咱们这个大院，紧紧地拥抱着所有走进来的人，其中就包括我。